प्रतिनिधि कहानियाँ

प्रतिनिधि कहानियाँ

■

उदय प्रकाश

सम्पादक

संजीव कुमार

राजकमल प्रकाशन

ISBN : 978-81-19835-31-7

मूल्य : ₹395

पहला संस्करण : 2023

प्रकाशक : राजकमल प्रकाशन प्रा.लि.
1-बी, नेताजी सुभाष मार्ग, दरियागंज
नई दिल्ली-110 002

शाखाएँ : अशोक राजपथ, साइंस कॉलेज के सामने, पटना-800 006
पहली मंजिल, दरबारी बिल्डिंग, महात्मा गांधी मार्ग, प्रयागराज-211 001
1, अनमोल सोराबजी संतुक लेन, धोबी तलाव, मरीन लाइंस, मुम्बई-400 002

वेबसाइट : www.rajkamalprakashan.com
ई-मेल : info@rajkamalprakashan.com

मुद्रक : विकास कंप्यूटर एंड प्रिंटर्स
ट्रॉनिका सिटी-201 102

PRATINIDHI KAHANIYAN
Representative Stories of Uday Prakash

कहानी एक ओट है

यह कहानी एक ओट है जिसके पीछे छिपा हुआ मैं एक रहस्य के बारे में आपको बताना चाहता हूँ। क्योंकि जैसी स्थितियाँ हैं, उसमें अफ़वाहें ही सूचनाओं की शक्ल में आप तक पहुँच रही हैं...

('दिल्ली की दीवार')

...मैंने सच्चाई में हमेशा की तरह इस बार भी थोड़ा-बहुत हेर-फेर किया है।...लेकिन यह हेर-फेर वैसा ही है जैसे कोई हाथी को छुपाने के लिए उसके विशाल शरीर के ऊपर डेढ़ हाथ का अँगोछा बिछा दे।...आप मानेंगे कि सच एक हाथी होता है और जब कोई कवि या कहानीकार उसके ऊपर अँगोछा बिछाकर, उसे चोरी से हाँककर आप सबके सामने खड़ा करता है तो हमेशा के लिए उसके अपने जीवन के सारे पुल टूट जाते हैं और उसकी सारी नावें जल जाती हैं।

('मोहनदास')

कहानी के एक ओट या छलावा होने पर ज़ोर उदय प्रकाश की कहानियों में बार-बार आता है—कहीं शुरुआत के भूमिकानुमा अंश में, कहीं बीच में, और सामान्यतः कहानी के प्रवाह से छिटके हुए तिरछे अक्षरों में। वे आपको विश्वास दिलाना चाहते हैं कि जो घटनाएँ कहानी की शक्ल में पेश की जा रही हैं, दरअसल वे पूरी तरह सच हैं। इस तरह वे कहानी को सच बयान करने की एक युक्ति साबित करते हैं। और जब वे ऐसा कर रहे होते हैं, 'सच' का अर्थ पारे की तरह 'सत्य' और 'तथ्य' के बीच लुढ़कता रहता है।

बेशक, कहानी को सच बयान करने की युक्ति बताना स्वयं में एक कथा-युक्ति है, पर वह कथा-युक्ति भर नहीं है। उसके पीछे यह व्याकुल कर देने वाला अहसास है कि हमारे समय की सबसे भीषण सच्चाइयाँ समय के उस आख्यान में अनुपस्थित या ओझल हैं जिसे हमारे माध्यमों ने गढ़ा है और उन्हें उपस्थित/गोचर बनाने के लिए एक ऐसी विधा का ही सहारा लेना होगा जिसे कल्पना-प्रधान माना जाता है। उसी की ओट लेकर समय के आख्यान में वे सच्चाइयाँ दाख़िल हो सकती हैं जिनका प्रवेश शक्ति-तंत्र के पहरेदारों ने निषिद्ध कर रखा है। लेकिन ख़तरा इसका भी है कि कहीं वे पहरेदार ही नहीं, वह सम्बोध्य भी जिसे कहानीकार इन सच्चाइयों से रू-ब-रू कराना चाहता है, कहानी की 'कल्पना-प्रधानता' के धोखे में न आ जाएँ! लिहाज़ा, इस ओट को ओट बताना भी ज़रूरी है।

पर क्या ओट को ओट बताने से सच को उसके पीछे छुपाने का मक़सद पराजित नहीं हो जाता? नहीं। क्योंकि कहानी फिर भी 'कहानी' ही रहती है, कोई उसे फ़ैक्ट-फाइंडिंग रिपोर्ट नहीं कह सकता; अलबत्ता, उसकी विश्वसनीयता, और इसीलिए प्रभावोत्पादकता, कई गुना बढ़ जाती है। इसी अर्थ में कहानी को एक युक्ति बताना स्वयं में एक नायाब कथा-युक्ति है।

निस्सन्देह, इस और ऐसी अनेक युक्तियों के बल पर उदय प्रकाश ने हमारे समय के सबसे प्रभावशाली कहानीकार का दर्जा हासिल किया है—एक ऐसा कहानीकार जिसकी कहानियाँ साहित्य के पन्नों में अपने समय की सबसे भीषण सच्चाइयों के इन्दराज हैं। हालाँकि वे सिर्फ़ यही नहीं हैं—उनमें इस भीषण से इतर बहुत कुछ असाधारण रूप से कोमल और आत्मीय है—पर वे भीषण सच्चाइयाँ ही हैं जिन्हें दर्ज करने की युक्तियाँ तलाशते हुए उदय प्रकाश ने अपनी विलक्षण पहचान अर्जित की। इन्हें दर्ज करने के लिए उन्हें कहानी के ढाँचे में मूलगामी बदलाव लाने पड़े। यह अकारण नहीं है कि अपनी कहानी 'थर्ड डिग्री' (यह इस संग्रह में नहीं है) में वे कहानी के ढाँचे की बात करते नज़र आते हैं। उनके सामने समस्या है कि जो घटना कहानी से बाहर, भाषा की गढ़ंत

से बाहर, सचमुच इस दुनिया में घटी है, उसे कहानी में लाते हुए 'उन तमाम रूढ़ियों का सहारा लेना होगा, जिनसे मैं, आप, हम सब छूटना चाहते हैं।' इसीलिए कहानी का अन्त इस सवाल के साथ होता है कि 'क्या यह हम सबकी पराजय नहीं है कि हम न तो कहानी का ढाँचा बदल पा रहे हैं और न ही व्यवस्था को।...क्या यह सच है कि दोनों ही अपरिवर्तनीय हैं?'

यह दिलचस्प है कि कहानी के भीतर, वाचक और कहानीकार के अभेद से निकला ऐसा वक्तव्य अपने-आप में एक ढाँचागत नवाचार है जिसकी शुरुआत हिन्दी कहानी में उदय प्रकाश ने ही की। वस्तुतः किसी ढाँचे के न बदल पाने की कसक उसी के अन्दर होती है जो सचमुच उसे बदल रहा होता है; रूढ़ियों का सहारा लेने की नियति को वही कोस रहा होता है जो उनसे छुटकारा पाने की राह पर होता है। यह वैसे ही है जैसे हम इतिहास में परिवर्तन के विचार और अपरिवर्तनीयता के प्रति विक्षोभ को परिवर्तन की भौतिक परिस्थितियों के तैयार और परिपक्व होने का ही लक्षण मानते हैं।

उदय प्रकाश ने कहानी के ढाँचे को बदला और उस बदलाव का असर आप बाद के कहानीकारों में बहुत साफ़ तौर पर देख सकते हैं। वे हिन्दी कहानी में कहन की वापसी और कथा के प्रक्रिया-पक्ष के बहुमुखी विस्तार के अगुआ हैं। ये दोनों ऐसी चीज़ें हैं जिन्हें मैं पिछली सदी के आख़िरी दशकों में आया एक युगांतरकारी संरचनात्मक बदलाव मानता हूँ (विस्तार के लिए देखें, मेरी किताब *हिन्दी कहानी की इक्कीसवीं सदी* के लेख 'जो सुलझ जाती है गुत्थी' और 'कहन की वापसी')। इसने कहानी की विधा को इतना महत्त्वाकांक्षी बनाया जितनी वह पहले कभी न थी।

उदय प्रकाश की कहानियों में इस संरचनात्मक बदलाव के आरम्भिक से लेकर परवर्ती चरण तक की यात्रा देखी जा सकती पड़ती है। उनके यहाँ वाचक शुरू से ही मुखर और वाक्‌पटु है, यानी अदृश्य रहने या काँच की दीवार की तरह एक पारदर्शी माध्यम होने के उसूल को दरकिनार कर चुका है। धीरे-धीरे यह मुखरता बढ़ती जाती है और वाचक कहानी बताने

(वह बताता ज़्यादा है, दिखाता कम) के साथ-साथ एक टिप्पणीकार और कहानी के घटित का भाष्यकार बनता चला जाता है। इस क्रम में वाचक और कहानीकार (व्यक्ति उदय प्रकाश) के फ़र्क़ का मिटना और उनमें एक अभेद क़ायम होना अगला चरण है। वाचक की भूमिका के इस बदलाव के साथ क़दम से क़दम मिलाकर जो नया उद्विकास सामने आता है, वह है कहानी में कथा के प्रक्रिया-पक्ष का बहुमुखी विस्तार, जहाँ परिणति-पक्ष (सरल शब्दों में, अन्त) भले ही गुज़रे 50 के दशक की नई कहानी की तरह महत्त्वहीन न हो, महत्त्व-क्रम में वह प्रक्रिया-पक्ष के सामने अक्सर दोयम ठहरता है।

ये संरचनात्मक बदलाव क्यों महत्त्वपूर्ण हैं? हमें इस बात से क्या लेना कि वाचक ज़्यादा 'बोलने' लगा, या कहानी में अन्त से ज़्यादा मानीखेज बीच के विवरण हो गए? आख़िरकार निर्णायक महत्त्व तो इसी बात का है न कि कहानीकार ने क्या कहना-दिखाना चाहा है?

निस्सन्देह, निर्णायक महत्त्व इसी बात का है कि कहानीकार ने क्या कहना-दिखाना चाहा है, पर वह उसे कह और दिखा नहीं पाता अगर अपनी ज़रूरत के हिसाब से उसने कहानी के ढाँचे को बदला न होता। बल्कि पलटकर यह कहना भी दुरुस्त होगा कि अगर उसका मस्तिष्क कहानी के प्रदत्त ढाँचे के अनुरूप ही सोचने वाला होता तो उसकी कल्पनाशीलता भी उसी से सीमित होती; वह कहना-दिखाना उसने चाहा ही न होता जो इस नए ढाँचे में वह कह और दिखा पा रहा है। गरज कि संरचना की बात करना कोई रूप-चर्चा नहीं है, वह कहानी के भीतर नई गुंजाइशों की चर्चा है। इसे भवन संरचना से समझिए। अलग-अलग एकमंज़िला और दोमंज़िला मकानों के मुक़ाबले बहुमंज़िली इमारतों ने उतनी ही जगह में चौगुनी या आठगुनी आबादी का रहना सम्भव किया, साथ ही नए तरह के सामुदायिक रहवास की संस्कृति विकसित होने की सम्भावना भी पैदा की। यह संरचना के बदलाव का नतीजा था।

वाचक की मुखरता, विवरण-समृद्ध सुविस्तृत प्रक्रिया-पक्ष और निबन्ध-भाषण-कविता के सर्वोत्तम गुणों का इस्तेमाल करती 'चार्ज्ड'

भाषा—इन नवाचारों से उदय प्रकाश ने कहानी के भीतर जिस तरह की गुंजाइशें निकालीं, वह हिन्दी कहानी में बिलकुल औचक नहीं था, उसके पीछे पहले से चले आते कई नवाचार थे, लेकिन कहानी के शास्त्रीय आदर्शों को सबसे तेज़ झटका उदय प्रकाश ने ही दिया। वाचक की मुखरता से 'ड्रामैटिक वेंट्रिलक्विजम' का पुराना आदर्श ढह गया जो कहता था कि कथाकार को अपनी सारी बातें पात्रों से ही कहलवानी चाहिए। और इसे ढहाने का कौशल ऐसा था (वाक्पटु टिप्पणियाँ, गहरी अर्थच्छायाओं वाली भाषा) कि किसी को शिकायत भी नहीं रही, वरना घटिया कहानीकार तो उसे कबसे ढहाते आ रहे थे और इसीलिए घटिया कहाते आ रहे थे! इसी तरह प्रक्रिया-पक्ष के बहुमुखी विस्तार ने उस आदर्श को दरकिनार कर दिया जो चेख़व के इस सुझाव में व्यक्त हुआ था कि अगर कहानी की शुरुआत में दीवार पर टँगी हुई बन्दूक़ दिखे तो अन्त तक उसे चल भी जाना चाहिए। उदय प्रकाश की कहानियाँ जैसे घोषणा करती हैं कि बन्दूक़ का महत्त्व चलने में ही नहीं, दिखने में भी है, और कहानी को अपने पाठक से इस परिपक्वता की उम्मीद करनी चाहिए कि वह टँगी हुई बन्दूक़ का भी अर्थ निकाले। वे अपनी बहुतेरी कहानियों में 'एकदम ज़रूरी' विवरणों-ब्योरों से काम चलाने को तैयार नहीं दिखते, क्योंकि ज़रूरत की उनकी समझ पहले के कहानीकारों से आमूलतः भिन्न है।

इन निर्णायक झटकों से कहानी के भीतर जो गुंजाइशें बनीं, उन्हीं को ध्यान में रखते हुए मैंने अपने एक लेख में कहा था कि उदय प्रकाश ने 'कहानी की विधा को उसकी 'स्वल्प क्षमता' (सन्दर्भ : बाबू श्यामसुन्दर दास कृत *साहित्यालोचन*) के संकोच से मुक्ति दिलाकर सभ्यता-समीक्षा के लिए तैयार किया...', और उसमें 'अपने समय के सबसे बड़े सवालों से टकराने की महत्त्वाकांक्षा भरी।' ख़ास तौर से अपनी लम्बी कहानियों में वे कथा को व्यवस्था के सताए हुए किसी चरित्र पर केन्द्रित रखते हुए कितनी अलग-अलग तरह की चीज़ों के बीच सम्बन्ध स्थापित करते हैं, यह देखना चकित करता है। एक तरह से वे सूचनाओं को ज्ञान में रूपान्तरित करने के संघर्ष की कहानियाँ प्रतीत होती हैं, जिनका सृजित

ज्ञान अन्ततः उस सताये हुए आदमी के पक्ष में होता है। बल्कि यह कहना ज़्यादा सही होगा कि उसी सताये हुए आदमी की जगह से ही देखे गए सम्बन्ध-सूत्र हैं ये कहानियाँ। 'टेपचू', 'तिरिछ', 'रामसजीवन की प्रेमकथा', 'हिन्दुस्तानी इवान दानिसोविच की जिन्दगी का एक दिन', 'पॉल गोमरा का स्कूटर', 'और अन्त में प्रार्थना', 'थर्ड डिग्री', 'वारेन हेस्टिंग्स का साँड़', 'दिल्ली की दीवार', 'मैंगोसिल', 'मोहनदास' जैसी कहानियाँ अपने-अपने ढंग से इसके उदाहरण हैं। इनमें से कई को हम उनके आकार की वजह से इस संग्रह में शामिल नहीं कर पाए हैं, लेकिन कहानी को सभ्यता-समीक्षा के लिए तैयार करने और उसमें अपने समय के सबसे बड़े सवालों से टकराने की महत्त्वाकांक्षा भरने का मतलब इन प्रतिनिधि उदाहरणों से समझा जा सकता है। साथ ही, यातना भोग रहे लोगों और यातना के स्रोतों की विविधता भी किसी हद तक समझी जा सकती है।

इनसे बिलकुल अलहदा 'नेलकटर', 'डिबिया', 'अभिनय' जैसी कहानियों में आपका परिचय एक ऐसे उदय प्रकाश से होता है जिनकी दिलचस्पी किसी एक ठिकाने से शुरू करके पूरी सामाजिक-राजनीतिक व्यवस्था की बिनाई उधेड़ने में नहीं, बल्कि एक मार्मिक बिन्दु पर टिके रहकर आपको उसके गहरे प्रभाव में खींच लेने में है। यह मार्मिक बिन्दु व्यक्तियों या वस्तुओं के साथ रिश्ते से जुड़ा हो सकता है, या जीवन की किसी विडम्बना से। इन कहानियों की भाषा, सांकेतिकता, और प्रसंग का अन्तर्य उजागर करनेवाली निगाह हिन्दी कहानी में दुर्लभ है। जो लोग कुछ अनोखा कह जाने की मुद्रा में बार-बार यह घिसा-पिटा जुमला दुहराते हैं कि कहानी पर कविता के प्रतिमान लागू नहीं किए जा सकते, उन्हें इन कहानियों से कुछ सीखने की ज़रूरत है।

इस संग्रह में आपको उदय प्रकाश की दोनों तरह की कहानियों का आस्वाद मिलेगा। हालाँकि 'दोनों' शब्द भ्रामक है और उनकी विविधता को ग़लत तरीके से सीमित करता है, यहाँ उसका आशय पीछे के विवेचन में कुछ निश्चित कारकों के आधार पर तय की गई क़िस्मों से है।

उदय जी की लम्बी कहानियों में से चुनाव करना सबसे मुश्किल था, क्योंकि प्रतिनिधि संग्रह की पृष्ठ संख्या एक हद से ज़्यादा बढ़ाई नहीं जा सकती थी। लिहाजा जो लम्बी कहानियाँ स्वतंत्र पुस्तक के रूप में प्रकाशित हैं, उन्हें छोड़कर ही चुनाव किए गए हैं। वैसे भी प्रतिनिधि संग्रह किसी कहानीकार के कहानी-संसार का एक जायका देने भर के लिए होता है। इस लिहाज से, 'और अन्त में प्रार्थना' और 'मैंगोसिल' जैसी महान कहानियों को छोड़ने के बावजूद हम अपने चुनाव से सन्तुष्ट हैं।

—संजीव कुमार

क्रम

टेपचू

यहाँ जो कुछ लिखा हुआ है, वह कहानी नहीं है। कभी-कभी सच्चाई कहानी से भी ज्यादा हैरतअंगेज होती है। टेपचू के बारे में सब कुछ जान लेने के बाद आपको भी ऐसा ही लगेगा।

टेपचू को मैं बहुत करीब से जानता हूँ। हमारा गाँव मड़र सोन नदी के किनारे एक-दो फर्लांग के फासले पर बसा हुआ है। दूरी शायद कुछ और कम हो, क्योंकि गाँव की औरतें सुबह खेतों में जाने से पहले और शाम को वहाँ से लौटने के बाद सोन नदी से ही घरेलू कामकाज के लिए पानी भरती हैं। ये औरतें कुछ ऐसी औरतें हैं, जिन्हें मैंने थकते हुए कभी नहीं देखा है। वे लगातार काम करती जाती हैं।

गाँव के लोग सोन नदी में ही डुबकियाँ लगा-लगाकर नहाते हैं। डुबकियाँ लगा पाने लायक पानी गहरा करने के लिए नदी के भीतर कुइयाँ खोदनी पड़ती है। नदी की बहती हुई धार के नीचे बालू को अँजुलियों से सरका दिया जाए तो कुइयाँ बन जाती है। गर्मी के दिनों में सोन नदी में पानी इतना कम होता है कि बिना.कुइयाँ बनाए आदमी का धड़ ही नहीं भीगता। यही सोन नदी बिहार पहुँचते-पहुँचते कितनी बड़ी हो गई है, इसका अनुमान आप हमारे गाँव के घाट पर खड़े होकर नहीं लगा सकते।

हमारे गाँव में दस-ग्यारह साल पहले अब्बी नाम का एक मुसलमान रहता था। गाँव के बाहर, जहाँ चमारों की बस्ती है, उसी से कुछ हटकर तीन-चार घर मुसलमानों के थे। मुसलमान मुर्गियाँ-बकरियाँ पालते थे। लोग

उन्हें चिकवा या कटुआ कहते थे। वे बकरे-बकरियों के गोश्त का धन्धा भी करते थे। थोड़ी-बहुत जमीन भी उनके पास होती थी।

अब्बी आवारा और फक्कड़ किस्म का आदमी था। उसने दो-दो औरतों के साथ शादी कर रखी थी। बाद में, एक औरत, जो ज्यादा खूबसूरत थी, क़स्बे के दर्जी के घर जाकर बैठ गई। अब्बी ने गम नहीं किया। पंचायत ने दर्जी को जितनी रकम भरने को कहा, उसने भर दी। अब्बी ने उन रुपयों से कुछ दिनों ऐश की और फिर एक हारमोनियम खरीद लाया। अब्बी जब भी हाट जाता, उसी दर्जी के घर रुकता। खाता-पीता, जश्न मनाता, अपनी पुरानी बीवी को फुसलाकर कुछ रुपये ऐंठता और फिर खरीदारी करके घर लौट आता।

कहते हैं, अब्बी खूबसूरत था। उसके चेहरे पर हल्की-सी लुनाई थी। दुबला-पतला था। बचपन में बीमार रहने और बाद में खाना-पीना नियमित न रहने के कारण उसका रंग हल्का-सा हल्दिया हो गया था। वह गोरा दिखता था। लगता था, जैसे उसके शरीर ने कभी धूप न खाई हो। अँधेरे में, धूप और हवा से दूर उगनेवाले गेहूँ के पीले पौधे की तरह उसका रंग था। फिर भी, उसमें जाने क्या गुण था कि लड़कियाँ उस पर फिदा हो जाती थीं। शायद इसका एक कारण यह रहा हो कि दूर-दराज शहर में चलनेवाले फैशन सबसे पहले गाँव में उसी के द्वारा पहुँचते थे। जेबी कंघी, धूप चश्मा, जो बाहर से आईने की तरह चमकता था, लेकिन भीतर से आर-पार दिखाई देता था, तौलिये जैसे कपड़े की नम्बरदार पीली बनियान, पंजाबियों का अष्टधातु का कड़ा, रबर का हंटर वगैरह ऐसी चीजें थीं, जो अब्बी शहर से गाँव लाया था।

जब से अब्बी ने हारमोनियम खरीदा था, तब से वह दिन-रात चीपों-चीपों करता रहता था। उसकी जेब में एक-एक आने में बिकनेवाली फिल्मी गानों की किताबें होतीं। उसने शहर में कव्वालों को देखा था और उसकी दिली ख्वाहिश थी कि वह कव्वाल बन जाए, लेकिन जी-तोड़ कोशिश करने के बाद भी—"हमें तो लूट लिया मिल के हुस्नवालों ने" के अलावा और दूसरी कोई कव्वाली उसे याद ही नहीं हुई।

बाद में अब्बी ने अपनी दाढ़ी-मूँछ बिलकुल सफाचट कर दी और बाल बढ़ा लिये। चेहरे पर मुरदाशंख पोतने लगा। गाँव के धोबी का लड़का

जियावन उसके साथ-साथ डोलने लगा और दोनों गाँव-गाँव जाकर गाना-बजाना करने लगे। अब्बी इसी काम को आर्ट कहता था, लेकिन गाँव के लोग कहते थे, "ससुर, भड़ैती कर रहा है।" अब्बी इतनी कमाई कर लेता था कि उसकी बीवी खा-पहन सके।

टेपचू इसी अब्बी का लड़का था।

टेपचू जब दो साल का था, तभी अब्बी की अचानक मौत हो गई।

अब्बी की मृत्यु भी बड़ी अजीबोगरीब दुर्घटना में हुई। आषाढ़ के दिन थे। सोन उमड़ रही थी। सफेद फेन और लकड़ी से सड़े हुए लट्ठे-पटरे धार में उतरा रहे थे। पानी मटमैला हो गया था, चाय के रंग जैसा, और उसमें कचरा, काई, घास-फूस बह रहे थे। यह बाढ़ की पूर्व सूचना थी। घंटे-दो घंटे के भीतर सोन नदी में पानी बढ़ जानेवाला था। अब्बी और जियावन को जल्दी थी, इसलिए वे बाढ़ से पहले नदी पार कर लेना चाहते थे। जब तक वे पार जाने का फैसला करें और पानी में पाँव दें तब तक सोन में कमर तक पानी हो गया था। जहाँ कहीं गाँव के लोगों ने कुइयाँ खोदी थी, वहाँ छाती तक पानी पहुँच गया था। कहते हैं कि जियावन और अब्बी बहुत इत्मीनान से नदी पार कर रहे थे। नदी के दूसरे तट पर गाँव की औरतें घड़ा लिये खड़ी थीं। अब्बी उन्हें देखकर मौज में आ गया। जियावन ने परदेसिया की लम्बी तान खींची। अब्बी भी सुर मिलाने लगा। गीत कुछ गुदगुदीवाला था। औरतें खुश थीं और खिलखिला रही थीं। अब्बी कुछ और मस्ती में आ गया। जियावन के गले में अँगोछे से बँधा हारमोनियम झूल रहा था। अब्बी ने हारमोनियम उससे लेकर अपने गले में लटका लिया और रसदार साल्हो गाने लगा। दूसरे किनारे पर खड़ी हुई औरतें खिलखिला रही थीं कि उनके गले से चीख निकल गई। जियावन अवाक् होकर खड़ा ही रह गया। अब्बी का पैर शायद धोखे से किसी कुइयाँ या गड्ढे में पड़ गया था। इस बीच धार में गिर पड़ा। गले में लटके हुए हारमोनियम ने उसको हाथ-पाँव मारने तक का मौका न दिया। हुआ यह था कि अब्बी किसी फिल्म में देखे हुए वैजयन्ती माला के नृत्य की नकल उतारने में लगा हुआ था और इसी नृत्य के दौरान उसका पैर किसी कुइयाँ में पड़ गया। कुछ लोग कहते

हैं कि नदी में 'चोर बालू' भी होता है। ऊपर-ऊपर से देखने पर रेत की सतह बराबर लगती है, लेकिन उसके नीचे अतल गहराई होती है—पैर रखते ही आदमी उसमें समा सकता है।

अब्बी की लाश और हारमोनियम, दोनों को ढूँढ़ने की बहुत कोशिश की गई। मलंगा जैसा मशहूर मल्लाह गोते लगाता रहा, लेकिन सब बेकार। कुछ पता ही नहीं चला।

अब्बी की औरत फिरोजा जवान थी। अब्बी के मर जाने के बाद फिरोजा के सिर पर मुसीबतों के पहाड़ टूट पड़े। वह घर-घर जाकर दाल-चावल फटकने लगी। खेतों में मजदूरी शुरू की। बगीचों की तकवानी का काम करना शुरू किया, तब कहीं जाकर दो रोटी मिल पातीं। दिन-भर वह ढेंकी कूटती, सोन नदी से मटके भर-भरकर पानी ढोती, घर का सारा काम-काज करना पड़ता, रात खेतों की तकवानी में निकल जाती। घर में एक बकरी थी, जिसकी देखभाल भी उसे ही करनी पड़ती। इतने सारे कामों के दौरान टेपचू उसके पेट पर, एक पुरानी साड़ी में बँधा हुआ चमगादड़ की तरह झूलता रहता।

फिरोजा को अकेला जानकर गाँव के कई खाते-पीते घरानों के छोकरों ने उसे पकड़ने की कोशिश की, लेकिन टेपचू हर वक्त अपनी माँ के पास कवच की तरह होता। दूसरी बात, वह इतना घिनौना था कि फिरोजा की जवानी पर गोबर की तरह लिथड़ा हुआ लगता था। पतले-पतले सूखे हुए झुर्रीदार हाथ-पैर, कद्दू की तरह फूला हुआ पेट, फोड़ों से भरा हुआ शरीर। लोग टेपचू के मरने का इन्तजार करते रहे। एक साल गुजरते-गुजरते हाड़-तोड़ मेहनत ने फिरोजा की देह को झिंझोड़कर रख दिया। वह बुढ़ा गई। उसके बाल उलझे हुए, सूखे और गन्दे रहते। कपड़ों से बदबू आती। शरीर मैल-पसीने और गर्द से चीकट रहा करता। वह लगातार काम करती रही। लोगों को उससे घिन होने लगी।

टेपचू जब सात-आठ साल का हुआ, गाँव के लोगों की दिलचस्पी उसमें पैदा हुई।

हमारे गाँव के बाहर, दूर तक फैले धान के खेतों के पार आम का एक घना बगीचा था। कहा जाता है कि गाँव के सम्भ्रान्त किसान घरानों, ठाकुरों-ब्राह्मणों की कुलीन कन्याएँ उसी बगीचे के अँधेरे कोनों में अपने-अपने यारों से मिलतीं। हर तीसरे-चौथे साल उस बगीचे के किसी कोने में अलस्सुबह कोई नवजात शिशु रोता हुआ लावारिस मिल जाता था। इस तरह के ज्यादातर बच्चे स्वस्थ, सुन्दर और गोरे होते थे। निश्चित ही गाँव के आदिवासी कोल-गोंडों के बच्चे वे नहीं कहे जा सकते थे। हर बार पुलिस आती। दरोगा ठाकुर साहब के घर में बैठा रहता। पूरी पुलिस पलटन का खाना वहाँ पकता। मुर्गे गाँव से पकड़वा लिये जाते। शराब आती। शाम को पान चबाते, मुस्कुराते और गाँव की लड़कियों से चुहलबाजी करते पुलिस वाले लौट जाया करते। मामला हमेशा रफा-दफा हो जाता था।

इस बगीचे का पुराना नाम मुखियाजी का बगीचा था। वर्षों पहले चौधरी बालकिशन सिंह ने यह बगीचा लगाया था। मंशा यह थी कि खाली पड़ी हुई सरकारी जमीन को धीरे-धीरे अपने कब्जे में कर लिया जाए। अब तो वहाँ आम के दो-ढाई सौ पेड़ थे, लेकिन इस बगीचे का नाम अब बदल गया था। इसे लोग भुतही बगीचा कहते थे, क्योंकि मुखिया बालकिशन सिंह का भूत उसमें बसने लगा था। रात-बिरात उधर जानेवाले लोगों की घिग्घी बँध जाती थी। बालकिशन सिंह के बड़े बेटे चौधरी किशनपाल सिंह एक बार उधर से जा रहे थे तो उनको किसी स्त्री के रोने की आवाज सुनाई पड़ी। जाकर देखा—झाड़ियों, झुरमुटों को तलाशा तो कुछ नहीं। उनके सिर तक के बाल खड़े हो गए। धोती का फेंटा खुल गया और वे 'हनुमान-हनुमान' करते भाग खड़े हुए।

तब से वहाँ अक्सर रात में किसी स्त्री की कराहने या रोने की करुण आवाज सुनी जाने लगी। दिन में जानवरों की हड्डियों, जबड़े या चूड़ियों के टुकड़े वहाँ बिखरे दिखाई देते। गाँव के कुछ लफंगों का कहना था कि उस बगीचे में भूत-ऊत कुछ नहीं रहता। सब मुखिया के द्वारा फैलाई गई अफवाह है। साले ने उस बगीचे को ऐशगाह बना रखा है। एक बार मैं पड़ोस के गाँव में शादी के न्योते में गया था। लौटते हुए रात हो गई।

बारह बज गए होंगे। संग में राधे, संभारू और बालदेव थे। रास्ता बगीचे के बीच से गुजरता था। हम लोगों ने हाथ में डंडा ले रखा था। अचानक एक तरफ सूखे पत्तों की चरमराहट सुनाई पड़ी। लगा, जैसे कोई जंगली सूअर बेफिक्री से पत्तियों को रौंदता हुआ हमारी ओर चला आ रहा है। हम लोग रुककर आहट लेने लगे। गर्मी की रात थी। जेठ का महीना। अचानक आवाज जैसे ठिठक गई। सन्नाटा खिंच गया। हम टोह लेने लगे। भीतर से डर भी लग रहा था। बालदेव आगे बढ़ा, "कौन है, बे, छोह-छोह।" उसने जमीन पर लाठी पटकी, हालाँकि उसकी नसें ढीली पड़ गई थीं। कहीं मुखिया का जिन्न हुआ तो? मैंने किसी तरह हिम्मत जुटाई, "अबे, होह, होह।" बालदेव को आगे बढ़ा देख संभारू भी तिड़ी हो गया। पगलैटों की तरह दाएँ-बाएँ, ऊपर-नीचे लाठियाँ भाँजता वह उसी ओर लपका।

तभी एक बारीक और तटस्थ-सी आवाज सुनाई पड़ी, "हम हन भइया, हम।"

"तू कौन है बे?" बालदेव कड़का।

अँधेरे से बाहर निकलकर टेपचू आया, "काका, हम हन टेपचू।" वह बगीचे के बनते-मिटते अँधेरे में धुँधला-सा खड़ा था। हाथ में थैला था। मुझे ताज्जुब हुआ। "इतनी रात को इधर क्या कर रहा है कटुए?"

थोड़ी देर टेपचू चुप रहा। फिर डरता हुआ बोला, "अम्मा को लू लग गई है। दोपहर मुखिया के खेत की तकवानी में गई थी, घाम खा गई। उसने कहा कि कच्ची अमिया का पानी मिल जाए तो जुड़ा जाएगी। बड़ा तेज जर था।"

"भूत-डाइन का डर नहीं लगा तुझे मुए। किसी दिन साले की लाश मिलेगी किसी झाड़-झंखाड़ में।" राधे ने कहा।

टेपचू हमारे साथ ही गाँव लौटा। रास्ते-भर चुपचाप चलता रहा। जब उसके घर जानेवाली गली का मोड़ आया तो बोला, "काका, मुखिया से मत खोलना यह बात, नहीं तो मार-मारकर भुरता बना देगा हमें।"

टेपचू की उम्र उस समय मुश्किल से सात-आठ साल की रही होगी।

दूसरी बार यों हुआ कि टेपचू अपनी अम्माँ फिरोजा से लड़कर घर से भाग गया। फिरोजा ने उसे जलती हुई चूल्हे की लकड़ी से पीटा था। सारी दोपहर, चिनचिनाती धूप में टेपचू जंगल में ढोर-डंगरों के साथ फिरता रहा। फिर किसी पेड़ के नीचे छाँह में लेट गया। थका हुआ था। आँख लग गई।

भूख की वजह से बहुत देर तक वह यों ही पड़ा रह, टुकुर-टुकुर आसमान ताकता। फिर भूख की आँच में जब कान के लरे तक गर्म होने लगे तो सुस्त-सा उठकर सोचने लगा कि अब क्या जुगाड़ किया जाए। उसे याद आया कि सरई के पेड़ों के पार जंगल के बीच एक मैदान है। वहीं पर पुरनिहा तालाब है।

वह तालाब पहुँचा। इस तालाब में, दिन में गाँव की भैंसें और रात में बनैले सूअर लोटा करते थे। पानी स्याह-हरा-सा दिखाई दे रहा था। पूरी सतह पर कमल और कुई के फूल और पुरइन फैले हुए थे।

काई की मोटी पर्त बीच में थी। टेपचू तालाब में घुस गया। वह कमलगट्टे और पुरइन की काँद निकालना चाहता था। तैरना वह जानता था।

बीच तालाब में पहुँचकर वह कमलगट्टे बटोरने लगा। एक हाथ में ढेर सारे कमलगट्टे उसने खसोट रखे थे। लौटने के लिए मुड़ा, तो तैरने में दिक्कत होने लगी। जिस रास्ते से पानी काटता हुआ वह लौटना चाहता था, वहाँ पुरइन की घनी नालें आपस में उलझी हुई थीं। उसका पैर नालों में उलझ गया और तालाब के बीचोबीच वह 'बक-बक' करने लगा।

परमेसुरा जब भैंस को पानी पिलाने तालाब आया तो उसने 'गुड़प्... गुड़प्' की आवाज सुनी। उसे लगा, कोई बहुत बड़ी सौर मछली तालाब में मस्त होकर ऐंठ रही है। जेठ के महीने में वैसे भी मछलियों में गर्मी चढ़ जाती है। उसने कपड़े उतारे और पानी में हिल गया। जहाँ वह मछली तड़प रही थी वहाँ उसने गोता लगाकर मछली के गलफड़ों को अपने पंजों में दबोच लेना चाहा तो उसके हाथ में टेपचू की गर्दन आई। वह पहले तो डरा, फिर उसे खींचकर बाहर निकाल लाया। टेपचू अब मरा हुआ-सा पड़ा था। पेट गुब्बारे की तरह फूल गया था और नाक-कान से पानी की धार लगी हुई थी। टेपचू नंगा था और उसकी पेशाब निकल रही

थी। परमेसुरा ने उसकी टाँगें पकड़कर उसे लटकाकर पेट में टेहुना मारा तो 'भल-भल' करके पानी मुँह से निकला।

एक बाल्टी पानी की उल्टी करने के बाद टेपचू मुस्कुराया। उठा और बोला, "काका, थोड़े-से कमलगट्टे तालाब से खींच दोगे क्या? मैंने इत्ता सारा तोड़ा था, साला सब छूट गया। बड़ी भूख लगी है।"

परमेसुरा ने भैंस हाँकनेवाले डंडे से टेपचू के चूतड़ में चार-पाँच डंडे जमाए और गालियाँ देता हुआ लौट गया।

गाँव के बाहर, कस्बे की ओर जानेवाली सड़क के किनारे सरकारी नर्सरी थी। वहाँ पर प्लांटेशन का काम चल रहा था। बिड़ला के पेपर मिल के लिए बाँस, सागौन और युक्लिप्टस के पेड़ लगाए गए थे। उसी नर्सरी में, काफी भीतर ताड़ के भी पेड़ थे। गाँव में ताड़ी पीनेवालों की अच्छी-खासी तादाद थी। ज्यादातर आदिवासी मजदूर, जो पी.डब्ल्यू.डी. में सड़क बनाने तथा राखड़ गिट्टी बिछाने का काम करते थे दिन-भर की थकान के बाद रात में ताड़ी पीकर धुत हो जाते थे। पहले वे लोग साँझ का झुटपुटा होते ही मटका ले जाकर पेड़ में बाँध देते थे। ताड़ का पेड़ बिलकुल सीधा होता है। उस पर चढ़ने की हिम्मत या तो छिपकली कर सकती है या फिर मजदूर। सुबह तक मटके में ताड़ी जमा हो जाती थी। लोग उसे उतार लाते।

ताड़ पर चढ़ने के लिए लोग बाँस की पक्सियाँ बनाते थे और उस पर पैर फँसाकर चढ़ते थे। इसमें गिरने का खतरा कम होता। अगर उतनी ऊँचाई से कोई आदमी गिर जाता तो उसकी हड्डियाँ बिखर सकती थीं।

अब ताड़ के उन पेड़ों पर किशनपाल सिंह की मिल्कियत हो गई थी। पटवारी ने उस सरकारी नर्सरी के भीतर भी उस जमीन को किशनपाल सिंह के पट्टे में निकाल दिया था। अब ताड़ी निकलवाने का काम वही करते थे। ग्राम पंचायत भवन के बैठकी वाले कमरे में, जहाँ महात्मा गांधी की तसवीर टँगी हुई थी, उसी के नीचे शाम को ताड़ी बाँटी जाती। कमरे के भीतर और बाहर ताड़ीखोर मजदूरों की अच्छी-खासी जमात इकट्ठा हो जाती थी। किशनपाल सिंह को भारी आमदनी होती थी।

एक बार टेपचू ने भी ताड़ी चखनी चाही। उसने देखा कि जब गाँव के लोग ताड़ी पीते तो उनकी आँखें आह्लाद से भर जातीं। चेहरे से सुख टपकने लगता। मुस्कान कानों तक चौड़ी हो जाती, मन्द-मन्द। आनन्द और मस्ती में डूबे लोग साल्हो-दादर गाते। ठहाके लगाते। और एक-दूसरे की माँ-बहन की ऐसी-तैसी करते। कोई बुरा नहीं मानता था। लगता था जैसे लोग प्यार के अथाह समुन्दर में एक साथ तैर रहे हों।

टेपचू को लगा कि ताड़ी जरूर कोई ऊँची चीज है। सवाल यह था कि ताड़ी पी कैसे जाए। काका लोगों से माँगने का मतलब था, पिट जाना। पिटने से टेपचू को सख्त नफरत थी। उसने जुगाड़ जमाया और एक दिन बिलकुल तड़के, जब सुबह ठीक से हो भी नहीं पाई थी, आकाश में इक्का-दुक्का तारे छितरे हुए थे, वह झाड़ा फिरने के बहाने घर से निकल गया।

ताड़ की ऊँचाई और उस ऊँचाई पर टँगे हुए पके नीबू के आकार के मटके उसे डरा नहीं रहे थे, बल्कि अदृश्य उँगलियों से इशारा कर उसे आमंत्रित कर रहे थे। ताड़ के हिलते हुए डैने उसे ताड़ी के स्वाद के बारे में सिर हिला-हिलाकर बतला रहे थे। टेपचू को मालूम था कि छपरा जिले का लट्ठबाज मदना सिंह ताड़ी की रखवाली के लिए तैनात था। वह जानता था कि मदना सिंह अभी ताड़ी की खुमारी में कहीं खर्राटे भर रहा होगा। टेपचू के दिमाग में डर की कोई हल्की-सी खरोंच तक नहीं थी।

वह गिलहरी की तरह ताड़ के एकसार सीधे तने से लिपट गया और ऊपर सरकने लगा। पैरों में न तो बाँस की पक्सियाँ थीं और न कोई रस्सी ही। पंजों के सहारे वह ऊपर सरकता गया। उसने देखा, मदना सिंह दूर एक आम के पेड़ के नीचे अँगोछा बिछाकर सोया हुआ है। टेपचू अब काफी ऊँचाई पर था। आम, महुए, बहेड़ा और सागौन के पेड़ उसे और ठिंगने नजर आ रहे थे। 'अगर मैं गीध की तरह उड़ सकता तो कित्ता मजा आता!' टेपचू ने सोचा। उसने देखा, उसकी कुहनी के पास एक लाल चींटी रेंग रही थी। "ससुरी", उसने एक भद्दी गाली बकी और मटके की ओर सरकने लगा।

मदना सिंह जमुहाइयाँ लेने लगा था और हिल-डुलकर जतला रहा था कि उसकी नींद अब टूटनेवाली है। धुँधलका भी अब उतना नहीं रह गया था। सारा काम फुर्ती से निपटाना पड़ेगा। टेपचू ने मटके को हिलाया। ताड़ी चौथाई मटके तक इकट्ठी हो गई थी। उसने मटके में हाथ डालकर ताड़ी की थाह लेनी चाही...

और बस, यही सारी गड़बड़ी हो गई।

मटके में फ़नियल करैत साँप घुसा हुआ था। असल नाग। ताड़ी पीकर वह भी धुत था। टेपचू का हाथ अन्दर गया तो वह उसके हाथ में बौड़कर लिपट गया। टेपचू का चेहरा राख की तरह सफेद हो गया। गीध की तरह उड़ने जैसी हरकत उसने की। ताड़ का पेड़ एक तरफ हो गया और उसके समानान्तर टेपचू वजनी पत्थर की तरह नीचे को जा रहा था। मटका उसके पीछे था।

जमीन पर टेपचू गिरा तो धप्प की आवाज के साथ एक मरते हुए आदमी की अन्तिम कराह भी उसमें शामिल थी। इसके बाद मटका गिरा और उसके हिज्जे-हिज्जे बिखर गए। काला साँप एक ओर पड़ा हुआ ऐंठ रहा था। उसकी रीढ़ की हड्डियाँ टूट गई थीं।

मदना सिंह दौड़ा। उसने आकर देखा तो उसकी हवा खिसक गई। उसने ताड़ की फुनगी से मटके समेत टेपचू को गिरते हुए देखा था। बचने की कोई सम्भावना नहीं थी। उसने एक-दो बार टेपचू को हिलाया-डुलाया। फिर गाँव की ओर हादसे की खबर देने दौड़ गया।

धाड़ मार-मारकर रोती, छाती कूटती फिरोजा लगभग सारे गाँव के साथ वहाँ पहुँची। मदना सिंह उन्हें मौके की ओर ले गया, लेकिन मदना सिंह बक्क रह गया। ऐसा नहीं हो सकता—यही ताड़ का पेड़ था, इसी के नीचे टेपचू की लाश थी। उसने ताड़ी के नशे में सपना तो नहीं देखा था? लेकिन फूटा हुआ मटका अब भी वहीं पड़ा हुआ था। साँप का सिर किसी ने पत्थर के टुकड़े से अच्छी तरह थुर दिया था। लेकिन टेपचू का कहीं अता-पता नहीं था। आसपास खोज की गई, लेकिन टेपचू मियाँ गायब थे।

गाँववालों को उसी दिन विश्वास हो गया कि हो न हो टेपचू साला जिन्न है, वह कभी मर नहीं सकता।

फिरोजा की सेहत लगातार बिगड़ रही थी। गले के दोनों ओर की हड्डियाँ उभर आई थीं। स्तन सूखकर खाली थैलियों की तरह लटक गए थे। पसलियाँ गिनी जा सकती थीं। टेपचू को वह बहुत अधिक प्यार करती थी। उसी के कारण उसने दूसरा निकाह नहीं किया था।

टेपचू की हरकतों से फिरोजा को लगने लगा कि वह कहीं बहेतू और आवारा होकर न रह जाए। इसीलिए उसने एक दिन गाँव के पंडित भगवानदीन के पैर पकड़े। पंडित भगवानदीन के घर दो भैंसें थीं और खेती-पाती के अलावा वे दूध-पानी बेचने का धन्धा भी करते थे। उनको चरवाहे की जरूरत थी। इसके लिए पन्द्रह रुपये महीने और खाना-खुराक पर टेपचू रख लिया गया। भगवानदीन असल काइयाँ थे। खाने के नाम पर रात का बचा-खुचा खाना या मक्के की जली-भुनी रोटियाँ टेपचू को मिलतीं। करार तो यह था कि सिर्फ भैंसों की देखभाल टेपचू को करनी पड़ेगी, लेकिन वास्तव में भैंसों के अलावा टेपचू को पंडित के घर से लेकर खेत-खलिहान तक का सारा काम करना पड़ता था। सुबह चार बजे उसे जगा दिया जाता और रात में सोते-सोते बारह बज जाते। एक महीने में ही टेपचू की हालत देखकर फिरोजा पिघल गई। छाती में भीतर से रुलाई का जोरदार भभका उठा। उसने टेपचू से कहा कि बेटा, इस पंडित का द्वार छोड़ दे। कहीं और देख लेंगे। यह तो मुआ कसाई है पूरा। लेकिन टेपचू ने इनकार कर दिया।

टेपचू ने यहाँ भी जुगाड़ जमा लिया। भैंसों को जंगल में ले जाकर वह छुट्टा छोड़ देता और किसी पेड़ के नीचे रात की नींद पूरी करता। इसके बाद उठता। सोन नदी में भैंसों को नहलाता। कुल्ला वगैरह करता। फिर इधर-उधर अच्छी तरह से देख-ताककर डालडा के खाली डिब्बे में एक किलो भैंस का ताजा दूध दुहकर चढ़ा लेता। उसकी सेहत सुधरने लगी।

एक बार पंडिताइन ने उसे किसी बात पर गाली बकी और खाने के लिए सड़ा हुआ बासी भात दे दिया। उस दिन टेपचू को पंडित के खेत की निराई भी करनी पड़ी थी और थकान और भूख से वह बेचैन था। भात का कौर मुँह में रखते ही पहले तो खटास का स्वाद मिला, फिर उबकाई आने लगी। उसने सारा खाना भैंसों की नाँद में डाल दिया और भैंसों को हाँककर जंगल ले गया।

शाम को जब भैंसें दुही जाने लगीं तो छटाँक-भर भी दूध नहीं निकला। पंडित भगवानदीन को शक पड़ गया और उन्होंने टेपचू की जूतों से पिटाई की। देर तक मुर्गा बनाए रखा। दीवाल पर उकडूँ बैठाया। थप्पड़ चलाए और काम से उसे निकाल दिया।

इसके बाद टेपचू पी.डब्ल्यू.डी. में काम करने लगा। राखड़, मुरम, बजरी बिछाने का काम। सड़क पर डामर बिछाने का काम। बड़े-बड़े मर्दों के लायक काम। चिलचिलाती धूप में। फिरोजा मकई के आटे में मसाला-नमक मिलाकर रोटियाँ सेंक देती। टेपचू काम के बीच में, दोपहर उन्हें खाकर दो लोटा पानी सड़का लेता।

ताज्जुब था कि इतनी कड़ी मेहनत के बावजूद टेपचू सीझ-पककर मजबूत होता चला गया। काठी चढ़ने लगी। उसकी कलाई की हड्डियाँ चौड़ी होती गईं, पेशियों में मछलियाँ मचलने लगीं। आँखों में एक अक्खड़ रौब और गुस्सा झलकने लगा। पंजे लोहे की माफिक कड़े होते गए।

एक दिन टेपचू एक भरपूर आदमी बन गया। जवान।

पसीने, मेहनत, भूख, अपमान, दुर्घटनाओं और मुसीबतों की विकट धार को चीरकर वह निकल आया था। कभी उसके चेहरे पर पस्त होने, टूटने या हार जाने का गम नहीं उभरा।

उसकी भौंहों को देखकर एक चीज हमेशा अपनी मौजूदगी का एहसास कराती—गुस्सा, या शायद घृणा की थरथराती हुई रोशन पर्त।

मैंने इस बीच गाँव छोड़ दिया और बैलाडिला के आयरन ओर मिल में नौकरी करने लगा। इस बीच फिरोजा की मौत हो गई। बालदेव, संभारू और राधे के अलावा गाँव के कई लोग बैलाडिला में मजदूरी करने लगे। पंडित भगवानदीन को हैजा हो गया और वे मर गए। हाँ, किशनपाल सिंह उसी तरह ताड़ी उतरवाने का धन्धा करते रहे। वे कई सालों से लगातार सरपंच बन रहे थे। कस्बे में उनकी पक्की हवेली खड़ी हो गई और बाद में वे एम.एल.ए. हो गए।

लम्बा अरसा गुजर गया। टेपचू की खबर मुझे बहुत दिनों तक नहीं मिली, लेकिन यह निश्चित था कि जिन हालात में टेपचू काम कर रहा था,

अपना खून निचोड़ रहा था, अपनी नसों की ताकत चट्टानों में तोड़ रहा था—वे हालात किसी के लिए भी जानलेवा हो सकते थे।

टेपचू से मेरी मुलाकात तब हुई, जब वह बैलाडिला आया। पता लगा कि किशनपाल सिंह ने गुंडों से उसे बुरी तरह पिटवाया था। गुंडों ने उसे मरा हुआ जानकर सोन नदी में फेंक दिया था, लेकिन वह सही-सलामत बच गया और उसी रात किशनपाल सिंह की पुआल में आग लगाकर बैलाडिला आ गया। मैंने उसकी सिफारिश की और वह मजदूरी में भर्ती कर लिया गया।

वह सन् अठहत्तर का साल था।

हमारा कारखाना जापान की मदद से चल रहा था। हम जितना कच्चा लोहा तैयार करते, उसका बहुत बड़ा हिस्सा जापान भेज दिया जाता। मजदूरों को दिन-रात खदान में काम करना पड़ता।

टेपचू इस बीच अपने साथियों से पूरी तरह घुल-मिल गया था। लोग उसे प्यार करते। मैंने वैसा बेधड़क, निडर और मुँहफट आदमी और नहीं देखा। एक दिन उसने कहा था, "काका, मैंने अकेले लड़ाइयाँ लड़ी हैं। हर बार मैं पिटा हूँ, हर बार हारा हूँ। अब अकेले नहीं, सबके साथ मिलकर देखूँगा कि सालों में कितना जोर है।"

इन्हीं दिनों एक घटना हुई। जापान ने हमारे कारखाने से लोहा खरीदना बन्द कर दिया, जिसकी वजह से सरकारी आदेश मिला कि अब हमें कच्चे लोहे का उत्पादन कम करना चाहिए। मजदूरों की बड़ी तादाद में छँटनी करने का सरकारी फरमान जारी हुआ। मजदूरों की तरफ से माँग की गई कि पहले उनकी नौकरी का कोई दूसरा बन्दोबस्त कर दिया जाए, तभी उनकी छँटनी की जाए। इस माँग पर बिना ध्यान दिए मैनेजमेंट ने छँटनी पर फौरी अमल शुरू कर दिया। मजदूर यूनियन ने विरोध में हड़ताल का नारा दिया। सारे मजदूर अपनी झुग्गियों में बैठ गए। कोई काम पर नहीं गया।

चारों तरफ पुलिस तैनात कर दी गई। कुछ गश्ती टुकड़ियाँ भी रखी गईं, जो घूम-घूमकर स्थिति को कुत्तों की तरह सूँघने का काम करती थीं।

टेपचू से मेरी भेंट उन्हीं दिनों शेरे पंजाब होटल के सामने पड़ी लकड़ी की बेंच पर बैठे हुए हुई। वह बीड़ी पी रहा था। काले रंग की निकर पर उसने खादी का एक कुर्ता पहन रखा था।

मुझे देखकर वह मुस्कुराया, "सलाम काका, लाल सलाम।" फिर अपने कत्थे-चूने से रँगे मैले दाँत निकालकर हँस पड़ा, "मनेजमेंट की गाँड़ में हमने मोटा डंडा घुसेड़ रखा है। साले बिलबिला रहे हैं, लेकिन निकाले निकलता नहीं काका, दस हजार मजदूरों को भुक्खड़ बनाकर ढोरों की माफिक हाँक देना कोई हँसी-ठट्ठा नहीं है। छँटनी ऊपर की तरफ से होनी चाहिए। जो पचास मजदूरों के बराबर पगार लेता हो, निकालो सबसे पहले उसे, छाँटो अजमानी साहब को पहले।"

टेपचू बहुत बदल गया था। मैंने गौर से देखा—उसकी हँसी के पीछे घृणा, वितृष्णा और गुस्से का विशाल समन्दर पछाड़ें मार रहा था। उसकी छाती उघड़ी हुई थी। कुर्ते के बटन टूटे हुए थे। कारखाने के विशालकाय फाटक की तरह खुले हुए कुर्ते के गले के भीतर उसकी छाती के बाल हिल रहे थे, असंख्य मजदूरों की तरह, कारखाने के मेन गेट पर बैठे हुए। टेपचू ने अपने कन्धे पर लटकते हुए झोले से पर्चे निकाले और मुझे थमाकर तीर की तरह चला गया।

कहते हैं, तीसरी रात यूनियन ऑफिस पर पुलिस ने छापा मारा। टेपचू वहीं था। साथ में और भी कई मजदूर थे। यूनियन ऑफिस शहर से बिलकुल बाहर दूसरी छोर पर था। आसपास कोई आबादी नहीं थी। इसके बाद जंगल शुरू हो जाता था। जंगल लगभग दस मील तक के इलाके में फैला हुआ था।

मजदूरों ने पुलिस को रोका, लेकिन दरोगा करीम बख्स तीन-चार कांस्टेबुलों के साथ जबर्दस्ती अन्दर घुस गया। उसने फाइलों, रजिस्टरों, पर्चों को बटोरना शुरू किया। तभी टेपचू सिपाहियों को धकियाते हुए अन्दर पहुँचा और चीखा, "कागज-पत्तर पर हाथ मत लगाना दरोगा जी, हमारी डूटी आज यूनियन की तकवानी में है। हम कहे दे रहे हैं। आगा-पीछा हम नहीं सोचते, पर तुम सोच लो, ठीक तरह से।"

दरोगा चौंका। फिर गुस्से में उसकी आँखें गोल हो गईं, और नथुने साँड़ की तरह फड़कने लगे, "कौन है मादर...तूफानी सिंह, लगाओ साले को दस डंडे।"

सिपाही तूफानी सिंह आगे बढ़ा तो टेपचू की लँगड़ी ने उसे दरवाजे से आधा बाहर और आधा भीतर मुर्दा छिपकली की तरह जमीन पर पसरा दिया। दरोगा करीम बख्स ने इधर-उधर देखा। सिपाही मुस्तैद थे लेकिन कम पड़ रहे थे। उन्होंने इशारा किया लेकिन तब तक उनकी गर्दन टेपचू की भुजाओं में फँस चुकी थी।

मजदूरों का जत्था अन्दर आ गया और तड़ातड़ लाठियाँ चलने लगीं। कई सिपाहियों के सिर फूटे। वे रो रहे थे और गिड़गिड़ा रहे थे। टेपचू ने दरोगा को नंगा कर दिया था।

पिटी हुई पुलिस पलटन का जुलूस निकाला गया। आगे-आगे दरोगा जी, फिर तूफानी सिंह, लाइन से पाँच सिपाहियों के साथ। पीछे-पीछे मजदूरों का हुजूम ठहाके लगाता हुआ। पुलिस वालों की बुरी गत बनी हुई थी। यूनियन ऑफिस से निकलकर जुलूस कारखाने के गेट तक गया, फिर सिपाहियों को छोड़कर मस्ती और गर्व में डूबे हुए लोग लौट गए। टेपचू की गर्दन अकड़ी हुई थी और वह साल्हो-दादर गाने लगा था।

अगले दिन सवेरे टेपचू अपनी झुग्गी से निकलकर टट्टी करने जा रहा था कि पुलिस ने उसे गिरफ्तार कर लिया। और भी बहुत-से लोग पकड़े गए थे। चारों तरफ गिरफ्तारियाँ चल रही थीं।

टेपचू को जब पकड़ा गया तो उसने टट्टीवाला लोटा खींचकर तूफानी सिंह को मारा। लोटा माथे के बीचोबीच बैठा और गाढ़ा गन्दा खून छलछला आया। टेपचू ने भागने की कोशिश की, लेकिन वह घेर लिया गया। गुस्से में पागल तूफानी सिंह ने तड़ातड़ डंडे चलाए। मुँह से बेतहाशा गालियाँ फूट रही थीं।

सिपाहियों ने उसे जूते से ठोकर मारी। घूँसे-लात चलाए। दरोगा करीम बख्स भी जीप से उतर आए। यूनियन ऑफिस में की गई अपनी बेइज्जती उन्हें भूली नहीं थी।

दरोगा करीम बख्स ने तूफानी सिंह से कहा कि टेपचू को नंगा किया जाए और गाँड़ में एक लकड़ी ठोंक दी जाए। तूफानी सिंह ने यह काम सिपाही गजाधर शर्मा के सुपुर्द किया।

गजाधर शर्मा ने टेपचू का निकर खींचा तो दरोगा करीम बख्स का चेहरा फक हो गया। फिरोजा ने टेपचू की बाकायदा खतौनी कराई थी। टेपचू दरोगा का नाम तो नहीं जानता था, लेकिन उसका चेहरा देखकर जरूर जान गया। दरोगा करीम बख्स ने टेपचू की कनपटी पर एक डंडा जमाया, "मादर...नाम क्या है तेरा?"

टेपचू ने कुर्ता उतारकर फेंक दिया और मादरजाद अवस्था में खड़ा हो गया, "अल्ला बक्स बलद अब्दुल्ला बक्स साकिन मड़र मौजा पौंडी, तहसील सोहागपुर, थाना जैतहरी, पेशा मजदूरी—" इसके बाद उसने टाँगें चौड़ी कीं, घूमा और गजाधर शर्मा, जो नीचे की ओर झुका हुआ था, उसके कन्धे पर पेशाब की धार छोड़ दी, "जिला शहडोला, हाल बासिंदा बैलाडिला..."

टेपचू को जीप के पीछे रस्सी से बाँधकर डेढ़ मील तक घसीटा गया। सड़क पर बिछी हुई बजड़ी और मुरम ने उसकी पीठ की पर्त निकाल दी। लाल टमाटर की तरह जगह-जगह उसका गोश्त बाहर झाँकने लगा।

जीप कस्बे के पार आखिरी चुंगी नाके पर रुकी। पुलिस पलटन का चेहरा खूँखार जानवरों की तरह दहक रहा था। चुंगी नाके पर एक ढाबा था। पुलिस वाले वहीं चाय पीने लगे।

टेपचू को भी चाय पीने की तलब महसूस हुई, "एक चा इधर मारना छोकड़े, कड़क।" वह चीखा। पुलिस वाले एक-दूसरे की ओर कनखियों से देखकर मुस्कुराए। टेपचू को चाय पिलाई गई। उसकी कनपटी पर गूमड़ उठ आया था और पूरा शरीर लोथ हो रहा था। जगह-जगह से लहू चुहचुहा रहा था।

जीप लगभग दस मील बाद जंगल के बीच रुकी। जगह बिलकुल सुनसान थी। टेपचू को नीचे उतारा गया। गजाधर शर्मा ने एक-दो डंडे और चलाए।

दरोगा करीम बख्स भी जीप से उतरे और उन्होंने टेपचू से कहा, "अल्ला बक्स उर्फ टेपचू तुम्हें दस सेकेंड का टाइम दिया जाता है। सरकारी हुकुम मिला है कि तुम्हारा जिला बदर कर दिया जाए। सामने की ओर सड़क पर तुम जितनी जल्द दूर-से-दूर भाग सकते हो, भागो। हम दस तक गिनती गिनेंगे।"

टेपचू लँगड़ाता-डगमगाता चल पड़ा। करीम बख्स खुद गिनती गिन रहे थे। एक-दो-तीन-चार-पाँच...।

लँगड़े, बूढ़े, बीमार बैल की तरह खून में नहाया हुआ टेपचू अपने शरीर को घसीट रहा था। वह खड़ा तक नहीं हो पा रहा था, चलने और भागने की तो बात दूर थी।

अचानक दस की गिनती खत्म हो गई। तूफानी सिंह ने निशाना साधकर पहला फायर किया—धाँय।

गोली टेपचू की कमर में लगी और वह रेत के बोरे की तरह जमीन पर गिर पड़ा। कुछ सिपाही उसके पास पहुँचे। कनपटी पर बूट मारी। टेपचू कराह रहा था, "हरामजादो!"

गजाधर शर्मा ने दरोगा से कहा, "साब, अभी थोड़ा-बहुत बाकी है।" दरोगा करीम बख्स ने तूफानी सिंह की ओर इशारा किया। तूफानी सिंह ने करीब जाकर टेपचू के दोनों कन्धों के पास, दो-दो इंच नीचे दो गोलियाँ मारीं, बन्दूक की नाल लगभग सटाकर। नीचे की जमीन तक उधड़ गई।

टेपचू धीमे-धीमे फड़फड़ाया। मुँह से खून और झाग के थक्के निकले। जीभ बाहर आई। आँखें उलटकर बुझीं। फिर वह ठंडा पड़ गया।

उसकी लाश को जंगल के भीतर महुए की एक डाल से बाँधकर लटका दिया गया। मौके की तसवीर ली गई। पुलिस ने दर्ज किया कि मजदूरों के दो गुटों में हथियारबन्द लड़ाई हुई। टेपचू उर्फ अल्ला बख्स को मारकर पेड़ से लटका दिया गया है। पुलिस ने लाश बरामद की। मुजरिमों की तलाश जारी है।

इसके बाद टेपचू की लाश को सफेद चादर से ढककर सन्दूक में बन्द कर दिया गया और जीप में लादकर पुलिस चौकी लाया गया।

रायगढ़, बस्तर, भोपाल सभी जगह से पुलिस की टुकड़ियों आ गई थीं। सी.आर.पी. वाले गश्त लगा रहे थे। चारों ओर धुआँ उठ रहा था। झुग्गियाँ जला दी गई थीं। पचासों मजदूर मारे गए। पता नहीं क्या-क्या हुआ था।

सुबह टेपचू की लाश को पोस्टमार्टम के लिए जिला अस्पताल भेजा गया। डॉ. एडविन वर्गिस ऑपरेशन थियेटर में थे। वे बड़े धार्मिक किस्म के ईसाई थे।

ट्राली-स्ट्रेचर में टेपचू की लाश अन्दर लाई गई। डॉ. वर्गिस ने लाश की हालत देखी। जगह-जगह थ्री-नाट-थ्री की गोलियाँ धँसी हुई थीं। पूरी लाश में एक सूत जगह नहीं थी, जहाँ चोट न हो।

उन्होंने अपना मास्क ठीक किया, फिर उस्तरा उठाया। झुके। और तभी टेपचू ने अपनी आँखें खोलीं। धीरे से कराहा और बोला, "डॉक्टर साहब, ये सारी गोलियाँ निकाल दो। मुझे बचा लो। मुझे इन्हीं कुत्तों ने मारने की कोशिश की है।"

डॉक्टर वर्गिस के हाथ से उस्तरा छूटकर गिर गया। एक घिघियाई हुई चीख उनके कंठ से निकली और वे ऑपरेशन रूम से बाहर की ओर भागे।

आप कहेंगे कि ऐसी अनहोनी और असम्भव बातें सुनाकर मैं आपका समय खराब कर रहा हूँ। आप कह सकते हैं कि इस पूरी कहानी में सिवा सफेद झूठ के और कुछ नहीं है।

मैंने भी पहले ही अर्ज किया था कि यह कहानी नहीं है, सच्चाई है। आप स्वीकार क्यों नहीं कर लेते कि जीवन की वास्तविकता किसी भी काल्पनिक साहित्यिक कहानी से ज्यादा हैरतअंगेज होती है। और फिर ऐसी वास्तविकता जो किसी मजदूर के जीवन से जुड़ी हुई हो। हमारे गाँव मड़र के अलावा जितने भी लोग टेपचू को जानते हैं वे यह मानते हैं कि टेपचू कभी मरेगा नहीं—साला जिन्न है।

आपको अब भी विश्वास न होता हो तो जहाँ, जब, जिस वक्त आप चाहें मैं आपको टेपचू से मिलवा सकता हूँ।

■■

असत्य का भौतिक प्रमाण

यह तब की बात है जब विनायक दत्तात्रेय सरकारी कला और संस्कृति विभाग में नौकर थे, हालाँकि उन्हें वेतन, ताकत और सुविधाओं के कारण अफसर कहा जाता था। चूँकि वे यह मानते थे कि कलाएँ और संस्कृति अन्तत: गहरी संवेदनात्मक मानवीय सक्रियताएँ हैं, इसलिए यह उन्हें कतई सांस्कृतिक या कलात्मक न लगता कि वे अपनी मेज पर लगे प्लास्टिक के एक छोटे-से बटन को दबाएँ और उससे पैदा होनेवाली अजीब-सी आवाज से कोई जीता-जागता, एक अलग व्यक्तित्व, जीवनगाथा, विचार, स्वभाव और संवेदना का मनुष्य दौड़ता हुआ उनके पास आए और वे उससे पानी, चाय, सिगरेट, कागज या कोई दूसरी ऐसी निहायत मामूली, तुच्छ, कृत्रिम और बेजान-सी चीज मँगाएँ।

यह उन्हें ठीक न लगता कि जहाँ आदमी होने के बावजूद वे एक प्लास्टिक के नगण्य और निर्जीव बटन को दबाते हैं, वहीं एक दूसरा उनके जैसा ही जीवित मनुष्य, मनुष्य होने के बावजूद, उसकी यांत्रिक आवाज सुनकर अपना समूचा शरीर लिये हुए दौड़ता-हाँफता उनकी मेज तक चला आता है। यह तकनीक द्वारा प्रकृति और मनुष्य को गुलाम बनाने का एक अत्यन्त मार्मिक और दहला डालनेवाला उदाहरण था। विडम्बना यह थी कि स्वयं मनुष्य ही इस षड्यंत्र में शामिल था।

चुनाव इत्यादि होते रहने के बाद भी यह ठीक मानवीय लोकतंत्र नहीं है, और यह आधुनिकता तो बिलकुल नहीं है। बल्कि यह तो दरअसल मानव समाज में निरन्तर पाई जानेवाली ऐसी असभ्य असमानता है, जहाँ कमजोर और गरीब मनुष्य ताकतवर और अमीर मनुष्य के सामने गुलामी की इस पराकाष्ठा तक पहुँचा दिया गया है कि वह राजाओं की सेना और पुलिस या महाजन के लठैतों और गुमाश्तों के डर के कारण नहीं, बल्कि एक छोटे से प्लास्टिक बटन पर होनेवाली एक उँगली की मामूली-सी हरकत पर दौड़ता-भागता चला आता है। और हद तो ये है कि ये काम वे लोग करते हैं जो अपने आपको कवि या संस्कृतिकर्मी या कलाकार आदि कहते हैं। ऐसा वे सोचते।

प्रविधि दरअसल आदमी को ज्यादा-से-ज्यादा गुलाम बनाने की ही युक्ति है, और इस युक्ति को उन बहुत थोड़े-से लोगों ने विकसित किया है, जो ज्यादा आदमियों को कुछ थोड़े-से आदमियों के बराबर नहीं देखना चाहते। ऐसा विनायक ने अपनी डायरी में लिख रखा था।

इसीलिए जब उन्हें प्यास लगती, तो वे खुद जाते और कूलर या जग से पानी गिलास में उड़ेलकर पी लेते। सिगरेट पीना होता तो सड़क के पार सिगरेट की दुकान तक चले जाते और वहीं माचिस जलाकर उसे सुलगाते और सुट्टे लगाने लगते। कई बार उन्हें बीड़ी पीने की इच्छा होती और वे बीड़ी पीने लगते। चाट या चाय की तलब होती तो ऑफिस के पास के एक ढाबे की गन्दी-सी बेंच पर, जहाँ हर वह आदमी बैठता था, जो वहाँ चाय पीने आता, वह भी बैठकर इत्मीनान से चाय पीते या चाट खाते। अगर इस दौरान उधर से उनका कोई परिचित गुजर रहा होता तो उसे वे जोरों से आवाज लगाकर पूछते कि भाई साहब, आप चाय पिएँगे? या चाट खाएँगे? उन्होंने देखा था कि उनके इस तरह बुलाने पर चपरासी या सफाई कर्मचारी या बाबू टाइप लोग तो उनके पास चले आते, लेकिन उनके पद के बराबर या उससे ऊपर के ओहदे के लोग कतराकर, या कोई बहाना बनाकर आगे निकल जाते। इसी तरह की कई और चीजें भी वे करते। ये वे काम थे, जिनके बारे में मान्यता थी कि इन्हें किसी अफसर को नहीं करना चाहिए। हालाँकि ऐसा उनकी सर्विस बुक में या राज्य सरकार के किसी औपचारिक ऑफिशियल प्रपत्र में कहीं नहीं लिखा था, लेकिन ऐसा ही अलिखित नियम प्रचलन में था।

मैं एक दिन यह पता लगाकर रहूँगा कि यह नियम किसने बनाया—अंग्रेजों ने, मुगलों ने, ब्राह्मणों ने, सामन्तवाद ने, लोकतंत्र ने, समाजवाद, नौकरशाही या ईश्वर अथवा शैतान ने? उन्होंने यह भी अपनी डायरी में लिख रखा था। हालाँकि विनायक दत्तात्रेय बहुत योग्य, कर्मठ और ईमानदार अफसर थे, लेकिन वे सरकार में लगातार विवादग्रस्त और सन्दिग्ध होते चले गए। उनके बारे में विभाग के कई तरह के मजाकिया किस्से और लतीफे चलते।

इन्हीं दिनों एक अखबार में संस्कृति विभाग में व्याप्त भ्रष्टाचार, अनियमितता और भाई-भतीजावाद के बारे में हर रोज नियमित लेख

आने लगे। उन लेखों को कोई व्यक्ति 'अन्तर्यामी खैरनार' के छद्म नाम से लिखता था। वे लेख बहुत तथ्यपरक, सनसनीखेज, विचारोत्तेजक, प्रामाणिक और साहसिक होते।

विभाग में अफरा-तफरी मच गई। बॉस ने मीटिंग में कहा, यह काम कोई ऐसा आदमी कर रहा है, जिसे विभाग के बारे में बहुत सारी जानकारियाँ हैं और उसकी भाषा में साहित्य की नैतिक परम्पराओं तथा उत्कृष्ट शिल्प का प्रभाव है। परन्तु जैसा राजनीतिक और प्रशासनिक जनतंत्र हमने इन पचपन सालों में विकसित किया है, उसमें ऐसे आदमी से खतरनाक कोई हो नहीं सकता, जो जनता को सरकार के बारे में ऐसी अपारम्परिक भाषा और शिल्प में सूचित करे। अखबारों में छपनेवाली सूचनाओं की भाषा तो अब सिर्फ अखबारों के लिए ग्राहक जुटाने या मालिक के लिए विज्ञापन और सम्पर्क भिड़ाने के काम आती है, जबकि इन लेखों की भाषिक संरचना और उनके विन्यास को ध्यान से देखें तो उनका उद्देश्य एक साथ मानवीय, सामाजिक और आध्यात्मिक लगता है। सरकार की विश्वसनीयता और हमारे विभाग से जुड़े बौद्धिकों की गरिमा और प्रतिष्ठा को बचाए रखने के लिए इस आदमी का तत्काल पता लगाया जाना चाहिए।

बॉस ने कहा कि यह आदमी हमारे जनतंत्र, प्रशासन और हमारे सांस्थानिक ढाँचों के लिए उतना ही खतरनाक है, जितना अमेरिका के लिए पहले रूस, फिर वियतनाम, फिर इराक और आगे चलकर ओसामा बिन लादेन हुआ।

अगले दिन एक स्थानीय अखबार में, जिसमें सरकारी विज्ञापन सबसे ज्यादा छपते थे, एक छोटी-सी खबर छपी। इस खबर के मुताबिक—'शहर के कुछ लेखक किस्म के बुद्धिजीवियों की राय में उस सरकारी विभाग और उसके अधिकारियों के भ्रष्ट और अनैतिक आचरणों के बारे में ये लेख कोई और नहीं, उसी विभाग के क्लास वन अफसर श्री विनायक दत्तात्रेय लिखते हैं।'

कुछ दिनों बाद कुछ गम्भीर तथा उत्कृष्ट कही जानेवाली साहित्यिक पत्रिकाओं में भी, जो सरकारी विज्ञापनों और ऊँचे अफसरों के सृजन और अनुदानों के कारण प्रकाशित होती थीं, ऐसे लेख छपे, जिनमें श्री अन्तर्यामी खैरनार के उन लेखों तथा विनायक दत्तात्रेय की रचनाओं के

तुलनात्मक अध्ययन और उत्तर-आधुनिक पाठालोचन तथा विखंडन पद्धति द्वारा यह सिद्ध किया गया था कि भाषिक संरचना, शिल्प, शब्द-प्रीति, विन्यास तथा अवधारणात्मक समरूपता के आधार पर यह प्रकट होता है कि इनको लिखनेवाला कोई एक ही लेखक है। और चूँकि श्री अन्तर्यामी खैरनार नामक किसी लेखक का कोई भौतिक साक्ष्य कहीं उपलब्ध नहीं है, अत: निस्सन्देह संस्कृति विभाग, उसके अधिकारियों और उनके चीफ के कदाचार, अवैध कामकाज और भ्रष्ट आचरण से सम्बन्धित ये लेख श्री विनायक दत्तात्रेय ने ही लिखे हैं।

विनायक दत्तात्रेय चुप रहे। वे बचपन से मानते आए थे कि झूठ के पैर नहीं होते और सत्य की ही हमेशा विजय होती है। इसलिए वे हमेशा की तरह नौ बजे दफ्तर जाते, अपना काम करते और घर लौटकर लिखते, पढ़ते, गाते-बजाते या चित्र बनाते।

एक दिन उन्हें संस्कृति विभाग के बॉस ने अपने कमरे में बुलाया।

बॉस ने गहरी आँखों से उन्हें देखा और मुस्कराया। दत्तात्रेय भी मुस्कुराए। बॉस जवाब में और ज्यादा मुस्कुराया। इस जवाब के उत्तर में विनायक भी और ज्यादा मुस्कुराए। ऐसा दो-तीन बार हुआ। लगता है कि विनायक दत्तात्रेय की मुस्कुराहट उस नियंत्रण रेखा तक पहुँच गई थी, जिसके आगे मुस्कुराहट इसलिए सम्भव नहीं थी, क्योंकि अब बिना दाँत निकाले इसका जवाब दिया नहीं जा सकता था। इसलिए अब बॉस को अपने दाँत निकालने पड़े। वह हँसा। इसके उत्तर में विनायक दत्तात्रेय को अधिक हँसना पड़ा, जिसमें उन्हें और ज्यादा दाँत निकालने पड़े। इसके जवाब में बॉस को थोड़ा और हँसना पड़ा, जिसमें और अधिक दाँत निकालने की जरूरत पड़ी। इस तरह वह नियंत्रण रेखा या लाइन ऑफ कंट्रोल आ पहुँची, जिसमें अब दाँत की जगह आवाज की भूमिका शुरू होती थी।

'हह...हह...हह...।' बॉस हँसा।

'हह...हह...हह...हहा...हहा...।' इसके जवाब में विनायक हँसे।

'हह...हह...हहा...हाहा...हाहा।' बॉस और ज्यादा हँसा।

'हाहा...हाहा...हाहा...हाहाहा...हाहाहाहा।' विनायक दत्तात्रेय को और ज्यादा हँसना पड़ा।

'हाहाहा...हाहा...हाहाहाहा...हह...हाहा...हाहाहाहाहाहा।' यह बॉस का ठहाका था।

'हाहाहाहाहा...हूहूहूहू...हूहाहा...हूहूहा...हाहूहाहू...हाहूहूहूहूहू।' और ज्यादा हँसने की कोशिश में इस बार दत्तात्रेय को खाँसी आ गई। उनकी साँस गले में कहीं फँस गई थी और वहाँ से सिर्फ 'ऊआ...आऊ...' की आवाज निकल रही थी। बॉस ने विजेता की दृष्टि से उन्हें देखा। दत्तात्रेय वास्तव में पराजित हो चुके थे। वह वस्तुत: जीत गया था।

विनायक दत्तात्रेय ने बड़ी मुश्किल से अपनी खोई हुई साँस वापस खोजी और हारे हुए व्यक्ति की आँखों से बॉस को देखा।

बॉस का चेहरा सख्त हो चुका था। पत्थर जैसा सपाट और खुरदरा। उसे देखकर कोई सोच भी नहीं सकता था कि अभी कुछ पल पहले ही यह आदमी दाँत निकाल रहा था और इस कदर हँस रहा था।

'आपको ऐसा काम नहीं करना चाहिए। मुझे शक तो था लेकिन यकीन नहीं था।' यह बॉस की काफी मोटी और परा-मानवीय आवाज थी।

'कौन-सा काम?' विनायक दत्तात्रेय ने बहुत कोशिश करके वैसी ही परा-मानवीय आवाज अपने गले से निकालनी चाही, लेकिन चूँकि अभी-अभी वे खाँस चुके थे और उनको अपनी साँस बड़ी मुश्किल से वापस मिली थी, इसलिए एक खरखराती हुई, बारीक और गरीब-सी आवाज उनके गले से निकल पाई। उन्होंने एक प्रयत्न और किया—'आपको क्या शक और यकीन था?' यह कुछ ठीक आवाज थी। लेकिन वैसी नहीं, जिसके लिए उन्होंने प्रयत्न किया था। वे बहुत सन्तुष्ट नहीं हुए।

बॉस दाहिनी ओर झुका और उसने मेज की दराज को खींचकर उसमें से एक कागज का टुकड़ा निकालकर मेज पर रख दिया। यह मनीऑर्डर की पावती थी। उस पर लिखा था :

श्री अन्तर्यामी खैरनार
द्वारा श्री विनायक दत्तात्रेय
अधिकारी संस्कृति विभाग

इसके बाद उस दफ्तर और शहर का नाम था, जहाँ दत्तात्रेय काम करते थे। यह मनीऑर्डर उसी पत्रिका के कार्यालय से भेजा गया था, जिसमें वे विवादास्पद लेख छपते थे और इसे दत्तात्रेय के निजी सचिव ने रिसीव किया था। सिद्ध था कि दत्तात्रेय और अन्तर्यामी खैरनार दोनों एक ही व्यक्ति थे।

'यह झूठ है। मुझे नहीं मालूम अन्तर्यामी खैरनार कौन है। मैं ऐसे किसी आदमी को नहीं जानता।' विनायक दत्तात्रेय ने कहा।

बॉस थोड़ी देर तक उस कागज के टुकड़े की ओर देखता रहा, फिर उसने कहा, 'अब आप जाइए। आपके साथ हँसते-हँसते मेरा गला दर्द करने लगा।' उसने उस कागज को वापस दराज में रख लिया।

दूसरे दिन विनायक दत्तात्रेय ने सरकारी नौकरी से इस्तीफा दे दिया। उन्होंने अपनी डायरी के एक पन्ने पर लिखा है :

सच यह है कि मैं यह नहीं जानता कि अन्तर्यामी कौन है और सत्य यह भी है कि उस नाम से मैंने कभी कोई लेख नहीं लिखा। लेकिन इस सच को प्रमाणित करने के लिए मेरे पास कोई प्रमाण नहीं है। जब कि यह झूठ है कि मैं ही अन्तर्यामी खैरनार हूँ लेकिन इस झूठ का भौतिक प्रमाण मौजूद है और वह सरकार के संस्कृति विभाग के उस भ्रष्ट अधिकारी की मेज की दराज में फिलहाल बन्द है।

इसके बाद दत्तात्रेय की डायरी की कई पंक्तियों में काफी काटा-पीटी है। वाक्यों को काटते हुए उनके ऊपर कलम को इतना घिसा गया है कि यह समझ में नहीं आता है कि वहाँ आखिर लिखा क्या गया था। लगता है कि उस समय दत्तात्रेय काफी मानसिक उलझन और तनाव में थे। पन्ने के अन्त में कुछ वाक्य ऐसे हैं, जो पढ़े जा सकते हैं।

हम मानव सभ्यता की जिस अवस्था तक आ पहुँचे हैं, उसमें अब सत्य सत्यापित नहीं हो सकता। सत्यापित सिर्फ असत्य होता है। मेरा निष्कर्ष है कि चूँकि ईश्वर को सत्यापित नहीं किया जा सकता, क्योंकि उसका कोई भौतिक प्रमाण कहीं मौजूद नहीं है, इसीलिए मेरे अपने जीवन अनुभव से यह सिद्ध होता है कि ईश्वर इसलिए सत्य है।

और जिन-जिन चीजों का भौतिक प्रमाण मौजूद है, वे अधिकतर झूठ हैं भले ही उन्हें लोग सच मानें। वे बेचारे तो यह भी नहीं जानते कि वे सिर्फ

झूठ के पुतले हैं। वे अपने आपको मनुष्य इसलिए कहते हैं क्योंकि उसका भौतिक प्रमाण उनके शरीर के रूप में सबके सामने है। सत्य यह है कि वे वास्तव में ऐसे झूठ हैं जो सिर्फ अपनी देह से सत्यापित हुआ करते हैं।

विनायक दत्तात्रेय के वैराग्य और विपन्नता के कारण को सम्भवत: उनकी डायरी के इन वाक्यों के द्वारा समझा जा सकता है।

विनायक दत्तात्रेय की डायरी के इस पन्ने पर बीसवीं और इक्कीसवीं, दोनों शताब्दियों की तारीखें पड़ी हैं।

नेलकटर

सावन में घास और वनस्पतियों के हरे रंग में हल्का अँधेरा-सा घुला होता है। हवा भारी होती है और तरल। वर्षा के रवे परतों में तैरते हैं।

मैं नौ साल का था।

इसी महीने राखी बँधती है। कजलैयाँ होती है। नागपंचमी में गोबर की सात बहनें बनाई जाती हैं। धान की लाई और दूध दोने में भरकर हम साँपों की बाँबियाँ खोजते फिरते हैं।

हरियरी अमावस भी इसी महीने होती है। मैं बाँस की खूब ऊँची जेंड़ी बनाकर उस पर चढ़कर दौड़ता था। मेरी ऊँचाई कम-से-कम बारह फीट की हो जाती होगी।

माँ दक्षिण की ओर के कमरे में रहती थीं। बम्बई के टाटा मेमोरियल अस्पताल से उन्हें ले आया गया था। सिर्फ अनार का रस पीती थीं। वे बोलने के लिए अपने गले में डॉक्टरों द्वारा बनाई गई छेद में उँगली रख लेती थीं। वहाँ एक ट्यूब लगी थी। उसी ट्यूब से वे साँस लेती थीं।

बहुत बारीक, ठंडी और कमजोर आवाज होती थी वह। कुछ-कुछ यंत्रों जैसी आवाज। जैसे बहुत धीमे वॉल्यूम में कोई रेडियो तब बोलता

है जब बाहर खूब जोरों की बारिश हो रही हो और बिजलियाँ पैदा हो रही हों, या तब जब सुई किन्हीं बहुत दूर के दो स्टेशनों के बीच कहीं अटक गई हो।

माँ को बोलने में दर्द बहुत होता होगा। इसलिए बहुत कम ही बोलती थीं। उस यंत्र जैसी आवाज में हम माँ की पुरानी अपनी आवाज खोजने की कोशिश करते। कभी-कभी उस असली और माँ जैसी आवाज का कोई एक अंश हमें सुनाई पड़ जाता। तब माँ हमें मिलती, जो हमारी छोटी-सी स्मृति में होती थी।

लेकिन माँ सुनना सब कुछ चाहती थीं। सब कुछ। हम बोलते, लड़ते, चिल्लाते या किसी को पुकारते तो व्याकुलता से वे सुनतीं। हमारे शब्द उन्हें राहत देते होंगे।

उनकी सिर्फ आँखें बची थीं, जिन्हें देखकर मुझे उम्मीद बँधती थी कि माँ कहीं जाएँगी नहीं। मेरे पूरे जीवन भर रही आएँगी। मैं हमेशा के लिए उनकी उपस्थिति चाहता था। चाहे वे चित्र की तरह या मूर्ति की तरह ही रही आएँ। और न बोलें।

लेकिन उनके जीवित होने का विश्वास भी रहा आए, जैसाकि चित्रों के साथ नहीं होता।

मैं कभी-कभी बहुत डर जाता था और रोता था। अपने जीवन में अचानक मुझे कोई एक बहुत खाली–बिलकुल खाली जगह दिख जाती थी। यह बहुत डरावना होता था।

उस दिन माँ ने मुझे बुलाया। बाहर मैदान में घास का रंग गहरा हरा था। बादल बहुत थे और हवा में भार था। वह भीगी हुई थी।

माँ ने अपनी हथेली मेरे सामने फैला दी। दाएँ हाथ की सबसे छोटी उँगली की बगल वाली उँगली का नाखून एक जगह से उखड़ गया था। उससे उन्हें बेचैनी होती रही होगी।

इस उँगली को सूर्य की उँगली कहते हैं।

मैं समझ गया और नेलकटर लाकर माँ की पलंग के नीचे फर्श पर बैठ गया। नेलकटर में लगी रेती से मुझे उनकी उँगली का नाखून घिसकर बराबर करना था। माँ यही चाहती थीं। वह नेलकटर पिताजी इलाहाबाद से

लाए थे—कुम्भ के मेले से लौटने पर, दो साल पहले। नेलकटर में नीले काँच का एक सितार बना था।

माँ की उँगलियाँ बहुत पतली हो गई थीं। उनमें रक्त नहीं था। पीली-सी त्वचा। पतंगी कागज जैसी। पीली भी नहीं, जर्द। और बेहद ठंडी। ऐसा ठंडापन दूसरी, बेजान चीजों में होता है। कुर्सियों, मेजों, किवाड़ों या साइकिल के हैंडिल जैसा ठंडापन।

और हाथ उनका इतना हल्का कैसे हो गया था? कहाँ चला गया सारा वजन? वह भार शायद जीवन का होता है, जिसे पृथ्वी अपनी चुम्बक से अपनी ओर खींचा करती है, जो अब माँ के पास बहुत कम बचा था। उन्हें पृथ्वी खींचना छोड़ रही थी।

मैंने उनकी हथेली थाम रखी थी और नाखून को रेती से धीरे-धीरे घिस रहा था। मैं उनके नाखूनों को बहुत सुन्दर, ताजा और चिकना बना डालना चाहता था।

मैं एक बार हँसा। फिर मुस्कुराता ही रहा। माँ को ढाढ़स बँधाने और उन्हें खुश करने का यह मेरा तरीका था। मैंने देखा, माँ को नाखून का हल्का-हल्का रेती से घिसा जाना बहुत अच्छा लग रहा है। उनके चेहरे पर एक सुख था, जो एक जगह नहीं बल्कि पूरे शरीर की शान्ति में फैला हुआ था। उन्होंने आँखें मूँद रखी थीं।

एक घंटा लगा। मैंने उनकी एक उँगली ही नहीं, सारी उँगलियों के नाखून खूब अच्छे कर दिए। माँ ने अपनी उँगलियाँ देखीं। यह कितना कमजोर और हार का क्षण होता है, जब नाखून जीवन का विश्वास देते हैं। कितने सुन्दर और चिकने नाखून हो गए थे।

माँ ने मेरे बालों को छुआ। वे कुछ बोलना चाहती थीं। लेकिन मैंने रोक दिया।

वे बोलतीं तो पूछतीं कि मैं सिर से क्यों नहीं नहाता? बालों में साबुन क्यों नहीं लगाता? इतनी धूल क्यों है? और कंघी क्यों नहीं कर रखी है?

रात में ठंड थी। बाहर पानी जोरों से गिर रहा था। सावन में रात की बारिश की अपनी एक गम्भीर आवाज होती है। कुछ-कुछ उस तरह जैसे

दुनिया की सारी हवाएँ किसी बड़े से घड़े के अन्दर घूमने लग गई हों। हर तरफ से बन्द।

सुबह पाँच बजे आँगन में गाँव की औरतें रो रही थीं। यह रोना नहीं था, विलाप था। पता चला, माँ रात में नींद में ही खत्म हो गईं।

माँ खत्म हो गईं।

मैंने फिर कभी उनके घिसे हुए नाखून नहीं देखे। मैंने उस रात सोने से पहले अपने तकिए के नीचे वह नेलकटर रख दिया था। उसे मैंने बहुत खोजा; बल्कि आज तक। कई वर्षों बाद भी। लेकिन वह कभी नहीं मिला। वह पता नहीं कहाँ खो गया था।

हो सकता है, वह किसी बहुत ही आसान-सी जगह पर रखा हुआ हो और सिर्फ मेरे भूल जाने के कारण वह मिल नहीं पा रहा हो। मैं अक्सर उसे खोजने लगता हूँ।

क्योंकि चीजें कभी खोती नहीं हैं। वे तो रहती ही हैं। अपने पूरे अस्तित्व और वजन के साथ। सिर्फ हम उनकी वह जगह भूल जाते हैं।

■

डिबिया

डिबिया अभी तक मेरे पास है। कई वर्षों से। मैंने उसे कभी खोलकर भी नहीं देखा। लेकिन उसे खोलने का निर्णय पूरी तरह मुझ पर निर्भर करता है। समाज या कोई और, कोई दोस्त भी, मुझ पर यह दबाव नहीं डाल सकता कि मैं उसका ढक्कन सिर्फ इसलिए खोल दूँ कि इससे मेरी बातों के प्रति उसका विश्वास पैदा हो जाएगा। नहीं तो, मैं कभी भी, जीवन भर, विश्वसनीयता नहीं हासिल कर सकूँगा।

यानी, अगर मुझे अपने अनुभव की सत्यता को प्रमाणित करना है तो मैं उन लोगों के सामने अपनी उस डिबिया का ढक्कन हटा दूँ, जो वरना मुझ पर विश्वास नहीं करते। मेरे अनुभव जिन्हें, वरना अविश्वसनीय लगते हैं।

लेकिन समस्या यह है कि यह कैसे पता चले कि उन लोगों का विश्वास हासिल करना, मेरे लिए इस डिबिया को खोलने के जोखिम और दाँव से ज्यादा मूल्यवान है? यह भी तो हो सकता है कि उन सबको मेरी बात के प्रमाणित हो जाने पर सिर्फ मेरे एक इस अनुभव पर विश्वास हो जाए, लेकिन दूसरे बाकी अनुभवों को वे फिर भी अविश्वसनीय मानते रहें।

ऐसे में तो अपनी बातों को उन तमाम लोगों के सामने प्रमाणित करते-करते ही मैं बूढ़ा हो जाऊँगा। मर भी जाऊँगा। और तब भी मेरे बहुत से अनुभव अप्रमाणित ही रहे आएँगे। यानी अन्ततः मैं उन लोगों के लिए अविश्वसनीय ही बना रहूँगा।

फिर एक सबसे बड़ी समस्या तो यह है कि अपने दूसरे बाकी अनुभवों का प्रमाण देने के लिए मेरे पास दूसरी डिबियाँ भी नहीं हैं। मैं किस तरह से अपने जीवन की सत्यता को इतने सारे लोगों के लिए प्रमाणित करता रहूँ?

यही कारण है कि मैं उस डिब्बी का ढक्कन नहीं हटाता। अकेले में भी, दूसरों के सामने भी। क्योंकि सन्देह मुझे कभी-कभी अपने ऊपर भी होता है। इतने वर्षों बाद मैं भी तो, उस एक अनुभव के लिए, एक दूसरा आदमी बन चुका हूँ।

वह डिब्बी बचपन से मेरे पास है। उसकी कहानी बहुत छोटी-सी है। ऐसी भी नहीं कि वह अरुचिकर हो।

तो, था यह कि उस समय मेरी उम्र आठ साल की रही होगी। सातवें साल से दूधिया दाँत टूटने लगते हैं। लेकिन तब तक दाढ़ के वे दाँत नहीं उग पाते, जिनसे अक्ल पैदा होती है।

हमारा घर गाँव में है। पहले मिट्टी का घर था। छप्पर खपड़ैल की होती थी। अभी भी खपड़ैल की ही होती है। गाँव से लगा हुआ जंगल था। जंगल में लंगूर बहुत होते थे। बल्कि लंगूर शब्द तो मैंने काफी बाद में सीखा, किताबों से। हम उन्हें काले मुँह का बन्दर कहते थे।

और कौए बहुत होते थे। हमारी दादी खाना खाने के बाद दोपहर आँगन में कौओं को बुलाती थीं, खाना देने के लिए, तो वे पूरे आँगन में भर जाते थे।

लंगूर और कौए, दोनों हमारे घर की छप्पर के दुश्मन थे। लंगूर छप्पर पर दौड़ते तो खपड़े फूट जाते। कौए भी जगह-जगह से खपड़ैलों को हटा देते थे।

जहाँ-जहाँ खपड़ैलें फूट गई होती थीं, वहाँ से बरसात का पानी घर के अन्दर टपकने लगता था। हम वहाँ खाली बाल्टी रख देते थे।

लेकिन जब बारिश न होती तो उन छेदों से धूप कमरे के भीतर फर्श पर गिरती थी। फर्श पर धूप के वे गोल टुकड़े बहुत रहस्यपूर्ण, आकर्षक और कुछ-कुछ जीवित लगते थे। वे टुकड़े सूर्य के साथ-साथ सरकते थे और उनका आकार भी बदलता जाता था। जिस टुकड़े को सुबह मैं किसी मछली के रूप में देख जाता था, दोपहर वह हाथी के रूप में होता। या मुँह फाड़े हुए राक्षस की तरह। कभी-कभी किरणों का कोण या सूर्य की स्थिति बदलने से कोई टुकड़ा अदृश्य भी हो जाता। देखते-देखते वह छोटा होता जाता और फिर अन्तर्धान हो जाता, अगले दिन ठीक उसी समय पर प्रकट होने के लिए। कभी-कभी कमरे में कई ऐसे टुकड़े दिखने लगते। फिर धीरे-धीरे छोटेवाले टुकड़े सब गायब हो जाते और जो सबसे बड़ा होता, वह सबसे देर तक टिकता।

इन टुकड़ों के साथ एक बात और भी थी। कमरे के अँधेरे में, जिस जगह वे गिरते, वहाँ अपने चमकदार अस्तित्व के चारों ओर, वृत्ताकार रोशनी का एक मद्धिम दायरा और बनाते थे। उस दायरे में आकाश का धुँधला प्रतिबिम्ब होता था। उलटा आकाश और हल्के नीले रंग का। चिड़ियाँ कभी अगर ऊपर से जातीं तो कमरे के अन्दर उनकी उड़ती हुई परछाईं गुजर जाती। रेंगते हुए बादल दिखते। कभी-कभी ये बादल उस टुकड़े को ही ढक लेते। तब ऐसे में कुछ भी न बचता। न प्रतिबिम्ब, न टुकड़ा।

वे टुकड़े मुझे बहुत जीवित और जादुई लगते थे। मैं उन्हें अपने साथ वहाँ से किसी दूसरी जगह ले जाने के फेर में रहता। इतना तो निश्चित था कि उनमें जीवन था और उनके साथ मैं सिर्फ किसी पराये दर्शक जैसा सम्बन्ध नहीं रखना चाहता था। मैं उनके साथ इस पूरे दिन-भर के खेल में शामिल होना चाहता था।

मैं बहुत कोशिश करता लेकिन वे अपनी जगह से कहीं नहीं जाते थे। जिस चीज को मैं उनके नीचे रखता, वे उसके ऊपर आ तो जाते लेकिन

उसे खींचते ही वे वहीं रह जाते। हथेली में वे रहते लेकिन मुट्ठियाँ बाँधते ही वे उँगलियों के ऊपर आ जाते और मेरा हाथ खाली ही लौट आता।

कई बार हारकर गुस्से में मैं उन्हें जोरों से पीटता। लात मारता। लोहे से जमीन खोद डालता। लेकिन वे बिलकुल अप्रभावित रहते थे। मेरे प्रति उनकी यह तटस्थता मेरे बर्दाश्त के बाहर थी।

फिर उस दिन ऐसा हुआ। मैं अकेला था। यह रसोई थी। एक बड़ा-सा, सुन्दर-सा टुकड़ा वहाँ गिरा हुआ खेल रहा था। माँ खाना बनाकर कहीं चली गई थीं। मैंने उस टुकड़े को खूब प्यार करने की कोशिश की। उसे चूमा फिर मैंने भात और दाल निकालकर उसे दिया।

रसोई में बेना रखा था। चूल्हे की आग को हवा करने के लिए उसी का इस्तेमाल होता है। मैंने बेने के ऊपर उस टुकड़े को रखा और उसे खींचा।

मैंने देख लिया कि वह बेने के साथ-साथ सरक रहा है। वह आ रहा था। यह मेरे जीवन की सबसे बड़ी सफलता थी। वह अब छप्पर से मुक्त हो चुका था। सूर्य से भी। मेरे साथ उसका सम्बन्ध बन चुका था और उसने अपने बाकी सारे सम्बन्ध तोड़ दिए थे। वह मेरा था। सिर्फ मेरा।

मैं उसे रसोईघर के दूसरे कोने तक ले गया। फिर मैंने उससे प्यार से कहा—'मेरा इन्तजार करना। मैं अभी आया।' और मैं भागा। टिन की यह डिबिया, जिसमें पहले माँ का काजल था, उसे लेकर मैं लौटा। वह मेरा इन्तजार कर रहा था। बेने के ऊपर। धीरे-धीरे काँपता हुआ।

मैंने तभी से उसे इस डिबिया में बन्द कर रखा है। मैं उसे लेकर कहीं भी जा सकता हूँ। मैं जानता हूँ कि वह वहीं है, वह हमेशा वहीं रहेगा। और यह बात सच है।

क्या इस डिबिया का ढक्कन हटाकर उसे खो देने का इतना बड़ा खतरा मैं सिर्फ इसलिए मोल लूँ कि इससे उन लोगों को मेरे इस अनुभव पर विश्वास हो जाएगा। वरना मैं उनका विश्वास कभी हासिल नहीं कर सकूँगा।

लेकिन जो नहीं है, उसके लिए, जो है, उसे दाँव पर लगाना क्या कोई समझदारी है!

■

तिरिछ

इस घटना का सम्बन्ध पिताजी से है। मेरे सपने से है और शहर से भी है। शहर के प्रति जो एक जन्मजात भय होता है, उससे भी है।

पिताजी तब पचपन साल के हुए थे। दुबला शरीर। बाल बिलकुल मक्के के भुए जैसे सफेद। सिर पर जैसे रुई रखी हो। वे सोचते ज्यादा थे—बोलते बहुत कम। जब बोलते तो हमें राहत मिलती, जैसे देर से रुकी हुई साँस निकल रही हो। साथ-साथ हमें डर भी लगता। हम बच्चों के लिए वे एक बहुत बड़ा रहस्य थे। हमें पता था कि संसार के सारे ज्ञान की तिजोरी उनके पास है। हम जानते थे कि संसार की सारी भाषाएँ वे बोल सकते थे। दुनिया उनको जानती है और हमारी तरह ही उनसे डरती हुई उनका सम्मान करती है।

हमें उनकी सन्तान होने का गर्व था।

कभी-कभी, वैसे ऐसा सालों में एकाध बार ही होता, वे शाम को हमें अपने साथ टहलाने कहीं बाहर ले जाते। चलने से पहले वे मुँह में तम्बाकू भर लेते। तम्बाकू के कारण वे कुछ बोल नहीं पाते थे। वे चुप रहते। यह चुप्पी हमें बहुत गम्भीर, गौरवशाली, आश्चर्यजनक और भारी-भरकम लगती। छोटी बहन कभी उनसे रास्ते में कुछ पूछना चाहती तो फौरन मैं जवाब देने की कोशिश करता, जिससे पिताजी को न बोलना पड़े।

वैसे यह काम काफी मुश्किल और जोखिम भरा होता। क्योंकि मैं जानता था कि अगर मेरा जवाब गलत हुआ तो पिताजी को बोलना पड़ जाएगा। बोलने में उन्हें परेशानी होती थी। एक तो उन्हें तम्बाकू की पीक निकालनी पड़ती थी, फिर जिस दुनिया में वे रहते थे, वहाँ से निकलकर यहाँ तक आने में उन्हें एक कठिन दूरी तय करनी पड़ती थी। वैसे बहन के सवालों में कोई खास बात होती नहीं थी। जैसे वह यही पूछ लेती कि सामने छिउले की सूखी टहनी पर बैठी उस चिड़िया को क्या कहते हैं? मैं चूँकि सारी चिड़ियों को जानता था इसलिए बता सकता था कि वह नीलकंठ है और दशहरे के दिन उसे जरूर देखना चाहिए। मेरी पूरी कोशिश रहती कि पिताजी को आराम रहे और वे सोचते रहें।

मेरी और माँ की, दोनों की पूरी कोशिश रहती कि पिताजी अपनी दुनिया में सुख-चैन से रहें। वहाँ से उन्हें जबरन बाहर न निकाला जाए। वह दुनिया हमारे लिए बहुत रहस्यपूर्ण थी, लेकिन हमारे घर की और हमारे जीवन की बहुत-सी समस्याओं का अन्त पिताजी वहीं रहते हुए करते थे। जैसे जब मेरी फीस की बात आई, उस समय हमारे पास का आखिरी गिलास भी गुम गया था और लोग लोटे में पानी पीते थे। पिताजी दो दिन तक बिलकुल चुप रहे। माँ को भी शक हुआ कि पिताजी फीस की बात बिलकुल भूल गए हैं या फिर इसका हल उनके वश की बात नहीं है। लेकिन तीसरे दिन, सुबह-सुबह पिताजी ने मुझे एक पत्र लिफाफे में रखकर दिया और शहर के डॉक्टर पंत के पास भेजा। मुझे बहुत आश्चर्य हुआ जब डॉक्टर ने मुझे शरबत पिलाई, घर के भीतर ले जाकर अपने बेटे से परिचय कराया और सौ-सौ के तीन नोट मुझे दिए।

हम पिताजी पर गर्व करते थे, प्यार करते थे, उनसे डरते थे और उनके होने का अहसास ऐसा था जैसे हम किसी किले में रह रहे हों। ऐसा किला, जिसके चारों ओर गहरी नहरें खुदी हुई हों, बुर्जें बहुत ऊँची हों, दीवारें सख्त लाल चट्टानों की बनी हुई हों। और हर बाहरी हमले के सामने हमारा किला अभेद्य हो।

पिताजी एक खूब मजबूत किला थे। उनके परकोटे पर हम सब कुछ भूलकर खेलते थे, दौड़ते थे। और, रात में खूब गहरी नींद मुझे आती थी।

लेकिन उस दिन शाम को, जब पिताजी बाहर से टहलकर आए तो उनके टखने में पट्टी बँधी थी। थोड़ी देर में गाँव के कई लोग वहाँ आ गए। पता चला कि पिताजी को जंगल में तिरिछ (विषखापर, एक जहरीला लिजार्ड) ने काट लिया है।

हम सब जानते थे कि तिरिछ के काटने पर आदमी बच ही नहीं सकता। रात में, लालटेन की धुँधली-मटमैली रोशनी में गाँव के बहुत लोग हमारे आँगन में जमा हो गए थे। पिताजी उनके बीच थे, जमीन पर बैठे हुए। फिर पास के गाँव का चुटुआ नाई भी आया। वह अरंड के पत्ते और कंडे की राख से जहर उतारता था।

तिरिछ को एक बार मैंने देखा था।

तालाब के किनारे जो बड़ी-बड़ी चट्टानों के ढेर थे, और जो दोपहर में खूब गर्म हो जाते थे, उनमें से किसी चट्टान की दरार से निकलकर वह पानी पीने तालाब की ओर जा रहा था।

मेरे साथ थानू था। उसने बतलाया कि वह तिरिछ है, काले नाग से सौ गुना ज्यादा उसमें जहर होता है। उसी ने बतलाया कि साँप तो तब काटता है, जब उसके ऊपर पैर पड़ जाए या कोई जब जबरदस्ती उसे तंग करे। लेकिन तिरिछ तो नजर मिलते ही दौड़ाता है। पीछे पड़ जाता है। उससे बचने के लिए कभी सीधे नहीं भागना चाहिए। टेढ़ा-मेढ़ा चक्कर काटते हुए, गोल-मोल दौड़ना चाहिए।

दरअसल जब आदमी भागता है तो जमीन पर वह सिर्फ अपने पैरों के निशान ही नहीं छोड़ता, बल्कि हर निशान के साथ, वहाँ की धूल में, अपनी गन्ध भी छोड़ जाता है। तिरिछ इसी गन्ध के सहारे दौड़ता है। थानू ने बतलाया कि तिरिछ को चकमा देने के लिए आदमी को यह करना चाहिए कि पहले तो वह बिलकुल पास-पास कदम रखकर, जल्दी-जल्दी कुछ दूर दौड़े फिर चार-पाँच बार खूब लम्बी-लम्बी छलाँग दे। तिरिछ सूँघता हुआ दौड़ता आएगा, जहाँ पास-पास पैर के निशान होंगे, वहाँ उसकी रफ्तार खूब तेज हो जाएगी—और जहाँ से आदमी ने छलाँग मारी होगी, वहाँ आकर वह उलझन में पड़ जाएगा। वह इधर-उधर तब तक भटकता रहेगा जब तक उसके अगले पैर का निशान और उसमें बसी गन्ध नहीं मिल जाती।

हमें तिरिछ के बारे में दो बातें और पता थीं। एक तो यह कि जैसे ही वह आदमी को काटता है, वैसे ही वह वहाँ से भागकर किसी जगह पेशाब करता है और उस पेशाब में लोट जाता है। अगर तिरिछ ने ऐसा कर लिया तो आदमी बच नहीं सकता। अगर उसे बचना है तो तिरिछ के पेशाब में लोटने के पहले ही, खुद किसी नदी, कुएँ या तालाब में डुबकी लगा लेनी चाहिए या फिर तिरिछ के ऐसा करने के पहले ही उसे मार देना चाहिए।

दूसरी बात यह कि तिरिछ काटने के लिए तभी दौड़ता है, जब उससे नजर टकरा जाए। अगर तिरिछ को देखो तो उससे कभी आँख मत

मिलाओ। आँख मिलते ही वह आदमी की गन्ध पहचान लेता है और फिर पीछे लग जाता है। फिर तो आदमी चाहे पूरी पृथ्वी का चक्कर लगा ले, तिरिछ पीछे-पीछे आता है।

मैं भी तमाम बच्चों की तरह उस समय तिरिछ से बहुत डरता था। मेरे दुःस्वप्न् के सबसे खतरनाक पात्र दो ही थे—एक हाथी और दूसरा तिरिछ। हाथी तो फिर भी दौड़ता-दौड़ता थक जाता था और मैं पेड़ पर चढ़कर बच जाता था, या फिर उड़ने लगता था, लेकिन तिरिछ उसके सामने तो मैं किसी इन्द्रजाल में बँध जाता था। मैं सपने में कहीं जा रहा होता तो अचानक ही किसी जगह वह मिल जाता, उसकी जगह तय नहीं होती थी। कोई जरूरी नहीं था कि वह चट्टानों की दरार में, पुरानी इमारतों के पिछवाड़े या किसी झाड़ी के पास दिखे—वह मुझे बाजार में, सिनेमा हॉल में, किसी दुकान या मेरे कमरे में ही दिख सकता था।

मैं सपने में कोशिश करता कि उससे नजर न मिलने पाए, लेकिन वह इतनी परिचित आँखों से मुझे देखता कि मैं अपने-आपको रोक नहीं पाता था और बस, आँख मिलते ही उसकी नजर बदल जाती थी—वह दौड़ता था और मैं भागता था।

मैं गोल-गोल चक्कर लगाता, जल्दी-जल्दी पास-पास डग भरकर अचानक खूब लम्बी-लम्बी छलाँगें लगाने लगता, उड़ने की कोशिश करता, किसी ऊँची जगह पर चढ़ जाता, लेकिन मेरी हजार कोशिशों के बावजूद वह चकमा नहीं खाता था। वह मुझे बहुत घाघ, समझदार, चतुर और खतरनाक लगता। मुझे लगता कि वह मुझे खूब अच्छी तरह से जानता है। उसकी आँखों में मेरे लिए परिचय की जो चमक थी, उससे मुझे लगता कि वह मेरा ऐसा शत्रु है जिसे मेरे दिमाग में आनेवाले हर विचार के बारे में पता है।

मेरा सबसे खौफनाक, यातनादायक, भयाक्रान्त और बेचैनी से भरा यही सपना था। भागते-भागते मेरा पूरा शरीर थक जाता, फेफड़े फूल जाते, मैं पसीने में लथ-पथ होकर बेदम होने लगता और एक बहुत ही डरावनी, सुन्न कर डालनेवाली मृत्यु मेरे बिलकुल करीब आने लगती। मैं जोरों से चीखता, रोने लगता। पिताजी को, थानू को या माँ को पुकारता

और फिर मैं जान जाता कि यह सपना है। लेकिन यह पता चल जाने के बावजूद मैं अच्छी तरह से जानता कि तब भी मैं अपनी इस मृत्यु से नहीं बच सकता। मृत्यु नहीं—तिरिछ द्वारा अपनी हत्या से—और ऐसे में मैं सपने में ही कोशिश करता कि किसी तरह मैं भाग जाऊँ। मैं पूरी ताकत लगाता, सपने के भीतर आँखें खोलकर फाड़ता, रोशनी को देखने की कोशिश करता और जोर से कुछ बोलता। कई बार बिलकुल ऐन मौके पर मैं जागने में सफल भी हो जाता।

माँ बतलाती कि मुझे सपने में बोलने और चीखने की आदत है। कई बार उन्होंने मुझे नींद में रोते हुए भी देखा था। ऐसे में उन्हें मुझे जगा डालना चाहिए, लेकिन वे मेरे माथे को सहलाकर मुझे रजाई से ढक देती थीं और मैं उसी खौफनाक दुनिया में अकेला छोड़ दिया जाता था। अपनी मृत्यु—बल्कि अपनी हत्या से बचने की कमजोर कोशिश में भागता, दौड़ता, चीखता।

वैसे, धीरे-धीरें मैंने अनुभवों से यह जान लिया था कि आवाज ही ऐसे मौके पर मेरा सबसे बड़ा अस्त्र है, जिससे मैं तिरिछ से बच सकता था। लेकिन दुर्भाग्य से, हर बार, इस अस्त्र की याद मुझे बिलकुल अन्तिम समय पर आती थी। तब, जब वह मुझे बिलकुल पा लेनेवाला होता। अपनी हत्या की साँसें मुझे छूने लगतीं, मौत के नशे से भरे एक निर्जीव लेकिन डरावने अँधरे में मैं घिर जाता, लगता मेरे नीचे कोई ठोस आधार नहीं है—मैं हवा में हूँ और वह पल आ जाता, जब मेरे जीवन का अन्त होनेवाला होता। तभी, बिलकुल इसी एक बहुत ही छोटे और नाजुक पल में मुझे अपने इस अस्त्र की याद आती और मैं जोर-जोर से बोलने लगता और इस आवाज के सहारे मैं सपने से बाहर निकल आता। मैं जाग जाता।

कई बार माँ मुझसे पूछतीं भी कि मुझे क्या हो गया था। तब मेरे पास इतनी भाषा नहीं थी कि मैं उन्हें सब कुछ, एक-एक चीज उसी तरह बता पाता। अपनी इस असमर्थता के बारे में मुझे खूब पता था और इसी वजह से मैं एक अजीब-से तनाव, बेचैनी और असहायता से भर जाता। अन्त में हारकर इतना ही कह पाता कि "बहुत डरावना सपना था।"

जाने क्यों मुझे शक था कि पिताजी को उसी तिरिछ ने काटा था, जिसे मैं पहचानता था और जो मेरे सपने में आता था।

लेकिन एक अच्छी बात यह हुई थी कि जैसे ही वह तिरिछ पिताजी को काटकर भागा, पिताजी ने उसका पीछा करके उसे मार डाला था। तय था कि अगर वे फौरन उसे नहीं मार पाते तो वह पेशाब करके उसमें जरूर लोट जाता। फिर पिताजी किसी हाल में न बचते। यही वजह थी कि पिताजी को लेकर मुझे उतनी चिन्ता नहीं रह गई थी। बल्कि एक तरह की राहत और मुक्ति की खुशी मेरे भीतर धीरे-धीरे पैदा हो रही थी। कारण, एक तो यही कि पिताजी ने तिरिछ को तुरन्त मार डाला था और दूसरा यह कि मेरा सबसे खतरनाक, पुराना परिचित शत्रु आखिरकार मर चुका था। उसका वध हो गया था और अब मैं अपने सपने के भीतर, कहीं भी, बिना किसी डर के, सीटी बजाता घूम सकता था।

उस रात देर तक हमारे आँगन में भीड़ रही आई। पिताजी की झाड़-फूँक चलती रही। काटे के जख्म को चीरकर खून भी बाहर निकाला गया और कुएँ में डालनेवाली लाल दवा (पोटेशियम परमैंगनेट) जख्म में भरा गया। मैं निश्चिन्त था।

अगली सुबह पिताजी को शहर जाना था। अदालत में पेशी थी। उनके नाम सम्मन आया था। हमारे गाँव से लगभग दो किलोमीटर दूर से निकलनेवाली सड़क से शहर के लिए बसें गुजरती थीं। उनकी संख्या दिन-भर में मुश्किल से दो या तीन थी। गनीमत थी कि पिताजी जैसे ही सड़क तक पहुँचे, शहर जानेवाला पास के गाँव का एक ट्रैक्टर उन्हें मिल गया। ट्रैक्टर में बैठे हुए लोग पहचान के थे। ट्रैक्टर दो-ढाई घंटे में शहर पहुँच जानेवाला था। यानी अदालत खुलने से काफी पहले।

रास्ते में तिरिछ वाली बात चली। पिताजी ने अपना टखना उन लोगों को दिखलाया। ट्रैक्टर में पंडित राम औतार भी थे। उन्होंने बतलाया कि तिरिछ के जहर की एक खासियत यह भी है कि कभी-कभी यह चौबीस घंटे बाद, ठीक उसी वक्त, जिस वक्त पिछले दिन तिरिछ काटता है, अपना असर दिखाता है। इसलिए अभी पिताजी को निश्चिन्त नहीं होना चाहिए। ट्रैक्टर के लोगों ने पिताजी का ध्यान एक और बड़ी

गलती की ओर खींचा। उनका कहना था कि यह तो पिताजी ने बहुत ठीक किया कि तिरिछ को फौरन मार डाला, लेकिन इसके बाद भी तिरिछ को यों ही नहीं छोड़ देना चाहिए था। उसे कम-से-कम जला जरूर देना चाहिए था।

उन लोगों का कहना था कि बहुत-से कीड़े-मकोड़े और जीव-जन्तु रात में चन्द्रमा की रोशनी में दुबारा जी उठते हैं। चाँदनी में जो ओस और शीत होती है उसमें अमृत होता है और कई बार ऐसा देखा गया है कि जिस साँप को मरा हुआ समझकर रात में यों ही फेंक दिया जाता है, उसका शरीर चाँद की शीत में भीगकर दुबारा जी उठता है और वह भाग जाता है। फिर वह हमेशा बदला लेने की ताक में रहता है।

ट्रैक्टर के लोगों को शक था कि कहीं ऐसा न हो कि रात में जी उठने के बाद तिरिछ पेशाब करके उसमें लोट जाए। ऐसा हुआ तो चौबीस घंटे बीतते-बीतते, ठीक उसी घड़ी के आने पर, तिरिछ का जानलेवा जहर पिताजी पर चढ़ना शुरू हो जाएगा। उन लोगों ने सलाह भी दी कि पिताजी को वहीं से वापस लौट जाना चाहिए और अगर संयोग से, उस तिरिछ की लाश उसी जगह पड़ी हुई हो, तो उसे अच्छी तरह जलाकर राख कर देना चाहिए। लेकिन पिताजी ने उन्हें बताया कि पेशी कितनी जरूरी थी। यह तीसरा सम्मन था। और अगर इस बार भी वे अदालत में हाजिर न हुए तो गैर-जमानती वारंट निकलने का डर था। पेशी भी हमारे उसी मकान को लेकर थी, जिसमें हमारा परिवार रह रहा था। वकील को पिछले दो बार की पेशी में फीस भी नहीं दी जा सकी थी और कहीं अगर उसने लापरवाही दिखला दी और जज सनक गया तो वह हमारी कुड़की-डिक्री भी करवा सकता था।

विचित्र स्थिति थी कि अगर पिताजी उस तिरिछ की लाश को जलाने के लिए ट्रैक्टर से उतरकर, वहीं से, गाँव लौट आते तो गैर-जमानती वारंट के तहत वे गिरफ्तार कर लिए जाते और हमारा घर हमसे छिन जाता। अदालत हमारे खिलाफ हो जाती।

लेकिन पंडित राम औतार एक वैद्य भी थे। ज्योतिष पंचांग के अलावा उन्हें जड़ी-बूटियों की भी बड़ी गहरी जानकारी थी। उन्होंने सुझाया कि

एक तरीका ऐसा है, जिससे पिताजी पेशी में हाजिर भी हो सकते हैं और तिरिछ के जहर से चौबीस घंटे के बाद बच भी सकते हैं। उन्होंने बताया कि चरक का निचोड़ इस सूत्र में है कि विष ही विष की औषधि होता है। अगर धतूरे के बीज कहीं मिल जाएँ तो वह तिरिछ के जहर की काट तैयार कर सकते हैं।

अगले गाँव सामतपुर में ट्रैक्टर रोक दिया गया और एक तेली के खेत में धतूरे के पौधे आखिरकार खोज निकाले गए। धतूरे के बीजों को पीसकर उसे ताँबे के पुराने सिक्के के साथ उबालकर काढ़ा तैयार किया गया। काढ़ा बहुत कड़वा था इसलिए उसे चाय में मिलाया गया और पिताजी को वह चाय पिला दी गई। इसके बाद सभी निश्चिन्त हो गए। एक बहुत बड़े खतरे से पिताजी को निकालने की कोशिश हो रही थी।

वैसे मुझे तिरिछ के बारे में तीसरी बात भी पता थी, जो पिताजी के जाने के कई घंटे बाद अचानक याद आ गई थी। यह बात साँप की उस बात से मिलती-जुलती थी, जिसके फलस्वरूप आगे चलकर कैमरे का आविष्कार हुआ था।

माना यह जाता था कि अगर कोई आदमी साँप को मार रहा हो तो अपने मरने से पहले वह साँप, अन्तिम बार, अपने हत्यारे के चेहरे को पूरी तरह से, बहुत गौर से देखता है। आदमी उसकी हत्या कर रहा होता है और साँप टकटकी बाँधकर उस आदमी के चेहरे की एक-एक बारीकी को अपनी आँख के भीतरी पर्दे में दर्ज कर रहा होता है। साँप की मृत्यु के बाद साँप की आँख के भीतरी पर्दे पर उस आदमी का चित्र स्पष्ट दर्ज हो जाता है।

बाद में, आदमी के जाने के बाद, उस साँप का दूसरा जोड़ा जाकर उस मरे हुए साँप की आँख के भीतर झाँकता है और इस तरह वह हत्यारा पहचान लिया जाता है। सारे साँप उसे पहचानने लगते हैं। फिर वह कहीं भी चला जाए, उससे बदला लेने की फिराक में वे रहते हैं। हर साँप उसका शत्रु होता है।

मुझे शक था कि मरे हुए तिरिछ की आँख के भीतरी पर्दे पर पिताजी का चेहरा दर्ज होगा। कोई दूसरा तिरिछ आकर उस लाश की आँख में

से झाँकेगा और पिताजी वहाँ पहचान लिए जाएँगे। मेरे भीतर इस बात को लेकर बेचैनी पैदा हुई कि पिताजी ने यह सतर्कता क्यों नहीं बरती? उन्हें तिरिछ को मारने के साथ ही किसी पत्थर से उसकी दोनों आँखों को कुचलकर फोड़ देना चाहिए था। लेकिन अब क्या हो सकता था? पिताजी शहर जा चुके थे और मेरे सामने उलझन और चुनौती थी कि गाँव के पास फैले इतने बड़े जंगल में जिस जगह तिरिछ को मारकर उन्होंने छोड़ा था, वह जगह मैं खोज निकालूँ।

मैं थानू के साथ बोतल में मिट्टी का तेल, दियासलाई और डंडा लेकर जंगल में तिरिछ की खोज में भटकता रहा। मैं उसे अच्छी तरह से पहचानता था। बहुत अच्छी तरह। थानू निराश था।

फिर, मुझे अचानक ही लगने लगा कि इस जंगल को मैं अच्छी तरह से जानता हूँ। एक-एक पेड़ मेरा परिचित निकलने लगा। इसी जगह से कई बार सपने में मैं तिरिछ से बचने के लिए भागा था। मैंने गौर से हर तरफ देखा—बिलकुल यही वह जगह थी। मैंने थानू को बताया कि एक सँकरा-सा नाला इस जगह से कितनी दूर दक्षिण की तरफ बहता है। नाले के ऊपर जहाँ बड़ी-बड़ी चट्टानें हैं, वहाँ कीकर का एक बहुत पुराना पेड़ है, जिस पर बड़े-बड़े शहद के छत्ते हैं। उन्हें देखकर लगता है कि वे कई शताब्दियों पुराने हैं। मैं उस भूरे रंग की चट्टान को जानता था, जो बरसात भर नाले के पानी में आधी डूबी रहती थी और बारिश के बीतने के बाद जब बाहर निकलती थी तो उसकी खोहों में कीचड़ भर जाती थी और अजीब-अजीब वनस्पतियाँ वहाँ से उग आती थीं। चट्टान के ऊपर हरी काई की एक पर्त-सी जम जाती थी। इसी चट्टान की सबसे ऊपरवाली दरार में तिरिछ रहता था। थानू इस बात को मेरी कल्पना मान रहा था।

लेकिन बहुत जल्द हमें वह नाला मिल गया। कीकर का वह बूढ़ा पेड़ भी, जिस पर शहद के छत्ते थे, और वह चट्टान भी। तिरिछ की लाश चट्टान से जरा हटकर, जमीन पर, घास के ऊपर चित पड़ी हुई थी। बिलकुल यह वही तिरिछ था। मेरे भीतर हिंसा और उत्तेजना और खुशी की एक सनसनी दौड़ रही थी।

थानू ने और मैंने सूखे पत्ते और लकड़ियाँ इकट्ठी कीं, खूब सारा मिट्टी का तेल उसमें डाला और आग लगा दी। तिरिछ उसमें जल रहा था। उसके जलने की चिरायंध गन्ध हवा में फैल रही थी। मेरा मन जोर से चिल्लाने को हुआ लेकिन मैं डरा कि कहीं मैं जाग न जाऊँ और यह सब कुछ सपना न साबित हो जाए। मैंने थानू की ओर देखा। वह रो रहा था। वह मेरा बहुत अच्छा दोस्त था।

मेरे सपने में इसी जगह से निकलकर उस तिरिछ ने कई बार मेरा पीछा करना शुरू किया था। आश्चर्य था कि इतने लम्बे अरसे से उसके अड्डे को इतनी अच्छी तरह से जानने के बावजूद कभी दिन में आकर मैंने उसे मारने की कोई कोशिश नहीं की थी।

मैं आज बेतहाशा खुश था।

पंडित राम औतार ने बतलाया था कि ट्रैक्टर ने पौने दस बजे के लगभग शहर का चुंगीनाका पार किया था। वहाँ उन्हें नाके का टोल टैक्स चुकाने के लिए कुछ देर रुकना भी पड़ा था। वहाँ पर पिताजी ट्रैक्टर से उतरकर पेशाब करने गए थे। लौटने पर उन्होंने बताया था कि उनका सिर कुछ घूम-सा रहा है, तब तक पिताजी को धतूरे का काढ़ा पिए हुए तकरीबन डेढ़ घंटा हो चुका था। ट्रैक्टर ने पिताजी को शहर में दस बजकर पाँच-सात मिनट के आसपास छोड़ दिया था। ट्रैक्टर में ही बैठे पलड़ा गाँव के मास्टर नन्दलाल का कहना था कि जब शहर में, मिनर्वा टाकीज के पासवाले चौराहे पर पिताजी को ट्रैक्टर से उतारा गया, तब उन्होंने शिकायत की थी कि उनका गला कुछ सूख-सा रहा है। वे थोड़ा परेशान भी थे क्योंकि अदालत जाने का रास्ता उन्हें मालूम नहीं था और शहर के लोगों से पूछ-पूछकर कहीं जाने में उन्हें बहुत तकलीफ होती थी।

पिताजी के साथ एक दिक्कत यह भी थी कि गाँव या जंगल की पगडंडियाँ तो उन्हें याद रहती थीं, शहर की सड़कों को वे भूल जाते थे। शहर वे बहुत कम जाते थे। जाना ही पड़े तो अन्तिम समय तक वे टालते रहते थे, तब तक, जब तक जाना बिलकुल ही जरूरी न हो जाए। कई बार तो ऐसा भी हुआ कि पिताजी सारा सामान लेकर शहर के लिए रवाना

हुए और बस अड्डे से लौट आए। बहाना यह कि बस छूट गई। जब कि हम सब जानते थे कि ऐसा नहीं हुआ होगा। पिताजी ने बस को देखा होगा, फिर वे कहीं बैठ गए होंगे—पेशाब करने या पान खाने। फिर उन्होंने देखा होगा कि बस छूट रही है। उन्होंने जरा-सा और इन्तजार किया होगा। जब बस ने रफ्तार पकड़ ली होगी—तब वे कुछ दूर तक दौड़े होंगे। फिर उनके कदम धीमे पड़ गए होंगे और अफसोस और गुस्सा प्रकट करते वे लौट आए होंगे। ऐसा करते हुए उन्हें स्वयं भी लगा होगा कि बस सचमुच छूट गई है। ऐसे में, जबकि हम मान चुके होते कि वे शहर जा चुके हैं, वे लौटकर हमें चकित कर देते।

ट्रैक्टर से मिनर्वा टाकीज के पास वाले चौराहे पर, सिन्ध वाच कम्पनी के ठीक सामने लगभग दस बज कर सात मिनट पर उतरने के बाद से लेकर शाम छह बजे तक पिताजी के साथ शहर में जो कुछ भी हुआ, उसका सिर्फ एक धुँधला-सा अनुमान ही लगाया जा सकता है। यह जानकारी भी कुछ लोगों से बातचीत और पूछताछ के बाद मिली है। किसी की भी मृत्यु के बाद, अगर वह मृत्यु बहुत आकस्मिक और अस्वाभाविक ढंग से हुई हो, ऐसी जानकारियाँ मिल ही जाती हैं। उस दिन, बुधवार 17 मई, 1972 को सुबह दस दस से लेकर शाम छह बजे तक, लगभग पौने आठ घंटे में पिताजी कहाँ-कहाँ गए, कहाँ-कहाँ उनके साथ क्या-क्या हुआ, इसका बहुत सही और विस्तृत ब्योरा तो मिलना मुश्किल है। जो सूचनाएँ या जानकारियाँ बाद में मिलीं, उनके जरिए उन घटनाओं का सिर्फ अनुमान ही लगाया जा सकता है।

जैसा कि पलड़ा गाँव के मास्टर नन्दलाल का कहना था कि जब पिताजी ट्रैक्टर से उतरे, तभी उन्होंने गला सूखने की शिकायत की थी। इसके पहले चुंगीनाका के पास, जब पेशाब करके पिताजी लौटे थे तो उन्होंने सिर घूमने की बात की थी। यानी पिताजी पर धतूरे के बीजों के काढ़े का असर होना शुरू हो गया था। वैसे भी शहर पहुँचने तक पिताजी को काढ़ा पिए हुए लगभग दो घंटे हो चुके थे। मेरा अनुमान है कि उस समय पिताजी को प्यास बहुत लगी होगी। गला भिगोने के लिए वे किसी होटल या ढाबे की तरफ गए भी होंगे, लेकिन जैसा कि मुझे उनके स्वभाव

के बारे में पता है, वे वहाँ कुछ देर खड़े रहे होंगे, और फिर एक गिलास पानी माँगने का फैसला न कर सके होंगे। एक बार उन्होंने बताया भी था कि कुछ साल पहले गर्मियों के दिनों में जब उन्होंने किसी होटल में पानी माँगा था, तो वहाँ काम करनेवाले नौकर ने उन्हें गाली दी थी। पिताजी बहुत संवेदनशील थे, इसलिए उन्होंने अपनी प्यास को दबाया होगा और वे वहाँ से चल पड़े होंगे।

सवा दस से लेकर लगभग ग्यारह बजे के बीच, पैंतालीस मिनट तक पिताजी कहाँ-कहाँ गए, इसकी कोई जानकारी कहीं से नहीं मिलती। इस बीच ऐसी कोई खास घटना भी नहीं हुई, जिससे कोई कुछ कह सके। फिर शहर में सड़क पर आते-जाते लोगों में से किसी ने उन पर ध्यान दिया हो, उन्हें देखा हो, इसका पता लगाना भी मुश्किल है। वैसे मेरा अपना अन्दाजा है कि इस बीच पिताजी ने कुछ लोगों से अदालत जाने का रास्ता पूछा होगा और उनके दिमाग में यह बात भी रही होगी कि वहाँ पहुँचकर वे अपने वकील एस.एन. अग्रवाल से पानी माँग लेंगे। लेकिन उनके पूछने पर या तो लोग चुप रहकर तेजी से आगे बढ़ गए होंगे या किसी ने इतनी बौखलाहट और जल्दबाजी में उन्हें कुछ बताया होगा, जो पिताजी ठीक से समझ नहीं सके होंगे और सिर्फ अपमानित, दुखी और परेशान होकर रह गए होंगे। शहर में ऐसा होता ही है।

वैसे बीच के पौन घंटे के बारे में मेरा अपना अनुमान है कि इस बीच पिताजी पर काढ़े का असर काफी बढ़ गया होगा। मई की धूप और प्यास ने इस असर को और भी तेज, और भी गहरा कर दिया होगा। उनके पैर लड़खड़ाने भी लगे होंगे और बहुत सम्भव है कि एकाध बार, इस बीच, उन्हें चक्कर भी आ गए हों।

पिताजी ग्यारह बजे, शहर में, देशबन्धु मार्ग पर स्थित स्टेट बैंक ऑफ इंडिया की इमारत में घुसे थे। वे वहाँ क्यों गए, इसकी वजह ठीक-ठीक समझ में नहीं आती। वैसे हमारे गाँव का रमेश दत्त शहर में भूमि विकास सहकारी बैंक में क्लर्क है। हो सकता है पिताजी के दिमाग में सिर्फ बैंक रहा हो और यहाँ से गुजरते हुए अचानक उन्होंने स्टेट बैंक लिखा हुआ देखा हो और वे उधर घूम गए हों। उन्होंने अब तक पानी नहीं पिया

था इसलिए उन्होंने सोचा होगा कि वे रमेश दत्त से पानी भी माँग लेंगे, अदालत जाने का रास्ता भी पूछ लेंगे और बता सकेंगे कि उनका सिर घूम-सा रहा है, यह भी कि कल शाम उन्हें तिरिछ ने काटा था। स्टेट बैंक के कैशियर अग्निहोत्री के अनुसार वह उस समय कैश रजिस्ट्री चेक कर रहा था। उसकी मेज पर लगभग अट्ठाइस हजार रुपयों की गड्डियाँ रखी हुई थीं। उस वक्त ग्यारह से दो-तीन मिनट ऊपर हुए होंगे, तभी पिताजी वहाँ आए। उनके चेहरे पर धूल लगी हुई थी, चेहरा डरावना था और अचानक ही उन्होंने जोर से कुछ कहा था। अग्निहोत्री का कहना था कि मैं अचानक डर गया। अमूमन ऐसे लोग बैंक के इतने भीतर, कैशियर की टेबिल तक नहीं पहुँच पाते। अग्निहोत्री का कहना यह भी था कि अगर वह पिताजी को एकाध मिनट पहले से अपनी ओर आता हुआ देख लेता, तब शायद न डरता। लेकिन हुआ यह कि वह पूरी तरह से कैश रजिस्टर के हिसाब-किताब में डूबा हुआ था, तभी अचानक ही पिताजी ने आवाज निकाली और सिर उठाते ही उन्हें देखकर वह डर गया और चीख पड़ा। उसने घंटी भी बजा दी।

बैंक के चपरासियों, दो चौकीदारों और दूसरे कर्मचारियों के अनुसार अचानक ही कैशियर की चीख और घंटी की आवाज से वे सब लोग चौंक गए और उस तरफ दौड़े, तब तक नेपाली चौकीदार थापा ने पिताजी को दबोच लिया था और मारता हुआ कॉमन रूम की तरफ ले जा रहा था। एक चपरासी रामकिशोर, जिसकी उम्र पैंतालीस के आसपास थी, ने कहा कि उसने समझा कि कोई शराबी दफ्तर में घुस आया है, या पागल और चूँकि उसकी ड्यूटी बैंक के मुख्य दरवाजे पर थी इसलिए ब्रांच मैनेजर उसे चार्जशीट कर सकता था। लेकिन हुआ यह कि जब पिताजी को मारा जा रहा था, तभी उन्होंने अंग्रेजी में कुछ बोलना शुरू कर दिया। इसी वजह से चपरासियों का शक बढ़ गया। इसी बीच शायद असिस्टेंट ब्रांच मैनेजर मेहता ने यह कह दिया कि इस आदमी की अच्छी तरफ से तलाशी ले लेना तभी बाहर निकलने देना। वैसे चपरासी रामकिशोर का कहना था कि पिताजी का चेहरा अजीब तरह से डरावना हो गया था। उस पर धूल जमा हो गई थी और उल्टी

की बास आ रही थी। बैंक के चपरासियों ने पिताजी को ज्यादा मारने-पीटने की बात से इनकार किया, लेकिन बैंक के बाहर, ठीक दरवाजे के पास जो पान की दुकान है, उसमें बैठनेवाले बुन्नू का कहना था कि जब साढ़े ग्यारह बजे के आसपास पिताजी बैंक से बाहर आए तो उनके कपड़े फटे हुए थे और निचला होंठ कट गया था, जहाँ से खून निकल रहा था। आँखों के नीचे सूजन और कत्थई चकत्ते थे। ऐसे चकत्ते बाद में बैगनी या नीले पड़ जाते हैं।

इसके बाद, यानी साढ़े ग्यारह बजे से लेकर एक बजे के बीच पिताजी कहाँ-कहाँ गए, इसके बारे में कोई जानकारी नहीं मिलती। हाँ, स्टेट बैंक के बाहर पान की दुकान लगानेवाले बुन्नू ने एक बात बताई थी हालाँकि इस बारे में वह पूरी तरह स्पष्ट नहीं था, या हो सकता है कि स्टेट बैंक के कर्मचारियों से डर की वजह से वह साफ-साफ बतलाने से कतरा रहा हो। बुन्नू ने बतलाया कि स्टेट बैंक से बाहर निकलने पर शायद (वह 'शायद' पर बहुत जोर डाल रहा था) पिताजी ने कहा था कि उनके रुपये और कागजात बैंक के चपरासियों ने छीन लिये हैं। लेकिन बुन्नू का कहना था कि हो सकता है कि पिताजी ने कोई और बात कही हो, क्योंकि वे ठीक से बोल नहीं पा रहे थे, उनका निचला होंठ काफी कट गया था, मुँह से लार भी बह रही थी और उनका दिमाग सही नहीं था।

मेरा अपना अन्दाजा है कि इस समय तक पिताजी पर काढ़े का असर बहुत ज्यादा हो चुका था। हालाँकि पंडित राम औतार इस बात से इनकार करते हैं। उनका कहना था कि धतूरे के बीज तो होली के दिनों में भाँग के साथ भी घोटे जाते हैं, लेकिन कभी ऐसा नहीं होता कि आदमी पूरी तरह से पागल हो जाए। पंडित रामऔतार का मानना है कि या तो तिरिछ का जहर उस समय पिताजी के शरीर में चढ़ना शुरू हो गया था और उसका नशा उनके दिमाग तक पहुँचने लगा था। या फिर बहुत सम्भव है कि जब स्टेट बैंक में पिताजी को थापा चौकीदार और चपरासियों ने मारा-पीटा था तब उनके सिर के पीछे की तरफ कोई चोट लग गई हो और उस धक्के से उनका दिमाग सनक गया हो।

लेकिन मुझे लगता है कि उस समय तक पिताजी को थोड़ा-बहुत होश था और वे पूरी कोशिश कर रहे थे कि किसी तरह वे शहर से बाहर निकल जाएँ। शायद रुपये और अदालत के कागजात बैंक में छिन जाने की वजह से उन्होंने सोचा हो कि अब यहाँ रहने का कोई मतलब भी नहीं है। उन्होंने शायद एकाध बार सोचा भी होगा कि वापस स्टेट बैंक जाकर अपने कागजात तो कम-से-कम माँग लाएँ। फिर ऐसा करने की उनकी हिम्मत नहीं पड़ी होगी। वे डर गए होंगे। उन्हें उनके जीवन में पहली बार इस तरह से मारा गया था, इसलिए वे ठीक से सोच पाने में सफल नहीं हो पा रहे होंगे। उनका शरीर बहुत दुबला था और बचपन से ही उन्हें एपेंडिसाइटिस की शिकायत थी। यह भी हो सकता है कि उस वक्त तक उन पर काढ़े का असर इतना ज्यादा हो गया हो कि वे एक चीज पर देर तक सोच ही नहीं पा रहे हों और दिमाग में हर पल पैदा होनेवाला, छोटे-छोटे बुलबुलों जैसे विचारों या नए-नए झटकों के वश में आकर इधर से उधर चल पड़ते रहे हों। लेकिन मैं यह जानता हूँ, मुझे अच्छी तरह से महसूस होता है कि उनके दिमाग में घर लौट आने और शहर से बाहर निकल जाने की बात—एक स्थायी, बार-बार कहीं अँधेरे से उभरनेवाली, भले ही बहुत क्षीण और बहुत धुँधली बात—जरूर रही होगी।

पिताजी लगभग सवा बजे शहर के पुलिस थाना पहुँचे थे। थाना शहर के बाहरी छोर पर सर्किट हाउस के पास बने विजय स्तम्भ के पास है। आश्चर्य यह है कि थाने से बमुश्किल एक किलोमीटर दूर अदालत भी है। अगर पिताजी चाहते तो यहाँ से पैदल ही दस मिनट में अदालत पहुँच सकते थे। समझ में यह नहीं आता कि पिताजी अगर यहाँ तक पहुँचे थे, क्या तब तक उनके दिमाग में अदालत जाने की बात रह भी गई थी? उनके कागजात तो रह नहीं गए थे।

थाने के एस.एच.ओ. राघवेन्द्र प्रताप सिंह से कहा कि उस वक्त एक बजकर पन्द्रह मिनट हुए थे। वे घर से लाए गए टिफिन को खोलकर लंच लेने की तैयारी कर रहे थे। आज टिफिन में पराँठों के साथ करेले रखे हुए थे। करेले वे खा नहीं पाते और इसी उलझन में थे कि अब क्या

करें। तभी पिताजी वहाँ आए थे। उनके शरीर पर कमीज नहीं थी, पैंट फटी हुई थी। लगता था कि वे कहीं गिरे होंगे या किसी वाहन ने उन्हें टक्कर मारी होगी। थाने में उस वक्त एक ही सिपाही गजाधर प्रसाद शर्मा मौजूद था। सिपाही का कहना था कि उसने सोचा कि शायद कोई भिखमंगा थाने में घुस आया है। उसने आवाज भी दी लेकिन पिताजी तब तक एस.एच.ओ. राघवेन्द्र प्रताप सिंह की टेबिल तक पहुँच चुके थे। एस.एच.ओ. ने कहा कि करेलों की वजह से वैसे भी उनका मूड ऑफ था। तेरह साल के विवाहित जीवन के बावजूद पत्नी यह नहीं जान पाई थी कि उन्हें कौन-सी चीजें बिलकुल नापसन्द हैं, इतनी नापसन्द कि वे उन चीजों से घृणा करते हैं। उन्होंने जैसे ही निवाला मुँह में रखा, पिताजी बिलकुल उनके करीब पहुँच गए। पिताजी के चेहरे और कन्धों के नीचे उल्टी लगी हुई थी और उसकी बहुत तेज गन्ध उठ रही थी। एस.एच.ओ. ने पूछा कि क्या बात है। तो जवाब में पिताजी ने जो कुछ कहा उसे समझना बहुत मुश्किल था। एस.एच.ओ. राघवेन्द्र सिंह बाद में पछता रहे थे कि अगर उन्हें मालूम होता कि यह आदमी बकेली ग्राम का प्रधान और भूतपूर्व अध्यापक है तो वे उसे थाने में ही कम-से-कम दो-चार घंटे बिठा लेते। बाहर न जाने देते। लेकिन उस समय उन्हें लगा कि यह कोई पागल है और उन्हें खाते हुए देखकर यहाँ तक घुस आया है इसीलिए उन्होंने सिपाही गजाधर शर्मा को गुस्से में आवाज दी। सिपाही पिताजी को घसीटता हुआ बाहर ले गया। गजाधर शर्मा का कहना था कि उसने पिताजी के साथ कोई मार-पीट नहीं की और उसने देखा कि जब वे थाने गए थे तब उनका निचला होंठ कटा था। ठुड्डी पर कहीं रगड़ा खाकर गिरने से खरोंच के निशान थे और कुहनियाँ छिली हुई थीं। वे कहीं-न-कहीं गिरे जरूर थे।

यह कोई नहीं जानता था कि थाने से निकलकर लगभग डेढ़ घंटे पिताजी कहाँ-कहाँ भटकते रहे। सुबह दस बजकर सात मिनट पर, जब से वे शहर आए थे और मिनर्वा टाकीज के पासवाले चौराहे पर ट्रैक्टर से उतरे थे, तब से लेकर अब तक उन्होंने कहीं पानी पिया था या नहीं, इसे जानना मुश्किल है। इसकी सम्भावना भी कम ही बनती है। हो सकता

है तब तक उनका दिमाग इस काबिल न रह गया हो कि वे प्यास को भी याद रख सकें। लेकिन अगर वे पुलिस थाने तक पहुँचे तो उनके मस्तिष्क में, नशे के बावजूद, कहीं बहुत कमजोर-सा, अँधेरे में डूबा यह खयाल रहा होगा कि वे किसी तरह अपने गाँव जाने का रास्ता वहाँ पूछ लें, या उस ट्रैक्टर का पता पूछें या फिर अपने रुपये और अदालती कागजात छिन जाने की रिपोर्ट वहाँ लिखा दें। यह सोचने के करीब पहुँचना ही बुरी तरह से बेचैन कर डालनेवाला है कि उस समय पिताजी सिर्फ तिरिछ के जहर और धतूरे के नशे के खिलाफ ही नहीं लड़ रहे थे, बल्कि हमारे मकान को बचाने की चिन्ता भी कहीं-न-कहीं उनके नशे की नींद में से बार-बार सिर उठा रही थी। शायद उन्हें अब तक यह लगने लगा हो कि यह सब कुछ जो हो रहा है, सिर्फ एक सपना है, पिताजी इससे जागने और बाहर निकलने की कोशिश भी करते रहे होंगे।

सवा दो बजे के आसपास पिताजी को शहर के बिलकुल उत्तरी छोर पर बसी सबसे सम्पन्न कॉलोनी—इतवारी कॉलोनी में घिसटते हुए देखा गया था। यह कॉलोनी सर्राफा के जौहरियों, पी.डब्ल्यू.डी. के बड़े ठेकेदारों और रिटायर्ट अफसरों की कॉलोनी थी। कुछ समृद्ध पत्रकार-कवि भी वहीं रहते थे। यह कॉलोनी हमेशा शान्त और घटनाहीन रहती थी। जिन लोगों ने यहाँ पिताजी को देखा था, उन्होंने बताया कि उस वक्त तक उनके शरीर में सिर्फ एक पट्टेदार जाँघिया बचा था, जिसका नाड़ा शायद टूट गया था और वे उसे अपने बाएँ हाथ से बार-बार सँभाल रहे थे। जिसने भी उन्हें वहाँ देखा, उसने यही समझा कि कोई पागल है। कुछ ने कहा कि वे बीच-बीच में खड़े होकर जोर-जोर से गालियाँ बकने लगते थे। बाद में, उसी कॉलोनी में रहनेवाले एक रिटायर्ड तहसीलदार सोनी साहब और शहर के सबसे बड़े अखबार के विशेष संवाददाता और कवि सत्येन्द्र थपलियाल ने बताया कि उन्होंने पिताजी के बोलने को ठीक से सुना था और दरअसल वे गालियाँ नहीं बक रहे थे बल्कि बार-बार कह रहे थे—"मैं रामस्वारथ प्रसाद, एक्स स्कूल हेडमास्टर...एंड विलेज हेड ऑफ...ग्राम बकेली...!" कवि-पत्रकार थपलियाल साहब ने दु:ख जाहिर किया। दरअसल उसी समय

वे अमरीकी दूतावास की किसी खास पार्टी में संगीत सुनने दिल्ली जा रहे थे इसलिए जल्दबाजी में वे चले गए। हाँ, तहसीलदार सोनी साहब का कहना था कि "मुझे उस आदमी पर बहुत तरस आया और मैंने लड़कों को डाँटा भी। लेकिन दो-तीन लड़कों ने कहा कि यह आदमी रामरतन सर्राफ की बीवी और साली पर हमला करनेवाला था।" तहसीलदार ने कहा कि ऐसा सुनने के बाद उन्हें भी लगा कि हो सकता है यह कोई बदमाश हो और नाटक कर रहा हो। लड़के उन्हें तंग करने में लगे थे और पिताजी बीच-बीच में जोर-जोर से बोलते थे, "मैं रामस्वारथ प्रसाद...एक्स स्कूल हेडमास्टर..."

अगर हिसाब लगाया जाए तो मिनर्वा टाकीज के पासवाला चौराहा, जहाँ पिताजी ट्रैक्टर से सुबह दस बजकर सात मिनट पर उतरे थे, वहाँ से लेकर देशबन्धु मार्ग का स्टेट बैंक फिर विजय स्तम्भ के पास का थाना और शहर के बाहरी उत्तरी छोर पर बसी इतवारी कॉलोनी को मिलाकर वे अब तक लगभग तीस-बत्तीस किलोमीटर की दूरी तक भटक चुके थे। ये जगहें ऐसी हैं जो एक ही दिशा में नहीं हैं। इसका मतलब यह हुआ कि पिताजी की दिमागी हालत यह थी कि उन्हें ठीक-ठीक कुछ सूझ नहीं रहा था और वे अचानक ही, किसी भी तरफ चल पड़ते थे। जहाँ तक सर्राफ की पत्नी और साली पर उनके हमला करने की बात है, जिसे थपलियाल साहब सच मानते हैं, मेरा अपना अनुमान है कि पिताजी उनके पास या पानी माँगने गए होंगे या बकेली जानेवाली सड़क के बारे में पूछने। उस एक पल के लिए पिताजी को होश जरूर रहा होगा। लेकिन इस हुलिए के आदमी को अपने इतना करीब देखकर वे औरतें डरकर चीखने लगी होंगी। वैसे, पिताजी की दाहिनी आँख के ऊपर भौंह पर जो चोट लगी थी और जिसका खून रिसकर उनकी आँख पर आने लगा था, वह चोट उनको इतवारी कॉलोनी में ही लगी थी, क्योंकि बाद में लोगों ने बताया कि लड़के उन्हें बीच-बीच में ढेले मार रहे थे।

वह जगह इतवारी कॉलोनी से बहुत दूर नहीं है, जिस जगह पिताजी को सबसे ज्यादा चोटें लगीं। नेशनल रेस्टोरेंट नाम के एक सस्ते से ढाबे के सामने की खाली जगह पर पिताजी घिर गए थे। इतवारी कॉलोनी से

लड़कों का जो झुंड उनके पीछे पड़ गया था, उसमें कुछ बड़ी उम्र के लड़के भी शामिल हो गए थे। नेशनल रेस्टोरेंट में काम करनेवाले नौकर सत्ते का कहना था कि पिताजी ने गलती यह की थी कि एक बार उन्होंने गुस्से में आकर भीड़ पर ढेले मारने शुरू कर दिए थे। शायद उन्हीं का एक बड़ा-सा ढेला सात-आठ साल के लड़के विकी अग्रवाल को लग गया था, जिसे बाद में कई टाँके लगे थे। सत्ते का कहना था कि इसके बाद झुंड ज्यादा खतरनाक हो गया था। वे हल्ला मचा रहे थे और चारों तरफ से पिताजी पर पत्थर मार रहे थे। ढाबे के मालिक सरदार सतनाम सिंह ने बताया कि उस वक्त पिताजी के जिस्म पर सिर्फ पट्टेवाली एक चड्डी थी, दुबले शरीर की हड्डियाँ और छाती के सफेद बाल दिख रहे थे। पेट पिचका हुआ था। वे धूल और मिट्टी में लिथड़े हुए थे, सिर के सफेद बाल बिखर गए थे, दाहिनी आँख के ऊपर से और निचले होंठ से खून बह रहा था। सतनाम सिंह ने दुःख और पछतावे के साथ कहा—'मेरे को क्या मालूम था कि यह आदमी सीधा-सादा, इज्जतदार, साख-रसूख का इनसान है और नसीब के फेर में इसकी ये हालत हो गई है।' वैसे ढाबे में कप-प्लेट धोनेवाले नौकर हरी का कहना था कि बीच-बीच में पिताजी भीड़ को अंड-बंड गालियाँ दे-देकर ढेले मारने लगते थे—'आओ ससुरो... आओ...एक-एक को मार डालूँगा भोसड़ीवालो...तुम्हारी माँ की...' लेकिन मुझे सन्देह है कि पिताजी ने ऐसी कोई गाली दी होगी। हमने कभी भी उन्हें गाली देते नहीं सुना था।

मैं पूरे विश्वास के साथ कह सकता हूँ, क्योंकि पिताजी को मैं बहुत अच्छी तरह से जानता हूँ कि इस समय तक, उन्हें कई बार लगा होगा कि उनके साथ जो कुछ हो रहा है, वह वास्तविकता नहीं है, एक सपना है। पिताजी को ये सारी घटनाएँ ऊल-जलूल, ऊटपटाँग और बेमतलब लगी होंगी। वे इस सब पर अविश्वास करने लगे होंगे। उन्होंने सोचा होगा कि यह सब क्या बकवास है? वे तो गाँव से शहर आए ही नहीं हैं, उन्हें किसी तिरिछ ने नहीं काटा है। बल्कि तिरिछ तो होता ही नहीं है, एक मनगढ़ंत और अन्धविश्वास है...और धतूरे का काढ़ा पीने की बात तो हास्यास्पद है, वह भी एक तेली के खेत में उसका पौधा खोजकर। उन्होंने सोचा

होगा और पाया होगा कि भला उन पर कोई मुकदमा क्यों चलेगा? उन्हें अदालत जाने की क्या जरूरत है?

मैं जानता हूँ कि सुरंग जैसा लम्बा, सम्मोहक लेकिन डरावना सपना जैसा मुझे आता था, पिताजी को भी आता रहा होगा। मेरी और उनकी बहुत-सी बातें बिलकुल मिलती-जुलती थीं। मुझे लगता है कि इस समय तक पिताजी पूरी तरह से मान चुके होंगे कि यह जो कुछ हो रहा है सब झूठ और अवास्तविक है। इसीलिए वे बार-बार उस सपने से जागने की कोशिश भी करते रहे होंगे। अगर वे बीच-बीच में जोर-जोर से कुछ बोलने लगते थे, या शायद गालियाँ बकने लगते थे, तो इसी कठिन कोशिश में कि वे उस आवाज के सहारे उस दु:स्वप्न से बाहर निकल आएँ। नेशनल रेस्टोरेंट के नौकरों और मालिक सरदार सतनाम सिंह ने जैसा बताया था उसके अनुसार उस जगह पर पिताजी को बहुत चोटें आई थीं। उनकी कनपटी, माथे, पीठ और शरीर के दूसरे हिस्सों पर कई ईंटें और ढेले आकर लग गए थे। सड़क का ठेका लेनेवाले ठेकेदार अरोड़ा के बीस-बाईस साल के लड़के संजू ने उन्हें दो-तीन बार लोहे की रॉड से भी मारा था। सत्ते का तो कहना था कि इतनी चोटों से कोई भी आदमी मर सकता था।

मुझे यह सोचकर एक अजीब-सी राहत मिलती है और मेरी फँसती हुई साँसें फिर से ठीक हो जाती हैं कि उस समय पिताजी को कोई दर्द महसूस नहीं होता रहा होगा, क्योंकि वे अच्छी तरह से, पूरी तार्किकता और गहराई के साथ विश्वास करने लग गए होंगे कि यह सब सपना है और जैसे ही वे जागेंगे, सब ठीक हो जाएगा। आँख खुलते ही आँगन बुहारती माँ नजर आ जाएगी या नीचे फर्श पर सोते हुए मैं और छोटी बहन दिख जाएँगे...या गौरैयों का झुंड...हो सकता है कि उन्हें बीच-बीच में अपने इस अजीबोगरीब सपने पर हँसी भी आई हो।

अगर पिताजी ने गुस्से में लड़कों की तरफ खुद भी ढेले मारने शुरू कर दिए तो इसके पीछे पहली वजह तो यही थी कि उन्हें यह बहुत अच्छी तरह से पता था कि ये ढेले सपने के भीतर जा रहे हैं और इससे किसी को कोई चोट नहीं आएगी। यह भी हो सकता है कि पूरी ताकत से ढेला

मारकर वे उत्सुकता और बेचैनी से यह इन्तजार करते रहे हों कि जैसे ही वह जाकर किसी लड़के के सिर से टकराएगा, उसका माथा नष्ट होगा और एक ही झटके में इस दुःस्वप्न के टुकड़े-टुकड़े बिखर जाएँगे और चारों ओर से वास्तविक संसार की बेतहाशा रोशनी अन्दर आने लगेगी। उनका जोर-जोर से चीखना भी दरअसल गुस्से के कारण नहीं था, वे असल में मुझे, छोटी बहन को, माँ को या किसी को भी पुकार रहे थे कि अगर वे अपने आप इस सपने से जाग पाने में सफल न भी हो पाएँ, तब भी कोई भी आकर उन्हें जगा दे।

एक सबसे बड़ी विडम्बना भी इसी बीच हुई। हमारे गाँव की ग्राम पंचायत के सरपंच और पिताजी के बचपन के पुराने दोस्त पंडित कन्धई राम तिवारी लगभग साढ़े तीन बजे नेशनल रेस्टोरेंट के सामने, सड़क से गुजरे थे। वे रिक्शे पर थे। उन्हें अगले चौराहे से बस लेकर गाँव लौटना था। उन्होंने उस ढाबे के सामने इकट्ठी भीड़ को भी देखा और उन्हें यह पता भी चल गया कि वहाँ पर किसी आदमी को मारा जा रहा है। उनकी यह इच्छा भी हुई कि वहाँ जाकर देखें कि आखिर मामला क्या है। उन्होंने रिक्शा रुकवा भी लिया। लेकिन उनके पूछने पर किसी ने कहा कि कोई पाकिस्तानी जासूस पकड़ा गया है जो पानी की टंकी में जहर डालने जा रहा था, उसे ही लोग मार रहे हैं। ठीक इसी समय पंडित कन्धई राम को गाँव जानेवाली बस आती हुई दिखी और उन्होंने रिक्शेवाले से अगले चौराहे तक जल्दी-जल्दी रिक्शा बढ़ाने के लिए कहा। गाँव जानेवाली यह आखिरी बस थी। अगर उस बस के आने में तीन-चार मिनट की भी देरी हो जाती तो वे निश्चित ही वहाँ जाकर पिताजी को देखते और उन्हें पहचान लेते। राज्य परिवहन की वह बस हमेशा आधा-पौन घंटा लेट रहा करती थी, लेकिन उस दिन, संयोग से, वह बिलकुल सही समय पर आ रही थी।

सतनाम सिंह का कहना था कि वह भीड़ नेशनल रेस्टोरेंट के सामने से तब हटी और लोग तितर-बितर हुए जब बड़ी देर तक पिताजी जमीन से उठे ही नहीं। ईंट का एक बड़ा-सा ढेला उनकी कनपटी पर आकर लगा था। उनके मुँह से खून आना शुरू हो गया था। सिर में भी चोटें थीं। सतनाम ने बताया कि जब पिताजी बहुत देर तक नहीं हिले-डुले तो लड़कों

के झुंड में से किसी ने कहा कि लगता है यह मर गया। जब भीड़ छँटने के दस-पन्द्रह मिनट बाद भी पिताजी नहीं हिले-डुले तो सतनाम सिंह ने सत्ते से कहा था कि वह उनके मुँह में पानी के छींटे मारकर देखे कि वे सिर्फ बेहोश हैं तो हो सकता है कि उठ जाएँ। लेकिन सत्ते पुलिस की वजह से डर रहा था। बाद में सतनाम सिंह ने खुद ही एक बाल्टी पानी उनके ऊपर डाला था। दूर से पानी डालने के कारण जमीन की मिट्टी गीली होकर पिताजी के शरीर से लिथड़ गई थी।

सरदार सतनाम सिंह और सत्ते दोनों का कहना था कि लगभग पाँच बजे तक पिताजी उसी जगह पड़े हुए थे। तब तक पुलिस नहीं आई थी। फिर सतनाम सिंह ने सोचा कि कहीं उसे पंचनामा और गवाही वगैरह में न फँसना पड़ जाए इसलिए उसने ढाबा बन्द कर दिया था और डिलाइट टाकीज में 'आन मिलो सजना' फिल्म देखने चला गया था।

उस समय लगभग छह बजे थे जब सिविल लाइंस की सड़क की पटरियों पर एक कतार में बनी मोचियों की दुकानों में से एक मोची गनेशवा की गुमटी में पिताजी ने अपना सिर घुसेड़ा। उस समय तक उनके शरीर पर चड्डी भी नहीं रह गई थी, वे घुटनों के बल किसी चौपाए की तरह रेंग रहे थे। शरीर पर कालिख और कीचड़ लगी हुई थी और जगह-जगह चोटें थीं।

गनेशवा हमारे गाँव के तालाब के पारवाले टोले का मोची है। उसने बताया कि मैं बहुत डर गया और मास्टर साहब को पहचान ही नहीं पाया। उनका चेहरा डरावना हो गया था और चिन्हाई में नहीं आता था। मैं डरकर गुमटी से बाहर निकल आया और शोर मचाने लगा। दूसरे मोचियों के अलावा वहाँ कुछ और लोग भी इकट्ठा हो गए थे। लोगों ने जब गनेशवा की गुमटी के भीतर जाकर झाँका तो गुमटी के अन्दर, उसके सबसे अँतरे-कोने में, टूटे-फूटे जूतों, चमड़ों के टुकड़ों, रबर और चिथड़ों के बीच पिताजी दुबके हुए थे। उनकी साँसें थोड़ी-बहुत चल रही थीं। उन्हें वहाँ से खींचकर, बाहर, पटरी पर निकाला गया। तभी गनेशवा ने उन्हें पहचान लिया। गनेशवा का कहना था कि उसने पिताजी के कान में कुछ आवाजें भी लगाईं लेकिन वे कुछ बोल नहीं पा रहे थे। बहुत देर बाद उन्होंने 'राम स्वारथ प्रसाद...' और 'बकेली' जैसा कुछ कहा था। फिर चुप हो गए थे।

पिताजी की मृत्यु सवा छह बजे के आसपास हुई थी। तारीख थी 17 मई, 1972। चौबीस घंटे पहले लगभग इसी वक्त उन्हें जंगल में तिरिछ ने काटा था। चौबीस घंटे पहले क्या पिताजी इन घटनाओं और इस मृत्यु का अनुमान कर सकते थे?

पिताजी का शव शहर के मुर्दाघर में पुलिस ने रखवा दिया था। पोस्टमार्टम में पता चला था कि उनकी हड्डियों में कई जगह फ्रैक्चर था, दाईं आँख पूरी तरह फूट चुकी थी, कॉलर बोन टूटा हुआ था। उनकी मृत्यु मानसिक सदमे और अधिक रक्तस्राव के कारण हुई थी। रिपोर्ट के अनुसार उनका आमाशय खाली था, पेट में कुछ नहीं था। इसका मतलब यही हुआ कि धतूरे के बीजों का काढ़ा उल्टियों द्वारा पहले ही निकल चुका था।

हालाँकि थानू कहता है कि अब तो यह तय हो गया कि तिरिछ के जहर से कोई नहीं बच सकता। ठीक चौबीस घंटे बाद उसने अपना करिश्मा दिखाया और पिताजी की मृत्यु हुई। पंडित रामऔतार भी यही कहते हैं। हो सकता है कि पंडित रामऔतार इसलिए ऐसा कहते हों कि वे खुद को विश्वास दिलाना चाहते हों कि धतूरे के काढ़े का पिताजी की मृत्यु से कोई सम्बन्ध नहीं था।

मैं सोचता हूँ, अन्दाजा लगाने की कोशिश करता हूँ कि शायद अन्त में, जब गनेशवा ने अपनी गुमटी के बाहर, पिताजी के कान में आवाज दी होगी तो पिताजी सपने से जाग गए होंगे। उन्होंने मुझे, माँ को और छोटी बहन को देखा होगा—फिर वे दातून लेकर नदी की तरफ चले गए होंगे। नदी के ठंडे पानी से उन्होंने अपना चेहरा धोया होगा, कुल्ला किया होगा और इस लम्बे दुःस्वप्न को वे भूल गए होंगे। उन्होंने अदालत जाने के बारे में सोचा होगा। हम लोगों के मकान की चिन्ता ने उन्हें परेशान किया होगा।

लेकिन मैं अपने सपने के बारे में बताना चाहता हूँ, जो मुझे अकसर आता है। वह यों है कि मैं खेतों की मेंड़, गाँव की पगडंडी से होता हुआ जंगल पहुँच गया हूँ। मैं रक्सा नाला, कीकर के पेड़ को देखता हूँ। वह भूरी चट्टान वहाँ उसी जगह है, जो सारी बारिश नाले के पानी में डूबी रहती है। मैं देखता हूँ कि तिरिछ की लाश उसके ऊपर पड़ी हुई है। मुझे

एक बेतहाशा खुशी अपने घेरे में ले लेती है। आखिर वह मारा गया। मैं पत्थर लेकर तिरिछ को कुचलने लगता हूँ, जोर-जोर से उसे मारता हूँ। मेरे पास थानू मिट्टी का तेल और माचिस लिये खड़ा है। तभी, अचानक ही, मैं पाता हूँ कि मैं उस चट्टान पर नहीं हूँ। थानू भी वहाँ नहीं है, वहाँ कोई जंगल नहीं है बल्कि मैं दरअसल शहर में हूँ। मेरे कपड़े बहुत ही मैले, फटे और चिथड़ों जैसे हो गए हैं। मेरे गालों की हड्डियाँ निकली हैं। बाल बिखरे हैं। मुझे प्यास लगी है और मैं बोलने की कोशिश करता हूँ। शायद मैं बकेली, अपने घर जाने का रास्ता पूछना चाहता हूँ और तभी अचानक चारों ओर शोर उठता है...घंटियाँ बजने लगती हैं...हजारों-हजार घंटियाँ...मैं भागता हूँ।

मैं भागता हूँ...मेरा पूरा शरीर बेदम होने लगता है, फेफड़े फूल जाते हैं। मैं पास-पास कदम रखकर अचानक लम्बी-लम्बी छलाँगें लगाता हूँ, उड़ने की कोशिश करता हूँ। लेकिन भीड़ लगता है मेरे पास पहुँचनेवाली होती है। एक अजीब-सी गर्म और भारी हवा मुझे सुन्न कर देती है। अपनी हत्या की साँसें मुझे छूने लगती हैं...और आखिरकार वह पल आ जाता है, जब मेरे जीवन का अन्त होनेवाला होता है...

मैं रोता हूँ...भागने की कोशिश करता हूँ। मेरा पूरा शरीर नींद में ही पसीने में डूब जाता है। मैं जोर-जोर से बोलकर जागने की कोशिश करता हूँ...मैं विश्वास करना चाहता हूँ कि यह सब सपना है...और अभी आँख खोलते ही सब ठीक हो जाएगा...मैं सपने के भीतर अपनी आँखें फाड़कर देखता हूँ...दूर तक...लेकिन वह पल आखिर आ ही जाता है...

माँ बाहर से मुझे देखती है। मेरा माथा सहलाकर वह मुझे रजाई से ढाँप देती है और मैं वहाँ अकेला छोड़ दिया जाता हूँ। अपनी मृत्यु से बचने की कोशिश में जूझता, बेदम होता, रोता, चीखता और भागता।

माँ कहती है मुझे अभी भी नींद में बड़बड़ाने और चीखने की आदत है। लेकिन मैं पूछना चाहता हूँ और यही सवाल मुझे हमेशा परेशान करता है कि मुझे आखिरकार अब तिरिछ का सपना क्यों नहीं आता?

■

छप्पन तोले का करधन

रात घर में अँधेरा बहुत होता था। दूसरे घरों से कहीं बहुत ज्यादा और गाढ़ा। दीवारें पूरी तरह उसमें डूब जातीं। हवा बहुत भारी और घनत्व वाली हो जाती, जिसमें कई तरह की गन्ध घुली होती। कई बार मुझे लगता, उसमें केवड़े की गन्ध है, जबकि आसपास कहीं भी, पूरे गाँव में, केवड़ा नहीं था। कभी उसमें हमारे गाँव के बाहर के मछलियों से भरे तालाब के पानी की गन्ध होती। मछलियों के पसीने से हमारे फेफड़े भर जाते, साँसें भारी हो जातीं और हम हर जगह नमी महसूस करते।

और, ऐसा भी कभी-कभी होता कि हवा में किसी सड़ती हुई चीज की बू एक बारीक और महीन पर्त की तरह सारे घर में व्याप जाती। इस बू के फैलते ही यहाँ से वहाँ तक एक अदृश्य डर की परछाईं भी पसर जाती। अम्माँ कहतीं—"लगता है कहीं कोई चूहा मर गया है।" उनकी आवाज में अनिश्चय और भय एक साथ होते। फिर वे धीरे से अपने आपको आश्वस्त करती हुई कहतीं—"मुन्ना, जाकर अँधियारी कोठरी में देखना तो, दादी क्या कर रही हैं।"

मैं जान जाता कि अम्माँ के भीतर उस सड़ती हुई बू के साथ छाया हुआ डर बैठ गया है और उन्हें दादी के बारे में आशंका हो रही है। हम सब दादी को अक्सर भूल जाते थे और कभी-कभी तो महीनों उन्हें नहीं देखते थे। न वे हमारी आँखों के सामने कहीं होतीं, न हमारी स्मृति में उनका कोई अस्तित्व रहता।

जिस कोठरी में दादी शीशम की एक पुरानी खाट पर सोती रहती थीं, उस कोठरी का नाम 'अँधियारी कोठरी' रख दिया गया था। वह एक बहुत छोटा, सँकरा और जमीन में धँसा हुआ अँधेरा कमरा था, जिसमें एक भी खिड़की नहीं थी। सिर्फ एक छोटा-सा दरवाजा था जिसकी चौखट इतनी नीची थी कि लगभग बैठकर उस दरवाजे से कमरे में उतरना पड़ता था। कमरे का फर्श जमीन की सतह से कम-से-कम डेढ़ बीता नीचे था। वहाँ हमेशा अँधेरा होता था, दिन में भी। दादी कई दिनों बाद या कभी-कभी कई महीनों बाद उस कमरे से बाहर निकलती थीं। वे शायद कमरे में ही

किसी कोने में पेशाब करती थीं क्योंकि अँधियारी कोठरी की बन्द गाढ़ी हवा में अमोनिया की तीखी गन्ध मौजूद होती। दादी के शरीर से भी ऐसी ही गन्ध आती थी।

मुझे पूरा यकीन था कि दादी कमरे के अँधेरे में सारी चीजें साफ-साफ देख लेती हैं। एक-दो बार जब अम्माँ ने सड़ती हुई बू से डरकर मुझे दादी को देखने भेजा था और जब मैंने अँधियारी कोठरी में अन्दर झाँककर देखा तो वहाँ अँधेरे में, जिधर दादी की खाट थी, उधर दो जलती हुई कंजी आँखें दिखी थीं। अँधेरे में बिल्ली की आँखें भी इसी तरह जलती हैं। मैं जब पुकारता—"दादी, ओ दादी!" तो घर्राती हुई 'हूँ' की आवाज उन्हीं आँखों में से आती। मैं फौरन अँधेरे में दौड़ता हुआ लौटता और जोर से कहता, "अम्माँ, दादी तो जिन्दा हैं," तो अम्माँ जोरों से डाँटती। अगर मैं यह कहता कि 'अम्माँ, दादी तो नहीं सड़ रहीं, यह बदबू किसी और मरी हुई चीज की है।' शायद तब भी अम्माँ डाँटतीं। इसलिए पिछले कुछ दिनों से, जब भी घर में रातवाली बू फैलती और अम्माँ डरकर मुझे अँधियारी कोठरी में भेजतीं, मैं झाँककर दौड़ता हुआ आता और गाता हुआ बताता—"दादी बोलीं—हूँ!"

लेकिन रात में बिल्ली से मुझे बहुत डर लगता था। खासतौर से उस काली बिल्ली से जो सिर्फ रात में ही आती, छप्पर से उतरती, पूरे घर में घूमती और कभी-कभी हमारी खाट के नीचे बैठ जाती। उसकी आँखें भी कंजी और जलती आँखें थीं। उनके भीतर से एक मद्धिम मैली-पीली रोशनी निकलती रहती थी। जितना ही गाढ़ा अँधेरा होता, उतनी ही साफ वे चमकती आँखें होतीं। बिल्ली रात में विलाप करती और तब मुझे महसूस होने लगता कि वह बिल्ली और कोई नहीं, दादी ही हैं। शायद यही रूप धरकर वह सारे घर की टोह लेती थीं। हमारे गाँव की औरतें ऐसे कई किस्से सुनातीं, जिनमें होता कि कुछ औरतें जादू-टोना सिद्ध करके किसी भी चीज में अपने आपको बदल लेती हैं। ऐसी जादुई औरतों को टोनही कहा जाता और बिल्ली उनका सबसे पसन्द रूप होती थी, क्योंकि बिल्ली अँधेरे में भी देख सकती थी।

लेकिन उन दिनों दादी ही नहीं, हर औरत मेरे लिए आश्चर्यजनक होती। मैं लगातार शक करता। इस फिराक में रहता कि जब यह औरत

किसी और चीज में बदल रही हो, तब मैं उस घटना को देख लूँ। लेकिन ऐसा कभी नहीं हो पाया। दादी भी कब बिल्ली में बदलतीं, मैं जान न पाता।

चाची, जिनके बारे में कहा जाता था कि उनके दिल की जगह पर लकड़ी का चौकोर टुकड़ा लगा है, जिसे उन्होंने चाचा के भाग जाने और अपने बच्चे न होने पर लगवा रखा है, बहुत क्रूर थीं। वे गालियाँ भी दे लेती थीं। उन्होंने एक बार बतलाया था कि कई साल पहले, जब दादी जवान थीं और बहुत सुन्दर थीं, उनका मेल-जोल गाँव की नाइन के साथ हो गया था। नाइन टोना जानती थी और उससे थोड़ा-बहुत दादी ने भी सीख लिया था। लेकिन किसी-किसी पर टोना उलट भी जाता है। दादी के साथ यही हुआ था। उनकी सुन्दर देह, धूप में निकलते ही जिस पर फफोले पड़ जाते थे और जिससे गर्मियों की रात में बेले की गन्ध फूटती थी—वह शरीर टोना उलट जाने से ताँबई और फिर कत्थई हो गया था। उनके एक के बाद एक, तेरह बच्चे हुए थे जिनमें से सिर्फ पिताजी, जसीडीह वाली बुआ और चाचा जिन्दा बचे थे। चाची बतलाती थीं कि दादी का अधूरा टोना ही उनके बच्चों को खा जाता था। यह दादी के टोने का ही असर था कि पिताजी और चाचा कभी घर में नहीं टिक पाते थे।

हमारा घर एक कमजोर, बीमार और धीरे-धीरे खत्म होता हुआ घर था। छप्पर की हर लकड़ी में, हर मयार, बीम और बड़ेरी में घुन के कीड़े लगे थे, जो दिन-भर सफेद बुरादा नीले गिराते रहते थे। दिन-भर में हर चीज पर, हर जगह बुरादा जम जाता। शाम को अम्माँ झाड़ू लगातीं तो आँगन के कोने में बुरादे, गर्द और ईंट के चूरे का ढेर इकट्ठा हो जाता।

अम्माँ इस बात को जानती थीं कि घर की दीवारें भीतर-भीतर खोखली हो चुकी हैं और वहाँ पर एक दूसरा ही जीवन और संसार चल रहा है। यह संसार चूहों, कई रंगों के विचित्र कीड़ों और ऐसे अदृश्य प्राणियों का संसार था, जिन्हें हम कभी नहीं देख पाते थे। वहीं का अपना अलग ही नियम रहा होगा। हमारा बाहर का संसार, उस दूसरे संसार के लिए खाद और हवा की तरह था। हम सब घर के खत्म होने के बारे में जानते थे। यह कभी भी अचानक चुक सकता था। रात में, जब हर जगह बिलकुल सन्नाटा होता और मछलियों के पसीने की बीसर गन्ध

से भरी भारी हवा में घर डूब जाता, तो दीवार के भीतर के संसार की कुछ विचित्र और बारीक आवाज सुनाई देने लगती। लगता वहाँ किसी और ही अपरिचित और अज्ञात भाषा में कोई धीरे-धीरे फुसफुसाकर बात कर रहा है। ये बातें हमारे अपने संसार की नियति और मृत्यु के बारे में होतीं। कई चीजों के टूटने और बनाये ज़ाने की खटपट सुनाई देती। वहाँ कुछ नया रचा और गढ़ा जा रहा था। कभी लगता कि घर की सारी दीवारों के खोखल में, यहाँ से लेकर वहाँ तक, एक बहुत बड़ा अजगर सोया हुआ है, जिसकी तपती हुई, भाप से भरी साँस हमारी साँसों और सपनों तक पहुँच रही है।

मैं बिल्ली, दादी और टोने से ही नहीं, घर की दीवारों से भी डरता था। मुझे विश्वास था कि अगर कान लगाकर मैं दीवार के साथ खड़ा हो जाऊँ तो उस दूसरे संसार का बहुत सारा भेद मेरे सामने खुल जाएगा। लेकिन ऐसा सोचते ही मेरा दिल जोरों से धड़कने लगता। मैं उस विचित्र, अज्ञात और अदृश्य भाषा को सुन सकने का साहस ही अपने भीतर पैदा न कर पाता, जो दूसरे संसार की भाषा थी। मुझे लगता कि अगर उस भाषा का कोई शब्द मैंने सुन लिया और अगर मैं उसका अर्थ समझ गया तो मैं जिन्दा बिलकुल नहीं बचूँगा।

लेकिन दादी के बारे में मेरा अनुमान था कि वे न सिर्फ उस भाषा को जानती हैं, बल्कि उस संसार की बहुत-सी घटनाएँ उन्हीं के इशारे पर हो रही हैं। हमारे घर को विनाश की ओर ले जानेवाली हर विपदा और दुर्घटना के अदृश्य धागों का हर छोर उनकी उँगलियों में बँधा है। अपनी अँधियारी कोठरी में महीनों तक दिन-रात आखिर वे क्या करती रहती हैं। दादी हमारे घर की शत्रु थीं। यह उन्हें भी पता था, हमें तो खैर था ही। वे यह भी जानती थीं कि रामे (मेरे पिता) के अलावा उनकी बात कोई और नहीं समझ पाता था। वे अस्सी साल की हो चुकी थीं और अपने साथ-साथ हमारे घर को भी खत्म कर डालने के किसी खेल या जादू में संलग्न थीं। उस जादू के असर से हमारा घर भी अस्सी साल का हो चुका था और हम सब महसूस करते कि हमारे फेफड़े और हड्डियाँ अस्सी साल पुरानी हैं। हम नष्ट होने से बचना चाहते थे।

दादी दिन-भर में सिर्फ एक बार खाना खाती थीं। जस्ते का एक बहुत पुराना, तुचका-पुचका भगौना था, उसी में दाल-भात, चटनी, सूखी मिर्च डाल दी जाती और अम्माँ उसे अँधियारी कोठरी की ड्योढ़ी पर रख आती थीं। कई-कई बार तो कई दिनों तक हर रोज भगौना ज्यों-का-त्यों भरा हुआ लौट आता, फिर उस खाने को कोई नहीं खाता था। कई बार लोग दादी के बारे में बिलकुल भूल जाते। उनकी कहीं चर्चा न होती। ऐसा महीनों होता। फिर किसी दिन हम देखते कि आँगन के कोने में, जहाँ अम्माँ घर-भर के कूड़े का ढेर इकट्ठा करती थीं, दादी उसी ढेर के ऊपर सफेद मैली धोती में, अपनी हथेलियों में अपना माथा थामे बैठी हुई हैं। चाची उन्हें देखते ही कहतीं—"निकली है आज बुढ़िया फिर से! घर में जरूर कोई-न-कोई बीमार पड़ेगा।"

दादी के बाहर निकलते ही पूरे घर में अजीब-सी तेजी और हलचल पैदा हो जाती। चाची लगातार बड़बड़ाती। बुआ दादी की बगल से धम-धम पैर पटकती हुई निकलतीं। अम्माँ सारे घर में झाड़ू लगाने लगतीं और पुराने चिथड़े, टूटी-फूटी चीजें बाहर आँगन में फेंकने लगतीं। हर कोई दादी को न देखने का अभिनय करता। लेकिन मैं अच्छी तरह से जानता था कि पूरा घर दादी के बाहर निकलने के कारण ही पानी भरे कटोरे की तरह भीतर से हिल उठा है। दादी के कारण ही हर कोई व्यस्त बन गया है। बुआ, चाची और अम्माँ की आवाजें तेज हो उठी हैं। मैं जानता था कि यह सब कुछ गति नहीं है, बल्कि दादी के प्रति सबकी शत्रुता और घृणा का ही बदला रूप है। दादी के बाहर निकलते ही पूरा घर किसी नाव की तरह डगमगाने लगता और दादी के खिलाफ किसी सेना की तरह संगठित हो उठता।

दादी उसी कूड़े के ढेर पर बोरी बिछाकर बैठी रहतीं। कभी-कभी कोई थैली सिलती हुई दिखतीं। एक बार मैंने देखा था कि मुझे अपनी ओर ताकते हुए पाकर दादी के चेहरे की सारी झुर्रियाँ अचानक सिमटकर एक बहुत ही लाचार हँसी में बदल गई थीं। उन्होंने इशारे से मुझे बुलाया था। यह बाहर के संसार के प्रति दादी की पहली और अकेली प्रतिक्रिया थी। शायद वे सूई में धागा नहीं डाल पा रही थीं, इसलिए। लेकिन मैं उनके पास नहीं गया क्योंकि मुझे डर था कि दादी कहीं मेरे शरीर में चुपके से

अपना टोनावाला बाल न चिपका दें। चाची ने एक बार बतलाया था कि टोनेवाली औरतें कभी-कभी बच्चों के शरीर पर अपना एक बाल चिपका देती हैं। फिर बाद में उस बाल को टोने से वापस बुलाकर जब वे उसे दूध भरे कटोरे में डालती हैं तो पूरा दूध खून हो जाता है। यह सारा खून उसी बच्चे का होता है, जिसे टोनेवाला बाल सोखकर अपने साथ ले आता है। मैं इसलिए डरा। कहीं मेरे साथ भी ऐसा हुआ तो मेरा शरीर कागज जैसा सफेद हो जाएगा।

दादी किसी बूढ़े गिद्ध की तरह दिखाई देतीं, जिसके सिर और गर्दन के सारे रोएँ झड़ जाते हैं और एक पतली, बीमार, झुर्रियों भरी गर्दन और नंगी खोपड़ी वहाँ बचती है। इस खोपड़ी के भीतर का दिमाग अपने अन्तिम समय की सारी आवाजों को धीरे-धीरे सुनता रहता है। मुझे दादी पर दया भी आती लेकिन वे हमारी शत्रु थीं, क्योंकि उनके पास एक छप्पन तोले का सोने का करधन था, जिसे उन्होंने घर में कहीं, फर्श में, दीवार में या पिछवाड़े के कुएँ के पास या फिर आसपास के किसी पेड़ के नीचे गाड़कर छुपा दिया था।

रात में जब घर का सारा काम निबट जाता तो लालटेन के पास चाची, बुआ और अम्माँ बैठ जातीं। घर में वही अकेली लालटेन थी। अम्माँ सबके खा चुकने के बाद बरतन वगैरह धोने के काम से निबटकर खाती थीं। अपना खाना लेकर वह लालटेन के पास बैठ जातीं। रोटी के हर कौर को वह देर तक देखतीं फिर उसमें से हर बार कोई-न-कोई चीज खोजकर बाहर गिरातीं और देर तक उसे धीरे-धीरे चबाती रहतीं। उनका बोलना इस बीच जारी रहता। बुआ की शादी उड़ीसा के पास जसीडीह में हुई थी और एक साल में ही फूफा की मौत के बाद वे वापस हमारे घर लौट आई थीं। तब से, दस साल से, वे इसी घर में थीं। वे हर बात को आश्चर्य के साथ बोलती थीं इसीलिए उनकी आँखें हमेशा फटी हुई रहतीं। उन्हें देखकर लगता कि सारा संसार उनके लिए आश्चर्यजनक है, हर चीज गोपनीय है।

चाची का कद बहुत छोटा और शरीर बहुत दुबला था। उनकी उम्र पचास के आसपास थी और अभी तक उनकी कोख खाली थी। उन्होंने अपने दिल की जगह पर लकड़ी का चौकोर टुकड़ा लगवा रखा था,

इसलिए वे क्रूर थीं। उन्होंने एक बार मेरी बाँह पर गर्म करछुल दाग दी थी, जिस पर अम्माँ के साथ उनकी खूब लड़ाई हुई थी। शायद उसी दिन अम्माँ ने लकड़ी के चौकोर टुकड़ेवाली बात मुझे बतलाई थी।

लालटेन की मटमैली-धुँधली रोशनी पूरे घर के अँधेरे को देखते हुए बहुत कम होती थी। रात में घर की बहुत सारी चीजें भारी हवा, रहस्यपूर्ण गन्धों और विचित्र ध्वनियों में डूब जाती। दीवारों के खोखल का संसार जीवित होता और वहाँ की अदृश्य हलचलों की आहट हम तक पहुँचती। हम सब लालटेन के पास सिमटे बैठे रहते। वे बातें जो अम्माँ, बुआ और चाची के बीच होतीं, अन्तहीन थीं और किसी बहुत बड़ी कहानी के संवाद की तरह लगतीं। मैं चुपचाप उन्हें सुनता रहता और सोचता कि बड़ा होने पर मैं इस घर पर जरूर कहानी लिखूँगा।

अम्माँ के मुँह में कौर भरा होता, चेहरा लालटेन की धुँधली रोशनी में बहुत पुराना जर्जर और बीमार लगता और वे कहतीं—"अगर माँजी (दादी) करधन दे दें तो यह घर अब भी बच सकता है।" चाची कहतीं—"मेरी बात गाँठ बाँध लो, बुढ़िया जब मरेगी तो उसकी आँत से करधन निकलेगा। जीते जी वह बताने से रही।" अम्माँ का चेहरा काला पड़ जाता—"भगवान किसी को ऐसी माया का रोग न दे कि वह किसी का न रह जाए।" बुआ अक्सर चुप रहतीं। मुझे ताज्जुब होता कि दादी उनकी माँ थीं। लगता कि दादी सबको भूल चुकी थीं—बुआ, रामे और चाचा को भी। यह पूरा संसार उनके लिए अपरिचित और अज्ञात था। अब शायद उन्हें सिर्फ दीवार के भीतरवाले संसार की जादू भाषा भर आती थी। हमारी भाषा वे भूल गई थीं इसीलिए कोई उनकी बात नहीं समझ पाता था।

सिर्फ पिताजी ऐसे थे कि जब वे तीन-चार महीनों बाद कलकत्ते से लौटकर आते तो हर बार पहले दिन एक-दो घंटे दादी की अँधियारी कोठरी में जरूर बैठते। वे दादी से बातें करते। दादी उनकी माँ थीं। उन्होंने ही पिताजी को जन्म दिया था।

वह छप्पन तोले का करधन दादाजी लेकर आए थे। दादाजी हमारे घर की कहानी के नायक थे। उन्होंने सारे संसार की यात्रा की थी और बड़े-बड़े कारनामे किए थे। मुझे लगता पूरी दुनिया उनके बारे में जानती

होगी। उनकी एक धुँधली-सी तसवीर अम्माँ की कोठरी में लटकी हुई थी। वह अकेली तसवीर थी जो नमी और समय के असर से काँच के साथ चिपककर धीरे-धीरे गल रही थी। दादाजी के सिर पर मराठी पगड़ी थी, जाँघों में बन्दूक टिकी हुई थी और बड़ी-बड़ी मूँछें थीं।

लालटेन की रोशनी में जब भी सोने के करधन का जिक्र होता, दादाजी की भी कहानी शुरू हो जाती। अम्माँ बतातीं कि दादा को चिड़िया पालने का बड़ा शौक था। गाँव के तालाब की हर बतख से उनकी पहचान थी और दादा हर बतख को उसके अलग नाम से बुलाते थे। कई को वे अपने साथ अपने घर ले आते। फिर तो सारे घर में बतखें ही बतखें होतीं। हर जगह। बड़ी आफत होती। दादा को पता रहता था कि जंगल के किस पेड़ की किस डाल पर कौन-सी चिड़िया के बच्चे कितने बड़े हो गए हैं। वे सिर्फ बतखों से ही नहीं, कौओं और बैलों से भी बातचीत कर सकते थे। वे कई बार चींटियों से पूछकर बिलकुल सही-सही बता देते कि पानी बरसेगा या नहीं।

गाँव के उसी तालाब में, जिसमें दादा की सारी बतखें, पनडुब्बियाँ, चाहे, मटावर, टिटहरी, बगुले और जाने कौन-कौन-सी चिड़ियाँ रहती थीं, अंग्रेज अफसर अपनी गोरी मेम के साथ आकर बारह बोर के छर्रे से बतखों को मारकर ले जाता था। दादा कभी-कभी उदास होकर तालाब से लौटते और बुदबुदाते—"आज गोरे ने मोहन, सावन्त और दूजी को मार डाला।"

अम्माँ बताती हैं कि एक शाम दादा आँगन में खाट पर लेटे हुए चुपचाप आकाश में अभी-अभी उभरते हरनगरा, ध्रुव और शुकवा तारों को देख रहे थे कि अचानक शाम का नारंगी-नीला आसमान चिड़ियों से भर गया। सारे संसार की चिड़ियाँ वहाँ आकाश में पागल होकर चीख रही थीं। दादा के पैर पर एक जलमुर्गाबी गिरी। वह खून से तर थी, सारे शरीर में छर्रे थे और गर्दन आधी कट चुकी थी। दादा ने अपनी बन्दूक की नाल साफ की, उसमें कारतूस भरे, सिर पर पगड़ी रखी और तालाब की तरफ चले गए।

इसके बाद कहते हैं, दादा ने तालाब की दूसरी मेंड़ पर खड़े होकर अंग्रेज अफसर से कहा कि इस तालाब में चिड़ियाँ मारना जुर्म है। सारी चिड़ियाँ मेरी घरेलू और पालतू हैं और तुम आज के बाद से शिकार खेलने

के लिए इस तालाब में मत आना। उस दिन अंग्रेज अफसर अकेला था, इसलिए वह चुपचाप अपनी मेम के साथ चला गया। लेकिन दूसरे दिन दादा के सारे खेत कुर्क कर लिए गए, जानवर हाँक ले जाए गए और हमारे गाँव को बागी गाँव घोषित कर दिया गया।

अब अंग्रेज अफसर हर रोज शाम को आता, तालाब में बारह बोर के छर्रों से चिड़ियों को मारता। दादा आँगन की खाट में लेटकर चुपचाप देखते कि आकाश चिड़ियों से भर गया है, लहूलुहान मुर्गाबियाँ, घायल बतखें, चीखती हुई टिटहरियाँ और डरे हुए बगुले। अम्माँ बतातीं कि जिस रोज उस अंग्रेज अफसर ने गुस्से में पागल होकर धाँय-धाँय तालाब की बतखों पर बन्दूक दागी थी, वह वही दिन था जब पंजाब के जलियाँवाला बाग में गोली चली थी।

एक दिन दादा ने फिर अपनी बन्दूक साफ की और तालाब की दूसरी मेंड़ पर लगे आम के पेड़ की डाल पर पत्तों के पीछे बैठ गए। अंग्रेज अफसर अपनी मेम और कारिन्दों के साथ आया था। वह सामने की मेंड़ पर आम की डाल पर बने मचान पर बैठा था। दादा ने चिल्लाकर दूसरी मेंड़ से आवाज दी—"आज से सब बन्द लाट साहेब, मैं तालाब का मालिक और चिड़ियों का मालिक, तुम्हें हुक्म देता हूँ..." लेकिन दादा तो आम के पेड़ में छिपे हुए थे। न उन्हें अंग्रेज अफसर देख पाया न उसके कारिन्दे। सबने समझा उनके भीतर का डर बोल रहा है। अंग्रेज को गुस्सा भी आया। अंग्रेज उस वक्त सारे हिन्दुस्तान के राजा थे और यहाँ एक बतख मारने पर दादा की आवाज खिलाफत में उठ रही थी।

अंग्रेज अफसर ने मचान से जल-मुर्गाबियों के झुंड पर निशाना लगाया—धाँय, बन्दूक चली और कारिन्दों ने देखा कि पूरा आसमान चीखती हुई चिड़ियों से भर गया। लेकिन तभी उन्होंने देखा कि इस बार ऊपर से मरी हुई मुर्गाबियाँ नहीं गिरीं, गिरी अंग्रेज अफसर की लाश।

दरअसल दो बन्दूकों के घोड़े एक साथ दबे थे। दादा परलीवाली मेंड़ के नीचे उतरे, अपनी बन्दूक की नाल का धुआँ साफ किया, चिड़ियों की ओर देखकर मुस्कराए, फिर हाथ हिलाया और फरार हो गए। अम्माँ

बतलाती हैं कि फिर पच्चीस साल तक दादा का कहीं पता ही नहीं चला। कोई कहता वे साधु हो गए हैं, कोई कहता डाकू। जमीन सारी कुर्क हो गई थी। खाने के लाले पड़े थे। दादी घर में अकेली तीनों बच्चों, यानी पिताजी, चाचा और बुआ को पालती रहीं। उस जमाने में दादा के बारे में हजारों किस्से घर-घर चलते कि दादा जर्मनी गए, फिर रूस गए। समुद्र में तैरकर अंग्रेजों के जहाज के पेंदे में छेद कर दिया। ट्रेन में डकैती डाली। कोई कहता कि मुठभेड़ में उन्हें मार डाला गया, फाँसी दे दी गई, कैंसर से मर गए।

लेकिन दादा पच्चीसवें साल, बृहस्पतिवार की शाम, कार्तिक के महीने में, दीपावली के ठीक एक दिन पहले लौट आए। वे बिलकुल बूढ़े और दुबले हो गए थे। चेहरे पर सफेद दाढ़ी थी, सिर गंजा हो गया था। और कहते हैं, दीवाली की रात उन्होंने दादी को छप्पन तोले का करधन दिया था। सोने का।

उसी साल आजादी मिली थी, उसी साल दादा लौटे थे, लेकिन उसी साल वे बीमार हो गए थे। कहते हैं, दादा जब मजबूत थे तो एक बार वे चलती हुई रेल के इंजन को रोककर उसे ठेलते हुए डेढ़ मील तक पीछे ले गए थे, लेकिन आजादी के बाद उनसे अपना टट्टीवाला लोटा भी नहीं उठता था। उन्हें दमा था और वे हाँफते रहते थे। तब तक पिताजी, चाचा और बुआ खूब बड़े हो गए थे। बुआ कहती हैं कि जिस साल से आजादी मिली उस साल से वे सारे लोग बीमार हो-होकर मरने लगे थे, जिन्होंने अंग्रेजों से लड़ाई लड़ी थी। दादा भी उसी साल मर गए। आखिरी दिनों में उनके मुँह पर ढेर सारी मक्खियाँ बैठी रहती थीं और दादा का बूढ़ा चेहरा गुड़ के ढेले की तरह चिपचिपाता रहता था। दादा भी बूढ़े गिद्ध की तरह लगते थे और वे चिड़ियों की भाषा भूल गए थे। जिस दिन वे घर लौटे थे, उसी दिन वे तालाब गए थे, लेकिन वहाँ किसी भी बतख ने उनको नहीं पहचाना था। सारी पुरानी बतखें खत्म हो चुकी थीं और उनकी नई पीढ़ी के लिए दादा बिलकुल अजनबी थे। वे भीतर से टूट गए थे। 'सब बदल गया'—सिर्फ इतना उन्होंने कहा था। उनका टट्टीवाला पीतल का लोटा अब भी हमारे घर की अटारी में था, जिसे मैं नहीं उठा पाता था।

अम्माँ, बुआ, चाची सबके चेहरे लालटेन की पीली बीमार रोशनी में दीमक लगी किसी पुरानी किताब के पन्नों में बने धुँधले चित्रों की तरह लगते। मछलियों के पसीने से भरी बीसर हवा में उनकी आवाजें कुछ देर तक तैरतीं फिर भीगकर कहीं गिर जातीं। हम सब जानते थे कि हमारा घर अब धीरे-धीरे धूल में बदल रहा है। अम्माँ भी धूल हो रही हैं। पिताजी साल में दो-तीन बार ही आ पाते। वे कलकत्ते में किसी मारवाड़ी सेठ की कपड़े की दुकान पर मुनीमी का काम करते थे। चाचा पहले आते थे लेकिन पिछले चार सालों से नहीं आए थे। कभी-कभी उनका पचास रुपये का मनीऑर्डर आ जाता था।

बुआ और अम्माँ एक दिन आपस में बात कर रही थीं कि चाचा ने गोहाटी में किसी असमिया कुँजड़िन को रख लिया है। वह बड़ी खूबसूरत है और टोना जानती है। चाचा जब भी कभी घर लौटने की बात सोचते हैं, वह उन्हें बैल बनाकर खूँटे से बाँध देती है। बुआ कहतीं कि अगर चाची ने बच्चे पैदा किए होते तो चाचा जरूर घर आया करते। आखिर पिताजी आते हैं। पिताजी एक बार मुझे अपने साथ कलकत्ता ले जाने की बात कह रहे थे, लेकिन वहाँ उनके पास जगह ही नहीं थी। सेठ की दुकान में ही पिछले बारह साल से सोते थे।

पिताजी ने भी दादी से एक बार छप्पन तोले के करधन के बारे में पूछा था तो दादी बहुत देर तक चुप रही थीं। फिर उन्होंने कहा था—"रामे, जब तेरे पिता फिरंगी को मारकर फरार हुए थे, तब मेरे पास दस तोला सोना था। मैंने अपने तीनों छौनों को किस-किस तरह से पाला-पोसा, तुम दोनों भाइयों को पढ़ाया। चार तोला सोना बचा था, जिसे मैंने दोनों बहुओं में बराबर-बराबर बाँटा। और तिस पर भी तुम सबने मिलकर मेरे साथ जो किया है बेटा, उसे भगवान ही नहीं, सारा गाँव देख रहा होगा।" दादी रोने लगी थीं, फिर कहा था—"अभी तो बेटा, बहू दाल-भात ड्योढ़ी पर रख जाती है, करधन मैंने दे दिया तो फिर कौन-सी आस रह जाएगी? करधन हो कि न हो, वह मेरे लिए और तुम सबकी आस के लिए जरूरी है बेटा।"

चाचा और पिताजी ने तमाम घर छान मारा था। ज्योतिषी से गुप्त धन के बारे में पंचांग दिखाकर कई जगह खुदाई की थी, कटोरा चलवाया

था, लेकिन दादी ने करधन पता नहीं कहाँ छुपा रखा था। एक बार अम्माँ ने सपना देखा कि करधन आँगन में तुलसी के चबूतरे के भीतर, ईंटों के बीच, एक काँसे की हंडी में रखा है और तीन सफेद साँप उस पर पहरा दे रहे हैं। तुलसी का चबूतरा तोड़ा गया। एक बार तीजे के दिन दादी को खाट समेत आँगन में लाकर डाल दिया गया। बुआ ने सरसों के तेल की मालिश की। दादी की कंघी करके उनका जूड़ा बाँधा गया। हलवा, खीर, आलू-गोभी की सब्जी और पूरी बना-बनाकर अम्माँ उन्हें खिलाती रहीं। उन्हें पंखा झला गया। बुआ, चाची और अम्माँ बातों के दाँव-पेंच लगाकर दादी से भेद पाने के लिए जूझती रहीं। उधर इसी बीच अँधियारी कोठरी के फर्श को पिताजी सब्बल से जगह-जगह खोदते रहे, लेकिन करधन कहीं नहीं मिला।

एक बार दादी को गर्मी लग गई थी। वे कई दिनों तक अँधियारी कोठरी के बाहर नहीं निकलीं। बस, कराहती रहती थीं। चाची के दिल की जगह पर तो लकड़ी का चौकोर टुकड़ा था, उन्होंने कहा—"यही वक्त है। अभी बुढ़िया बता दे तो बता दे, वरना पता नहीं कब ये साँस छोड़कर चल बसे।" चाची ने, कहते हैं, दादी को बीमारी में भी बहुत डराया-धमकाया। छुरा चमकाती रहीं, दादी का गला दबाया और नाक और मुँह बन्द करके उनकी साँस भी देर तक रोकी। साँस रुकने से दादी का शरीर गुब्बारे की तरह फूल गया, लेकिन उन्होंने तब भी नहीं बताया कि करधन कहाँ है। एक बार एक महीने तक दादी को अन्न का एक दाना भी नहीं दिया गया। अम्माँ, चाची और बुआ अँधियारी कोठरी की चौखट के पास खड़ी होकर दादी को सुनाकर कहतीं कि अब तो घर की ईंट बेचने तक की नौबत आ गई है, किसी के पेट में दाना नहीं है, रामे ने पैसा देना बन्द कर दिया है। कोई सोना लेकर स्वर्ग नहीं जा सकता। रास्ते में ही यमदूत छीनकर भैंस के पेट में डाल देते हैं या वह यहीं रह जाता है। ऐसा सोना, जिसके रहते बच्चा भूखा मर जाए, वह गू हो जाता है। दीमक उसे खा जाते हैं...

पता नहीं दादी यह सब सुनती थीं या नहीं। वे हमारी शत्रु थीं। पिताजी कभी-कभी गुस्से में अम्माँ से कहते—"तुम सब लोगों ने माँ जी को

दुश्मन बनाया है। मुझे तो डर लगता है कि अगर मैं बूढ़ा और बीमार हो गया तो इस घर में मेरे साथ क्या किया जाएगा। मैं अभी से बता दूँ कि मेरे पास नहीं है कोई धन। अपना खून बेचकर मैं तुम सबको पाल रहा हूँ मुझ पर रहम करना..." एक दिन पिताजी ने कहा था—"कोई करधन-वरधन नहीं है कहीं। सब गढ़ंत है। मेरे पिता (दादाजी) कहीं रंगून-जर्मनी नहीं गए। पता चला है वे कलकत्ते में ईंट के भट्ठे में काम करते थे। माँ तो जन्म से तम्बाकू खाती थीं। लत ऐसी चीज होती है कि अगर करधन होता तो सोना बेचकर वे तम्बाकू मँगवातीं। सब झूठ है, कोई करधन नहीं है कहीं।"

अम्माँ उस रात देर तक रोती रहीं। फिर वे कई दिनों तक लगातार रोयीं। खाना बनाते, बरतन धोते, झाड़ू लगाते। वे डर गई थीं। हमारा घर अगर रेत होने से, खत्म होने से बच सकता था तो सिर्फ छप्पन तोले के करधन के करिश्मे से ही बच सकता था। पिताजी का शरीर भी जवाब देने लग गया था। अगर करधन न होता तो वर्षों की धूल और गर्द, घुन के कीड़े और दीवार की खोखल का जादुई संसार हमारे घर को किसी पुराने मिट्टी के टीले में बदल देते, जिसके भीतर हम सबकी हड्डियाँ दबी होतीं। हमारा भविष्य भी।

उस बार जब पिताजी ने कहा था कि करधन की बात गढ़ंत है तो पच्चीस दिनों तक अम्माँ रोती रहीं, पच्चीस दिनों तक चाची ने दादी के खाने में धूल और मिट्टी डाली, पिताजी उसी रात कलकत्ते लौट गए थे और फिर पच्चीस रातों तक घर में कोयले से भी ज्यादा काला और गाढ़ा अँधेरा भर गया था। लालटेन भभककर बुझ जाती थी। हवा में किसी मरी हुई चीज की सड़ी बदबू हमेशा मौजूद रहती। अम्माँ ने एक दिन मुझे अँधियारी कोठरी में झाँकने के लिए भेजा तो मैंने देखा कि वहाँ दादी की कंजी आँखें जल रही थीं और वह कराह रही थीं। वहाँ पेशाब की गन्ध भरी हुई थी। ड्योढ़ी पर जस्ते का वही तुचका-पिचका भगौना रखा था, जिसमें दाल-भात था और जिस पर चाची मिट्टी और धूल डाल गई थीं। एक खौफनाक युद्ध छिड़ा हुआ था हमारे घर में। दादी एक तरफ थीं और पूरा घर दूसरी तरफ था। मैं किधर था, ठीक-ठीक पता नहीं।

काली बिल्ली सारी रात घर में; हर कोने में घूमती। दिन-भर छप्पर से घुन के कीड़े लकड़ी का बुरादा नीचे गिराते रहते और घर की हर चीज धूल और बुरादे से ढक जाती। हम सोकर उठते तो चादर पर, हमारे बालों और भौंहों पर बुरादा जमा होता। अम्माँ, बुआ, चाची सब दिन में कई बार झाड़ू लगातीं। आँगन के कोने में धूल, बुरादे और ईंटों के चूरे का खूब ऊँचा ढेर इकट्ठा हो जाता। फिर एक दिन दादा की तसवीर अम्माँ की कोठरी से अपने आप गिर गई और सबने डर और ताज्जुब से देखा कि फ्रेम के भीतर दादा का चेहरा नहीं था। वहाँ कई छोटे-बड़े कीड़े थे, उनकी पीठ चमकीले सुनहले रंग की थी। वे तसवीर की लकड़ी का फ्रेम भी खा चुके थे। अटारी में मैंने देखा कि दादा का लोटा गायब था।

गाँव की औरतें कहतीं कि बुढ़िया को उसके बेटे-बेटी और बहुओं ने रौरव नरक में डाल रखा है। भगवान किसी को ऐसा बुढ़ापा दिखाने के पहले ही उठा ले।

मुझे बहुत पहले की दादी की एक दूसरी स्मृति भी थी। तब हमारे घर में यह लड़ाई इतनी तेज नहीं छिड़ी थी और तब दादी भी इतनी बूढ़ी नहीं हुई थीं। उन्होंने एक दिन अपनी थैली से निकालकर मुझे एक काठ का पहियोंवाला हाथी दिया था और एक रबर की गेंद। दादी भजन भी गाती थीं, जिसको समझना मुश्किल था : 'हाय दित राम...हाय दित राम...'। लेकिन यह स्मृति बहुत दूर की थी। वह आज वाली दादी से नहीं जुड़ती थी। अब दादी मुझको पहचानना भूल चुकी थीं। शायद उन्होंने मुझे भी शत्रु मानकर अपनी स्मृति से बाहर निकाल फेंका था। वे हर किसी को भूल गई थीं। इस संसार की भाषा भी।

पहले दादी चावल बिलकुल नहीं खाती थीं। वे उत्तरवाले देश की थीं। दादा के लिए चावल बनता, तब भी वे अपने लिए रोटी अलग से बनाती थीं। लेकिन मैंने जब भी भगौना देखा था, उसमें भात ही देखा था। उनका तम्बाकू भी बन्द हो चुका था। उनके पसन्द की कोई भी चीज अब संसार में नहीं बची थी। अगर कहीं थी भी, तो दादी उसे पा नहीं सकती थीं। युद्ध में सब जायज होता है। दादी पर हर हथियार आजमाया

जा रहा था। दादी भी अपने टोने से, अपने शाप से, हमारे घर को खत्म करने में लगी थीं। कभी-कभी लगने लगता कि अब दादी की हार हो जाएगी और वे छप्पन तोले का सोने का करधन निकालकर आँगन में फेंक देंगी, इस युद्ध का फैसला हो जाएगा, लेकिन फिर लगने लगता कि दादी तो जीत रही हैं। हमारे घर को भीतर-भीतर से उन्होंने बिलकुल जर्जर और खोखला कर डाला है। अँधेरा, बिल्ली, हवा, घुन के कीड़े, चूहे, बीमारियाँ और बुरी खबरों की उनकी फौज बड़ी मुस्तैदी से अपनी लड़ाई में मशगूल थी। फूफा मर गए थे, चाचा को असमिया कुँजड़िन ने बैल बनाकर खूँटे से बाँध रखा था, पिताजी महीनों घर नहीं आ पाते थे, चाची बाँझ रह गई थीं, पानी नहीं बरसता था। हमारे चारों खेत बिक चुके थे। पिछवाड़े की आखिरी जमीन गिरवी रखी थी। दादा का पीतलवाला लोटा बेच डाला गया था और उनकी तसवीर को चमकीले कीड़े खा गए थे। दादी युद्ध जीत रही थीं।

उस दिन, शाम को दादी अँधियारी कोठरी से बाहर निकलीं। उन्हें दस दिन से चाची ने खाना नहीं देने दिया था। दादी किसी बीमार लेकिन चलते-फिरते कंकाल की तरह दिखाई दे रही थीं और उनके शरीर से पेशाब की गन्ध निकल रही थी। वह कूड़े के ढेर पर बैठ गई थीं, बिना बोरी बिछाए। उनकी खोपड़ी नंगी थी। उस पर बाल नहीं रह गए थे। उसके नीचे एक लम्बी-सी, पतली गर्दन, जिस पर झुर्रियाँ पड़ी हुई थीं। उनकी आँखें गड्ढे में धँसी हुई थीं और वे बाहर की ओर नहीं, अन्दर देखती लग रही थीं।

पतली गर्दन पर रखी दादी की नंगी खोपड़ी काँप रही थी और उनकी आँखों के गड्ढे से पानी निकल रहा था। उनका पूरा शरीर काँप रहा था। हाथ हवा में पत्ते की तरह हिल रहे थे।

मैंने देखा, बुआ उनको देखकर डर गईं। फिर उन्होंने अम्माँ से कहा, "माँ को, लगता है, मलेरिया हो गया है। ज्वर में वे काँप रही हैं।" अम्माँ ने भी रसोई की खिड़की से दादी को देखा। आँगन के कोने में कूड़े के ढेर पर किसी बूढ़े और बीमार गिद्ध की तरह बैठी दादी बुखार में गा रही थीं—"हाय दित राम...हाय दित राम..."

चाची ने कहा—"अब बुढ़िया बचेगी नहीं। अक्ल से काम लो, नहीं सब चौपट हो जाएगा। यह आखिरी मौका है। बुढ़िया ने अगर अब दे दिया, तो दे दिया, वरना समझो यह घर खत्म।" मैंने देखा, चाची दादी के पास गईं। उन्हें कूड़े के ढेर से उठाया—बाँह पकड़कर। दादी की पतली बाँहों में सिर्फ हड्डियाँ थीं, जिनके ऊपर बहुत पुरानी, चमकीली पपड़ियों और झुर्रियों से भरी पतली त्वचा चढ़ी हुई थी। वे लगातार गाये जा रही थीं—"हाय दित राम...बिन धजी का पैना डोलत है...बिन धजी का पैना डोलत है...हाय दित राम..."

चाची उनके कान में मुँह सटाकर जोर-जोर से बोल रही थीं—"ओ माँजी, जेठजी (मेरे पिता) का तार आया है कि वे बहुत बीमार हैं। उनके पेट में डेढ़ सेर की पथरी पड़ गई है। ऑपरेशन के लिए पैसे नहीं हैं। माँजी, बता दो करधन कहाँ रखा है, नहीं तो जेठजी मर जाएँगे।" फिर अम्माँ भी वहाँ आ गईं। उन्होंने भी दादी को पकड़ लिया था। वे भी दादी के कान में चिल्ला रही थीं..."माँजी, रामे अब बचेंगे नहीं। मुन्ना को भी बीमारी हो गई है। वह भी नहीं बचेगा। करधन दे दो।"

लेकिन साफ लग रहा था कि दादी इस संसार की भाषा भूल चुकी थीं। उनकी नंगी खोपड़ी हिल रही थी, गड्ढे में धँसी आँखों से पानी निकल रहा था, हाथ सूखे पत्तों की तरह काँप रहे थे और पोपले मुँह से वे लगातार गाये जा रही थी : "हाय दित राम...हाय दित राम...।" उन्हें सन्निपात हो गया था। वे होश में नहीं थीं।

तभी चाची चिल्लाईं—"बहन जी, जरा नीचे देखना। लगता है माँजी को दस्त लग रही है।" सचमुच दादी के पीछे की मैली धोती दस्त से लिथड़ गई थी और पीले रंग का मल आँगन में फैल रहा था। पेशाब की तेज गन्ध उनके शरीर से उठ रही थी। पूरा घर मल और पेशाब की बदबू से भर गया था। मुझे उल्टी आ रही थी। दादी का कंकाल दस्त से लिथड़ा बुखार में काँप रहा था—"हाय दित राम...हाय दित राम...।"

बुआ बाल्टी में पानी भरकर लाईं और चाची ने पूरा पानी दादी के सिर में उड़ेल दिया। दादी की मटमैली धोती उनके कंकाल से चिपक गई थी। आँगन में पानी, दस्त और पेशाब का कीचड़ हो गया था। बदबू और

तेज हो गई थी। चाची उनके कान में चिल्ला रही थीं—"माँजी, सुनाई देता है? जेठजी अब बचेंगे नहीं। मुन्ना भी मर रहा है। अब निकाल दो। दे भी दो। ओ माँजी..."

दूसरी बाल्टी, तीसरी बाल्टी, फिर चौथी बाल्टी का पानी भी दादी के सिर पर उड़ेला गया। लगा कि उनके कंकाल का हिलना कुछ थमा है। उनकी गर्दन लुढ़क रही थी। गाना बन्द हो गया था। उन्हें अम्माँ और चाची सँभालती हुई अँधियारी कोठरी में ले गईं लेकिन वहाँ किसी से रहा नहीं गया। वहाँ भी दस्त और पेशाब की तेज बदबू थी।

चाची ने कहा—"बुढ़िया अपने आप कपड़े बदल लेगी। देखा नहीं बहन जी, उसकी हाड़ में अब भी कितना जोर था। दो जनों के सँभाले नहीं सँभलती थी। बुढ़िया अमर घुट्टी पीकर आई है, इतनी आसानी से जाएगी नहीं।" बुआ का चेहरा पहली बार मैंने दुखी और स्याह देखा—"मगर मुझको तो इस बार कुछ दूसरी ही बात लगती है। माँ ने ऐसा कभी नहीं किया था।"

उस रात काली बिल्ली नहीं दिखी। लालटेन से ज्यादा उजाला फूट रहा था। हवा में न तो बदबू थी, न मछलियों के पसीने की बीसर गन्ध। बल्कि एक-दो बार तो मुझे लगा कि उसमें बेले की महक घुली हुई है। वह एक ठीक-ठाक और कागज की तरह हल्की रात थी। मुझे खूब गहरी नींद आई। दीवारों के भीतर का संसार भी आज सो गया था। अम्माँ, बुआ और चाची बातें करती रह गई थीं और मैं सो गया था।

सबेरे चाची आँगन में दौड़ती हुई आईं। उनके चेहरे पर हवाइयाँ उड़ रही थीं। आँगन के बीच खड़ी होकर उन्होंने अम्माँ को आवाज दी—"बहन जी, जल्दी निकलो। माँजी नहीं रहीं। मैंने अँधियारी कोठरी झाँक ली।"

अम्माँ बरतन छोड़कर आँगन में निकल आईं। उन्होंने चूल्हे में पानी डाल दिया था। फिर बुआ के रोने की आवाज उठने लगी। थोड़ी देर बाद वे तीनों एक लय में रो रही थीं। किसी संगीत की तरह। फिर गाँव की औरतें आने लगीं। आँगन भर गया। पूरे घर में औरतों के रोने की आवाज भर गई थी। मैं रो रहा था और चुपके-चुपके यह भी ताड़ रहा था कि इतनी औरतों

में से कोई औरत किसी और चीज में अपने आपको बदलती है या नहीं। मेरी हिम्मत अँधियारी कोठरी की ओर जाने की नहीं हो रही थी। हालाँकि मैं एक बार चौखट से झाँककर अन्दर देखना चाहता था। क्या पता, अब भी वहाँ दादी की कंजी आँखें जल रही हों और मैं पूछूँ तो वे घुर्राकर बोलें—"हूँऽऽ।" मैं जस्ते के उस भगौने को भी एक बार देखना चाहता था, जिसमें दादी को खाना जाता था और जिसमें चाची धूल और मिट्टी डाल आती थीं।

दोपहर तक दादी को तालाब के किनारे पर जला दिया गया। उस रात फिर अँधेरा ज्यादा गहरा नहीं था। केवड़े की महक भी हवा में थी। दीवार के भीतर का अजगर भाप जैसी साँस नहीं छोड़ रहा था। लेकिन मुझे एकाध बार ऐसा भ्रम जरूर हुआ था कि वहीं से दादी के गाने की धीमी और बहुत बारीक आवाज आ रही थी—"हाय दित राम...हाय दित राम..."

सातवें दिन पिताजी आ गए। चाचा को भी तार दिया गया था। लेकिन न तो उनका जवाब आया, न वे आए। उन्हें तो असमिया कुँजड़िन ने बैल बना रखा था।

जिस दिन दादी का दसों हुआ, उसी शाम पिताजी अँधियारी कोठरी में घुसे थे। दादी की छोटी गठरी में जो चीजें थीं, उन्हें अब पहचाना नहीं जा सकता था। चार-पाँच सूखे हुए काले अमरूदों के साथ एक लकड़ी की काली गेंद भी थी, जो कई वर्ष पहले रबर की रही होगी। एक थैली में काठ का एक छोटा-सा घोड़ा था, पहियोंवाला, जो अब कोयले में बदल चुका था। एक पुटली में गुड़ के दो ढेले थे जो मिट्टी हो चुके थे। बाकी फटे हुए कपड़े-चिथड़े थे। यह दादी का कुल असबाब था।

चाची ने अँधियारी कोठरी में अच्छी तरह से झाड़ू लगा दी थी। दादी की खाट को तालाब में फेंक दिया गया था, जहाँ से डोम उसे निकालकर ले गया होगा। पिताजी सब्बल से अँधियारी कोठरी के फर्श और दीवार खोद रहे थे। अम्माँ लक्ष्मी सहस्त्र स्तोत्र का जाप कर रही थीं, जिससे करधन मिल जाए। बुआ तसले में अँधियारी कोठरी से मिट्टी निकाल-निकालकर बाहर फेंक रही थीं। पिताजी के सब्बल चलाने की आवाज लगातार आ

रही थी। पूरे घर में अजवायन और धूप जलाई गई थी। चाची ने मुझे गोद में उठा लिया था—"अब सब ठीक हो जाएगा। घर का दोख-पाप चला गया। देखना अभी करधन मिल जाएगा।"

यानी, अब दादी का जादू खत्म होनेवाला था। दादी मर चुकी थीं और अब हमारी जीत होनेवाली थी। अब हमारा घर धूल में नहीं बदलेगा। सारी छप्पर बदल दी जाएगी। दीवारों के खोखल में सीमेंट-गारा भर दिया जाएगा। चारों खेत वापस लौट आएँगे। पिताजी मारवाड़ी सेठ की मुनीमी छोड़ देंगे और घर में रहेंगे। पिछवाड़े की जमीन फिर हमारी हो जाएगी, चाचा गोहाटी से लौट आएँगे और असमिया कुँजड़िन हमारे घर का पानी-बरतन करेगी, खेतों में काम करेगी, मैं स्कूल जाने लगूँ, अम्माँ की बीमारी ठीक हो जाएगी, हवा में से केवड़े की महक आएगी और हमारे घर में कई लालटेनें होंगी, टार्च भी होगी...

अम्माँ जोर-जोर से पाठ कर रही थीं। बुआ तसले में मिट्टी और ढेले अँधियारी कोठरी से निकाल-निकालकर बाहर फेंक रही थीं। वहाँ पर मिट्टी का ढेर लगता जा रहा था। रात हो रही थी। चाची मेरे पास बैठी हुई थीं। मुझे कब नींद आ गई, पता नहीं चला।

आधी रात को शोर और रोने-पीटने की आवाजों से मेरी नींद अचानक खुली। अम्माँ, बुआ रो रही थीं, जोर-जोर से। लालटेन आँगन के बीच में रखी थी और उसकी मटमैली रोशनी में आँगन में चारों ओर ईंट, ढेले और मिट्टी के ढेर दिखाई दे रहे थे। परली तरफ पिताजी का शरीर हिल रहा था। उनके हाथ में कुदाल थी। वे अँधियारी कोठरी के फर्श और दीवाल खोद चुके थे और अब उस तरफ से घर को खोदते हुए आगे बढ़े आ रहे थे। किसी विनाशकारी प्रेत की तरह। 'धप्प्...धप्प्' उनकी कुदाल चल रही थी। मैं डर गया! पिताजी को मैंने इस तरह पहले कभी नहीं देखा था। वे मिट्टी और धूल में लिथड़े हुए थे। हर बार उनके गले से हुँकार की आवाज निकलती और कुदाल नीचे गिरती।

मैं डर गया था और रोने लगा था। चाची ने धीरे से कहा, "पता नहीं, जेठजी के दिमाग को अचानक क्या हो गया? बुढ़िया ने जरूर अँधियारी कोठरी में कोई टोना-टोटका कर रखा था। जब से वे कोठरी से बाहर

निकले हैं, उनकी आँखें लाल हैं और दिमाग सनक गया है...। हे भगवान अब तुम्हीं रक्षक हो..."

पिताजी घर को खोदते हुए आगे बढ़ रहे थे। लालटेन भभक रही थी। हवा में किसी मरी हुई चीज की सड़ी बदबू थी। दीवार के भीतर के संसार से रहस्यपूर्ण आवाजें उठने लगी थीं। वहाँ तेजी से खट-पट हो रही थी। कुछ चीजें गढ़ी और कुछ तोड़ी जा रही थीं।

मैंने देखा कि छप्पर से घुन के कीड़ों ने इतना बुरादा गिराया था कि मेरी चादर, बाल, भौंहें ढक गई थीं। चाची, अम्माँ, बुआ सब बुरादे से ढके गए थे। घर के फर्श पर धूल और बुरादा जमा होता जा रहा था। लालटेन भभककर बुझ गई थी और जिधर अँधियारी कोठरी थी, जिधर से पिताजी घर को खोदते हुए आगे बढ़ रहे थे उधर अँधेरे में दो कंजी आँखें जल रही थीं।

थोड़ी देर बाद काली बिल्ली पूरे घर में घूमने लगी। अम्माँ और बुआ के रोने के साथ बीच-बीच में वह भी विलाप करने लगती थी।

■

राम सजीवन की प्रेम-कथा

जहाँ कई वर्ष पहले गाँव था और जहाँ बैलों के तेल-चुपड़े भोले-काले सींग थे, दोपहर जंगल में पत्तों की गहरी हरी गन्ध थी और कच्चे आम के ताजा कटे फाँक के साथ नमक-मिर्च का स्वाद था, धान के महकते हरे खेत थे, जहाँ अन्धी बुढ़िया महराजिन थी जिसकी बारी से लड़के खीरा और भुट्टा चुरा लाते थे—राम सजीवन का बचपन वहीं पीछे कहीं छूट गया था। पन्द्रह साल पीछे।

उनका बचपन सनई के उन खेतों में कहीं रह गया था, जहाँ वे स्कूल न जाकर छिप जाते थे और दूसरे लड़कों के साथ 'गदा छाप' बीड़ी के सुट्टे खींचते थे!

ब्राह्मण परिवार था। मझला किसान वर्ग, एक ऐसा किसान वर्ग, जिसकी गाँव में नाक नीची नहीं रहती, जो गाहे-बगाहे बड़े किसान या जमींदार को भी छोटा-मोटा कर्ज दे सकता है या पेशी-कचहरी में हजार-दो हजार खर्च कर सकता है। हलवाहों और भूमिहीनों को तो गल्ला-अनाज वह बीज-बिजहरा या खवाई-नातवानी के लिए सवैया-ड्योढ़ा बाड़ी की दर पर दे ही सकता है।

एक ऐसा किसान-परिवार, जहाँ गाँव के जमींदार के घर आया हुआ पटवारी लौटते हुए एक बार झाँककर चाय-पान ले जाता है, थोड़ी-बहुत हँसी-ठिठोली भी कर जाता है।

राम सजीवन पास के कस्बे के हाई स्कूल और पास के शहर के शासकीय महाविद्यालय को प्रथम श्रेणी से लाँघते हुए अब दिल्ली के उस विश्वविद्यालय तक आ पहुँचे थे, जो देश का माना हुआ ही नहीं, कहा जाता था कि अफ्रीका, दक्षिणी एशिया तो क्या पूरी तीसरी दुनिया का सबसे भव्य विश्वविद्यालय था। इस विश्वविद्यालय में प्रधानमंत्री की बहू रक्षामंत्री की नातिन, किर्लोस्कर जी की बेटी, बाटा जी का बेटा और देश के सबसे बड़े साहित्यकार का सबसे छोटा साला पढ़ता था।

यहाँ ज्यादातर लड़के-लड़कियों की सभ्यता और मिजाज का अपना ही ढंग था। वे बड़े कोमल, पारदर्शी और खास लगते। हँसते तो इतना उजाला फैलता कि गाँव की हँसी तम्बाकू और कत्थे में लिथड़ी किसी बीभत्स रुदन की तरह दिखाई देती।

और लड़कियों का तो कहना ही क्या? उनका अलग ही तापमान और अलग ही रोशनी थी। वे ज्यादातर जीन्स और खुली बाँहोंवाली होतीं। उन्हें बहुत साफ-सफेद आटे को गूँधकर, उसमें थोड़ा महावर मिलाकर बनाया गया था। खुली बाँहों, बारीक आवाजों, घंटियों जैसी हँसी का ऐसा विराट उत्सव राम सजीवन को अपने जीवन के प्रति एक बार नये सिरे से दार्शनिक हो जाने की प्रेरणा देता था। वे चाहे बस में हों या अपने अकेले कमरे में, साँस भी लेते तो उसके साथ वू डू या इंटिमेट की महक उनके रक्त तक पहुँचती। इस खुशबू में कॉन्वेंट के पसीने की बहुत अपरिचित लेकिन उत्तेजित गन्ध घुली होती।

लेकिन राम सजीवन के भीतर एक गहरी चिढ़ और गुस्से ने भी जगह बनाना शुरू कर दिया। इस विराट लकदक शहर में, जहाँ इतनी बड़ी दुकानों, कोठियों, कारों की चमाचम धूम थी, उन्हें अपने गाँव का बड़े से बड़ा किसान भी कुली-कबाड़ी दिखाई देता। अपने टेरिकाट के कपड़े उन्हें सस्ते, मैले और पिछड़े हुए लगते। अपने चेहरे में गाल की हड्डियों का नुकीला उभार, मोटे होंठ, धूप और धूल को झेलकर जिन्दा और चौकन्नी बन गई आँखें, तिल और सरसों के तेल को पीकर मोटे और काले हो गए बाल—सब उन्हें गँवारू लगते। वे काले तो नहीं थे, फिर भी उन्हें लगता था कि उनके गेहुँए रंग से गाँव का मटमैलापन कभी छूट नहीं सकता।

दिल्ली एक ऐसा महानगर था, जिसमें रुपयों की नदी कहावत के बाहर बहती थी। दूसरा कोई इतना बड़ा शहर राम सजीवन ने देखा भी नहीं था। एक बार, जब वे बिलकुल नये थे, एक लड़के से उन्होंने उसके जूते की कीमत पूछी। दो सौ अड़सठ रुपये सुनकर वह जूता उन्हें एक क्विंटल गेहूँ के बोरे में बदलता दिखने लगा। फिर तो उनके देखने का यह गोपनीय तरीका ही हो गया। अर्थशास्त्र के माल-मुद्रा-मालवाले नियम के अनुसार वे चीजों को किसी भी अनाज के समान मूल्य की मात्रा में बदत देते। उन्हें बहुत मजा आता। इस आदमी ने कुल मिलाकर तीन क्विंटल धान पहन रखा है। इस लड़की ने पचास किलोग्राम अलसी अपनी कलाई में लपेट रखी है। मकान का किराया साढ़े तीन क्विंटल गेहूँ हर महीने, बिजली-पानी अलग और वो देखो, वो साला हीरो बीस एकड़ की कुल पैदावार पर चढ़ा हुआ, हॉर्न बजाता भगा जा रहा है।

लेकिन यह सब कुछ एक रोचक मनोरंजक खेल ही नहीं था। यह बहुत गम्भीर और पीड़ादायक था। गाँव का मझला किसान वर्ग शहर के निचले मझले वर्ग से भी नीची कोटि का साबित हो रहा था। किसी दफ्तर का छोटा-मोटा बाबू भी जीवन स्तर और सभ्यता के लिहाज से ज्यादा कुलीन और चमकदार दिखाई देता था।

राम सजीवन के दिमाग में सामाजिक समानता के लिए एक उत्कट आकांक्षा जागने लगी। यह सब कुछ अन्यायपूर्ण है, गलत है। इस देश की सत्तर प्रतिशत जनता को जिन्दा रहने के लिए जितने कैलोरी शक्ति की

जरूरत है, उतना भी अन्न नहीं मिल पाता, और दूसरा साढ़े तीन क्विंटल गेहूँ की शराब एक बैठक में पी जाता है! राम सजीवन को पुरानी दिल्ली के जामा मस्जिद वाले इलाके के फुटपाथों पर, पुलिया के नीचे, अपने गाँव के लोग दिखाई देते—उतने ही गरीब, उतने ही मैले, उतने ही भूखे। 'क्रान्ति की जरूरत है'—बाबू राम सजीवन ने सोचा।

यह उन्हीं दिनों की बात है जब बंगाल के उत्तरी-पूर्वी इलाके, दक्षिण में आन्ध्र प्रदेश और बिहार-उत्तर प्रदेश के भोजपुर इलाकों में भूमिहीन और छोटे किसान मिलकर आन्दोलन छेड़ चुके थे। उन्हें मुठभेड़ों में मारा जा रहा था, जेलों में भरा जा रहा था। सरेआम उनकी आँखें फोड़ी जा रही थीं और अखबारों के पन्नों में ऐसी खबरें भरी रहती थीं।

राम सजीवन को लगा कि उनके मन में बचपन से ही गरीबों और असहायों के लिए गहरी करुणा रही है। उन्हें कई घटनाएँ ऐसी याद आईं जब वे अपने घर से मक्का और चावल चुराकर कोलों के घर में दे आते थे, जहाँ कई दिनों से चूल्हा नहीं जला होता था। अपने पुराने कपड़े तो वे गाँव के लड़कों को दे ही देते थे।

मेधा और प्रतिभा राम सजीवन में तेज थी। उन्होंने समाज को जानने-समझने के लिए तरह-तरह की किताबें पढ़नी शुरू कीं। 'पूँजी' पढ़ डाली, 'एंटी ड्यूहरिंग, 'एट्टींथ ब्रूमेर ऑफ लुई बोनापार्ट', 'होली फेमिली' से लेकर लेनिन और माओ के विचारों का अध्ययन किया। और धीरे-धीरे समाज का एक खूब साफ नक्शा उनके दिमाग में बनने लगा।

लेकिन गाँव छोड़े दस साल हो रहे थे। फेलोशिप मिलती थी, इसलिए वहाँ जाने की जरूरत कभी हुई नहीं और धीरे-धीरे गाँव के लोगों के मटमैले और ठोस चेहरे उनके दिमाग में धुँधले और अमूर्त होने लगे। खेत गायब हुए, चीजों को गल्ले में बदलकर देखने का पुराना किसानी ढर्रा बिसर गया। हलवाहों के पसीने की जानी-पहचानी गन्ध, बकरियों की बू के साथ पता नहीं कहाँ उड़ गई। अब उनके दिमाग में समाज की वर्गीय बनावट तो साफ थी, लेकिन लोगों के चेहरे गायब हो चुके थे।

विश्वविद्यालय का हॉस्टल था, जिसमें राम सजीवन रहते थे। जीन्स पहनते थे, उसके ऊपर कुर्ता और दाढ़ी। चश्मा लगाने लगे थे। संगठन में

सक्रिय थे और संगठन के कार्यकर्ता उन्हें बहुत बड़ा चिन्तक और लेखक मानते थे। राम सजीवन तीसरी दुनिया के सबसे आधुनिक विश्वविद्यालय में रहते हुए अवध के किसान आन्दोलन पर डी.लिट्. कर रहे थे।

राम सजीवन का कमरा भी देखने लायक था। उसमें कभी झाड़ू नहीं लगती थी। गर्द और मकड़ी के जालों के बीच कुछ किताबें और अखबार बिखरे रहते। रजाई पुरानी थी और जब वे सोते तो उसकी रुई उनकी दाढ़ी और बालों में उलझ जाती। वे बारह बजे सोकर उठते, कमरे में ही ज्यादातर रहते और समाज के बारे में लेख आदि लिखा करते। फेलोशिप इस बीच मियाद पूरी हो जाने के कारण बन्द हो गई थी इसलिए आर्थिक अड़ंगा पैदा हो रहा था। जितनी ही आर्थिक दिक्कत आती, राम सजीवन खुद को जनता के और निकट पाते। उनके लेखों में असमानता के खिलाफ आग और तेज हो उठती। उन्होंने हॉस्टल के कमरे में रहते हुए जनता से जुड़ने, अनुभवों और विश्वदृष्टि के स्तर पर सर्वहारा वर्ग में स्वयं को विलीन करने के लिए वर्गच्युत (डी क्लास) होने की जरूरत के बारे में लिखा।

लेकिन वे परिश्रम नहीं करते थे, परिश्रम करनेवालों के बारे में लिखते जरूर थे। महीनों तक कपड़े नहीं धोते थे। नहाते नहीं थे। दाढ़ी में तो खैर सर्वहारा का अधिनायकवाद लागू हो ही चुका था। अपने कमरे की साफ-सफाई पर उनका ध्यान नहीं जाता था। उन्हें देखकर यह जरूर लगता कि वे वर्गच्युत हो चुके हैं।

और तभी तीसरी दुनिया के उस सबसे बड़े विश्वविद्यालय के अधिकारियों ने छात्रों की माँग को ध्यान में रखते हुए, दूसरे विश्वविद्यालयों के सामने एक आदर्श उदाहरण प्रस्तुत किया। 'सहशिक्षा' के साथ-साथ 'सहवास' या 'सहआवास' का उदाहरण।

जिस छात्रावास में राम सजीवन रहते थे उस छात्रावास का आधा उत्तरी हिस्सा छात्राओं के रहने के लिए कर दिया गया। छात्रावास अंग्रेजी के 'एच' के आकार का बना था। दक्षिण तरफ की डंडी में लड़कों की तिमंजिली इमारत थी जिसकी हर मंजिल पर सौ कमरे थे, उत्तरवाली डंडी के कमरों में लड़कियाँ रहती थीं और दोनों को जोड़नेवाले बीच के डंडे में मेस था, जहाँ लड़के-लड़कियाँ ब्रेकफास्ट, लंच और डिनर

लेते थे। इस तरह बैलगाड़ियों और अस्सी प्रतिशत भुक्खड़ों के देश में वह विश्वविद्यालय ससेक्स की किसी शिक्षा संस्था की तरह सहशिक्षा, सहवास और सहभोज के हवाई मार्ग पर उड़ पड़ा।

विश्वविद्यालय के ज्यादातर लड़के-लड़कियाँ 'हेलो हाय सम्प्रदाय' से आते थे, यानी ऐसे उच्च वर्गों से, जहाँ कॉन्वेंट की पृष्ठभूमि के अलावा नाच-गाना और हँसना-रोना भी उसी तरह का होता है। राम सजीवन ने बड़ी मेहनत, साधना और लगन से अंग्रेजी का ज्ञान अर्जित किया था, लेकिन वे समझते तो खूब थे, बोलने में उनका खास-बिहारी लहजा आड़े आ जाता था। 'ए भेरी गुड ईभनिंग' जैसे वाक्य तो वे बचा ले जाते, लेकिन बचपन से 'वी' की जगह 'भी' की रटाई उनकी जिह्वा के संस्कारों के अन्तरतम तक पैठ चुकी थी। उन्हें कभी-कभी लगता कि संस्कार कुछ विशिष्ट सन्दर्भों में चेतना से ज्यादा शरीर को पकड़ते हैं। उनकी चेतना स्लाइस की होती लेकिन जीभ कढ़ी की माँग करती।

एच की दक्षिणी डंडी की सबसे ऊपरी मंजिल के कमरा नम्बर तीन सौ आठ की बालकनी में राम सजीवन खड़े थे। एच की उत्तरी डंडी की सबसे ऊपरी मंजिल के कमरा नम्बर तीन सौ सोलह की बालकनी में वह लड़की निकल आई थी, जो उधर रहती थी। दोनों बालकनियाँ आमने-सामने थीं। राम सजीवन ने आखिर उधर देखा। वह लड़की उन्हीं की ओर देख रही थी। आँखें बड़े ऐंद्रिक ढंग से लगभग एक-दूसरे का शरीर सहलाते हुए मिलीं और इस इन्द्रिय बोध से निकलती ऊष्मा से राम सजीवन को सात्त्विक कंप हो गया। ललाट और नासिकाग्र पर स्वेद कण झिलमिला उठे। यह रीतिकालीन काव्य शास्त्रीय श्रृंगार लक्षण थे। अब मूर्च्छा की बारी थी, जिससे राम सजीवन बचे। उन्होंने अपने आपको उदासीन, गम्भीर और कुछ-कुछ लापरवाह जैसा बनाया। लड़की थोड़ी देर तक बालकनी में रहने के बाद अन्दर चली गई। इस बीच राम सजीवन अपनी बालकनी से हटे तो नहीं, लेकिन उन्होंने फिर उस लड़की की दिशा में देखा नहीं। हाँ, उसकी मौजूदगी को वे कभी अपनी पीठ पर और कभी अपनी कनपटी पर महसूस करते रहे। वह लड़की उन्हें एक उजली हरी परछाईं की तरह लग रही थी, जो अचानक बहुत आत्मीय, घरेलू और घनिष्ठ हो उठी थी।

दोपहर मेस में खाना खाते समय उन्होंने चारों ओर सतर्क और उत्सुक आँखें दौड़ाईं, लेकिन कहीं कुछ नहीं। बहुत-सी लड़कियाँ खा रही थीं लेकिन, मामला जादुई बन गया था। एक नजर में सारी लड़कियाँ उन्हें बालकनी की लड़की लगने लगतीं और दूसरे ही पल हर लड़की कोई और साबित हो जाती। खाना खाते हुए वे यह खेल विभोर होकर खेलते रहे।

राम सजीवन कमरे में ही थे, जब उनके मन में एक संगीतपूर्ण मीठे सन्देह ने आँखें खोलीं। वह लड़की अपनी बालकनी पर थी और निश्चित ही राम सजीवन की बालकनी की ओर देख रही थी। वे अपने कमरे में अँधेरा करके खिड़की से उसे समूची रागात्मकता के साथ देख रहे थे। रंग खूब गोरा। आटे और महावरवाला भी नहीं, मक्खन और गुलाबवाला। बहुत हल्का सफेद बनियान जैसा 'टाप'। खुली बाँहें। नीचे तक खुला हुआ गला और जाँघों पर फेड हुई जीन्स की विदेशी नीली पैंट। उम्र बीस के इधर या उधर। उन्हें लगा जैसे अजंता की किसी यक्षिणी को आधुनिक कपड़े पहना दिए गए हों। इस लड़की के गले में आवाज कैसी होगी—और हिन्दी कितनी बदलकर वूडू में डूबकर निकलेगी।

वे बालकनी में निकले। लड़की गजब हिम्मत और बेफिक्री से उनकी ओर ताक रही थी। संस्कारों का फर्क है। मुहल्ले-गाँव की होती तो आँख न उठाती या नीचेवाला पार्क देखने लगती। अचानक आँखें मिलीं। आह! यह एक लड़की की आँख थी। बहुत कुछ समझा दिया उस दृष्टि ने। कितने-कितने अर्थ उसमें थे। यह परिचय था—पहला। बाबू राम सजीवन को बचपन में देखी गई रामलीला का जनकवाटिका प्रसंग याद हो आया, फिर जयशंकर प्रसाद, मैथिलीशरण गुप्त से होते हुए वे शमशेर तक पहुँचे :

हाँ तुम मुझसे प्यार करो
जैसे हवाएँ मेरे सीने से करती हैं,
जिनको वह गहराई तक दबा नहीं पातीं।
जैसे मछलियाँ लहरों से करती हैं...
तुम मुझसे प्यार करो
जैसे मैं तुमसे करता हूँ।
आईनो रोशनाई में घुल जाओ

और आसमान में मुझे लिखो और मुझे पढ़ो।
आईनो मुस्कराओ और मुझे मार डालो
आईनो मैं तुम्हारी जिन्दगी हूँ

लड़की जा चुकी थी और अब वे नेरूदा में खोये हुए थे—'टुडे आई केन राइट सेडेस्ट लाइन्स...।'

सुबह उन्होंने होस्टल के उत्तरी गेट के चौकीदार कुमाऊँनी धीरज सिंह नेगी से पूछा कि क्या वह कमरा नम्बर तीन सौ सोलह में रहनेवाली लड़की के बारे में जानता है, तो उसने कहा : "उसको कौन नहीं जानता। वो तो लन्दन से आई हुई ठहरी यहाँ। पिता केन्या में बहुत बड़ी फैक्ट्री चलानेवाले हुए, कहा। यहाँ आने के पहले बेबी लन्दन में सात साल पढ़ के आनेवाली हुई, बड़ा मीठा स्वभाव पाया उसने कहा। सी.पी.एस. में रिसर्च करनेवाली हुई।"

यह तो 'कसप' नाम के उपन्यास से निकला आदमी मालूम होता है, राम सजीवन ने सोचा। "नाम क्या है उसका?" उन्होंने डरते-डरते पूछा।

"पंडित जी? तुम्हारा इरादा तो नेक ही दीखे मुझे। नाम उसका हुआ अनिता चाँदीवाला। गुजरात की हुई, पर गुजराती न जाननेवाली ठहरी। हिन्दी बोलने में भी जगह-जगह रुकनेवाली हुई।"

फिर चौकीदार धीरज ने उनकी ओर देखा, बीड़ी का गहरा सुट्टा खींचकर धुआँ निकालते हुए हँसने लगा। खाँसी और हँसी के बीच उसने बाईं आँख दबाई और कहा—"माल लेकिन असली फटाका हुआ ठहरा।"

लुंपेन है यह। राम सजीवन ने सोचा! कामगार वर्गों के ऐसे लोगों में वर्ग चेतना पैदा करने के लिए अभी बहुत गहरी शिक्षा की जरूरत है। भारत की कम्युनिस्ट पार्टियाँ यही काम नहीं कर रही हैं इसीलिए तो मजदूरों, किसानों और छोटे कर्मचारियों के बीच उनका जनाधार नहीं है। अब इस चतुर्थ श्रेणी के कर्मचारी चौकीदार को ही देखो—उसका यह घोर स्त्री-विरोधी रुख सामन्ती और पूँजीवादी समाज की पतित मूल्य व्यवस्था की देन है।

राम सजीवन गुस्से में वहाँ से चले गए। इस पेचीदा मुद्दे पर सोचते हुए कि ऐसे लोगों को उनके आर्थिक-सामाजिक वर्गों के आधार पर

परिभाषित किया जाए, या उनकी मूल्य चेतना, संस्कार, विचार और व्यवहार के आधार पर।

अनीता चाँदीवाला। इस पूरे नाम में एक संगीत है। अनीता—अन्नी-अन्नू, अनु—इसके कई रूप हो सकते हैं। 'चाँदीवाला' सरनेम इस स्वप्न जैसे नाम को लौकिकता और भौतिकता प्रदान करता है। अब राम सजीवन के दिन का ज्यादातर समय सामने की बालकनी को देखने और इस नाम को अकेले में बोलकर उसे अपने भीतर तक महसूस करने में गुजरता। वे कमरे में, रजाई ओढ़कर, लेटे-लेटे धीरे से बोलते, जैसे सामने बैठे किसी को सम्बोधित कर रहे हों—'अन्नी, तो उलिसिस कैसी लगी?' फिर वे मौन होकर जेम्स जोयस के बारे में उसका जवाब सुनते। जवाब हिन्दी में भी होता और मुश्किल से बनाई गई अंग्रेजी में भी।

एक दिन उन्होंने कमरे में, रजाई के भीतर ही उससे 'हीट एंड डस्ट' और 'ज्वेल इन द क्राउन' फिल्मों के बारे में पूछा। अनीता चाँदीवाला ने अंग्रेजों के 'ब्रिटिश राज नास्टेल्जिया' के बारे में विस्तार से बताया। उसने बताया कि किस तरह इंग्लैंड के लोग अपने साम्राज्यवादी अतीत से बेतहाशा प्यार करते हैं, अँगूठे के बराबर सिकुड़ जाने के बावजूद अपने देश को 'ग्रेट' ब्रिटेन बोलते हैं और भारत के इतिहास को कैसे अपने मनमाफिक बदलते-तोड़ते हैं। फिर उसने कहा—'फार एकजांपल, दि लेटेस्ट फिल्म, इन प्रासेस ऑफ प्रोडक्शन—'ट्रांसफर ऑफ पावर' पुट्स, दैट दि वेरी कॉन्सेप्ट ऑफ डोमिनिकन स्टेट्स फॉर इंडियन रिपब्लिक वॉज नॉट डिमांडेड बाय नेशनलिस्ट्स—नेहरूज, पटेल्स, एटसेटरा...एटसेटरा, बट इट वॉज अ सजेसचन बॉय दि लॉस्ट वायसराय माउंटबेटन...'

इस लड़की के विचारों में जागरूकता भी है और अपने इतिहास को देखने का एक सही दृष्टिकोण भी। बस अगर उसे समाज के मौजूदा हालात के बारे में वैज्ञानिक तरीके से समझा दिया जाए और जनता से जोड़ दिया जाए तो वह संगठन में बहुत महत्त्वपूर्ण भूमिका निभा सकती है। राम सजीवन अपने पलंग पर रजाई छोड़कर बैठ गए और कहा—'अब्सोल्यूटली करेक्ट...व्हाट दे हैव इन, यू सी, दे हैव टर्न्ड अवर नेताजी सुभाष बोस, इन टु ए फन्नी पॉलिटिकल जोकर...'

व्हाट को 'भ्वाट' बोल जाने पर उन्हें गहरी ग्लानि हुई। उन्होंने पक्का इरादा किया कि अपनी अंग्रेजी पर टाट-पट्टी स्कूल की परछाईं तक नहीं पड़ने देंगे आइन्दा।

अनीता चाँदीवाला अब भी अपनी बालकनी में निकलती। कभी-कभी नहाकर अपने बाल सुखाने वह वहीं खुली हवा में खड़ी हो जाती। खुली बाँहें। बेफिक्री में उठी हुई भुजाएँ, शैम्पू किए हुए सूखते और अलग-अलग उड़ते बाल...राम सजीवन अपने कमरे में अँधेरा करके चुपचाप देखते और उनकी अत्यन्त आत्मीय फुसफुस वार्ता शुरू हो जाती।

एक दिन, बड़ी हिम्मत और लम्बी प्रतीक्षा के बाद, अन्तिम निर्णय लेकर उन्होंने कहा—'अनु, आई लव यू।' पूरा कमरा देर तक इस वाक्य के संगीत में बजता रहा। मार्डेनिया और इंटीमेट की खुशबू कमरे में तैरती रही। बचपन की बड़ी सघन और तेज किलकारी ने राम सजीवन के हृदय में जन्म लिया और वह गले से निकलती-निकलती रुकी और उसने उनके पूरे शरीर को किसी कमजोर पेड़ की तरह झकझोर दिया। वे काँप रहे थे। शरीर का तापक्रम बढ़ गया था और इस छोटे से वाक्य को बोलने में ही उन्हें अपने शरीर की बहुत सारी ऊर्जा, साँस और लहू दाँव पर लगाना पड़ा था। लेकिन एक बार इसे बोल जाने के बाद वे काफी मुक्त और हल्का महसूस कर रहे थे। वे बेतहाशा खुश थे और हेमन्त कुमार का गीत गाने लगे।

खुशी उन्हें दोहरी थी। इसलिए कि उन्होंने इस निर्णायक चिर-प्रतीक्षित वाक्य में 'लभ' को 'लव' बोल डाला था। अनायास बिना किसी कोशिश के और यह एक कमाल था। देहाती, निम्न-मध्यवर्गीय, पिछड़ी, हीन भावना को उन्होंने एक जोरदार पटखनी दे दी थी और वह कमरे के फर्श पर चारों खाने चित पड़ी कराह रही थी।

एक बार राम सजीवन ने यह अनुभव किया कि वह लड़की देर से अपनी बालकनी में खड़ी है और वह उनकी प्रतीक्षा में है। वह वहाँ से हट ही नहीं रही थी। उदास थी और शाम की ढलती धूप को देख रही थी। राम सजीवन कमरे से निकलकर अपनी बालकनी में आ गए। वह लड़की वहीं खड़ी रही जैसे उसने पूरी आत्मीयता और मौन कृतज्ञता के

साथ उनकी उपस्थिति को स्वीकार कर लिया हो। अपनी बालकनी के लोहे की गुनगुनी रेलिंग पर उन्होंने कुहनियाँ टेकीं और झुककर टिक गए। लड़की फिर भी वहीं रही। सम्बन्ध प्रगाढ़ होता चला गया। हवा में एक बहुत समझदार आत्मीयता और स्वीकृति थी। कहने की कोई और जरूरत नहीं रह गई थी। यह वही क्षण था जहाँ भाषा व्यर्थ होती है। 'मौन मधु हो जाए...' यह वाक्य उनके दिमाग में तैरा। फिर सच्चिदानन्द हीरानन्द वात्स्यायन 'अज्ञेय' की पंक्ति उभरने लगी—'मौन ही भाषा है।'

राम सजीवन ने खुद को कोसा कि कैसे-कैसे प्रतिक्रियावादी कवियों की रचनाएँ उनके दिमाग में आ रही हैं। लेकिन बड़ी कोशिशों के बाद भी बाबा नागार्जुन और आलोकधन्वा की कोई कविता याद नहीं आ रही थी। उन्हें क्रान्तिकारी प्रेम कविताओं के लिए या तो विदेशी क्रान्तिकारी कवियों या देशी प्रतिक्रियावादी कवियों का मोहताज होना पड़ रहा था। उन्होंने याद किया कि 'स्लीपिंग प्रिंसेस' के बारे में लेनिन का कहना क्या था। प्रेम और स्वप्न को लेनिन ने भी क्रान्तिकारियों के लिए जरूरी माना था और इसी वक्त राम सजीवन ने निर्णय लिया कि वे क्रान्तिकारी प्रेम कविताएँ लिखेंगे। हिन्दी में इसकी कमी पूरी होनी ही चाहिए। आखिर नेरूदा, नाजिम, लोर्का, मायकोव्स्की वगैरह भी तो क्रान्तिकारी थे, जिन्होंने इतनी अच्छी प्रेम कविताएँ लिखीं। हमारी हिन्दी में यह काम धर्मवीर भारतियों, नवगीतकारों और नीरजों आदि के खाते में डाल दिया गया है। बँगला के जीवनानन्द दास जैसे कवि तो दुर्लभ ही हैं हिन्दी में।

सिर्फ संगठन ही नहीं, संगठन के बाहर के परिचित लड़के भी जान चुके थे कि राम सजीवन को आजकल प्रेम हो गया है। उन्होंने स्वयं यह बात सबको बताई थी। वे बहुत सरल, सीधे और भावुक थे। जो उनके खास मित्र थे, उनके पास, वे अक्सर रात में पहुँच जाते और इस प्रेम की विभिन्न विकास अवस्थाओं के बारे में बतलाते। उन्होंने अपने मित्र, नवीन ढौंढियाल को बतलाया था कि "वह लड़की चाहती है कि मैं कुछ बोलूँ। उससे कुछ कहूँ। कल शाम हम लोग आधे घंटे तक आमने-सामने की बालकनी में चुपचाप खड़े रहे! तुम लोग इसे समझ नहीं सकते, यह एक अनोखे किस्म का प्रेम है, देखो, अभी तक हमने एक वाक्य नहीं

बोला है, एक-दूसरे से बात नहीं की है, लेकिन हम लोग उस 'स्टेज' तक पहुँच चुके हैं, जहाँ तक अमूमन साधारण और चालू संवेदनशीलता के लोग महीनों साथ-साथ रहकर, घूम-फिरकर पहुँचते हैं। वह वहाँ खड़ी रहती है चुपचाप, मैं यहाँ खड़ा रहता हूँ खामोश। हम दोनों एक-दूसरे की मौजूदगी को 'फील' करते हैं।"

एक शाम उन्होंने अपने दूसरे दोस्त शिरीश मिश्र को बतलाया— "आजकल मैं विशेष परिवर्तन महसूस करता हूँ। लगता है अनीता इस संवादहीनता से ऊब रही है। फिर उसकी उम्र भी तो मेरे मुकाबले कम-से-कम पाँच-छह साल कम है। इतनी परिपक्वता कहाँ से आ सकती है इतनी जल्दी? बहुत दिन हो भी गए हैं इस तरह। एक तरह की 'मॉनोटॅनी' एक तरह का दोहराव और एकरसता पैदा हो गई है, हमारे सम्बन्धों के बीच। आखिर है तो वह लड़की ही। इस 'सेकेंड सेक्स' का पूरा मनोविज्ञान बिलकुल अलग होता है। पहल तो वह सिर्फ बम्बइया फिल्मों में ही करती है। इसीलिए इन कामर्शियल फिल्मों को मैं यथार्थ विरोधी मानता हूँ। उन्होंने दर्शकों के दिमाग में सिर्फ अवास्तविक यथार्थ की इमेज ही नहीं बिठाई है, बल्कि उन्होंने इतने बड़े संचार माध्यम की मार्फत एक अवास्तविक स्त्री की धारणा को भी खूब फैलाया है। नतीजा देखो, हर शहर और कस्बे का मध्यवर्गीय छोकरा खूब कंघी-वंघी करके, सज-धज के किसी हीरो को डुप्लीकेट करता है और सोचता है कि उसे देखकर कोई भी लड़की उस पर मर-मिटेगी और गाना गाने लगेगी।"

राम सजीवन ने नवीन ढौंढियाल से कहा—"अब सारा मामला बड़े 'क्रिटिकल जंक्चर' तक पहुँच गया है। मैंने 'मार्क' किया है कि मेस में खाना खाते वक्त कभी-कभी वह मेरी ओर जानबूझकर देखती है। आज दोपहर लंच में उसने अपना चम्मच जोरों से फर्श पर गिरा दिया था, जिससे मैं उसकी ओर देखने लगूँ। दरअसल उस वक्त मैं कहीं और देख रहा था।"

एक बार वे रात दस बजे पहुँचे और उन्होंने किसी गहरे रहस्य को प्याज की तरह पर्त दर पर्त खोल के कहा—"तुमने अनीता की एक चीज पिछले पाँच-छह दिनों में नोट की है? वह आजकल इतना ज्यादा

'स्लीवलेस' पहनती है कि सिर्फ बाँहें ही नहीं बगलों के नीचे का काफी हिस्सा खुला हुआ रहता है। और आज उसने जो 'टाप' हरे रंग का पहन रखा था, उसका गला इतना खुला हुआ था—इतना खुला हुआ था, कि समझ लो मॉड लड़कियाँ भी ऐसा दुस्साहस नहीं कर सकतीं। तुम इसे अनीता की बेशर्मी कहोगे? लेकिन बन्धु प्यारे, ऐसा है नहीं। यह उसका एक संकेत है। यह उसकी बेचैनी और खीज की अभिव्यक्ति है। इतना उत्तेजक कपड़ा पहनकर, अपने शरीर को इतना खोलकर वह मुझसे कहना चाहती है कि मैं अपनी मौजूदा निर्णयहीनता को तोड़ूँ। मैं उससे साफ-साफ बात करूँ। आखिर लड़की अपने शरीर के माध्यम से ही तो मौन को भाषा में बदलती है।"

कल्याण कुमार दास ने कहा—"यार, तुम लड़की से सीधे बात क्यों नहीं कर लेते? जाकर उससे कह दो कि मैं आपसे कुछ जरूरी बात करना चाहता हूँ। तुम खामखाह बैठे-बैठे मकड़जाल बुनते रहते हो।"

राम सजीवन आहत हुए। यही बात अनीता ने कितने अनोखे तरीके से, अपने सुन्दर युवा शरीर से मौन को भाषा में बदलते हुए, कितने गोपन ढंग से कही थी, और वही बात कल्याण कुमार दास कितने भौंड़े और फूहड़ तरीके से कह रहा है। आखिर इस पूँजीवादी समाज व्यवस्था ने जिस उपभोक्तावादी मानव-समूह को पैदा किया है वह हर चीज को एक 'जिंस', एक 'कमोडिटी' ही तो समझता है। जैसे लड़की बिकने के लिए तैयार बैठी हो और मैं एक्सचेंज की बाजारू भाषा बोलकर उसका मोल-भाव कर डालूँ और उसे पटा लूँ।

लेकिन ऊपर से राम सजीवन चुप ही रहे। उन्होंने चलते हुए कहा—"हाँ, बस एक सही समय के इन्तजार में हूँ यार! वैसे बाय द वे, हमारे इस प्रेम को तुम जैसा समझते हो, वह वैसा है नहीं। गुरु, यह एक अलग और अजब तरह का खेल है। इसका मर्म पहले घनानन्द भी जानते थे—'अति सूधो सनेह को मारग है' यहाँ कोई कपट नहीं। कोई छिपाव नहीं, हम दोनों एक-दूसरे के लिए बिलकुल निशंक पारदर्शी हैं। एक-दूसरे से हमारा कुछ भी छिपा नहीं, रही बात आमने-सामने बैठकर, या खड़े होकर, या लेटकर, या चलते-चलते बात करने की, तो वह

कोई ऐसी बड़ी तोप चीज नहीं। बन्धु प्यारे, वेट करो। देखते चलो। वो भी हो जाएगा। जो-जो तुम सोचते हो, सब हो जाएगा।"

बीच में लड़की दस दिनों के लिए कहीं बाहर चली गई थी। उसके कमरे की पिछली खिड़की खुली रह गई थी। राम सजीवन चुपचाप अपने कमरे में लेटे-लेटे या बालकनी में खड़े होकर उस ओर देखते रहते। लड़की की यह अनुपस्थिति और उसकी पिछली खिड़की का खुला रह जाना भी उन्हें कई-कई अर्थों से भरा हुआ लगा। आखिर अपने प्रेम के लिए जैसा 'फोर्म' उन्होंने चुन रखा था, उसमें भाषा के अलावा बाकी सारी चीजें भाषा थी, संकेत थी, उनमें कई-कई अर्थ थे।

उन्होंने शाम को अनीता की खिड़की खुली रह जाने के बाबत शिरीश मिश्र को बतलाया तो उसने कहा—"राम सजीवन जी, हमको तो ई लगने लगा है कि अब आप पगला जाएँगे। आप कुछ करेंगे-धरेंगे नहीं, कोठरी में दिन-रात घुसे इहे सब सोचेंगे। रउआ हमका बताई, भला ऊ लड़की आपको जानती-बूझती भी है? जाके पूछे लीं ओसे कि का आपको हमार नामो मालूम है कि नहीं, जाईं।"

राम सजीवन फिर आहत हुए, मर्मांतक चोट लगी। इतनी सीधी और निष्कवच बातें उन्हें 'वल्गर' लगती थीं। उन्हें इस आध्यात्मिक सत्य पर पिछले दिनों अच्छी तरह यकीन हो गया था कि प्रेम कभी भी इतना सघन और तीव्र हो ही नहीं सकता, जब तक वह दोनों तरफ बराबर न हो। उन्हें पूरा भरोसा था कि जिस तरह उन्होंने चौकीदार धीरज सिंह नेगी से अनीता के बारे में पूछा था वैसे ही अनीता ने जरूर उससे उनके बारे में पूछा होगा। यह विश्वास इतना दृढ़ और इतना सत्य लगता था कि उसे किसी भी तरह से 'वेरिफाई' करने की जरूरत ही नहीं थी। फिर उन्हें ऐसा करते हुए एक अजीब-सा डर भी लगता था। कहीं ऐसा न हुआ तो?

पूँजीवाद मानवीय कलाओं का सबसे बड़ा और निर्मम शत्रु होता है। उन्होंने चालू दुनियादार ढर्रे का प्रेम न करके सुन्दर रचना को गढ़ने की कोशिश की थी। यहाँ प्रेम एक रिश्ता नहीं, एक कला था, एक उत्कृष्ट मानवीय कलाकृति, लेकिन पूँजीवादी व्यवस्था का ही यह दुर्दांत प्रकोप था कि अपने निकट से निकट के दोस्तों से भी वे संवाद नहीं बना पा रहे

थे। 'एलियनेशन' सम्बन्धों के बीच अपरिचय के विन्ध्याचल खड़ा कर रहा था। उन्हें चेखव की 'ग्रीफ' कहानी याद आई, जिसमें अपने भीतर की पीड़ा को कहने के लिए नायक को कोई नहीं मिलता और आखिर में अपने घोड़े के गले से लिपटकर वह रोता है।

राम सजीवन को कोई घोड़ा तो नहीं मिला, लेकिन उन्होंने रात में एक कविता लिखी—'खुली खिड़की का अर्थ' जिसकी शुरू की पंक्तियाँ थीं :

...शिरीश मिश्र
तुम नहीं जानते कि
इतिहास में खुली रह गई एक अकेली
खिड़की का क्या अर्थ होता है
लेकिन मैं जानता हूँ
खुली खिड़की का एक भविष्य होता है
जिसमें से प्रतिज्ञाओं और संकल्पों की रोशनी फूटती है।
वगैरह-वगैरह...

एक दिन दोपहर राम सजीवन दौड़ते-दौड़ते कल्याण कुमार दास के कमरे में पहुँचे। नवीन ढौंढियाल भी वहाँ बैठा हुआ था।

राम सजीवन के चेहरे से खुशी के मजबूत और गदराये पेड़ की हरी फुनगियाँ बाहर निकलकर हिल रही थीं। फेफड़ों में ढेर सारे गुड़हल और कनेर के फूल भरे हुए लग रहे थे। लगता था जैसे वे खुशी के किसी गैस के गुब्बारे के साथ बाँध दिए गए हों और उनके पैर जमीन पर पड़ते हुए जैसे कोई भार न डालते हों, बस हल्के से धरती को छूते भर हों, ऊपर-ऊपर से।

राम सजीवन ने एक ही साँस में कहा, "आज गजब हो गया। अब सब कुछ बदल चुका है। यह एक ऐसा मोड़ है, जहाँ सारी चीजें नये सिरे से शुरू होती हैं।"

"हुआ क्या? क्या बातचीत हो गई?" ढौंढियाल ने पूछा।

"बातचीत को तुम लोग इतना महत्त्व क्यों देते हो? यह समझ लो कि मेरी अब तक की रीडिंग बिलकुल सही निकली। आज मैं बस-स्टाप पर खड़ा था। उसने पूछा—'एक्सक्यूज मी प्लीज। ह्वेदर बस नम्बर ट्रिपल

सिक्स इज गान?' मैंने कहा—'इट इज येट टु कम' वह मुस्कुराई, थैंक यू कहा और फिर स्टाप पर ही खड़ी हो गई।"

कल्याण कुमार दास ने राम सजीवन को पूरी सहानुभूति से देखा और पूछा—"तो महोदय, इसमें आपका चिन्तन कौन-सा संकेत ढूँढ़ता है?"

राम सजीवन फिर मर्माहत हुए। उनका चेहरा तमतमा आया। "वैसे तो ये सारी बातें ही तुम लोगों के लिए फिजूल हैं, लेकिन अगर तुम सब अपने ही तर्कों के जरिये सारी बातों को समझना चाहते हो तो यह बताओ कि उस वक्त बस स्टाप में कम-से-कम बीस और लड़के खड़े थे। अनीता ने यह सवाल मुझसे, सिर्फ मुझसे ही क्यों पूछा?"

इस प्रश्न का उत्तर न कल्याण कुमार दास के पास था और न ही नवीन ढौंढियाल के पास।

एक दिन शाम छह बजे के लगभग राम सजीवन ने देखा कि अनीता ने अपनी बालकनी से एक कागज का टुकड़ा नीचे गिराया, उनकी ओर देखा, जरा-सी ठहरी और फिर अन्दर चली गई।

सब समझ गए राम सजीवन। वे सीढ़ियाँ उतरकर नीचे पहुँचे। हवा चल रही थी। और वहाँ हरी घास पर ढेरों कागज के टुकड़े थे। यहाँ-वहाँ हर तरफ। धीरे-धीरे काँपते-हिलते। कुछ एकदम चुप और स्थिर जैसे मिट्टी में अपनी जड़ें फेंक चुके हों।

कौन-सा है वह कागज? कैसे उसे पहचानें? क्या लिखा होगा उसमें? रात आठ बजे तक लोगों ने देखा, बाबू राम सजीवन अपने कुर्ते की ओली बनाकर वहाँ के सारे कागजों को बीन रहे हैं। वे चलने को तैयार होते तभी कहीं कोई और छोटी-सी चिंदी, घास के नीचे हिलती दिखाई पड़ जाती। वे उत्तेजना में काँपते हुए उसे उठाते।

उस रात दो बज गए। उन्होंने अपने कमरे की बत्ती जलाए रखकर सारे टुकड़ों को खोल-खोलकर, अच्छी तरह से उलट-पलटकर देखा। एक बार सबको देख चुकने के बाद उनके मन में शंका जागी और उन्होंने दुबारा उन्हें देखा। बीच में सोने की कोशिश की लेकिन फिर एक तेज उत्तेजना, गहरी उत्सुकता और साँस रोक देनेवाली व्याकुलता ने उनकी नींद उड़ा दी और वे लगातार कई-कई बार उन्हें एक-एक कर देखते रहे। उनके कमरे

के फर्श पर, पलंग पर चारों ओर कागज की नन्ही-नन्ही तमाम रंगों की चिंदियाँ बिखरी हुई थीं और राम सजीवन उनके बीच बैठे थे।

राम सजीवन ने पूछा—'अनु, तुम्हें पता है, गाँवों में लोग किस तरह से रहते हैं? बंजर जमीन और सूखे आसमान से लड़ते-जूझते उन लोगों की हड्डियाँ कैसे निकल आती हैं? सामन्ती दमन और महाजनी शोषण का एक कभी न खत्म होनेवाला सिलसिला कैसे उनके जीवन को कीड़े-मकोड़ों से बदतर बना डालता है...'

अनीता की आँखें भीग गई थीं। राम सजीवन ने रजाई से अपना सिर ढाँप लिया और फूट-फूट कर रोते रहे। लगभग तीन घंटे।

राम सजीवन की आँखें फटी-फटी और लाल रहतीं। लगता कि उनका लहू गालिब के मुताबिक सिर्फ रगों में दौड़ने-फिरने का ही कायल नहीं रह गया है, बल्कि आँखों में आकर ठहर गया है। मुँह खुला रहता तो खुला ही रह जाता। दाढ़ी, किसी अफ्रीकी जंगल की तरह बेतरतीब और अराजक हो चुकी थी। पतलून के पायचों में मिट्टी और धूल लगी होती।

जब कोई उनसे कुछ कहता तो कुछ समझने में उन्हें काफी वक्त लगता और अक्सर वे कुछ और समझ जाते। फिर वे बड़ी आत्मीयता, बेफिक्री और निश्छलता से उसे अपने प्रेम के बारे में बताने लगते।

उस दिन बालकनी में अनीता के साथ एक बूढ़ी महिला खड़ी थी। कत्थई बार्डर की सफेद साड़ी पहने। बिलकुल बगुले के पर जैसे बाल। पतली सुनहरी कमानी का चश्मा। वे दोनों उनकी बालकनी की ओर देख रही थीं।

राम सजीवन ने हफ्तों बाद अपना चेहरा धोया। पानी की ठंडक से उनका मन खिल उठा। उन्होंने दूसरा कुर्ता पहना। बालकनी में निकले और आकाश की ओर देखकर मुस्कुराए फिर उन्होंने नेरूदा या और किसी भी कवि की कोई कविता याद करनी चाही लेकिन पता नहीं क्यों बार-बार उनके दिमाग में बंकिम चन्द्र की यही पंक्तियाँ घूमने लगती थीं—

'शस्य श्यामलाम्, सुजलाम् सुफलाम् मातरम्, वन्दे मातरम्!'

राम सजीवन ने इन्हीं दिनों एक लेख लिखा—'समाज की वर्तमान आर्थिक-राजनैतिक स्थिति और वर्गीय अन्तर्विरोधों की विकास अवस्था'।

यह लेख उनके संगठन में, रात में विशेष रूप से बुलाई गई बैठक में पढ़ा गया। राम सजीवन की वस्तुपरक दृष्टि और सामाजिक परिस्थितियों की वैज्ञानिक समझ की प्रशंसा की गई।

उस दिन राम सजीवन विश्वविद्यालय के कैफेटेरिया में देर तक बैठे रहे। सामने कुछ मेजों को छोड़कर अनीता बैठी थी। वह अपनी नोटबुक में कुछ लिख रही थी।

राम सजीवन अच्छी तरह जानते थे कि वह नोटबुक में कुछ लिख नहीं रही है। लिखने का सिर्फ अभिनय कर रही है और अगर वह वहाँ बैठी है तो सिर्फ इसलिए कि वे वहाँ बैठे हैं।

इन दिनों सबसे बड़ा संकट था कि कोई उनसे उनके प्रेम के बारे में कुछ सुनना नहीं चाहता था और उनके पास इसके अलावा कोई दूसरा विषय नहीं था।

सम्बन्धों का लोप हो चुका था।

एक कारण यह भी था कि राम सजीवन अपने प्रेम के बारे में जो कुछ बतलाते, उसकी भाषा इतनी अलग होती थी कि उसे समझना और किसी के लिए सम्भव न था। उनके निकट के दोस्त भी उनसे कतराते। नवीन ढौंढियाल ने एक दिन बतलाया कि रात में करीब दो बजे राम सजीवन उसके कमरे में आए। उनकी आँखें चौड़ी और लाल थीं। कुर्ता फटा था और मैला था। लगभग आधे घंटे तक फ्रेंच जैसी किसी भाषा में बोलते रहे। बीच-बीच में हकलाते थे, मुँह से लार बहने लगती थी। फिर वे देर तक हँसते रहे।

नवीन ढौंढियाल, असलम अख्तर, शिरीश मिश्र, कल्याण कुमार दास सभी लोग मिलकर राम सजीवन के कमरे में पहुँचे। निर्णय लिया गया था कि राम सजीवन ने अपने चारों ओर जो संसार रच लिया है उसे तोड़कर, उसे नष्ट करके ही उन्हें बचाया जा सकता है। शिरीश ने कहा, "उन्हें इंटेंस स्क्रीजो फ्रेनिया है। उनके भ्रम को असलियत से टकराकर उसे तोड़ना पड़ेगा।"

"हम कोई दया नहीं करेंगे। बीवेयर ऑफ पिटी," असलम ने नारा दिया।

राम सजीवन अपने कमरे में ही थे। रजाई में घुसे हुए। शिरीश मिश्र ने बात शुरू की—"देखिए सजीवन बाबू, सच्चाई तो ई है कि ऊ लड़की अभी आपका नामो नहीं जानती और न ही उसे पता है कि आप ऊ से प्यार कर रहे हैं, मजनू की नाईं।"

"और यह भी सच है कि आप बिना कुछ किए, सोचते ही सोचते पागल हुए जा रहे हैं। चलिए हमारे साथ, हम आपको अनीता चाँदीवाला से मिलवा देते हैं।"

"लेकिन सजीवन बाबू ई बात आप अच्छी तरह से जान लें जउन वर्ग की ऊ लड़की है ऊ वर्ग में रउआ की हालत चपड़ासीऊ से गई-गुजरी है। रउआ का पता है कि नहीं कि ऊ लड़की का बाप केनिया में फैक्टरी चला रहा है और अनीता चाँदीवाला कैम्ब्रिज में पढ़के इहाँ आई है।"

"आप हाथ-मुँह धोइए। अच्छे कपड़े-लत्ते पहनिये, दाढ़ी-दूढ़ी बनाइए और कायदे से रहिए, जब ऐसी लड़की से प्यार किया है तो जरा उसके माफिक बनिए।"

"और नहीं बन सकते तो फौरन अपनी दुनिया में लौट आइए। आँखें खोलिए, धूप को देखिए। वह लड़की किसी और संसार की है। आप किसी और दुनिया के वासी हैं गुरुदेव! जो आप वर्ग-वर्ग करते रहते हैं वह खयाली पुलाव नहीं एक ठोस सच्चाई है। इसे जानिए। वर्गीय अन्तर्विरोध में सिर्फ संघर्ष ही नहीं होता, कविताएँ ही नहीं लिखी जातीं, जलूस और नारे ही नहीं लगते। प्यार-व्यार जैसी कई चीजें भी उसके हाथों मारी जाती हैं।"

"राम सजीवन होश में आइए।"

"आप होश में नहीं आएँगे तो पागल हो जाएँगे।"

वे सब बारी-बारी से बोलते रहे। यह सब कुछ पहले से तैयार कर लिया गया था। यह एक क्रूर-निर्मम नाटक था।

राम सजीवन निस्पंद पड़े रहे। उसी तरह। फिर उन्होंने जोर-जोर से गाना शुरू किया। उनकी आँख से आँसू बह रहे थे।

लोगों ने बाद में जाना कि यह गीता का दूसरा अध्याय था। आश्चर्य यह था कि वह बाबू राम सजीवन को याद था—पूरा का पूरा।

एक दिन हॉस्टल के वार्डन ने नवीन ढौंढियाल और कल्याण कुमार दास को अपने ऑफिस में बुलाया। वार्डन सदगोपाल ने उनके सामने एक अन्तर्देशीय पत्र रखा, "इसे पढ़िए आप लोग और बताइए कि क्या किया जाए?"

वह प्रेम पत्र था जिसे बाबू राम सजीवन ने अनीता चाँदीवाला को लिखा था और उसे कमरा नम्बर 316 के पते पर पोस्ट कर दिया था। पत्र दो भाषाओं में था, अंग्रेजी में भी और हिन्दी में भी। उसमें जीवनानन्द दास, लोर्का, नेरूदा और टैगोर की पंक्तियाँ थीं। अपने हृदय के गहरे प्रेम का मर्मांतक और विदारक वर्णन था। कल्याण कुमार दास को वह पत्र किसी उत्कृष्ट क्लैसिक का एक अंश लगा।

वार्डन सदगोपाल ने कहा—"वह लड़की बहुत डर गई है। उसने सिक्योरिटी प्रोटेक्शन की माँग की है। आज सुबह ही उसे पत्र मिला। पहले तो उसे पता ही नहीं लगा कि किसने लिखा है, फिर उसने चौकीदार धीरज सिंह नेगी से पूछा। राम सजीवन ने अपना नाम-पता साफ लिख रखा है।"

"उस लड़की ने क्या कहा है?" ढौंढियाल ने पूछा।

"वह बहुत डर गई है।" वार्डन ने बतलाया—"कह रही थी कि पिछले दिनों से उसे ऐसा जरूर लगने लगा था कि एक पागल-सा आदमी लगातार उसे घूरता रहता है, लेकिन उसने पहले इसे गम्भीरता से नहीं लिया था। अब बात दूसरी है। आप लोग कुछ कीजिए। वैसे मैंने उसे फिलहाल समझा दिया है। लेकिन अच्छा होगा आप लोग राम सजीवन को कुछ दिनों के लिए उनके गाँव भेज दें। यहाँ से बाहर रहेंगे, हवा बदल जाएगी तो शायद वे ठीक हो जाएँ।"

रात की गाड़ी से राम सजीवन को जबरन उनके गाँव भेज दिया गया। सभी लोग उनके साथ स्टेशन गए। असलम अख्तर को तो साथ-साथ गाँव तक भेजा गया। वह तीसरे दिन उन्हें पहुँचाकर लौटा। बाबू राम सजीवन का कमरा उस हॉस्टल से बदलकर एक ऐसे हॉस्टल में किया गया, जिसमें सिर्फ लड़के रहते थे। उनकी गैर-मौजूदगी में उनका सारा सामान पहलेवाले कमरे से निकालकर नये वाले कमरे में किया गया।

कुछ दिनों बाद वार्डन ने फिर कल्याण कुमार दास और नवीन ढौंढियाल को बुलाया और उनके सामने अन्तर्देशीय पत्रों का एक पुलिन्दा रख दिया। सभी पत्र राम सजीवन ने गाँव से अनीता चाँदीवाला को भेजे थे। अनीता चाँदीवाला ने उन पत्रों को खोला भी नहीं था और चौकीदार धीरज नेगी के हाथों वार्डन के पास भेज दिया था।

वे पत्र मेज पर रखे थे। हवा में धीरे-धीरे काँपते; बिलकुल बन्द, उन्हें किसी ने भी नहीं पढ़ा था। कल्याण कुमार दास ने उन्हें उठाकर अपने झोले में डाल लिया, जिसके भीतर गहरा अँधेरा था।

राम सजीवन अब फिर लौट आए हैं, एक साल तक गाँव में रहने के बाद। अनीता चाँदीवाला रिसर्च खत्म करके केनिया जा चुकी है। कल्याण कुमार दास एक अखबार में उपसम्पादक हो गया है। नवीन ढौंढियाल को गोहाटी के किसी चाय-बागान में अच्छी नौकरी मिल गई

राम सजीवन को पूरा यकीन है कि अनीता चाँदीवाला अभी भी यहीं विश्वविद्यालय में है। वह उन्हें देख रही है। वे किसी अदृश्य इम्तहान में से गुजर रहे हैं।

राम सजीवन अभी भी समाज की वस्तुगत परिस्थितियों, दर्शन की भौतिकवादी परम्पराओं, वर्गीय अन्तर्विरोधों पर कभी-कभी लेख आदि लिखते रहते हैं।

■

दिल्ली की दीवार

यह कहानी दरअसल एक ओट है, जिसके पीछे छुपा हुआ मैं एक रहस्य के बारे में आपको बताना चाहता हूँ। क्योंकि जैसी स्थितियाँ हैं, उसमें अफवाहें ही सूचनाओं की शक्ल में आप तक पहुँच रही हैं। और स्थितियाँ ऐसी भी हैं कि पता नहीं कब मैं अपने समय में अचानक अनुपस्थित हो जाऊँ।

पान की दुकान से खुलती सुरंग की नागरिकता, फकीर के आँसू और थूक

मेरे फ्लैट से संजय चौरसिया के पान के ठेले की दूरी आधा किलोमीटर से भी कम थी। उसके ठेले के बगल में ही रतनलाल का चाय का ठेला था। संजय प्रतापगढ़ के पास के एक गाँव बीसीपुरा से दिल्ली आया था और चाय वाला रतनलाल सासाराम से। दोनों की दुकानें ठेले पर इसलिए थीं कि अगर कभी म्युनिसिपैलिटी वाले इधर आसपास दिखें तो फौरन ठेला घसीटते हुए यहाँ से रफूचक्कर हो लिया जाए। हालाँकि मोटरसाइकिल पर गश्त लगाते पुलिस वाले अक्सर उधर से निकलते रहते थे, लेकिन उनसे खतरा कम था, क्योंकि उनका हफ्ता बँधा हुआ था। चाय वाला रतनलाल पुलिस को पाँच सौ और संजय साढ़े सात सौ रुपये महीना देता था।

"चैन है। कहीं पक्की दुकान लेते तब भी तो किराया देना ही पड़ता! है कि नहीं? जब आदमी दाल-रोटी खाता है, तो चार गस्से (कौर) कुत्ते को भी तो डालता है। है कि नहीं?" संजय मुस्कुराते हुए कहता, लेकिन जीवन किसका कुत्ते जैसा है? यह मैं सोचने लगता।

वहाँ और भी रेहड़ी वाले थे। दस कदम हटकर साइकिल का पंक्चर लगानेवाला मदनलाल, उसके सामने सड़क की दूसरी ओर मोची देवीदीन कुछ आगे जाकर स्कूटर और ऑटो की मरम्मत करने और पंक्चर लगानेवाला सन्तोष। सन्तोष सीतामढ़ी से चार साल पहले दिल्ली आया था। मदनलाल और देवीदीन पास से ही, हरियाणा के किसी गाँव से यहाँ तक आते थे। वे जमीन पर ही अपना ठीया जमाते थे। शाम होते-होते क्वालिटी आइसक्रीम वाला ब्रजेन्दर भी अपना बिजली और ग्लास फाइबर की बॉडी वाला, अंग्रेजी में लिखा, रंगीन ठेला लेकर वहाँ पहुँच जाता था। शाम को वहाँ उबले अंडे बेचनेवाली राजवती अपने पति गुलशन और तीन बच्चों के साथ आ जाती थी। उसकी दुकान से कुछ पीछे ईंटों की दीवार का एक अहाता था। वह जगह सुनसान होती थी। रात में वहाँ कार वाले आ जाते और गुलशन से ह्विस्की या रम मँगाते। तब तक शराब की सरकारी दुकानें बन्द हो चुकी होती थीं, इसलिए गुलशन साइकिल से जाकर कहीं से ब्लैक में अद्धा या पौवा लाता। कुछ ग्राहक उबले अंडे

के अलावा चिकन टिक्का भी मँगाते। अगली लालबत्ती के पास सरदार सत्ते सिंह के ठेले में वह मिलता। गुलशन वह भी लाता। उसे टिप में थोड़ी-सी शराब और कुछ रुपये मिल जाते। राजवती उसको पीने से मना नहीं करती थी, क्योंकि फोकट में मिलनेवाली अंग्रेजी शराब, अपने पैसे से खरीदकर मिलनेवाले लोकल ठर्रे से लाख गुना अच्छी थी। ठर्रे के पाउच में मिलावट होती थी, जिसे पीकर कई बार लोग या तो अन्धे हो जाते थे या मर जाते थे।

उस जगह पर रिक्शे वाले भी सुस्ताने और सवारियों के इन्तजार में आकर खड़े हो जाते थे। इसलिए वहाँ चहल-पहल रही आती। ज्यादातर रिक्शे वाले बिहार और उड़ीसा के होते थे। कुछ दिनों तक अहाते के पास ही नालन्दा से आया हुआ तुफैल अहमद अपनी सिलाई मशीन लेकर बैठने लगा था। तुफैल अहमद के रहने का कोई ठीक पता-ठिकाना नहीं था, इसलिए उसके पास सिलाई का कपड़ा कोई नहीं छोड़ता था। ज्यादातर स्कूली बच्चों के बस्ते या मजदूरों और रिक्शे वालों की तुरपाई और 'आल्टर' का काम ही उसके पास आता। इन दिनों लगभग पन्द्रह-बीस दिनों से वह वहाँ नहीं आ रहा था। कोई कहता था वह बीमार है, कोई कहता वह नालन्दा लौट गया और किसी का कहना था कि यहाँ आते हुए रास्ते में वह किसी ब्लू लाइन बस के नीचे आ गया और मर गया। उसकी सिलाई मशीन थाने के पिछवाड़े पड़ी हुई है।

इसी तरह राजवती के अंडे के ठेले के पास रात में उबला चना-मसाला और दिन में छोले-कुलचे बेचनेवाली नत्थो और उसके पति माँगेराम का पता कई महीने से नहीं चल रहा था। किसी ने बताया था कि माँगेराम के पेट में कैंसर हो गया था, जिसकी दवा-दारू में नत्थो बरबाद हो गई और उसके मरने के बाद अपने दोनों बच्चों के साथ जमुनापार के किसी कुलचे वाले के पास चली गई।

यहाँ ऐसा ही होता था। यह किसी नियम जैसा था। यहाँ हर रोज आनेवाला आदमी अचानक ही एक दिन अनुपस्थित हो जाता और फिर भविष्य में कभी नजर न आता। इनमें से अधिकांश लोगों का निश्चित पता नहीं होता था कि उनके बारे में कोई जानकारी हासिल की जाए। उदाहरण

के लिए राजवती अपने पति गुलशन और बच्चों के साथ यहाँ से चार किलोमीटर आगे,बाईपास के करीब, एक सोलहवीं सदी की इमारत के खँडहर में रहती थी। करनाल और अमृतसर की ओर जानेवाले राष्ट्रीय राजमार्ग से कभी आपने अगर उत्तर की ओर नजर दौड़ाई हो, जिस तरफ निकासी का गन्दा नाला बहता है, तो उसके किनारे उस गोल गुम्बद वाली पुरानी इमारत को आपने जरूर देखा होगा। काई लगे मटमैले पत्थरों और कत्थई पुरानी ईंटों वाली गुम्बददार टूटी-फूटी इमारत। कोई सोच नहीं सकता कि वहाँ कोई आदमजाद रहता भी होगा। दिल्ली से लाहौर यानी हिन्दुस्तान से पाकिस्तान जानेवाली मशहूर 'सद्‌भावना' बस इसी हाईवे से होकर गुजरती है।

उस खँडहर में और लोग भी रहते थे, लेकिन ज्यादातर परिवार वाले ही थे। सिर्फ दो लोगों को छोड़कर। एक था रिजवान, जिसका दाहिना पैर और दायाँ हाथ कोढ़ से गल गया था और दूसरा सनेही राम, जो इतना बूढ़ा हो गया था कि नाले के पास ही उगे एक नीम के पेड़ के नीचे दिन-भर सोता रहता था। सनेही राम को रामचरितमानस और सूरसागर पूरा याद था। ढोला-मारू की कथा और आल्हा वह ऐसे गले से गाता था कि सुननेवाले को रोमांच हो जाता था। उस खँडहर में रहनेवाले परिवारों में से ही कोई-न-कोई उसे रोटी दे जाता था। रिजवान सुबह-सुबह बाईपास की तरफ चला जाता, वहीं गोपाल धनखड़ के ठेले में चाय पीता, मट्ठी या बन्द खाता और बस स्टॉप पर बैठकर शाम तक भीख माँगता। भीख अच्छी मिल जाती थी। रिजवान के चेहरे पर खिचड़ी दाढ़ी थी और उसका चेहरा देखकर फिल्म काबुलीवाला के बलराज साहनी की याद आती थी।

सोलहवीं सदी के उसी खँडहर में राजवती की बहन फूलो, आजादपुर सब्जी मंडी के निकास फाटक पर मूँगफली बेचनेवाले जगराज की पत्नी सोमाली और लाल किले के आसपास चरस बेचनेवाले मुश्ताक की फुफेरी बहन सलीमन, जो अब उसकी पत्नी भी थी, रहती थीं। वे तीनों धन्धा करती थीं। सोमाली तो खँडहर में ही रहकर, वहाँ अक्सर आ जानेवाले स्मैकिए—तिलक, भूसन और आजाद के लाए हुए ग्राहकों को

निपटाती थी, लेकिन सलीमन और फूलो शाम को रिक्शा लेकर सड़क पर ग्राहकों की खोज में भी घूमती थीं। फूलो कभी-कभी 'पार्टी' में भी रात-रात-भर के लिए बाहर जाया करती थी।

फूलो कभी-कभी आजाद के साथ सोती भी थी, हालाँकि इसके लिए उसकी बहन राजवती और बहनोई गुलशन ने मना कर रखा था। घर के लोगों के साथ न धन्धा, न उधारी—यह गुलशन कहा करता था। गुलशन, राजवती और फूलो इस खँडहर के निवासियों में सबसे अमीर थे और पिछले साल भर से, जब से फूलो गाँव से यहाँ रहने आ गई थी और धन्धा करने लगी थी, उनकी कमाई इतनी बढ़ गई थी कि वे लोनी बॉर्डर की तरफ घर बनाने के लिए प्लॉट देखने कई बार जा चुके थे।

"अगर तू वहाँ गई, तो मैं भी उसी तरफ कोई काम पकड़ लूँगा"—यह आजाद ने कहा था, लेकिन पिछले कुछ दिनों से उसका शरीर लगातार काँपता रहता था और रात में वह ऐंठने लगता था। गुलशन ने कहा था, अब यह ज्यादा दिन नहीं चलेगा। सारे स्मैकियों की यही गत होती है। आजाद का चेहरा किसी बच्चे की तरह मासूम था। उसका रंग गोरा था। तिलक कहता था कि आजाद फतेहपुर के किसी जमींदार घर का लड़का है। माँ-बाप मर गए तो भाई और भाभी ने सारी जमीन-जायदाद पर कब्जा कर लिया। भाई के साले ने ही साजिश के तहत उसे स्मैक की लत लगा दी, फिर उसकी ऐसी हालत कर दी कि उसे अपने घर से भागना पड़ा। कहते हैं आजाद पहले किताबें बहुत पढ़ता था।

मैंने आजाद से देर-देर तक बात की थी। वह बहुत साफ-सुथरी जुबान बोलता था। विदेशी परफ्यूमों और देशी इत्र तथा घोड़ों के बारे में उसकी जानकारी से मैं दंग रह जाता था। किससे कैसी बात की जाए, इसका पूरा इल्म उसे था। स्मैक की लत के अलावा उसके पूरे व्यक्तित्व में दूसरा कोई भी ऐब नहीं था। लेकिन अब पिछले कुछ दिनों से उसका शरीर इस तरह काँपने लगा था, जैसे मलेरिया के तेज बुखार में काँपा करता है। या जैसा पर्किंसन रोग में। मैं भीतर-भीतर अच्छी तरह जानता था कि एक दिन जब मैं उस खँडहर की तरफ पहुँचूँगा, तो फूलो, तिलक, भूसन या सलीमन में से कोई कहेगा—"पता है विनायक, चार दिन से आजाद नहीं

दिख रहा। चार रोज पहले सवेरे-सवेरे गया था, फिर आज तक लौटा ही नहीं। तुमको तो नहीं दिखा कहीं?"

यही होता है इन सबके साथ। आजाद अब कभी नहीं लौटेगा। लेकिन मैं? मैं विनायक दत्तात्रेय! मैं भी यहाँ कितना सुरक्षित हूँ? मेरे हालात ऐसे हो गए हैं कि मैं एक डरावनी बेरोजगारी में घिरा हुआ घंटों उसी पनवाड़ी के ठेले के पास बैठा रहता हूँ। निकम्मा, बेचैन और बदहवास।

तो, मैं दरअसल अब उसी जीवन का हिस्सा था। घर लौटने पर बेटे और बीवी की आँखों के ताब का सामना करने की हिम्मत मेरे भीतर नहीं बची थी। रात में जब मेरा बेटा रोटी के कौर मुँह में रखकर धीरे-धीरे चबाता तो मुझे लगता, वह किसी अँधेरे की सीढ़ियाँ उतर रहा है और मैं अब भविष्य में उसका चेहरा कभी नहीं देख पाऊँगा। मेरे भीतर की आत्मा जैसी चीज चुपचाप रोती। मैं इस दुर्भाग्य के लिए जितनी बार अपने भीतर कमियाँ ढूँढ़ने की कोशिश करता, यकीन मानिए, मुझे सारी खामियाँ इस समूचे तंत्र में दिखाई पड़तीं, जिसको बनाने में निश्चित ही किन्हीं शैतानों का हाथ था।

यह तय था कि अचानक किसी दिन मैं भी इस नुक्कड़ पर दिखना बन्द हो जाऊँगा। जिन्नातों और दौलतमन्दों के इस शहर दिल्ली से ऐसे ही गायब होते हैं दरवेश, गरीब, बीमार और मामूली लोग। फिर वे कभी नहीं लौटते। वे कहीं नहीं लौटते। इस शहर में उनकी स्मृतियाँ तक नहीं बाकी रहतीं।

वे किसी बदकिस्मत फकीर के आँसू की तरह होते हैं, जो जब जाता है तो उस जगह की जमीन पर, जहाँ उसका वजूद होता था, सिर्फ एक छोटी-सी नमी और थोड़ा-सा गीलापन छोड़ जाता है। यह नमी उसके वक्त के अन्याय के बरक्स उसके खामोश आँसुओं और थूक की होती है।

इतिहास की खंडित मूर्तियाँ और कोरोनेशन पार्क से निकलता विशाल झुंड

लेकिन लगता है, हम भटक गए थे। बात मेरे फ्लैट से थोड़ी ही दूर नुक्कड़ के संजय चौरसिया के पान ठेले की चल रही थी और हम इधर बाईपास

के करीब 16वीं सदी के खँडहर तक आ पहुँचे। लेकिन असलियत यही है कि अगर आप अपने फ्लैट से बाहर निकलकर किसी भी नुक्कड़ की जिन्दगी को गौर से देखें तो आप धीरे-धीरे एक ऐसी सुरंग में दाखिल हो जाएँगे, जहाँ एक बिलकुल अलग ही आबादी बसती है। यहाँ एक अलग तरह की नागरिकता का निवास होता है। यहाँ के हादसों और घटनाओं की कोई खबर अखबारों में नहीं छपती। दरअसल अखबार होते ही इसीलिए हैं कि वे यहाँ की खबरों और हादसों को छुपाएँ।

अगर आप दिल्ली में हैं और कोई ऐसा जीवन जी रहे हैं, जिसमें अक्सर रात-भर नींद नहीं आती और आप अचानक तीन या चार बजे उठकर सड़कों पर यों ही भटकने लगते हैं, तो आपने कभी-न-कभी 'किंग्सवे कैम्प' से राजघाट की ओर जानेवाली सड़क का दृश्य जरूर देखा होगा। किंग्सवे कैम्प का नाम अब बदलकर विजयनगर कर दिया गया है। अगर आप विजयनगर चौराहे से अन्दर की ओर निरंकारी कॉलोनी या मुखर्जी नगर जानेवाली सड़क पर चलें, तो धीरे-धीरे उस उजाड़-सी जगह तक पहुँच जाएँगे, जिसे 'कोरोनेशन पार्क' के नाम से जाना जाता है। हालाँकि अब उसे एक खूबसूरत बड़े से पार्क में बदल दिया गया है, लेकिन यही वह जगह है, जिसके आधार पर यह इलाका 'किंग्सवे कैम्प' के नाम से जाना जाता है।

कहते हैं कि अंग्रेजों के जमाने में जब जॉर्ज पंचम या चार्ल्स, पता नहीं दोनों में से कौन, हिन्दुस्तान आए थे, तो यहाँ देशी रियासतों के राजा-रजवाड़ों के कैम्प इसी जगह पर लगे थे। वे विलायत के अपने सम्राट का स्वागत करने यहाँ इकट्ठा हुए थे। कहते हैं कि वह स्वागत कुछ-कुछ वैसा ही था, जैसा अभी कुछ साल पहले अमेरिका के प्रेसिडेंट बिल क्लिंटन का स्वागत था। इसी जगह पर देशी रियासतों के राजा-रजवाड़ों ने अपने अंग्रेज सम्राट का राज्याभिषेक किया था, जिसे अंग्रेजी में 'कोरोनेशन' कहते हैं और विलायती सम्राट ने यहाँ जो भाषण दिया था, उनके जाने के बाद उसे राष्ट्रीय अभिलेखागार में रख दिया गया था। भाषण की उस प्रति को हिन्दुस्तान के इतिहास का एक अहम दस्तावेज माना जाता है। इसके अलावा सम्राट की एक मूर्ति इंडिया गेट के बीचोबीच एक खूबसूरत छतरी के नीचे खड़ी कर दी गई थी। बाद में जब 1947 में अंग्रेज इंग्लैंड

लौट गए, तो वह मूर्ति, अंग्रेज हुक्मरानों की दूसरी तमाम मूर्तियों के साथ इसी किंग्सवे कैम्प के कोरोनेशन पार्क में रख दी गई।

आजादी के बाद के सालों में यह पार्क धीरे-धीरे भिखमंगों, पागलों, कोढ़ियों, लूले-लँगड़ों, नशेड़ियों और लावारिस अनागरिक मनुष्यों की आवारा आबादी का अड्डा बन गया। चूल्हा, चक्की, घन, हथौड़ा, सिल-बट्टा और पता नहीं किन-किन जरूरतों को पूरा करने के लिए इन लोगों ने सम्राट समेत सारे अंग्रेज हुक्मरानों की मूर्तियों के अंग-भंग कर डाले। कोई सम्राट का सिर तोड़कर ले गया, कोई हाथ, कोई पैर। बाकी मूर्तियाँ भी अब सिर्फ डरावने धड़ों के रूप में यहाँ-वहाँ जमीन पर बेतरतीब उगी जंगली घास और झाड़ियों के बीच बिखरी पड़ी थीं। रात घिरते ही समूची दिल्ली के कोने-कोने से ऐसे लोगों की आबादी इस पार्क में सिमट आती और जगह-जगह बिखरी इन्हीं खंडित मूर्तियों के बीच सोकर रात गुजारती।

तो, जैसा मैंने कहा कि अगर आप दिल्ली में हैं और एक ऐसी जिन्दगी जीते हैं, जिसमें अक्सर आशंकाओं की कोई अन्तहीन डरावनी फिल्म सारी रात आपके दिमाग के भीतर चलती रहती है और किसी बेचैनी और बदहवासी में घिरकर आधी रात या बिलकुल तड़के आप यहाँ की सड़कों पर बेमकसद भटकने लगते हैं तो आपने किंग्सवे कैम्प के कोरोनेशन पार्क से निकलकर धीरे-धीरे मालरोड पर राजघाट की ओर रेंगते मनुष्यों के उस अपार झुंड को जरूर देखा होगा। रात का अँधेरा अभी पूरी तरह मिटा नहीं होता, सुबह का कोहरा दृश्य में एक धुँधला रहस्य भरता रहता है और आप देखते हैं कि फेलिनी या अन्तोनियोनी की किसी फिल्म के किसी सुर्रियलिस्ट शॉट की तरह टूटे-फूटे, विकलांग, अपाहिज, क्षत-विक्षत, आधे-अधूरे मनुष्यों का विशाल झुंड राजधानी की ओर चुपचाप बढ़ रहा है।

लगता है पिछली सदी के किसी महायुद्ध में किसी शहर पर हुई भयावह बमबारी के बाद जीवित बचे घायल और विकलांग लोगों की आबादी उस संहार के मलबे से निकलकर किसी सुरक्षित जीवन की शरण की ओर बढ़ रही है। किसी अन्तिम अरण्य की ओर।

यहाँ से रेंगते हुए, वे सूरज के निकलते-निकलते समूची राजधानी के कोने-कोने में बिखर जाते हैं। उन्हें आप स्टेशन, बस अड्डे से लेकर

दरगाहों, मन्दिरों और शहर के हर चौराहे और पटरियों पर देख सकते हैं। यह आबादी झुग्गियों में रहनेवाली आबादी से बिलकुल अलग है और उसकी जनसंख्या आजादी के बाद लगातार बढ़ती गई है।

संजय चौरसिया के पान वाले ठेले के पास के नुक्कड़ पर कभी-कभार रंगीन कागज के फूल और हवा में घूमनेवाली फिरकियाँ बेचनेवाली कानी और सफेद कोढ़ से भरे चित्तीदार चेहरे वाली रुपना मंडल भी किंग्सवे कैम्प के उसी कोरोनेशन पार्क से आती है। उसके साथ-साथ कभी-कभी आनेवाला बिना बाँहों वाला सात-आठ साल का बच्चा सोहना भी उसी अनधिकृत आबादी का हिस्सा है।

तो देखा न आपने कि कैसे संजय चौरसिया के पान के ठेले वाले नुक्कड़ से जो सुरंग शुरू होती है, वह बाईपास के खँडहर से होती हुई किंग्सवे कैम्प तक और फिर वहाँ से समूची राजधानी के कोने-कोने तक विस्तृत हो जाती है। अगर आप इस सुरंग में दाखिल हो जाएँ और चुपचाप चलते चले जाएँ, तो आप पाएँगे कि यह सुरंग जमीन के भीतर-भीतर पूरे मुल्क और समुद्र के भीतर-भीतर से गुजरती हुई समूची दुनिया तक फैलती जाती है। यह एक अलग प्रकार का भूमंडलीकरण है, जो इतने अदृश्य और गोपनीय तरीके से हो रहा है कि इसके बारे में कोई भी समाजशास्त्री अभी ज्यादा नहीं जानता। जो जानते हैं, वे चुप रहते हैं और आनेवाले समय का इन्तजार कर रहे हैं। लेकिन महत्त्वपूर्ण यह है कि इस सुरंग की शुरुआत संजय चौरसिया की जिस दुकान से होती है, वह दुकान मेरे फ्लैट से बस कुछ ही कदमों की दूरी पर है।

बिलकुल मुमकिन है कि आप अपने फ्लैट या अलग-थलग बने किसी मकान से बाहर निकलकर किसी ऐसे ही ठेले या रेहड़ी के पास के जमघट को गौर से देखें तो इस सुरंग का कोई मुहाना आपको भी मिल जाए।

रामनिवास से भेंट और रहस्य की शुरुआत

इसी नुक्कड़ पर मेरी मुलाकात रामनिवास पसिया से हुई थी। वह इलाहाबाद के हँड़िया तहसील के एक गाँव शाहीपुर से बीस साल पहले अपने पिता बबुल्ला पसिया के साथ दिल्ली आया था। बबुल्ला पहले रोहतक रोड के

एक ढाबे में बरतन माँजने का काम करता था, फिर आगे चलकर उसने तन्दूरी रोटी बनाने और दाल, सब्जी में तड़का लगाने का काम सीख लिया। पाँच साल पहले उत्तर-पश्चिम दिल्ली के समयपुर बादली गाँव की झुग्गी बस्ती में उसने भी अपनी एक झुग्गी डाल ली थी और इस तरह उसका परिवार दिल्ली का निवासी बन गया। हालाँकि वह बस्ती, जहाँ उसकी झुग्गी थी, अनधिकृत बस्ती थी और कभी भी उस पर म्युनिसिपैलिटी का बुलडोजर चल सकता था, लेकिन पिछले साल चुनावों के बाद राशन कार्ड बन जाने के बाद यह उम्मीद बन गई थी कि अब उन्हें यहाँ से हटाया नहीं जाएगा।

रामनिवास पसिया की उम्र मुश्किल से सत्ताईस-अट्ठाईस साल की थी। इस इलाके के पार्षद रामलाल शर्मा की सिफारिश से उसे नई दिल्ली नगरपालिका में अस्थायी सफाई कर्मचारी का काम मिल गया था। उसकी ड्यूटी दक्षिणी दिल्ली के साकेत इलाके में लगी थी। सुबह आठ बजे एक झोले में वह प्लास्टिक के टिफिन के भीतर रोटियाँ रखकर डी.टी.सी. की बस से धौलाकुआँ के लिए निकल जाता और फिर वहाँ से दूसरी बस लेकर साकेत पहुँचता। दफ्तर में हाजिरी लगाने के बाद वह अपनी झाड़ू और सफाई का दूसरा सामान लेकर उस इलाके में पहुँच जाता, जहाँ उसकी ड्यूटी होती। दोपहर भूख लगती, तो किसी कुलचे वाले से दो रुपये के छोले लेकर घर से लाई रोटी के साथ भरपेट खा लेता। रोटियाँ उसकी पत्नी बबिया बनाती थी। बबिया से उसकी शादी तब हुई थी, जब उसकी उम्र सत्रह वर्ष की थी। अब वह दो सन्तानों का पिता बन चुका था। एक बेटा और एक बेटी। अगर एक बेटा मर न गया होता, तो यह संख्या तीन होती।

रामनिवास से मेरी मुलाकात संजय के ठेले के पास ही हुई थी। हमारे इलाके में उसके अक्सर आने की एक खास वजह थी। दरअसल उसका सुषमा नाम की लड़की से कुछ चक्कर चल रहा था। सुषमा घरों में बरतन-कपड़े का काम करती थी और समयपुर बादली से रोज यहाँ आती थी। रामनिवास उसके साथ-साथ कई बार आ जाता और जब तक वह घरों में काम करती, तब तक वह संजय के ठेले से बीड़ी या सिगरेट खरीदकर सुट्टे खींचता या रतनलाल के ठेले पर चाय पीता। सुषमा की

उम्र मुश्किल से सत्रह-अट्ठारह साल की रही होगी यानी वह रामनिवास से कम-से-कम दस वर्ष छोटी थी। साँवले रंग के रामनिवास का शरीर इकहरा था और अगर फिल्मी एक्टर जितेन्द्र थोड़ा काला, दुबला और गरीब हो जाता तो वह बिलकुल रामनिवास की तरह ही दिखता। सुषमा उसे पसन्द करती थी, यह दोनों को साथ देखने से ही पता चल जाता था।

रामनिवास के साथ जो किस्सा जुड़ा हुआ है, उसी में वह रहस्य है, जिसे मैं आपको बताने जा रहा हूँ। आपसे मेरी प्रार्थना यही है कि आप किसी को भी यह न बताएँ कि इस रहस्य की जानकारी आपको किसने दी है। आप तो जानते ही हैं कि पहले से ही तमाम संकटों में घिरा हुआ मैं, इसके बाद कितने बड़े जोखिम में फँस जाऊँगा।

सुषमा को कल भी मैंने देखा था। वह आज भी हमारे इलाके के कई घरों में काम करती है। वह अभी भी पहले की तरह ही हर रोज यहाँ आती है।

लेकिन रामनिवास?

रामनिवास कई महीने से इस नुक्कड़ पर नहीं दिखा। अब वह कहीं नहीं दिखेगा। सुषमा भी उसका कोई जिक्र नहीं करती। मैंने पहले ही बताया था कि यह एक ऐसा जीवन है, जिसमें कभी भी, हर रोज दिखाई देनेवाला आदमी, एक दिन अचानक अनुपस्थित हो जाता है। फिर वह कभी नहीं दिखता। बाद में उसकी स्मृति भी बाकी नहीं बचती। अगर आप उसे खोजना भी चाहें तो उस जमीन पर, जहाँ कभी उसका अस्तित्व हुआ करता था, वहाँ पर थोड़ा-सा गीलापन, जरा-सी नमी भर आपको मुश्किल से मिलेगी, जो इस तथ्य का प्रमाण होगी कि इस जगह पर कभी-न-कभी एक मनुष्य का जीवन जरूर हुआ करता था, जो अब नहीं रहा। जो अब कभी नहीं होगा।

मैं आपको उसी रामनिवास के बारे में संक्षेप में बताना चाहता हूँ यानी रामनिवास के न होने का साधारण-सा वृत्तान्त। और इसी में उस रहस्य का पहला छोर मौजूद है, जिसे जानना इस समय हम सबके लिए बहुत जरूरी है।

पिछले से पिछले साल की मई की पच्चीस तारीख थी। दिन था मंगलवार। उस रोज हमेशा की तरह रामनिवास सुबह साढ़े सात बजे अपने

घर से तैयार होकर साकेत जाने के लिए निकला। उसके घर से साकेत की दूरी लगभग 42 किलोमीटर थी। उसकी पत्नी बबिया ने उसके झोले में आज रोटियों वाले प्लास्टिक के टिफिन के अलावा स्टील का एक डिब्बा और भी रखा था। उसमें आलू और छोले की मसालेदार सब्जी थी, जो रामनिवास को बहुत पसन्द थी। रामनिवास जब बस स्टॉप पर पहुँचा तो वहाँ सुषमा पहले से ही खड़ी थी। उसने आज अपना लाल चित्तियों वाला सलवार-सूट पहन रखा था और चेहरे पर क्रीम लगा रखी थी। वह सुन्दर लग रही थी।

पिछले हफ्ते, शनिवार के दिन वह रामनिवास के साथ पहली बार फिल्म देखने अल्पना सिनेमा गई थी और इंटरवल में दोनों ने बाहर चाट-पापड़ी खाई थी। सिनेमा हॉल के भीतर और बाद में घर लौटते हुए बस में, रामनिवास उसके साथ लगातार सटा जा रहा था। वह उसे हामी भरने के लिए जिद कर रहा था। सुषमा लगातार टाल रही थी, लेकिन बस से उतरकर जब वह अपने घर जा रही थी, तो मोड़ पर रामनिवास ने कहा था कि अगर वह मंगलवार को सवेरे इस बस स्टॉप पर नहीं मिली तो सब खत्म। मतलब कि वह रामनिवास को पसन्द नहीं करती।

आज मंगलवार ही था। हर रोज सुबह नहाने के बाद वह बबिया से रात की बची बासी रोटी माँगकर खा जाता था। आज उसके पेट में भूख की जगह एक अजब-सी बेचैनी भरी हुई थी, जिसे वह बबिया से छुपाने की लगातार कोशिश कर रहा था। घर से निकलते हुए उसका दिल डूब-सा रहा था। रामनिवास को अक्सर सन्देह रहता था कि सुषमा उसको लेकर कई तरह की दुविधाओं से गुजर रही है। इसीलिए आज उसे बस स्टॉप पर पहले से खड़ा देखकर वह इतना ज्यादा खुश हुआ था कि सुषमा से बस की बजाय ऑटोरिक्शा से चलने की जिद करने लगा। बहुत जिद करने पर भी सुषमा इसके लिए तैयार नहीं हुई। "फालतू पैसा फेंकने और कमाई में आग लगाने से क्या फायदा? ऐसे ही चलते हैं।" ऐसा सुषमा ने कहा। रामनिवास इससे निराश हुआ, क्योंकि उसका इरादा ऑटोरिक्शा की पिछली सीट पर सुषमा से चिपकने और उससे छेड़-छाड़ करने का था। इसके बावजूद चूँकि सुषमा ने आज बस स्टॉप पर आकर एक तरह

से रामनिवास के लिए हामी भर लेने का सिग्नल दे दिया था, इसलिए उसका दिल बल्लियों उछल रहा था। वह सचमुच बहुत खुश था। उसे अपनी अब तक की जिन्दगी बदली हुई लग रही थी।

अपनी पत्नी बबिया से उसकी हर रोज चख-चख होती रहती थी। वह बच्चों को सँभालने और घर के काम से ही फुरसत नहीं पाती थी। दोनों बच्चों में से कोई-न-कोई हमेशा बीमार रहता था। बड़े वाले रोहन को तो उसने शायद ही कभी हँसते और खेलते-कूदते देखा हो। बबिया को रामनिवास की तनखाह भी कभी पूरी नहीं पड़ती थी। हालाँकि इसमें दोष बबिया का नहीं, उनके परिवार की जरूरतों का था, फिर भी रामनिवास को गुस्सा बबिया पर ही आता। "तुम्हारे हाथ में बरकत नहीं है। गोपाल को देखो। चार बच्चे हैं। माँ-बाप हैं। ऊपर से नाते-रिश्तेदार जमे ही रहते हैं। मुझसे कम तनखाह है, लेकिन तब भी मजे से गुजारा चलता है। और इधर तुम! दिन-रात हाय-हाय। हाय-हाय।" यह वह अक्सर बबिया से कहता। बबिया चुप रहते हुए ऐसी आँख से उसे घूरती, जो सारे दिन रामनिवास के दिमाग के भीतर चुपचाप सुलगती रहती। उसी आँख के कारण वह एक-एक पैसा अपने दाँतों में दबाता। भूख लगती तो पेट मसोस लेता। चाय की तलब होती तो किसी के पास तरह-तरह से जुगाड़ जमाता। डी.टी.सी. में अक्सर बिना टिकट सफर करता। वह बबिया की, उसके दिमाग के भीतर हर पल सुलगती आँख ही थी, जिसके कारण रामनिवास कभी हँस न पाता।

उस मंगलवार को रामनिवास ने सुषमा से कहा कि आज वह ड्यूटी से जल्दी लौट आएगा, इसलिए वह आज दो बजे तक संजय के ठेले के पास उसका इन्तजार कर ले। दोनों साथ-साथ वापस लौटेंगे। सुषमा ने हालाँकि पहले तो कहा कि वहाँ पर इन्तजार करना उसे अच्छा नहीं लगता, क्योंकि स्कूटर मैकेनिक सन्तोष उसके साथ ऐसी-वैसी बात करता है और संजय भी मसखरी करता है लेकिन बाद में वह इसके लिए तैयार हो गई। लेकिन आज पहली बार सुषमा ने रामनिवास से धीरे से यह कहा कि वह साकेत से लौटते हुए, अनुपम सिनेमा के पास से मिर्ची-पकौड़ा जरूर ले आए। रामनिवास कई बार उससे वहाँ के मिर्ची-पकौड़ा का जिक्र कर

चुका था। सुषमा ने जब आज उससे ऐसा कहा तो रामनिवास को उसकी आवाज में उस पर हक जमाने जैसा अपनापन लगा, जो उसको अच्छा लगा। उसने, "हाँ-हाँ। देखूँगा-देखूँगा।" कहकर बड़ी मुश्किल से उस अच्छा लगने को सुषमा से छिपाया।

झाड़ू की मूठ, कोठी का जिम सेंटर और गुरु को घूरता मंगल

रामनिवास उस दिन काफी खुश था और फिल्म 'कुछ कुछ होता है' का गाना गा रहा था। उसने दफ्तर में अपनी हाजिरी लगाने के बाद चोपड़ा साहब से कहा कि आज वह जल्दी घर चला जाएगा, क्योंकि बीवी की तबीयत खराब है और उसे अस्पताल ले जाना है। चोपड़ा साहब उस दिन आसानी से मान गए थे, जबकि हमेशा वे इसमें चिख-चिख करते थे और छुट्टी की एप्लिकेशन देने की जिद करते थे। 'आज का दिन बहुत किस्मत वाला है।' ऐसा रामनिवास ने मन में सोचा।

वह एक कोठी का बड़ा-सा हॉल था, जिसमें वह झाड़ू लगा रहा था। इसमें झाड़ू लगाना उसकी ड्यूटी में शामिल नहीं था, क्योंकि वह कोठी सरकारी नहीं थी लेकिन चोपड़ा साहब ने कहा था कि चूँकि उस कोठी में साहब लोग और उनके बीवी-बच्चे कसरत के लिए और अपना मोटापा कम करने के लिए रोज जाते हैं, इसलिए रामनिवास उसको भी साफ कर दिया करे।

दरअसल वह एक जिम सेंटर था। उसमें पेट घटाने, चर्बी छाँटने, कमर पतली करने और मोटापा दूर करनेवाली तरह-तरह की मशीनें रखी थीं। साकेत में रहनेवाले बड़े लोग और उनके परिवार के सदस्य उसमें सुबह-शाम आ जाते और वहाँ घंटों चहल-पहल रहती। इसी कोठी की पहली मंजिल पर एक ब्यूटी पार्लर और एक मसाज सेंटर भी खुल गया था। अधेड़ और अधबूढ़े रईस मसाज सेंटर में आकर अपनी मालिश कराते और कभी-कभी उनमें से कुछ लड़कियों को अपनी कार में बाहर भी ले जाते। उसने कई पुलिस अफसरों और नेता लोगों को भी यहाँ आते देखा था।

सुनीला नाम की लड़की बाहर जाने का पाँच हजार लेती थी, ऐसा सामने की नुक्कड़ के चाय वाले गोविन्द ने बताया था। "पता नहीं साले,

साहब लोग यहाँ क्या-क्या करते हैं। रात-भर पार्टी चलती है। आसपास की कोठियों की कई लड़कियाँ और लड़के इसमें रात में आते हैं।" गोविन्द ने बताया था। इस जिम सेंटर से उसकी आमदनी बढ़ गई थी, क्योंकि रात में अक्सर पेप्सी और सोडा की माँग वहाँ से होती। वे लोग रात में वहाँ मौज-मस्ती करते और शराब पीते। यही वजह थी कि रामनिवास को सफाई के दौरान वहाँ के बाथरूम में कई बार ऐसी ऊटपटाँग चीजें मिल जातीं, जिन्हें ठिकाने लगाना भी आसान न होता।

'क्या जिन्दगी है साहब लोगों की। खा-खा के फूल गए हैं और चर्बी ही छाँटे नहीं छँटती। और कहाँ अपन! गन्दे नाले की मछली खा लेने से एक बेटे की मौत हो गई। दूसरा दवाई के भरोसे साँस खींच रहा है।' रामनिवास ने सोचा। तभी उसे सुषमा की याद आई। वह दो बजे तक संजय के ठेले पर उसका इन्तजार करेगी। जल्दी-जल्दी सारा काम निपटाने के फेर में वह लग गया।

रामनिवास जिम सेंटर के बड़े से हॉल की फर्श पर झाड़ू लगा रहा था। झाड़ू की मूठ पर बँधी सुतली की कसान ढीली पड़ गई थी, इसलिए झाड़ू की सींकें बार-बार खिसक जाती थीं। रामनिवास परेशान हो रहा था। उसने हॉल की दीवाल पर, झाड़ू की सींकों को बराबर करने के लिए, उसकी मूठ को ठोंका तो चौंक पड़ा। उसने दीवाल को दोबारा ठोंका तो उसका शक पक्का हो गया। अजब बात थी, ठोंकने पर दीवाल से खट्-खट् की नहीं, धप्-धप् की आवाज आ रही थी। इसका मतलब था कि दीवाल वहाँ पर खोखली थी। उसके भीतर पोल था, बस ऊपर से पलस्तर चढ़ा दिया गया था। जिस जगह वह दीवाल थी, वहाँ दो कुर्सियाँ, एक मेज और जूट के दो बोरे रखे हुए थे। रामनिवास ने उन्हें खिसकाकर जगह बनाई और झाड़ू की मूठ को जोरों से दीवाल की उस जगह पर ठोंकने लगा।

जैसा कि होना ही था। पलस्तर में पहले दरारें पड़ीं, फिर उसके चिलठे उखड़ने लगे। देखते-देखते एक बड़ा-सा छेद वहाँ खुल गया। फिनाइल या गमक्सीन की तेज गन्ध वहाँ से छूट रही थी। रामनिवास ने उसके भीतर झाँककर देखा तो उसकी साँसें थम गईं। वह जड़ रह गया। बाप रे! अन्दर नोट-ही-नोट थे। सौ-सौ और पाँच-पाँच सौ की गड्डियाँ।

उसने अपनी आँखें छेद के और नजदीक सटाईं। दीवार के भीतर का पोल बहुत बड़ा था। कोई लम्बी सुरंग जैसा खोखल उस दीवाल के भीतर मौजूद था और उसमें दूर-दूर तक नोटों की गड्डियाँ भरी हुई थीं। यहाँ-से-वहाँ तक। आगे जहाँ अँधेरा गहरा होता जाता था, उसमें वे गड्डियाँ डूब रही थीं। अँधेरे की कालिख उन्हें अपने भीतर छुपा रही थी। रामनिवास का दिल जोरों से धड़कने लगा। उसने डरते हुए इधर-उधर नजर दौड़ाई। आसपास कोई नहीं था। सिर्फ वह था। अकेला। और साकेत की उस कोठी नम्बर ए-11/डीएक्स 33 के जिम सेंटर के बड़े से हॉल की वह दीवाल उसके सामने थी, जिसमें एक ऐसा खोखल उसकी झाड़ू की मूठ की ठोकर से अचानक खुल गया था, जिसमें अनगिनत नोटों की गड्डियाँ भरी पड़ी थीं।

'काला धन...काला धन...काला, काला, काला' उसके कानों में जैसे कोई फुसफुसा रहा था। उसके शरीर का रोयाँ-रोयाँ सिहर रहा था। जिस चीज के बारे में वह सिर्फ सुना करता था, इस समय वह उसकी आँख के ठीक सामने, साँस भर की दूरी पर, साक्षात् मौजूद था। यह न कोई सपना था, न कोई किस्सा। यह एक सच्चाई थी, जो संयोग से उसकी आँख के सामने इस वक्त मौजूद थी।

रामनिवास कुछ देर तक चुपचाप खड़ा सोचता रहा फिर उसने उत्तरी कोने की मेज पर रखा अपना झोला उठाया और इधर-उधर अच्छी तरह देखकर पाँच-पाँच सौ के नोटों की दो गड्डियों को उसमें डाल लिया। इसके बाद उसने उस खोखल को ढकने के लिए वहीं पड़े जूट के बोरे को खिसकाकर सटा दिया और उसके सामने मेज-कुर्सी लगा दी, जिससे किसी को उसके बारे में पता न चले। फिर उसने फर्श पर अच्छी तरह से झाड़ू लगाकर, पलस्तर की झाड़न और धूल-गर्द को साफ किया और इत्मीनान से बाहर निकलकर गोविन्द की दुकान पर आ गया। वहाँ उसने एक कप कड़क चाय पी और दो मट्ठियाँ खाईं।

"आज गर्मी कुछ ज्यादा ही बढ़ गई लग रही है। कल तो फिर भी ठीक था।" उसने गोविन्द से कहा। गोविन्द ज्यादा बात करने के मूड में नहीं था क्योंकि तभी वहाँ एक जीप आकर खड़ी हो गई थी, जिसमें बैठे लोगों ने पाँच चाय और पाँच मट्ठी का ऑर्डर दिया था। जीप सरकारी थी।

"गर्मी तो अभी और बढ़ेगी," गोविन्द ने सिर्फ इतना कहा और पतीले में चाय उबालने लग गया। अभी तक सिर्फ साढ़े ग्यारह बजे थे और इस इलाके की सफाई का आधा काम अभी भी बाकी था। लेकिन रामनिवास वहाँ से सीधा अपने दफ्तर पहुँचा, झाड़ू जमा की और यह कहकर कि बीवी की तबीयत काफी बिगड़ गई है, घर से फोन आया है, वह निकल गया।

नोटों के एक बंडल में दस हजार रुपये थे यानी रामनिवास के झोले में इस समय बीस हजार रुपये मौजूद थे। इतने रुपये इकट्ठा उसने अपने जीवन में कभी नहीं देखे थे। वह डर रहा था, इसलिए साकेत से रोहिणी तक की बस के सफर में उसने झोले को कसकर अपने पेट से चिपकाए रखा। अगर किसी भी व्यक्ति के पास थोड़ी फुर्सत होती और वह रामनिवास के चेहरे पर गौर करता तो जान सकता था कि वह कितनी घबराहट और तनाव की हालत में है।

बस स्टॉप से रिक्शा लेकर जब वह संजय के ठेले पर पहुँचा तो सुषमा वहाँ खड़ी थी और स्कूटर मैकेनिक सन्तोष से हँस-हँसकर बात कर रही थी। रामनिवास को थोड़ा-सा गुस्सा आया लेकिन, उसे देखते ही जब सुषमा ने कहा कि "कहाँ की तिजोरी हाथ लग गई? रिक्शे की ऐश हो रही है आज तो।" तो वह घबरा गया।

सुषमा ने फिर पूछा, "तुमने तो दो बजे आने को कहा था। इतनी जल्दी छुट्टी कैसे मिल गई? अभी तो एक भी नहीं बजा।" तो रामनिवास हँस पड़ा।

सुषमा को देखकर और सम्भवत: उस जगह तक पहुँचकर उसे कुछ तसल्ली-सी हो रही थी। उसकी घबराहट अचानक कम हो गई थी।

स्वप्न में ऑटोरिक्शा और मजेदारी का अनोखा पेड़

"भाग आया मैं जल्दी।" उसने कहा और सुषमा को देखकर हँसने लगा। सुषमा भी हँसने जा रही थी, लेकिन अचानक उसे लगा कि रामनिवास के ऐसा कहते ही संजय और सन्तोष उसकी ओर देखने लगे हैं, तो वह पहले की तरह ही रही।

"चाय पियोगे तुम लोग?" रामनिवास ने जब सन्तोष और संजय से पूछा तो दोनों को ताज्जुब हुआ। "बात क्या है भाई! आज तो ओ.टी. मिला

लगता है!" सन्तोष ने कहा। सुषमा को भी थोड़ा आश्चर्य हुआ, क्योंकि रामनिवास को पैसे के मामले में वह मक्खीचूस मानती थी। चाय या बीड़ी के लिए जब वह लोगों के सामने तरह-तरह की हरकतें करता, तो उसे अच्छा नहीं लगता था। लेकिन रामनिवास ने उस दिन संजय और सन्तोष को ही नहीं, मोची देवीदीन और साइकिल वाले मदन को भी एक-एक स्पेशल चाय पिलाई।

सुषमा ने बहुत मना किया कि पैसे में क्यों आग लगाते हो, लेकिन रामनिवास नहीं माना। उसने एक ऑटोरिक्शा किराये पर लिया और सुषमा के साथ करोलबाग, कमला नगर, दीप मार्केट घूमता रहा। सुषमा को उसने पेप्सी पिलाई, चाट-पापड़ी खिलाई, करोलबाग से उसके लिए एक लेडीज पर्स खरीदा और कमला नगर के कोल्हापुर रोड से उसके लिए पाँच सौ का सलवार-सूट और एक जोड़ी चुन्नी खरीदकर दी। सुषमा को यह सब कुछ स्वप्न जैसा लग रहा था। जब-जब रामनिवास की ओर वह देखती या वह उसे छूता, खुशी का एक तेज झरना अचानक फूटकर उसको भीतर-बाहर से नहला डालता। कल तक का उदास और परेशान रामनिवास, जिसके बारे में कई बार वह सोचने लगती थी कि वह उससे मिलना-जुलना बन्द कर देगी, आज किसी अविश्वसनीय सुख और कई-कई रंगों से भरे सपने के नायक में बदल गया था। हालाँकि उसकी दाढ़ी अभी भी बेतरतीब बढ़ी हुई थी, ठूँठ उग रहे थे और मुँह से बीड़ी की तेज बास आ रही थी, लेकिन स्कूटर की पिछली सीट पर जब-जब वह उसे चूमता, सुषमा को लगता जैसे फूलों के किसी बगीचे ने उसे अपने भीतर समेट लिया है।

सुषमा नहीं जान पाई कि रामनिवास में ऐसा आश्चर्यजनक परिवर्तन हुआ कैसे। उसे लगता आज मंगलवार को समयपुर बादली के बस स्टैंड पर आकर उसने एक अच्छा काम किया, जबकि आने न आने के बारे में वह रात-भर सोचती रही थी। उसका फैसला आखिर ठीक ही निकला, क्योंकि अब वह यही सोचकर खुशी से सिहर उठती थी कि दुनिया में कोई उसे इतना प्यार करनेवाला मौजूद भी है। और इस समय वह उसी के साथ है। रामनिवास उसे बहुत भोला और उसके लिए किसी छोटे-से बच्चे की तरह व्यग्र लग रहा था। सुषमा जब कुछ दिनों के बाद रामनिवास के साथ

सोने लगी और बाद में उसके बच्चा भी ठहरा, जिसे उन्होंने नाहरपुर के मित्तल क्लिनिक में गिरवाया, तब भी उस दिन की ऑटोरिक्शा की यात्रा उसकी स्मृति में हमेशा रही आई। यह एक स्वप्न था, जिसमें सुषमा और रामनिवास दो साल पहले, मई महीने की 23 तारीख के उस मंगलवार को अचानक प्रवेश कर गए थे, जिस मंगलवार को रामनिवास को साकेत की कोठी नम्बर ए-11/डीएक्स 33 की दीवाल की खोखल में छुपे हुए रुपये मिले थे।

हर खुशी की जड़ नोटों में ही छुपी होती है, वहीं से मजेदारी का पेड़ पनपता है, जिसमें सुख और मस्ती के फल लगते हैं। नोटों की गड्डियों में ही शायद आदमी की सारी अच्छाइयाँ भी बन्द होती हैं। रामनिवास अक्सर सोचने लगता। वह अब बिलकुल नया आदमी बन चुका था। उसके रहने-सहने का ढंग बदल गया था। पहले के गरीब, फटीचर और उदास जितेन्द्र की जगह अब वह चमकदार, रंगीन और बातूनी गोविन्दा नजर आने लगा था, जिसके दाँत हमेशा निकले रहते थे। उसके घर की भी हालत सुधर गई थी। उसकी पत्नी बबिया अब हमेशा खुश रहती। घर में अच्छा खाना बनता। हफ्ते में कम-से-कम दो बार वे मीट खाते। अंडा तो रोज ही, जब मन पड़ता, वह ले आता। बच्चे आइसक्रीम माँगते और पाते। कोई मेहमान आता, तो हल्दीराम की नमकीन, ब्रिटानिया के बिस्कुट बबिया तश्तरी में रखती और कहती, "भाई साहब, थोड़ा-सा तो लीजिए।" सोफा, टी.वी., वी.सी.आर., डबल बेड, फ्रिज वगैरह खरीद लिया गया था। रामनिवास पालिका बाजार से एक विदेशी सी.डी. प्लेयर भी ले आया था और कहता था कि जल्द ही बच्चों के लिए कम्प्यूटर खरीद लाएगा। वह बताता था कि लोग कहते हैं कि आज के जमाने में कम्प्यूटर सीखे बिना कोई तरक्की नहीं कर सकता। अपने बच्चों रोहन और उर्मिला के लिए वह कम्प्यूटर कोर्स के बारे में पता लगाता रहता। वह प्लान बनाता कि दोनों को वह अमेरिका भेजेगा, जहाँ वे किसी कम्पनी में काम करेंगे और हर महीने कई लाख की तनखाह पाएँगे।

रामनिवास के नाते-रिश्तेदार, जो कभी उसके पास फटकते नहीं थे, वे अब अक्सर सपरिवार उसके यहाँ आ जाते। उनको पहले के घुन्ने और

फटीचर रामनिवास में अब संसार के सारे सद्‌गुण दिखाई देते, जिनका बखान वे बबिया और खुद उसी के सामने अक्सर करते। जात-बिरादरी में रामनिवास की पूछ बढ़ गई थी। शादी-ब्याह के मामलों में उसकी सलाह ली जाती। उसके पास चिट्‌ठियाँ और शादी-ब्याह के निमंत्रण आते। वह कहीं जाता, कहीं न जाता। जहाँ जाता, उसका खूब सत्कार होता।

"सब अपने हैं भाई, मैंने सबको माफ किया।" वह अक्सर कहता और लोगों की मदद करता। मुहावरे में, संक्षिप्त करके कहें तो यह कि अब रामनिवास के दिन फिर गए थे।

लेकिन रामनिवास इधर रोज पीने लग गया था। सुषमा के साथ उसका मिलना-जुलना रोज का काम हो गया था। बबिया उनके सम्बन्धों के बारे में जान गई थी, लेकिन चुप थी। वह रामनिवास के स्वभाव को अच्छी तरह से जानती थी। उसे पता था कि चाहे कुछ भी हो, वह उसको और अपने बच्चों को छोड़कर कहीं नहीं जाएगा, इसलिए वह निश्चिन्त थी।

कई बार रामनिवास आधी रात के बाद घर लौटता। कई बार दो-तीन दिनों तक गायब रहता। उन्हीं दिनों सुषमा भी अपने घर से बाहर होती, लेकिन बबिया को इससे कोई फर्क न पड़ता। मोहल्ले में रामनिवास का सम्मान और रुतबा बढ़ गया था। वह अब सीधे सुषमा के घर पहुँचता और उसकी अम्माँ बिलाड़ी बाई, जो घरों में झाड़ू-पोंछा और बरतन माँजने का काम करती थी, के सामने ही उससे फिल्म देखने के लिए चलने की बात करने लगता था।

सुषमा के पास कई जोड़े सलवार-सूट, सैंडिल और गहने हो गए थे। पहले वह रामनिवास से बराबरी के झगड़े कर लेती थी, लेकिन अब वह उसकी कई बातें चुपचाप बर्दाश्त कर लेती। उसे डर लगता कि कहीं रामनिवास उससे नाराज न हो जाए। सुषमा की अम्माँ कई बार उससे कहती, "ऐसा कब तक चलेगा? तू उस पर अपना हक बना ले। लोग बात करने लगे हैं।" लेकिन सुषमा कहती, "अम्माँ किसी दूसरी औरत का बना-बनाया खोंता मुझसे उजाड़ा नहीं जाता। वो भी बाल-बच्चों वाला। ऐसे ही चलने दे, जब तक चले।" लेकिन भीतर-भीतर उसे कहीं विश्वास था कि ऐसा हमेशा चलता रहेगा। जब तक वह और रामनिवास दोनों जीवित रहेंगे।

लोग अगर रामनिवास से पूछते कि इतना पैसा अचानक उसके पास कहाँ से आया तो वह कहता कि वह साकेत में पाँच लाख की कमेटी चला रहा है या कि वह आजकल सट्टे बाजारी की कमाई कर रहा है। किसी से वह कहता कि उसकी लॉटरी निकल आई है। किसी-किसी से उसने यह भी कह रखा था कि मस्जिद मोठ के पास उसे ऐसे एक साधु महाराज मिले थे, जिन्होंने एक ऐसा मंत्र उसके कान में फूँका था कि सट्टे का खुलनेवाला नम्बर आँख मूँदने पर उसे साफ-साफ दिख जाता है। रामनिवास से कई लोगों ने वह मंत्र अपने-अपने कान में फुँकवाया लेकिन किसी को वह नम्बर आँख मूँदने पर नहीं दिखा। रामनिवास कहता कि तुम लोगों का दिल साफ नहीं है, इसलिए तुम्हें नम्बर नहीं दिखता। किसी से डाह न करो, न किसी की चुगली खाओ, किसी का नुकसान न करो तो फिर देखो, सट्टे और लॉटरी का नम्बर अपने आप तुम्हारे दिमाग के परदे पर नाचेगा!

जब भी उसका मन होता, वह उस कोठी की दीवाल से नोटों की गड्डियाँ अपने झोले में भर लाता। ताज्जुब था कि इतने दिन हो गए थे, अभी तक न तो उसको किसी ने टोका या पकड़ा था, न उस खोखल से उन गड्डियों को इधर-उधर किया था। इतने दिन बेरोक-टोक उन रुपयों का इस्तेमाल करते रहने से रामनिवास अब बेफिक्र हो गया था। उसकी हिम्मत बढ़ गई थी। फिर भी कभी-कभी उसे आशंका सताती कि कहीं ऐसा न हो कि किसी दिन उन रुपयों का असली मालिक आ जाए और वहीं से अपनी छिपी हुई दौलत लेकर चल दे, इसलिए उसने समझदारी और दूरदर्शिता के साथ दो काम किए। एक तो उसने लोनी बॉर्डर में पाँच सौ गज का एक प्लॉट अपनी पत्नी बबिया पसिया के नाम खरीदा और दूसरे, उसने तीन लाख रुपये की फिक्स डिपॉजिट तीन-चार बैंकों में अलग-अलग नाम से जमा कर दी। इनमें से पचास हजार की एक डिपॉजिट सुषमा के नाम से भी थी, जिसने अब रामनिवास के साथ इसी तरह हमेशा रहने का मन बना लिया था।

ताजमहल में प्यार, ए.सी. रूम, बाज की आँखें और पुलिस

यह घटना सात-आठ महीने पहले की है।

रामनिवास ने सुषमा के साथ आगरा और जयपुर घूमने और ताजमहल के सामने फोटो खिंचवाने का प्रोग्राम बनाया। दो-तीन दिन वह मौज-मस्ती करना चाहता था। सुषमा इसके लिए तुरन्त तैयार हो गई। दोनों ट्रेन से आगरा पहुँचे।

स्टेशन से बाहर निकलते ही उन्हें एक टैक्सी वाला मिल गया। उससे रामनिवास ने किसी होटल ले चलने के लिए कहा। "कैसा होटल चलेगा?" ऐसा पूछते हुए उस टैक्सी वाले ने जिस निगाह से रामनिवास को घूरा, उससे रामनिवास को लगा कि वह उसे कोई भिखमंगा या मामूली आदमी समझ रहा है। "कोई भी अच्छा, टॉप का होटल। किसी सड़े-गले, सड़कछाप में मत ले चलना।" रामनिवास ने कड़ी और रोबीली आवाज में कहा। टैक्सी वाले ने, जो देखने में चालीस-पैंतालीस साल का कोई खुर्राट लग रहा था, जिसकी आँखें भूरी थीं और उनमें किसी शिकारी बाज की आँखों की चमक थी, उसकी ओर मुस्कुराते हुए व्यंग्य से देखा और कहा, "थ्री स्टार चलेगा? पास में ही है।" उसने सोचा होगा कि थ्री स्टार का नाम सुनते ही रामनिवास की गर्मी उतर जाएगी, लेकिन जब रामनिवास ने उससे ठंडी आवाज में कहा, "ले चल मेरे भाई, जिधर भी तेरा दिल करे। थ्री स्टार, फाइव स्टार...सिक्स स्टार। लेकिन जल्दी कर। मेरे को अभी तुरन्त गरम पानी में नहाना है। और फिर उसके बाद बटर चिकन सूँटना है डबल प्लेट।" तो टैक्सी वाले खुर्राट ने उसे गहरी आँखों से देखा। इसके बाद उतनी ही चीरती हुई, चील जैसी नजर उसने सुषमा पर डाली और इत्मीनान में थोड़ा-सा व्यंग्य मिलाकर बोला, "चलता हूँ मालिक! आप गीजर में नहीं, गरम पानी के टब में नहाना। हम आपको ऐसे होटल में पहुँचाएँगे कि बटर चिकन ही नहीं, जो-जो आप मँगाओगे, सब मिलेगा।" उसकी इस बात पर हँसकर रामनिवास ने कहा, "अब आ गए न लाइन में। अब चल। जल्दी गड्डी हाँक।"

रास्ते में टैक्सी वाले ने फिर पूछा, "आना कहाँ से हुआ साहब जी?"

"दिल्लीवासी हैं अपन। तुम हमें यू.पी. का समझ रहे थे क्या या एम.पी.-सेम.पी. का?" रामनिवास ने तड़ी मारी और विजेता की तरह सुषमा की ओर देखकर मुस्कुराया। "और आगरा तो हम आते ही रहते हैं। ऑफिस की गाड़ी से। महीने-पन्द्रह दिन में।" रामनिवास डरा कि अगर

अब कहीं खुर्राट ने उसकी पोस्ट के बारे में पूछा तो वह क्या बताएगा? चतुर्थ श्रेणी, स्वच्छताकर्मी? झाड़ू लगानेवाला मेहतर? सफाई कर्मचारी? लेकिन खुर्राट ने आगे कुछ नहीं पूछा।

होटल जब आ गया और रामनिवास टैक्सी की डिक्की से सामान निकलवा रहा था तो टैक्सी वाले ने कहा, "आप पहले जाकर पता तो कर लो कि रूम खाली है कि नहीं। नहीं तो फिर अगला होटल देखेंगे।"

रामनिवास सुषमा को टैक्सी में ही छोड़कर अन्दर गया और काउंटर पर जब कमरे का रेट पूछा तो उसका मन एक बार तो हुआ कि कोई दूसरा सस्ता-सा होटल देख ले, लेकिन फिर उसने इरादा बदल दिया और पन्द्रह सौ रोज के किराये वाला ए.सी. डबल बेड उसने बुक करा लिया। काउंटर पर बैठे आदमी ने उसे रूम देखने के लिए ऊपर भेज दिया और होटल के एक लड़के को टैक्सी से सामान लाने रवाना कर दिया।

सामान के साथ सुषमा जब आई तो वह थोड़ी घबराई हुई लग रही थी। "कैसी जगह तुम ले आए? हर चीज काँच जैसी चक्क-चक्क चमकती है। लगता है किसी चीज को छुआ तो वो गन्दी हो जाएगी। ये सामान लेकर आनेवाला लड़का भी मेरे को सही नहीं लग रहा था।" सुषमा ने धीरे से उससे कहा।

होटल का लड़का जब सामान रखकर और पानी का जग उठाकर चला गया तो रामनिवास ने सुषमा से कहा, "मस्त रह और फिकर न कर। जब तक टेंट में माल है, तब तक डरने की क्या बात है!" इसके बाद उसने प्यार से कहा, "आजा, एक पुच्ची दे दे और झोले से बोतल निकाल।"

रात को साढ़े दस बजे होंगे, जब किसी ने घंटी बजाई। इसके पहले दिन में रामनिवास सुषमा के साथ ताजमहल देख आया था, वहाँ अलग-अलग पोज में उसके साथ फोटो खिंचाई थी और रास्ते में अंट-शंट खरीदारी भी की थी। सुषमा के लिए और चीजों के अलावा उसने फिरोजाबादी चूड़ियों के सेट भी लिये थे, जिससे वह बहुत खुश थी।

इतनी रात में कौन आ मरा। रामनिवास सोच रहा था। उसने रूम का दरवाजा खोला तो, दो पुलिस वाले वहाँ खड़े थे। उनमें से एक इंस्पेक्टर था, दूसरा सिपाही।

"लड़की है साथ में?" इंस्पेक्टर ने डाँटती हुई आवाज में रामनिवास से पूछा।

"हाँ," रामनिवास ने कहा। इंस्पेक्टर और सिपाही रूम के अन्दर आ गए। इंस्पेक्टर की वर्दी पर छाती की पॉकिट के ठीक ऊपर बी.एन. भारद्वाज की पट्टी लगी थी। वह जिस बेशर्मी से सुषमा को घूर रहा था, उससे रामनिवास को गुस्सा तो बहुत आ रहा था, लेकिन उसके भीतर डर भी था। सुषमा ने गुलाबी रंग की नाइटी पहन रखी थी, जो नाइलोन की थी, जिसके अन्दर से कमला नगर से खरीदी गई काले रंग की ब्रेसरी साफ झलक रही थी। सुषमा का रंग भी गोरा ही कहा जा सकता था।

"तुम्हारी बीवी तो नहीं लगती। कहाँ से उठा लाए?" इंस्पेक्टर ने पूछा। लगभग चौकोर चेहरे, मिचमिची काइयाँ आँख और खिजाब से बेतहाशा रँगे काले बालों और मोटी खाल वाला वह आदमी पहली ही नजर में कोई घाघ चालबाज और लम्पट लगता था।

"हमारे पड़ोस में ही रहती है। साली लगती है साब!" रामनिवास ने कहा। उससे झूठ नहीं बोला जा रहा था। उसकी आवाज में घबराहट और शराफत के बीच से पैदा होनेवाली कमजोरी थी।

"बोतल भी है!" इंस्पेक्टर ने मेज पर रखे डिप्लोमैट के अद्धे को घूरा, फिर भेदती हुई निगाह से सुषमा को देखते हुए कहा, "भगा के ला रहे हो इसे। देखने में तो नाबालिग लगती है।"

"क्या उमर है तेरी?" उसने सुषमा से पूछा।

"सत्रा साल।" सुषमा डर गई थी। जाने क्यों उसे लग रहा था कि आज कोई अनहोनी होने जा रही है, जिसमें वह और रामनिवास, दोनों बरबाद हो जाएँगे।

"चलो थाने। तुम दोनों। मेडिकल से सब पता चल जाएगा कि कितनी मौज-मस्ती की है। तीन सौ पचहत्तर-छिहत्तर बनेगा।" इंस्पेक्टर ने कहा। इसके बाद कुर्सी खींचकर बैठते हुए उसने रामनिवास की ओर देखा, "पैसा कहाँ से उड़ाया? थ्री स्टार के ए.सी. कमरे में रुकने की औकात तो नहीं लगती तुम्हारी। कहीं सेंध मारी क्या? या किसी को चूना लगाया?"

रामनिवास ने पी रखी थी। ऐसे में उसकी हिम्मत बढ़नी चाहिए थी लेकिन सुषमा ने अपनी उम्र सही बताकर उसे अनजाने में फँसा डाला था। अब वह खुद को पुलिस के जाल में उलझा हुआ महसूस कर रहा था। आखिर सोच-समझकर वह मुस्कुराया, "क्या चलेगा साहब? अद्धा तो खाली हो गया?"

"वो तो होटल से आ जाएगा। पर अभी तो दोनों थाने चलो। चलो तैयार हो जाओ। और क्या ये ऐसे ही चलेगी? अपनी बॉडिस झलकाती हुई!" इंस्पेक्टर ने सपाट आवाज में कहा।

"थाने का क्या है साब! वो तो जहाँ आप हो, वहीं थाना हुआ। यहीं निपटा लेते हैं।" हँसते हुए रामनिवास ने कहा।

उसको अपने ऊपर ताज्जुब हुआ। अब तक कहाँ छिपा था, उसके भीतर का यह हुनर? उसने पलंग के पास खड़े सिपाही की ओर समर्थन जुटाने के लिए देखा। उसे पटाने के अन्दाज में। सिपाही सुषमा को घूरने में लगा हुआ था। रामनिवास से आँख मिलने पर उसने थोड़ा-सा सिर हिलाया और मुस्कुराया, "छोकरे हैं बेचारे भारद्वाज साब! ताजमहल देखने आए हैं। खाने-पीने दो। अपन भी जरा टाइम पास कर लेते हैं इनके साथ। बोल भाई, कोई एतराज तो नहीं तेरे को?"

रामनिवास को सिपाही के इरादे ठीक नहीं लगे। उसे इस बेवजह की मुसीबत के बावजूद गुस्सा आ गया, "देखो, खाने-पीने की जहाँ तक बात है, भारद्वाज साब हुक्म करें, जो-जो चाहोगे आप लोग, सब ऑर्डर हो जाएगा। लेकिन ये मेरी सच में साली लगती है साब! मेरा यकीन करो आप लोग। कसम से।"

इंस्पेक्टर पहली बार हँसा, "क्यों भाई, एसी कमरे में अपनी नाबालिग साली के साथ दारू का अद्धा सूँटकर भजन कर रहा था तू? अच्छा चल, आर.सी. की एक फुल बोतल और खाने के लिए चिकन-सिकन का ऑर्डर बोल के आ जा...अच्छा तू ठहर, मैं यहीं से बोलता हूँ।" ऐसा कहकर इंस्पेक्टर ने पलंग पर चढ़कर सिरहाने के इंटरकॉम से होटल के काउंटर को फोन किया और वहीं पसरकर बैठ गया। उसने अपनी बेल्ट ढीली कर ली। और फिर उसने पलंग के पायताने पर सिमटी बैठी सुषमा

की ओर देखकर कहा, "और तू तो जाकर उस कोने की कुर्सी पर इधर पीठ फेरकर बैठ जा। दिमाग मत खराब कर। दारू चढ़ गई तो कंट्रोल हट जाएगा, फिर दोनों हमारे नाम को रोओगे। वैसे ही आगरा में फिरंगी टूरिस्टों को देख-देखकर दिल डोलता रहता है साला।" सिपाही इस बात पर हँसा। जोरों से।

डेढ़ घंटे में पूरी बोतल खाली हो गई। रामनिवास अद्धा तो पहले ही चढ़ा चुका था, तीन पैग पुलिस वालों के साथ और पी गया। उसे होश नहीं था कि वह नशे में क्या-क्या बोलता रहा। इंस्पेक्टर भारद्वाज और वह सिपाही लगभग बारह बजे रात उसके कमरे से गए। पाँच सौ रुपये पर बात टूटी। बाद में सिपाही ने भी सौ रुपये अलग से झटके। पुलिस वालों के जाते-जाते रामनिवास थक चुका था और नशा उसके दिमाग को भीतर से किसी चकरी की तरह घुमा रहा था। उसे चक्कर आने लगा। सुषमा उसे सँभालकर बाथरूम तक ले गई कि उसके सिर पर ठंडा पानी डाल दे, लेकिन रामनिवास वहीं फर्श पर बैठ गया और बेतहाशा उल्टियाँ करने लगा। उसके गले से सारा बटर चिकन, नान और पुलाव निकल रहा था। उल्टी करने के बाद जब उसने सुषमा को अपने पास खींचा तो उसकी आँखों को कुछ दिखाई नहीं दे रहा था। वह सीधा बिस्तर पर औंधे मुँह गिरा और उसकी नाक और गले से तुरन्त ऐसी आवाजें निकलने लगीं, जैसे किसी मीलों के सफर में थके हुए घोड़े को दमे की सींक आ रही हो।

सवेरे सुषमा ने जब उसे बताया कि वह रात में, नशे में पुलिस वालों को साकेत की किसी कोठी की दीवार की खोखल में छुपे नोटों की गड्डियों के बारे में बता रहा था, तो रामनिवास के होश उड़ गए। कितनी होशियारी और समझदारी से उसने यह रहस्य अब तक छुपाए रखा था। यहाँ तक कि सुषमा और अपनी बीवी तक को उसने इसकी भनक नहीं लगने दी थी। आखिर कर दिया न दारू ने सारा गुड़ गोबर।

उसने सुषमा से तबीयत बिगड़ने और दिल्ली में एक जरूरी काम का बहाना बनाया और जयपुर घूमने का प्रोग्राम कैंसिल कर अगली ही गाड़ी से दिल्ली लौटने का फैसला ले लिया।

बुद्ध जयन्ती पार्क, बिना नम्बर की एस्टीम और आखिरी बीड़ी

जैसा उसे सन्देह था, अगले ही दिन सवेरे-सवेरे, जब वह ड्यूटी पर जाने के लिए घर से निकल रहा था, पुलिस की जिप्सी उसके घर आ गई। "ए.सी.पी. साहब ने बुलाया है।" उस इंस्पेक्टर ने कहा, जिसकी छाती की जेब के ऊपर डी.के. त्यागी लिखा हुआ था। रामनिवास ने जिप्सी के भीतर बैठे हुए ही समयपुर बादली के उस बस स्टॉप को देखा, जहाँ से हर रोज वह धौलाकुआँ के लिए बस लेता था। सुषमा वहाँ उसके इन्तजार में खड़ी थी।

सात-आठ महीने पहले, वह शायद मंगलवार का ही दिन था, उस दिन हल्के-हल्के बादल आसमान में छाये हुए थे और कभी भी बूँदा-बाँदी हो सकती थी, संजय चौरसिया के उसी पान के ठेले के पास रामनिवास से मेरी मुलाकात हुई थी। वह सुषमा से मिलने आया था।

ऐसे मौसम में, जब बादल घिरे हों, बूँदा-बाँदी के आसार हों और हवा भारी हो गई हो रामनिवास कहा करता था—"आज तो लगता है मौसम सीटी बजा रहा है।" ऐसे में वह सुषमा के साथ ऑटोरिक्शा में घूमा करता था और दुनिया भर की ऊल-जलूल चीजें उसे खिलाता रहता था, लेकिन आज वह बहुत परेशान दिखाई दे रहा था। आधा घंटे के भीतर-भीतर उसने तीन-चार सिगरेटें फूँक डालीं। बार-बार किसी बेचैनी में वह अपनी उँगलियाँ चटखाने लगता था। ऐसा लगता था, जैसे उसके भीतर कोई तेज उथल-पुथल मची हुई है।

मैंने रतनलाल से दो स्पेशल चाय मँगवाई। रामनिवास कितना परेशान था, इसका अन्दाजा मुझे तब हुआ, जब उसने लगभग खौलती हुई चाय सीधे अपने हलक में उड़ेल ली, जिससे उसका गला और मुँह जल गया।

उस समय दो-ढाई का वक्त रहा होगा, जब रामनिवास ने बहुत याचना भरी आँखों से मेरी ओर देखा और कहा, "विनायक जी, मैं एक बहुत बड़े जंजाल में फँस गया हूँ। मुझे तुम किसी तरह इससे बाहर निकालो। जब तक जिन्दगी रहेगी, तुम्हारा अहसान मानूँगा।"

मैंने उससे पूछा कि आख़िर बात क्या है तो उसने मुझे उस दिन जो कुछ बताया था, वही मैंने अब तक आपको ऊपर बताया है। उसकी बात

खत्म हुई ही थी और मैं उसको वह उपाय बताने ही वाला था, जिससे वह इस जंजाल से बाहर निकलता कि ठीक उसी वक्त सुषमा वहाँ आ गई।

"अभी मैं चलता हूँ। कल सवेरे तुमसे इसी जगह मिलूँगा।" रामनिवास ने मुझसे कहा और वे दोनों एक रिक्शे पर बैठकर चले गए। दोनों की जाती हुई पीठ रिक्शे पर जब तक दिखाई देती रही, मैं देखता रहा।

रामनिवास से मेरी वह आखिरी मुलाकात थी।

वह फिर उस नुक्कड़ पर कभी नहीं लौटा। अब वह कभी नहीं लौटेगा। उसके बारे में आप यहाँ किसी से भी पूछेंगे, तो कोई कुछ नहीं बताएगा। न पान के ठेले वाला संजय चौरसिया, न चाय वाला रतनलाल, न मोची देवीदीन, न स्कूटर मैकेनिक सन्तोष और न साइकिल में पंक्चर लगानेवाला मदन।

आप अगर इस नुक्कड़ से चलकर बाईपास के उस सोलहवीं सदी के खँडहर तक भी पहुँचें और वहाँ सलीमन, सोमाली, भूसन, तिलक या रिजवान से रामनिवास के बारे में पूछें, तो कोई कुछ नहीं बताएगा। रंगीन कागज की फिरकियाँ बेचनेवाली कानी और सफेद चित्तीदार चेहरे वाली रुपन मंडल या अपने पति गुलशन के साथ रोज शाम को उबले अंडे बेचनेवाली राजवती भी आपके सवाल को टाल जाएगी।

यहाँ तक कि हर सुबह समयपुर बादली से यहाँ आनेवाली और इधर के फ्लैटों में बरतन-कपड़ा करनेवाली गोरी, छरहरी सुषमा भी बिना कुछ बोले चुपचाप तेज चाल से आगे बढ़ जाएगी। आजकल वह स्कूटर मैकेनिक सन्तोष के साथ कई बार ऑटोरिक्शा में घूमती हुई दिखती है। दोनों को पिछले हफ्ते मैंने शीला सिनेमा के पास चाट-पापड़ी खाते हुए देखा था।

यह जीवन ऐसे ही चलता है।

अगर आप समयपुर बादली के गन्दे नाले के पास बसी उस झुग्गी बस्ती तक पहुँचें और वहाँ किसी तरह उस टपरे का पता लगा लें, जिसे रामनिवास ने पक्के मकान में बदल दिया था और जहाँ उसकी पत्नी बबिया अपने बीमार बेटे रोहन और बेटी उर्मिला के साथ रहती है और उससे आप रामनिवास के बारे में पूछें, तो वह पत्थर जैसे भावहीन चेहरे के साथ कहेगी, "घर में नहीं हैं। बाहर गए हैं।" अगर आपने पूछा कि वे

कब तक लौटेंगे, तो बबिया, "हमें पता नहीं है," कहकर घर के अन्दर चली जाएगी।

साकेत में, नई दिल्ली म्युनिसिपैलिटी के दफ्तर में, जहाँ रामनिवास काम करता था, अगर आप चोपड़ा साहब या किसी कर्मचारी से इस नाम के आदमी के बारे में पूछें तो उनका जवाब होगा, "यहाँ डेली वेजेज पर काम करनेवाले सैकड़ों लोग आते-जाते रहते हैं। हम किस-किस का नाम याद रखें।"

यह सच है कि दिल्ली में अब रामनिवास के बारे में कोई कुछ नहीं जानता। अब वह कहीं नहीं है। उसका कोई चिह्न कहीं शेष नहीं है। लेकिन रुकिए, मैं आपको रामनिवास के बारे में वह आखिरी सूचना देता हूँ जिसके भीतर वह रहस्य मौजूद है, जिसे आप तक पहुँचाने के लिए ही मैंने इस कहानी की ओट ली थी।

अभी इसी साल यानी सन् 2001 के 27 जून का दिल्ली से निकलनेवाला कोई भी हिन्दी-अंग्रेजी का अखबार, 'इंडियन न्यूज एक्सप्रेस', 'टाइम्स ऑफ मेट्रो इंडिया' या 'शताब्दी संचार टाइम्स' उठा लीजिए और तीसरे पेज को खोलिए, वहीं जहाँ इस महानगर की स्थानीय खबरें छपती हैं। उस रोज इस पेज पर दाहिनी ओर दो कॉलम की चौड़ाई घेरता, एक छोटा-सा फोटाग्राफ छपा है और उसके नीचे एक संक्षिप्त-सी खबर।

20 प्वाइंट बोल्ड में इस समाचार की हेडिंग है : '**रॉबर्स किल्ड इन एनकाउंटर**' और इसके नीचे 16 प्वाइंट में उपशीर्षक है : '**पोलिस रिकवर्स बिग मनी फ्रॉम कार।**'

इस खबर को अखबार के स्थानीय क्राइम रिपोर्टर के हवाले से छापा गया है, जिसके अनुसार पुलिस ने कल रात राजधानी दिल्ली में, धौलाकुआँ से राजेन्द्रनगर और करोलबाग जानेवाली रिज रोड पर बुद्ध जयन्ती पार्क के निकट, एक बिना नम्बर प्लेट वाली एस्टीम कार को रोका। कार में सवार लोगों ने रुकने की बजाय पुलिस पर गोलियाँ चलानी शुरू कर दीं। पुलिस की जवाबी कार्रवाई में दो अपराधी मौके पर मारे गए, जबकि तीन अन्य अँधेरे का फायदा उठाकर भागने में कामयाब रहे। मरनेवालों में एक जालन्धर का कुख्यात अपराधी कुलदीप उर्फ कुल्ला है। दूसरे की

पहचान नहीं हो पाई है। पुलिस उप-अधीक्षक सबरवाल ने बताया कि पुलिस ने कार की डिक्की से तेईस लाख रुपये बरामद किए हैं। इसमें बड़ी मात्रा में पाँच सौ के जाली नोट भी शामिल हैं। यह पिछले कुछ सालों में मिलनेवाली पुलिस की सबसे बड़ी सफलता है। पुलिस उप-अधीक्षक ने इस सिलसिले में आगरा पुलिस से मिली सूचनाओं को इस सफलता के लिए महत्त्वपूर्ण माना है।

अगर आप इस खबर के ऊपर छपे फोटोग्राफ को गौर से देखें तो पाएँगे कि बुद्ध जयन्ती पार्क के ठीक सामने वह कार खड़ी हुई है। उसके अगले और पिछले दरवाजे खुले हुए हैं। कार के अगले पहिये के पास एक आदमी औंधा पड़ा हुआ है। उसके सिर पर पगड़ी है। और कार के पिछले दरवाजे के ठीक सामने जो आदमी मरा पड़ा है, उसका सिर आसमान की ओर है। आप इस आदमी के चेहरे को गौर से देखें। अगर लेंस की मदद ले सकें या फोटो एनलार्ज करा सकें तो और बेहतर होगा।

कार के पिछले दरवाजे के सामने, सड़क पर मरा हुआ आदमी, जिसका सिर आसमान की ओर है और जिसका मुँह खुला हुआ है, पैंट खिसक गई है और शर्ट के बटन खुले हुए हैं और जिसकी छाती पुलिस की गोलियों से लहूलुहान है, वह कोई और नहीं रामनिवास ही है। यही वह अपराधी था, जिसकी शिनाख्त आज तक नहीं हो पाई है।

उसकी शिनाख्त अब कभी नहीं हो पाएगी, क्योंकि उसे अब कोई नहीं पहचानेगा।

रहस्योद्घाटन, सब्बल, कुदाल और औलिया की दरगाह

अब आप यह जानें कि उस दिन, जिस दिन यह मुठभेड़ हुई, उसके लगभग दो घंटे पहले क्या हुआ?

साकेत की कोठी नम्बर ए-11/डीएक्स 33 के पास के नुक्कड़ पर चाय की दुकान चलानेवाले गोविन्द ने बताया था कि उस रात लगभग दस बजे पुलिस की एक जिप्सी यहाँ आई थी। उसमें दो पुलिस वालों के अलावा तीन सादे कपड़ों वाले लोग भी थे। उन्होंने जिम सेंटर से लड़के-लड़कियों को निकाल दिया था और लौट गए थे। इसके एक घंटे बाद,

जब वह अपनी दुकान बन्द कर रहा था, तभी वहाँ एक एस्टीम आकर रुकी थी। उसमें कोई नम्बर प्लेट नहीं था। उस गाड़ी में से मझले कद के एक सरदार जी उतरे थे।

...और पिछली सीट से उनके पीछे-पीछे उतरा था रामनिवास। वे लोग उस कोठी के अन्दर चले गए थे और लगभग डेढ़ घंटे तक वहाँ थे। वे दोनों अन्दर से कोई चीज बार-बार ढोकर कार की डिक्की और पिछली सीट की जगह में भर रहे थे। सामने के मोड़ पर, जहाँ 'खन्ना इंटरनेशनल ट्रेवल्स एंड कूरियर्स' की दुकान है, उसके सामने एक लाल बत्ती वाली एम्बेसेडर उसी वक्त आकर खड़ी हो गई थी और एस्टीम के जाते ही उसके पीछे-पीछे चली गई थी।

गोविन्द ने बताया था कि बिना नम्बर प्लेट की, काही रंग की एस्टीम, जब इस कोठी से लौट रही थी तो उस समय वह दुकान बन्द करके घर जाने की तैयारी कर रहा था। एस्टीम ठीक उसके बगल में आकर रुकी और पिछली सीट पर बैठे रामनिवास ने उससे बीड़ी माँगी। गोविन्द ने गणेश छाप बीड़ी का आधा, खुला हुआ बंडल, जो उसकी जेब में उस वक्त पड़ा हुआ था, उसे दिया।

गोविन्द ने बताया कि रामनिवास बहुत घबराया हुआ और परेशान लग रहा था। उसकी आँखें ऐसी लग रही थीं, जैसी मुर्दों की आँखें होती हैं। वह उससे कुछ कहने की कोशिश कर रहा था कि एक झटके में एस्टीम आगे बढ़ गई। उसे वह सरदार चला रहा था।

धौलाकुआँ के चौराहे से अगर आप रिंग रोड यानी महात्मा गाँधी मार्ग की ओर न मुड़ें और उसकी अगली सड़क पर बाएँ घूम जाएँ, तो वही रिज रोड है। इसी सड़क पर बुद्ध जयन्ती पार्क के सामने वह घटना घटी, जिसका फोटोग्राफ और समाचार अखबार में छपा है।

रामनिवास ने साकेत की कोठी नम्बर ए-11/डीएक्स 33 के जिम सेंटर वाले हॉल की दीवाल के खोखल के बारे में जो जानकारी दी थी, उसके मुताबिक उस खोखल का आकार काफी बड़ा होना चाहिए। मेरा अनुमान है कि गिरी से गिरी हालत में उसकी लम्बाई लगभग बारह फुट और ऊँचाई चार-साढ़े चार फुट होनी चाहिए। रामनिवास ने बताया था

कि वह जगह पाँच सौ और सौ-सौ की गड्डियों से ठसाठस भरी हुई थी, इस लिहाज से मेरा अनुमान है कि उसमें कम-से-कम दस-पन्द्रह करोड़ रुपये रहे होंगे।

यह उन्हीं दिनों की बात है, जब पिछली सरकार के एक केन्द्रीय मंत्री के घर और दूसरे ठिकानों पर नई सरकार ने सी.बी.आई. के छापे डलवाए थे। उस मंत्री पर उच्च तकनीकी उपकरणों की खरीद और ठेके के सन्दर्भ में किसी विदेशी कम्पनी से कई सौ करोड़ रुपये का कमीशन लेने का आरोप लगा था। उसे कुछ दिनों के लिए जेल भी जाना पड़ा था। बाद में वह मंत्री उसी नई सरकार में शामिल हो गया था, जो उसके खिलाफ जाँच कर रही थी। जाहिर है, वह सारा रुपया, जिसे किसी ग्रह-नक्षत्र की विशेष स्थिति अथवा अपने भाग्य या फकत संयोग के चलते रामनिवास ने अपनी झाड़ू की मूठ की सींक ढीली हो जाने के कारण, वहाँ की दीवाल को ठोंकते हुए, उस खोखल को खोज निकालने पर अचानक ही उस दिन देख डाला था, वह सारा रुपया सी.बी.आई. के छापों और इनकम टैक्स से बचने के लिए वहाँ छुपाया गया था यानी वह सारी दौलत ऐसी थी, जिसका कोई आलेख कहीं नहीं होता। अन-अकाउंटेड मनी। इसी को काला धन कहते हैं।

संजय चौरसिया के पान वाले ठेले के दाहिनी ओर, साइकिल का पंक्चर जोड़नेवाले मदन के नजदीक ही, पिछले कुछ दिनों से पटरी पर दरी बिछाकर बैठनेवाले ज्योतिषी पंडित दीनदयाल उपाध्याय से मैंने अप्रत्यक्ष तरीके से इस बाबत बातचीत की। उनका कहना था कि अगर गुरु तीसरे घर में हों और मंगल को निहार रहे हों और छठे घर से मंगल शुक्र और गुरु को बारी-बारी से निहार रहा हो और अगर महीने का कृष्णपक्ष चल रहा हो तथा संयोग से तिथि चतुर्थी अथवा नवमी हो, ऊपर से धनिष्ठा नक्षत्र लगा हो और विष्टिकरण से बनी हुई सिद्धि अकारण उपस्थित हो तो कुबेर की विशेष कृपा होती है और अपार धन अथवा गड़ी हुई तिजोरी मिलने की प्रबल सम्भावना होती है।

पंडित दीनदयाल उपाध्याय, जो बलिया से आए हुए हैं और नाहरपुर के नाले के पास एक टपरे में किराये पर रहते हैं, ने मेरे बारे में बता रखा है

कि अभी मारकेस और साढ़े साती की शनि दशा चल रही है और राजकीय कोप का भाजन मुझे बनना पड़ेगा।

मुझे लगता है पिछले साल 23 मई के मंगलवार को सम्भवत: रामनिवास के ऊपर ऐसी ही किसी दशा में कुबेर ने दृष्टि डाली होगी, जिसने उसके भाग्य को बिलकुल बदल डाला, वरना आप खुद ही सोचिए कि कूड़ा-कचरा और गन्दगी साफ करनेवाली एक मामूली झाड़ू की मूठ की सुतली की कसान ढीली पड़ जाने के कारण, घास के तिनकों की सींकों को बराबर करने के लिए एक निहायत साधारण-सी दीवाल को ठोंकते ही उसे नोटों की गड्डियाँ इस तरह अचानक कैसे मिल जातीं? वरना वह कैसे कुछ महीनों के लिए अपने स्वप्नों और आकांक्षाओं के संसार में प्रवेश कर पाता? अपनी पत्नी बबिया, बेटे रोहन और बेटी उर्मिला को भरपेट खाने और मनपसन्द पहनने का सुख दे पाता?...और अपनी नाबालिग प्रेमिका सुषमा को तरह-तरह के रंगों से जगमगाते इन्द्रधनुषों के उस लोक में कैसे ले जाता, जहाँ एक ताजमहल भी था और जहाँ दोनों ने एक-दूसरे के साथ कई मुद्राओं में फोटो खिंचाए थे?

लेकिन ज्योतिषी जी का यह भी कहना है कि अगर ऐसे संयोग से मिलनेवाला धन पाप का काला, अपवित्र धन हो तो उसका परिणाम घातक होता है। मेरा मानना है कि 26 जून, 2001 की रात लगभग 12 बजकर 10 मिनट पर उसी पाप के घात से रामनिवास और उसके स्वप्नों का हिंसक अन्त हुआ।

लेकिन आप पूछेंगे कि आखिर वह रहस्य कौन-सा है, जो मैं इस कहानी की ओट के पीछे छुपकर आप तक पहुँचाना चाहता था?

आप तो जानते ही हैं कि उस रात रामनिवास जब कुलदीप उर्फ कुल्ला के साथ रिज रोड पर मारा गया, तो बिना नम्बर वाली एस्टीम से सिर्फ कुछ लाख रुपये ही बरामद हुए। उसमें भी पाँच सौ के बहुतेरे नोट जाली थे। जबकि असलियत यह है कि उस दीवाल की खोखल से लगभग तेरह करोड़ रुपये निकले थे।

जहाँ तक उस पुलिस अफसर की बात है, जिसकी निगरानी में 'ऑपरेशन रामनिवास' हुआ, वह बहुत सम्मानित और ताकतवर पुलिस

अफसर है। उसकी कई कोठियाँ और फार्म हाउस हैं, जहाँ वह अक्सर पार्टियाँ देता रहता है। इन पार्टियों में नेता, अफसर, पत्रकार, दिग्गज बुद्धिजीवी और कई वरिष्ठ साहित्यकार आते हैं और शराब पीकर उसके कालीन में लोट जाते हैं। राजधानी से निकलनेवाले अखबारों में उनका फोटो आप अक्सर देखते होंगे। ये लोग अब हमारी-आपकी तरह आदमी नहीं रह गए हैं। वे मिल-जुलकर एक-दूसरे को ब्रांड में बदल चुके हैं। अगर आप कविता-कहानी पढ़ते हों, तो आपने महसूस किया होगा कि आजकल उनके भीतर से शराब की बेतहाशा गन्ध आ रही है और उनके वाक्यों के नीचे मुर्गा, बकरों और निर्दोष मनुष्यों की हड्डियों का ढेर दिखाई दे रहा है। अगर आप अपनी झाड़ू की मूठ से समकालीन साहित्य को ठोकें, तो वही खोखल आपको यहाँ भी दिखाई देगा, जिसके भीतर नोटों की गड्डियाँ भरी हैं। पाप का अपवित्र काला धन।

मैं लगभग चौथाई सदी से अपने देश की राजधानी दिल्ली में हूँ और डरा हुआ हूँ। मुझे सन्देह है कि रामनिवास ने उस पुलिस अफसर को यह बता दिया है कि दिल्ली की दीवार के खोखल का रहस्य उसके द्वारा मुझे पता चल चुका है। आप समझ सकते हैं कि फिलहाल मेरा जीवन कितने खतरे में है।

इसके बावजूद जितना भी थोड़े-बहुत दिन या महीने या साल इस बदहाल जिन्दगी के बाकी हैं, मेरी आकांक्षा है कि मैं भी रामनिवास की तरह अपने स्वप्नों के संसार में किसी तरह एक बार प्रवेश कर जाऊँ।

तो, इसीलिए आजकल हर रोज आधी रात, जब सारी दिल्ली नींद में डूबी हुई होती है, मैं काले कपड़े पहनकर, एक हाथ में कुदाल और दूसरे हाथ में एक सब्बल लेकर निकल पड़ता हूँ और दिल्ली की दीवारों को अँधेरे में ठोकता रहता हूँ। मुझे यकीन है कि दिल्ली की अधिकांश दीवारों में असंख्य खोखल हैं और वहाँ अकूत धन मौजूद है। ऐसा धन जो पूरी तरह अन-अकाउंटेड है। मुझे गहरा पछतावा इस बात का है कि मैंने अपने जीवन के पच्चीस साल फालतू बरबाद किए। पच्चीस दिन भी अगर मैंने यहाँ की दीवारों को ठोकने में लगाए होते, तो अब तक मैं करोड़पति हो गया होता और एक सम्मानित जीवन जी रहा होता।

अगर आप यह कहानी पढ़ लें तो सब्बल और कुदाल लेकर फौरन दिल्ली की ओर रवाना हो लें। करोड़पति बनने और छप्पर फाड़कर आनेवाली दौलत पाने का यही एक रास्ता अब बचा है। मेहनत, ईमानदारी, प्रतिभा, निष्ठा, लगन वगैरह के रास्ते पर चलकर आप जीना चाहेंगे, तो भूखों मर जाएँगे और पुलिस वाले आपके पीछे पड़ जाएँगे। आपको पता ही होगा कि महाराष्ट्र के एक न्यायमूर्ति ने कहा था, भारतीय पुलिस गुंडों और अपराधियों का एक सुसंगठित कानूनी गिरोह है।

मैं फिलहाल किंग्सवे कैम्प के कोरोनेशन पार्क में, अंग्रेज सम्राट और दूसरे हुक्मरानों की टूटी-फूटी मूर्तियों के बीच, कोढ़ियों, भिखमंगों, स्मैकियों और लावारिस अनागरिकों के बीच सोता हूँ। मैं खुद भी उन्हीं मूर्तियों की तरह खंडित हूँ। रीढ़ की हड्डी गल चुकी है और अस्थि यक्ष्मा का रोग मुझे लग चुका है। कभी-कभी मौका लगता है तो दिल्ली के चिड़ियाघर के आगे, हजरत निजामुद्दीन की दरगाह के संगमरमर के फर्श पर घंटों बैठा रहता हूँ और वही वाक्य दोहराता रहता हूँ जो औलिया ने दिल्ली के बादशाह गयासुद्दीन तुगलक से कहा था। और जिसके बाद बादशाह शराब और जश्न में डूबा, फकत एक शामियाने के ढह जाने से दिल्ली की सरहद पर ही मर गया था। वह जगह अब तुगलकाबाद के नाम से जानी जाती है।

जहाँ पर औलिया की दरगाह है, वहीं पर अमीर खुसरो की मजार भी है। वही अमीर खुसरो, जो हिन्दी खड़ी बोली के पहले कवि थे और जिन्होंने अपनी जिन्दगी में दिल्ली में ग्यारह बादशाहों, उनके दरबारियों और चाटुकारों का उठना और गिरना देखा था। आप अगर वहाँ जाकर सैयद निजामी का रजिस्टर देखें, तो मेरा नाम उसमें लिखा हुआ मिलेगा।

यकीन मानिए, वहाँ मैं सिर्फ अपनी ही नहीं, आप सबकी और अपने प्यारे वतन की खैरियत की दुआ माँगता रहता हूँ। भरोसा रखें, औलिया तक मेरी प्रार्थना जरूर पहुँच रही होगी।

और जल्द ही, अगर पुलिस और दिल्ली के ताकतवरों ने मुझे किसी झूठे जुर्म में फँसा नहीं दिया, तो अपनी कुदाल और सब्बल के बल पर मैं दिल्ली की अनगिनत दीवालों की खोखलों में छुपी दौलत को एक दिन जरूर खोज लूँगा।

आप भी अगर अपनी किस्मत सुधारना चाहते हों तो जहाँ कहीं भी हों, दिल्ली के लिए फौरन रवाना हो जाएँ। दिल्ली दूर नहीं है। विश्वास कीजिए, करोड़पति बनने का ही नहीं, दाल-रोटी चलाने का भी यही एक रास्ता अब शेष है।

दूसरे रास्ते अखबारों और मीडिया द्वारा फैलाई गई अफवाहें हैं।

और कुच्छ भी नहीं।

■

पॉल गोमरा का स्कूटर

हिन्दी कवि पॉल गोमरा ने स्कूटर खरीदने का निर्णय लिया। यह अभी साल-दो साल पहले की बात है। वे उत्तर प्रदेश के गाजियाबाद की कवि नगर नामक कॉलोनी में रहते थे और दिल्ली के आई.टी.ओ. पुल के पास बहादुरशाह जफर मार्ग पर स्थित एक राष्ट्रीय दैनिक के दफ्तर में काम करते थे। उनकी उम्र पैंतालीस पार कर रही थी। वजन पिछले चार-पाँच सालों में अचानक बढ़ गया था। कमर के इर्द-गिर्द, गरदन और कन्धों पर चर्बी जमा हो गई थी। पेट निकल आया था, जिसे वे 'फ्रॉड' मानते थे क्योंकि उनकी खुराक वास्तव में बहुत कम थी। मक्खन, दूध, मांस, आइसक्रीम, चॉकलेट वगैरह फैट पैदा करनेवाली चीजें वे खाते नहीं थे। रोटी और आलू उनका नियमित लंच था। इसके बावजूद वे मोटे, गोल और गंजे हो रहे थे।

पॉल गोमरा कवि थे, हिन्दी भाषा के कवि। उनके नाम से जरूर ऐसा लगता था कि वे लातीनी अमेरिकी या किसी अफ्रीकी देश के कवि होंगे। या फिर रेमू फर्नांडीज, नताशा अलबुकर्क, अपाची इंडियन की तरह उनका आनुवंशिक जैविक-सूत्र सुदूर अतीत में किसी आप्रवासी जाति की नस्ल से जुड़ा होगा। लेकिन तथ्य यह नहीं था।

जब अपना नाम वे किसी को बताते तो वह देर तक उन्हें देखता—यह सोचते हुए कि जैसे आलू, तम्बाकू, मिर्च या अमरूद ब्राजील और

पेरू से पुर्तगालियों की बदौलत भारत तक पहुँचे और यहाँ की मिट्टी और जलवायु ने उन्हें अपना बना लिया, उसी तरह पॉल गोमरा के जैविक सूत्र भी दक्षिण अफ्रीका या क्यूबा से, उनके अज्ञात पुरखों के साथ चलकर यहाँ तक पहुँचे होंगे और अन्ततः राजधानी दिल्ली की सरहद पर गाजियाबाद नामक शहर में स्थायी रूप से आबाद हो गए होंगे। या क्या पता, वे पश्चिम से नहीं बल्कि नारियल की तरह दक्षिण-पूर्व की ओर से आए हों। मलेशिया, इंडोनेशिया या जावा-सुमात्रा से। या फिर हो सकता है वे कागज की तरह चीन से तुर्की-ईरान होते हुए भारत पहुँचे हों। यह सम्भावना भी थी कि वे कहीं और पैदा होकर कहीं और से होते हुए कवि नगर, गाजियाबाद तक पहुँचे हों।

"आपकी ओरिजिन क्या है? मतलब, आपके पूर्वजों का कहीं से यहाँ आना हुआ?" उनसे अकसर पूछा जाता, "शक्ल से तो आप विदेशी नहीं लगते?"

"मैं हूण हूँ!" पॉल गोमरा कहते, फिर हँसते। फिर थोड़ी देर ठहरकर वे प्रश्न करनेवाले से पूछते,"क्या आप बता सकते हैं कि अंडा भारत में किस ईसवी सन् में आया? इसे तुर्क-मुगल लेकर आए या डच, अंग्रेज, पुर्तगाली?"

वे सामनेवाले की परेशानी का जायजा लेते फिर गम्भीरता के साथ कहते, "प्रख्यात इतिहासकार फ्रांस्वा बर्नियर और आर. पामदत्त के अनुसार सन् 1498 ई. में दक्षिण में मलाबार समुद्री तट पर वास्कोडिगामा के साथ आनेवाला पुर्तगाली वनस्पतिशास्त्री गार्सिया द ओर्ता पहली बार अंडा लेकर होंडुरास से भारत आया। इसके पहले भारतीय चिड़ियाँ अंडे देना नहीं जानती थीं।"

वास्तविकता यह थी कि पॉल गोमरा तो जन्मजात उत्तर प्रदेश के थे, जैसाकि हिन्दी के ही एक कवि स्वर्गीय धूमिल ने अपनी एक कविता में लिखा था, "मैं भाषा में भदेस हूँ, इतना कायर हूँ कि उत्तर प्रदेश हूँ," तो कवि पॉल गोमरा भी खासे भदेस थे। अरहर की दाल, भात, चोखा, आम का अचार, कढ़ी, धनिये की चटनी जैसी चीजों में उनके प्राण बसते थे। वे कायर भी थे, क्योंकि तमाम जलालत के बावजूद वे

पिछले सालों से उसी दफ्तर में नौकरी करते आ रहे थे जहाँ न कभी उनको कोई प्रोमोशन मिला था, न कोई सम्मान।

अपने सिद्धान्तों और विचारों में वे क्रान्ति और सामाजिक परिवर्तन के प्रबल समर्थक थे लेकिन नौकरी के मामले में वे स्टेटसकोइस्ट (यथास्थितिवादी) थे। कई-कई बार तो जब उन्हें लगता कि अब उनकी नौकरी पर कोई आफत आनेवाली है, वे थरथर काँपते। अन्न-जल का परित्याग कर देते। मौनव्रत धारण कर लेते। एक बार ऐसी ही स्थिति में उन्हें दिल का पहला 'हल्का हमला' (माइल्ड हार्ट अटैक) हो चुका था। एक बार तो वे नौकरी छूट जाने के भय में, गाजियाबाद से मेरठ जानेवाली सड़क के करीब, बारह फुट गहरे गड्ढे में, आधी रात, अपने आप से बातें करते हुए और गड्ढे के सामने गिड़गिड़ाते हुए पाए गए थे।

ऐसा नहीं था कि वे नाकारा या अयोग्य थे। वे घनघोर परिश्रमी थे। प्रूफरीडिंग, सबिंग और लेआउट का काम भूत की तरह करते थे। इतिहास का उन्हें अपार ज्ञान था। लेकिन वर्तमान उनकी समझ में नहीं आता था। बहुत प्रयत्नपूर्वक एकाग्रचित्त होकर वे कभी-कभार वर्तमान को समझने का प्रयत्न करते, तब तक वह बदल जाता था। खास तौर पर पिछले दस साल में तो देखते-देखते पूरी दुनिया ही बदल गई थी। उनका अखबार मोनोप्रिंटिंग के इतिहास से निकलकर, फोटो कम्पोजिंग से होता हुआ अब पूरी तरह कम्प्यूटराइज्ड हो चुका था। सैटेलाइट प्रक्षेपण से पृष्ठ के पृष्ठ पलक झपकते दिल्ली से बम्बई और अहमदाबाद पहुँच जाते। मोटे लेंस का चश्मा आँखों पर चढ़ाए, चिमटी से टाइप फेस बीन-बीनकर एक-एक अक्षर, मात्रा और शब्द बनाते, बीड़ी फूँकते, खैनी मलते बूढ़े कम्पोजीटर्स अब नहीं रह गए थे। उनके साथ ही 'जो हमसे टकराएगा चूर-चूर हो जाएगा', 'लाल किले पर लाल निशान, माँग रहा है हिन्दुस्तान!' जैसे नारे, यूनियनबाजी, दारूखोरी, ठहाके और सारी मस्ती गायब हो गई थी। उनकी जगह अब स्कूटर और लेजर प्रिंटर पर बैठनेवाले जीन्स-बीयर वाले फोर फीगर सैलरी के उत्तर-आधुनिक कम्पोजीटर्स आ चुके थे।

युगान्तर के इस उथल-पुथल भरे सीमान्त पर खड़े हिन्दी कवि पॉल गोमरा भौचक थे। यूगोस्लाविया, जर्मन जनवादी गणराज्य, सोवियत संघ जैसे विशाल राष्ट्र और सुपर पावर्स पृथ्वी के राजनैतिक नक्शे से विलुप्त हो चुके थे। समाजवाद का यूरोप से सफाया हो चुका था और लोग बेसब्री से एशिया और तीसरी दुनिया से उसके गायब हो जाने का इन्तजार कर रहे थे। बात अगर इतनी ही होती तो पॉल गोमरा को इतनी चिन्ता न होती। वे देख यह रहे थे कि जितनी तेजी से पूर्वी यूरोप में समाजवाद साफ हुआ था, उतनी ही तेजी से दिल्ली से निकलनेवाली हिन्दी की पत्रिकाएँ और अखबार साफ हो रहे थे। इन दोनों के बीच क्या 'कनेक्शन' है, यह उनकी समझ में नहीं आ रहा था।

बाजार अब सभी चीजों का विकल्प बन चुका था। शहर, गाँव, कस्बे बड़ी तेजी से बाजार में बदल रहे थे। हर घर दुकान में तब्दील हो रहा था। बाप अपने बेटे को इसलिए घर से निकालकर भगा रहा था कि वह बाजार में कहीं फिट नहीं बैठ रहा था। पत्नियाँ अपने पतियों को छोड़-छोड़कर भाग रही थीं क्योंकि बाजार में उनके पतियों की कोई खास माँग नहीं थी। औरत बिकाऊ और मर्द कमाऊ का महान चकाचक युग आ गया था।

अभी आठ महीने पहले किशनगंज के जनता फ्लैट में रहनेवाली, सर गंगाराम हॉस्पिटल के सफाई कर्मचारी राम औतार आर्य की सत्रह साल की बेटी सुनीला रातोंरात मालामाल हो गई थी, क्योंकि किसी टीवी के विज्ञापन में वह आठ फुट बाइ चार फुट साइज के विशाल ब्लेड के मॉडल पर नंगी सो गई थी। सुनीला को अपने चेहरे पर उस ब्रांड के ब्लेड से होनेवाली शेविंग से उपजनेवाले, चिड़ियों के पर के स्पर्श जैसे सुख और आनन्दातिरेक को दस सेकंड के भीतर-भीतर व्यक्त करना था। यह काम अपने चेहरे के क्लोज शॉट में उसने इतनी निमग्न कुशलता और स्वप्नातीत भावप्रवणता के साथ किया था कि देश के एक सबसे बड़े चित्रकार ने एक अंग्रेजी अखबार में वक्तव्य दिया था कि वे एक हफ्ते में उस विज्ञापन को डेढ़ सौ बार देख चुके हैं और अब आनेवाले दो वर्षों तक वे लगातार सुनीला के न्यूड्स ही बनाएँगे।

इसी तरह बिहार के छपरा जिले के प्राइमरी स्कूल की टीचरी का काम छोड़कर अपने उचक्के प्रेमी के साथ दिल्ली भाग आनेवाली आशा मिश्रा नाम की लड़की कंटेसा क्लासिक में चल रही थी। उसने किसी विज्ञापन में एक बलिष्ठ काले रंग के अरबी घोड़े की खुरदरी पीठ पर बैठकर, अपने पारभासक जाँघिये के भीतर से 'द ब्लैक हॉर्स' नामक बियर की बोतल निकालकर छातियों में उड़ेल ली थी और घोड़े की पीठ पर बैठी-बैठी वह खुद बियर की झाग में बदल गई थी। काले घोड़े की खुरदरी पीठ पर सिर्फ आशा मिश्रा का फेन बचा था, जो धीरे-धीरे उस बियर की ब्रांड में बदल रहा था।

इस विज्ञापन की, राष्ट्रीय स्तर पर मीडिया विशेषज्ञों और अन्य बौद्धिकों के बीच बहुत चर्चा हुई थी। लेकिन इस विज्ञापन को बनानेवाली 'एड कम्पनी' ने दावा किया था कि आशा मिश्रा के अंडरवियर से निकलती हुई बियर की बोतल का शॉट और छाती में बियर उलटते ही आशा मिश्रा के स्तनों का झाग में रूपान्तरण इतना प्रभावशाली है कि इससे इस नए ब्रांड की मार्केटिंग का टेकऑफ ही जबरदस्त होगा। इस विज्ञापन के प्रिव्यू सर्वे के दौरान कम्पनी ने पाया था कि बीस सेकंड के इस विज्ञापन को देखते हुए हर दस में से सात पुरुषों ने, जिनका आयु वर्ग 15 से 60 वर्ष का था, 'मास्टरबेट' की इच्छा का प्रभाव स्वीकार किया था।

इस तरह स्पेन के प्रसिद्ध अति-यथार्थवादी चित्रकार सल्वादोर दाली की घड़ियों की तरह घोड़े की पीठ पर बैठी आशा मिश्रा पिघलकर बियर का फेन बन गई थी और अपने समय की सामूहिक चेतना में चुपचाप प्रवाहित हो गई थी। परिणाम यह कि हर एक करोड़ में से सत्तर लाख दर्शकों ने 'सेक्स की फीलिंग' अपने भीतर पाई थी और 'द ब्लैक हॉर्स' बियर अनुमानित लक्ष्य से 27 प्रतिशत ज्यादा बिक्री दर्ज करा गई थी।

यह सब कुछ पॉल गोमरा की आँखों के सामने, उनके देखते-देखते हो रहा था। यथार्थ मशीन युग से निकलकर इलेक्ट्रॉनिक और उसके आगे के युग में जा रहा था। बच्चे जादुओं, परी-कथाओं और डायनासोर जैसे प्रागैतिहासिक जंतुओं के साथ गिल्ली-डंडा या बेसबॉल खेल रहे थे। वे हनुमानजी, भीष्म पितामह और कृष्णजी को कॅडबरीज के चॉकलेट खिला

रहे थे और मैकडावेल का सोडा पिला रहे थे। सड़क छाप गुंडों और उचक्कों के पास ऐसे उपकरण आ चुके थे कि वे कुछ ही मिनटों में देश भर के तमाम शहरों की असंख्य इमारतों को धमाकों के साथ मलबों में बदल सकते थे। भीड़ को मारना, यात्री गाड़ियों को उड़ाना और हवाई जहाजों का अपहरण मामूली लफंगों का खेल हो गया था।

पॉल गोमरा की आँख जो देख रही थी और दिमाग जो सोच रहा था, उसके बीच की संगति और तर्क गड़बड़ा गए थे। संन्यासी वातानुकूलित गाड़ियों में तीर्थयात्रा कर रहे थे और एन.आर.आई. पूँजी तथा पेट्रो डॉलर्स से कारसेवा करा रहे थे। अन्तरराष्ट्रीय शस्त्र बाजार में तांत्रिक विभिन्न राष्ट्रों के बीच मिसाइलों, पनडुब्बियों और लड़ाकू विमानों की खरीद-फरोख्त में दलाली कर रहे थे। पच्चीस साल से गले तक गड्ढे में धँसे एक योगी ने कई देशों के कई शहरों में पाँच तारा होटल खोल रखे थे और पचास साल से पेड़ की मचान पर टँगे एक बाबा के पैर के अँगूठे की छाप अपने माथे पर लगवाने के लिए विश्व के सबसे बड़े लोकतंत्र का समूचा कैबिनेट कतार बनाकर कीचड़ में खड़ा था। प्रधानमंत्री इतिहास के सबसे बड़े ठग को सार्वजनिक रूप से लगातार चूमे जा रहा था। पाँच साल पहले एक गाँव में सोते हुए सड़सठ लोगों को गोलियों से भून डालनेवाले डाकू की जीवनी पर बनी फिल्म सुपर हिट हो गई थी और उसे ऑस्कर अवार्ड मिलनेवाला था। महात्मा गांधी को अश्लील गालियाँ देकर राष्ट्र का एक सम्मानित समलैंगिक मीडिया स्टार बन चुका था।

भूतल राज्य परिवहन की हजारों खूनी रंग की बसों में नादिरशाह का जिन्न सवार हो गया था, और हर रोज पचासों बच्चों, औरतों और साधारण लोगों को अपने टायरों के नीचे कुचल रहा था।

चारों ओर खून, भ्रम, अपराध, दंगे, दौलत, लालच और लाशें फैल रही थीं।

उस रोज शाम को आठ बजकर चालीस मिनट पर कनॉट प्लेस के मद्रास होटल के पीछे जब गाजियाबाद जानेवाली बस पर हर रोज की तरह पॉल गोमरा सवार हुए, तो वे दिन-भर के काम से इतना थक चुके थे कि बस की टूटी-उघड़ी सीट के चुभते हुए फ्रेम के बावजूद उन्हें नींद

आ गई। जब कंडक्टर ने उन्हें जगाया तो वे बस में अकेले बचे थे और बस काफी देर से गाजियाबाद के डिपो में खड़ी हुई थी। डिपो से कवि नगर कॉलोनी लगभग तीन किलोमीटर दूर थी।

पॉल गोमरा हर रोज दफ्तर जाते हुए अपने साथ प्लास्टिक के चपटे-चौकोर लंच बॉक्स में चार रोटियाँ, आधा प्याज, अचार की एक फाँक और दो आलू के आठ टुकड़े ले जाते थे। लेकिन पहले की ही तरह आज फिर उनका लंच तीन लोगों में बँट गया था और उनके हिस्से में सिर्फ एक रोटी और आलू के डेढ़ टुकड़े आए थे। वे भूखे थे इसलिए उन्होंने तय कर रखा था कि घर पहुँचते ही वे पत्नी को सबसे पहले चार रोटियाँ सेंकने को बोलेंगे।

लेकिन जब कवि नगर के अपने एल.आई.जी. फ्लैट तक पहुँचकर उन्होंने कॉलबेल बजाई और दरवाजा खुला तो वे गिरते-गिरते बचे। उनके घर का दरवाजा उनकी पत्नी स्नेहलता सक्सेना ने नहीं, मशहूर मॉडल मेहर जेस्सिया ने खोला था। रोलर और कंडीशनर से घुँघराले हो गए बाल, जिन्हें ड्रायर से सुखाकर चमकीला बना दिया गया था, भूरे और कत्थई होकर पंखे की हवा में काँप रहे थे। साँवला रंग बदलकर हलका हरा और आसमानी हो गया था। पलकों में सुनहरा शैडो। शरीर में मांट्रियल की प्रसिद्ध यू डि कोलन शैंटिली की खुशबू आ रही थी। उसने हलके गुलाबी और सलेटी रंग की जो लिंगरी पहन रखी थी, उसकी मूल डिजाइन की परिकल्पना पेरिस के फैशन डिजाइनर रोम्यां कार्तिएँ ने की थी।

पॉल गोमरा की निगाह अन्दर कमरे की ओर गई। आठ साल का उनका बेटा मंटू, जिसकी मोच का इलाज परसों ही उन्होंने नूरानी तेल की मालिश से किया था और जिसे वे बैशाख-जेठ की दोपहर भुने हुए जौ और चने का सत्तू खिलाया करते थे, वह कमरे के बीचोबीच स्टीरियो डेक में मैडोना का कैसेट चलाकर डांस कर रहा था।

हिन्दी कवि पॉल गोमरा को चक्कर आ गया। यह ठीक से पता नहीं कि थकान के कारण, भूमंडलीकरण की व्याप्ति के कारण, मैडोना और मंटू के कारण या अभी-अभी घटित होनेवाले दृश्यात्मक आघात के कारण। लेकिन वे धम्म से सोफे पर गिर गए और दोबारा सचेत तब

हुए जब पत्नी द्वारा दिए गए एक गिलास पानी को सूखे हलक के नीचे गट-गट उतार गए।

उसी रात, जब उनकी तीनों सन्तानें नींद में थीं और जब हिन्दी कवि पॉल गोमरा अपने टीवी सेट पर स्टार चैनल द्वारा दिखाए गए 'बोल्ड एंड ब्यूटीफुल' के बाद जैन टीवी में 'किस मी गुडबाय' नामक हॉलीवुड की फिल्म देख रहे थे और शैंटिली की खुशबू के बीच, हलके हरे-आसमानी रंग की मॉडल के साथ सहवास कर रहे थे, उसी दौरान उनका विवेक जागृत हुआ था और उन्होंने दो फैसले किए थे।

ये दोनों ही फैसले हिन्दी कवि पॉल गोमरा के जीवन के अत्यन्त महत्त्वपूर्ण फैसले थे और प्रतीकात्मक रूप से उन दोनों फैसलों का दायरा बहुत व्यापक और युगीन सन्दर्भों से सम्पृक्त था।

उनके पहले फैसले के भीतर ही उनके नाम पॉल गोमरा की व्युत्पत्ति का रहस्य छिपा हुआ था, क्योंकि इस फैसले के पहले तक उनका नाम पॉल गोमरा था ही नहीं। जहाँ तक दूसरे फैसले का सम्बन्ध है, तो वह बदलते हुए तकनीकी समाज, बाजार और 'उत्तर आधुनिक-उत्तर ऐतिहासिक यथार्थ' के साथ तालमेल बिठाने और संवाद बनाने की उनकी पहली गम्भीर और सुनियोजित कोशिश से जुड़ा हुआ था।

पहला फैसला

पॉल गोमरा का असली अर्थात् मूल नाम उनके मुदर्रिस पिता ने बीसवीं सदी के मध्य में बहुत प्यार और चिन्तन-मनन के बाद रखा था। उनके पिता रामपुर ग्रियर्सन वर्नाक्यूलर हाईस्कूल में हिन्दी के अध्यापक थे। आजादी के बाद वह स्कूल सर दौलतराम गवर्नमेंट इंटर कॉलेज में बदल गया था। उन्हें हिन्दी, ब्रज भाषा, अवधी, बँगला और संस्कृत साहित्य से गहरा अनुराग था। वे 'अवन्तिका', 'सरस्वती', 'सुकवि', 'चाँद', 'मतवाला' जैसी पत्रिकाएँ नियमित मँगाते थे। उस समय तक न तो पॉल गोमरा का जन्म हुआ था, न उनके इस विलक्षण नाम का ही अस्तित्व था।

उसी कॉलेज में संस्कृत के एक प्राध्यापक थे श्रीकृष्ण प्रपन्न शास्त्री, जो एक बार दो-ढाई महीनों के लिए, वरिष्ठता और ग्रह-स्थिति के कारण

उस कॉलेज के 'कार्यकारी प्रधानाचार्य' बन गए थे। अपने प्रधानाचार्यत्व के अत्यन्त क्षणजीवी अल्पकाल में उन्होंने कॉलेज में शास्त्रोक्त अनुशासन का ऐसा कठिन और दु:साध्य पर्व चलाया था कि दो महीने के भीतर-भीतर वहाँ छात्र और कर्मचारी हड़ताल पर चले गए थे। उन दिनों रामपुर की हर दीवार, नुक्कड़ और स्टेशन आनेवाली मालगाड़ी के डिब्बों में एक नारा जगह-जगह लिखा दिखाई देता था, 'शास्त्री जी गुरु घंटाल, जिनकी छाती में जमे हैं बड़े-बड़े बाल'। प्रकट है, यह नारा किशोरवय के उन रोमहीन छात्रों द्वारा लिखा गया था, जिनकी बाल दृष्टि में सघन रोमधारी, शास्त्रोक्त पुंसत्व से सम्पन्न, दीर्घाहारी, लम्बोदर तथा शिखायुक्त शास्त्री जी किसी चिम्पैंजी या गुरिल्ला से भिन्न नहीं दिखाई देते थे। आदिमानव, वैदिक युग के नीएंडेर्थल मैन।

यही शास्त्री जी जब ढाई महीने के भीतर-भीतर भाग्यदोष के कारण असम्मानजनक ढंग से प्रधानाचार्यत्व के पद से हटा दिए गए, तो उनमें कुछ अस्वाभाविक लक्षण प्रकट होने लगे थे। उदाहरणार्थ, अकेले में, कहीं बैठे हुए, चलती हुई बातचीत या कक्षा में पढ़ाते हुए, वे अचानक ही अपनी आँखें मूँद लेते थे और लगभग तुरीयावस्था में लीन होकर 'हे राधे, हे राधे, राधे, राधे' करने लगते थे। शास्त्री जी कृष्णभक्त हो गए थे, सखी सम्प्रदाय के समर्पित अनुरागी। और राम से उन्हें इतनी अरुचि हो गई थी कि किसी के 'जय राम जी की शास्त्री जी' कहते ही वे प्रचंड क्रोध की भावदशा में चले जाते थे। सर दौलतराम गवर्नमेंट इंटर कॉलेज, रामपुर के उनके सहकर्मी अध्यापकों का मानना था कि राम के प्रति शास्त्री जी के वैमनस्य और मोहभंग की जड़ें उनके प्रधानाचार्यत्व के पद से हटने की जमीन में कहीं धँसी हुई हैं।

बाद में, रिटायरमेंट के बाद से मृत्युपर्यन्त शास्त्री जी 'जै राम जी की' के नाम से ही रामपुर में प्रसिद्ध रहे। कहते हैं कि शास्त्री जी ने भारत के प्रथम प्रधानमंत्री पं. जवाहरलाल नेहरू को एक लम्बा, मीमांसापरक और तत्त्वज्ञान से भरपूर—जिसमें काव्यशास्त्र, पुराण और स्मृतिग्रन्थों के अर्थवान उद्धरण थे—पत्र लिखा था। इस पत्र में उन्होंने रामपुर का नाम बदलकर गोपालपुर अथवा राधाग्राम करने के पक्ष में तर्क दिए थे। प्रधानमंत्री

के कार्यालय से उन्हें इस पत्र की पावती भी प्राप्त हुई थी, जिसके ऊपर अशोक स्तंभ के तीन सिंह और सत्यमेव जयते की मुहर लगी थी।

बहरहाल, जब तक शास्त्री जी जीवित रहे, रामपुर के बच्चे उन्हें देखते ही मधुमक्खियों की तरह उनके पीछे पड़ जाते और उनके चारों ओर उड़-उड़कर 'जै राम जी की, जै राम जी की' के नारे लगाते और शास्त्री जी क्रोधाग्नि में दुर्वासा बने अपनी जगन्नाथी छड़ी से उन्हें शहर की गलियों में खदेड़ते अकसर दिखाई देते।

पॉल गोमरा के पिता लाल बहादुर सक्सेना ने शास्त्री जी का हाल देखकर ही अपने इकलौते बेटे का नामकरण राम गोपाल सक्सेना किया था। यह मध्यमार्गी और समन्वयवादी समाधान था; अर्थात् राम और कृष्ण दोनों एक साथ, बीच में बिना किसी हाइफन, डंडे या सामासिक चिन्ह के। रामभक्ति शाखा और कृष्णभक्ति शाखा का सुखद, सौहार्दपूर्ण, धर्मनिरपेक्ष संयोग।

तो, इस अवान्तर प्रसंग के जरिये अब आपको पता चल ही गया कि पॉल गोमरा का असली नाम राम गोपाल सक्सेना था। बस, तकनीकी सामाजिक परिवर्तन, भूमंडलीकरण, सूचना और संचार में क्रान्ति, समाजवाद के पतन और समूची पृथ्वी पर फैलते बाजार के नए यथार्थ की रोशनी में राम गोपाल सक्सेना को अपना नाम प्रेमचन्द, लल्लू लाल, सदल मिश्र, नवजादिक लाल, हजारी प्रसाद, करोड़ीमल, कबीरदास, केदारनाथ, सदासुख लाल जैसा पिछड़ा, दकियानूस और निचले दर्जे का लगने लगा था। ऐसे नाम दिल्ली के सफाई कर्मचारियों, ठेले-रेहड़ीवालों और कुली-कबाड़ियों के होते थे। दिल्ली आने, आई.टी.ओ. पुल के राष्ट्रीय अखबार में नौकरी ज्वाइन करने के बाद से ही उनमें अपने नाम को लेकर गहरा अन्तर्द्वंद्व था, उसी तरह का आत्मसंघर्ष जैसा मुक्तिबोध की कविताओं 'औराँग उटाँग' या 'ब्रह्म राक्षस' में दिखाई देता है।

उस रात, वे अपने रंगीन 'हॉटलाइन' टीवी सेट पर हॉलीवुड की फिल्म 'किस मी गुडबाय' देखते हुए 'हॉटलाइन' कम्पनी के मालिक मुकेश अग्रवाल की नियति और विडम्बना के बारे में सोच रहे थे, जो पहले मेरठ

के किसी वैष्णव ढाबे में कप-प्लेट धोता था और बाद में साइकिल के मडगार्ड पर, पीछे लगनेवाली प्लास्टिक की लाल डिब्बी बनाते-बनाते इस उदारीकरण और वैश्वीकरण के नए चमत्कार से 'हॉटलाइन' ब्रांड का रंगीन टीवी सेट बनाने लगा था और अरबपति बन गया था। लेकिन बॉलीवुड की मशहूर हीरोइन में अपने वैष्णव ढाबे के पूर्व के बचपन की लड़की को खोजने की त्रासदी में उसने गले में फंदा लगाकर आत्महत्या कर ली थी।

मुकेश अग्रवाल की त्रासदी ब्लेड के विज्ञापन से सनसनी पैदा कर देनेवाली सर गंगाराम हॉस्पिटल के सफाई कर्मचारी राम औतार आर्य की सत्रह साल की बेटी सुनीला नामक मॉडल की त्रासदी से मिलती-जुलती थी। सुनीला को पिछले आठ महीने में तीन बार 'टर्मिनेशन' कराना पड़ा था और दो हफ्ते पहले एक खबर के मुताबिक उसे एचआईवी पॉजिटिव पाया गया था। या फिर घोड़े की पीठ पर पिघलकर बियर का फेन बन जानेवाली आशा मिश्रा की त्रासदी, जिसे पिछले दिनों राजधानी के पर्यटन विभाग के एक बार्बेक्यू में काट-काटकर तन्दूर में भून डाला गया था।

पॉल गोमरा मनुष्य की नियति के रहस्य के इन्हीं तन्तुओं की उधेड़बुन में लगे थे, तभी शैंटिली की खुशबू और रोमाँ कार्तिएँ द्वारा डिजाइन की गई लिंगरी में लिपटी हरे-आसमानी शरीर की मेहर जेस्सिया उनके पास आई थी। उनकी तीनों सन्तानें नींद की आगोश में, साथ वाले कमरे में थीं। पॉल गोमरा ने मेहर जेस्सिया को पंचकुइयाँ रोड के 'मॉडर्न फर्नीचर शॉप' से आधी कीमत में खरीदे गए सेकंड हैंड, मोटे और स्पंजी कुशनवाले सोफे में खींच लिया। वे झाग बनने के ठीक एक पल पहले एक सेकंड के बारहवें हिस्से में कौंधनेवाले आशा मिश्रा के उजले स्तनों का स्टिल फोटोग्राफ बनाने की कोशिश में लगे हुए थे, तभी, ठीक उसी पल उनकी ज्ञानात्मक संवेदना जागृत हुई। यह नवोदय के बोधक्षणों में जगमगाते सूर्य की चकाचौंध रोशनी की तरह परम आत्मसाक्षात्कार का क्षण था। ठीक उसी क्षण के मध्य में उन्होंने पहला फैसला किया।

उनका यह फैसला अपने नाम को लेकर ही था। उन्होंने विखंडनवादी पाठ पद्धति अपनाते हुए सिर्फ यह किया कि अपने नाम राम गोपाल के 'पाल' को तोड़कर अलग निकाला और उसे हल्का-सा डिस्टॉर्ट करते

हुए 'पॉल' बना दिया। इसके बाद बाकी बचे 'रामगो' को उलटी तरफ से पढ़ दिया—'गोमरा'। इस तरह उनका जो नया नाम निर्मित हुआ, वह था—'पॉल गोमरा'। निस्सन्देह यह नाम अपाची इंडियन, लुई बैंक्स, रेमू फर्नांडीस, सैम पित्रोदा या टी.के. बैंजी जैसे नामों से बराबरी की टक्कर लेता था। टी.के. बैंजी दरअसल तुषार कान्ति बनर्जी से 'बैंजी' बना था। 'मोकांजी' भी मूलत: मुखर्जी थे, जो अंग्रेजी राज के दौरान फिरंगियों के जिमखाना, रेसकोर्स और डाइनर्स क्लब के भारतीय सदस्य हुआ करते थे। चम्पारण के अंग्रेज नील साहबों के वे व्यापारिक एजेंट थे, जो उड़ीसा, तमिलनाडु और मध्य प्रदेश से नेटिव मजदूरों को पकड़-पकड़कर नील के बागानों के कुंडों में काम करवाते थे। सन् 1860 ई. में प्रकाशित दीनबन्धु मित्र ने अपने बँगला नाटक 'नील दर्पण' में इस मोकांजी परिवार की अंग्रेजभक्ति और निलहे मजदूरों के प्रति क्रूरता और अमानुषिक बर्बरता का वर्णन किया है।

'नील दर्पण' को अंग्रेजों ने प्रतिबन्धित कर दिया था। इस नाटक को खेलने और छापने पर सख्त पाबन्दी दी गई थी। भारत के प्रथम प्रधानमंत्री पं. जवाहरलाल नेहरू ने 7 दिसम्बर, 1932 को लिखे एक खत में 'नील दर्पण' का जिक्र किया है, "आई माइट मेंशन हियर दैट अ डजन इयर्स बिफोर आनन्दमठ, अ बेंगाली पोएम हैड कम आउट व्हिच क्रिएटेड अ स्टिर—दिस वाज कॉल्ड 'नील दर्पण', दि मिरर ऑफ इंडिगो। इट गेव अ वेरी पेनफुल अकाउंट ऑफ द बेंगाल पीजेंट्री अंडर द प्लांटेशन सिस्टम।" यह पत्र उनकी किताब 'ग्लिंप्सेज ऑफ वर्ल्ड हिस्टरी' के इलाहाबाद से 1935 में प्रकाशित दूसरे खंड में संकलित है। लेकिन इस पत्र से यह सत्य उद्घाटित होता है कि भारत के प्रथम प्रधानमंत्री को भी भारतीय साहित्य की सही जानकारी नहीं थी, क्योंकि उन्होंने 'नील दर्पण' नामक इस नाटक को, जिसने उन्नीसवीं सदी में ईस्ट इंडिया कम्पनी की चूलें हिला दी थीं, 'एक बंगाली कविता' घोषित कर डाला है।

बहरहाल, आज का 'मोकांजी इंडस्ट्रियल ग्रुप' उसी मोकांजी परिवार का है, जिसके सत्तर वर्षीय मैनेजिंग डायरेक्टर के.डी. मोकांजी को दो साल पहले राष्ट्र के सर्वोच्च सम्मान 'भारतरत्न' से राष्ट्रपति ने अलंकृत किया

था और अभी पाँच महीने पहले जिनके निधन पर प्रधानमंत्री, राष्ट्रपति तथा कई राज्यों के मुख्यमंत्रियों और राष्ट्रीय अखबारों के सम्पादकों ने अपनी-अपनी श्रद्धांजलियों में कहा था कि राष्ट्र ने एक महान स्वतंत्रता सेनानी और समाजसेवी खो दिया है। भारतरत्न के.डी. मोकांजी राष्ट्र के विकास और प्रगति के एक मजबूत और स्थायी स्तम्भ थे।

"पॉल गोमरा!!"

"पॉल गोमरा!!" राम गोपाल सक्सेना ने उस रात, बोध के उन जगमग क्षणों में अचानक जोरों से कहा और 'हॉटलाइन' को बन्द करते हुए अपनी पत्नी स्नेहलता सक्सेना को नींद से हिलाकर जगा दिया।

मेहर जेस्सिया, जिसकी लिंगरी फर्श पर गिरी हुई थी और चेहरे का मेकअप पंचकुइयाँ रोड से आधी कीमत में खरीदे गए सोफे के स्पंजी कुशन से रगड़ खाकर पुँछ गया था, अब न मेहर जेस्सिया रह गई थी और न ठीक-ठीक सहारनपुर की गलियों में खेली-खाई, पली-पुसी स्नेहलता। वह अब दोनों के बीच की कोई सुर्रियलिस्ट औरत थी—पोटलर्जिस्ट या एक्जॉर्सिस्ट जैसी हॉलीवुड की फिल्मों की जादू-टोना, विचक्राफ्ट जाननेवाली स्त्री, जो आधी रात नींद से लाल हुई चौड़ी-फटी भौचक आँखों से अपना सिर खुजाती हुई अपने पति को घूर रही थी। "क्या है?" बड़ी मुश्किल से उस औरत के गले से फटी हुई अर्धनारीश्वर वाली खुरदरी आवाज निकली।

"पॉल गोमरा!" राम गोपाल सक्सेना ने जोरों से दोहराया : "पॉल गो म रा।"

"यह क्या है? धीरे बोलो। बच्चे उठ जाएँगे," स्नेहलता सक्सेना की परिचित आवाज चिन्तित-सी बाहर आई।

"यह आज, इसी पल से मेरा नया नाम है। द ग्रेट लीजेंडरी हिन्दी पोएट—पॉल गोमरा," यह कहते हुए राम गोपाल सक्सेना ने अपनी पत्नी को मॉडर्न फर्नीचर वाले सेकंड हैंड सोफे में फिर डुबा लिया और वे राम गोपाल से पॉल गोमरा बनने की प्रक्रिया में जुट गए।

इससे लगभग पचपन मिनट बाद, जब घड़ी की सुइयाँ दो बजकर दस मिनट का वक्त बतला रही थीं और सूर्य तथा चन्द्रमा की गति तथा स्थिति से न जुड़नेवाले पश्चिमी समय सिद्धान्तों के मुताबिक, जब पुरानी तारीख

की जगह एक नई तारीख दो घंटे दस मिनट पहले ही आ चुकी थी, पॉल गोमरा ने अपने जीवन का दूसरा महत्त्वपूर्ण फैसला लिया।

स्कूटर खरीदने का फैसला

अभी तक, पिछले लगभग बाईस वर्षों से वे गाजियाबाद के कवि नगर मुहल्ले से सुबह-सुबह सात-साढ़े सात बजे, राज्य परिवहन की बस में किसी तरह धँसकर या अकसर लटककर, तथाकथित राष्ट्रभाषा के तथाकथित राष्ट्रीय अखबार में सब एडीटर-कम-प्रूफरीडर की नौकरी करने दिल्ली के आई.टी.ओ. पुल तक पहुँचते थे। लेकिन पिछले पाँच-सात सालों में सुबह की इस बस में दूधवाले, सब्जीवाले और रोजाना दिल्ली-गाजियाबाद के बीच अपडाउन करनेवाले बाबुओं, कर्मचारियों, मजदूरों की तादाद इतनी बढ़ गई थी कि लोग बस के भीतर ही नहीं, दरवाजों, छत, पायदान, पीछे की जाली और डंफर पर भी लटके रहते थे। दिनोंदिन अधेड़ावस्था से बुढ़ापे की ओर खिसकते हिन्दी के असफल नगण्य और बहिष्कृत कवि पॉल गोमरा की थकान, उम्र, स्मृतियों, चिन्ताओं और रोगों से भरे बीमार और गरीब शरीर के लिए बस की यह लम्बी यात्रा दु:साध्य होती जा रही थी।

स्कूटर खरीदने के उनके निर्णय की पृष्ठभूमि में उनकी काल-गणना का भी हाथ था, जिसे अपने जीवन से जोड़कर पॉल गोमरा डर गए थे। गाजियाबाद से आई.टी.ओ. पुल तक पहुँचने में उन्हें दो घंटे लगते थे। इतना ही वक्त उन्हें लौटने में लगता था यानी प्रत्येक चौबीस में चार घंटे उन्हें राज्य परिवहन की उस बस में, ठसाठस अजनबी मानव शरीरों के दबाव, पसीने और वायु विकार की दुस्सह गन्ध के बीच गुजारने पड़ते थे। अगर इतवार की छुट्टी को छोड़ दिया जाए तो इस गणना के अनुसार हर सप्ताह वे चौबीस घंटे यानी एक पूरे दिवस, दिन-रात, वे उस बस पर सवार गाजियाबाद से दिल्ली और दिल्ली से गाजियाबाद की सड़क पर आते-जाते रहते थे।

अगर एक पूरे साल का हिसाब लगाएँ तो लगभग बावन दिन यानी एक महीना और बाईस दिन लगातार वे उस बस में होते थे। इस तरह

राजधानी दिल्ली के बहादुरशाह जफर मार्ग पर स्थित उस दफ्तर में नौकरी करने की अब तक की अवधि में वे कुल मिलाकर तीन साल, दो महीने उस बस में गुजार चुके थे।

तीन साल और दो महीने! यानी वर्षा, शिशिर, हेमन्त, वसन्त, शरत् और ग्रीष्म की तीन-तीन समूची सम्पन्न ऋतुएँ, एक हजार एक सौ चौवालीस दिन। प्रातः, विहान, सुबह, दोपहर, अपराह्न, गोधूलि, शाम, रात के तमाम पहर घड़ियाँ, पल, घंटे, महीने, साल!! और यह सिलसिला अभी भविष्य में भी खत्म होनेवाला नहीं था।

ऊपर से सन् बयासी के एशियाड के बाद से होनेवाला तकनीक, संचार, सम्प्रेषण और आदमी की समझ में ऐसा बेतहाशा अभूतपूर्व परिवर्तन।

लोगबाग मारुति, एस्टीम, सिएलो, जेन, सियेरा, सूमो, होंडा, कावासाकी, सुजुकी और पता नहीं किन-किन गाड़ियों में चलने लगे थे। कहाँ से कहाँ पहुँच गए थे। और पॉल गोमरा को साइकिल तक चलानी नहीं आती थी। वे समाज के आगे-आगे कबीर-प्रेमचन्द की तरह मशाल लेकर चलनेवाले अगुआ-अवाँगार्द लेखक की बजाय, समय के पीछे-पीछे किसी तरह रेंगने-घिसटनेवाले कनखजूरे, गोजरा, केंचुआ या घोंघा बनते जा रहे थे।

इस मौजूदा काल की असली नब्ज तकनीक में अन्तर्निहित है। और अगर तकनीक के इन असंख्य प्रारूपों में से किसी भी एक प्रारूप को साध लिया जाए, उस पर नियंत्रण तथा प्रभुत्व कायम करके उसकी क्रियाशीलता तथा निर्माण की 'जेनेसिस' को समझ लिया जाए, तो यह तय है कि इस परिवर्तित काल से संवाद बनाया जा सकता है, समकालीन हुआ जा सकता है। नए संज्ञान, नई युक्ति और अपनी नई 'एंटेना' के साथ अगली सदी में प्रवेश किया जा सकता है। पॉल गोमरा ने सुप्रसिद्ध कवि शमशेर के दो कविता-संग्रहों के शीर्षकों को जोर-जोर से इकट्ठा उच्चारित किया, "अभी चुका भी हूँ नहीं मैं, काल तुझसे होड़ है मेरी।"

इस तरह राजधानी दिल्ली के सीमान्त उपनगर गाजियाबाद (उत्तर प्रदेश) की कवि नगर कॉलोनी के एलआईजी फ्लैट अर्थात् निम्न आय वर्ग के दो छोटे-छोटे कमरों वाले मकान (जिनमें से एक कमरे को 'ड्राइंगरूम'

और दूसरे को 'बेडरूम' कहने का प्रचलन था) नम्बर ए 122/4 में, उस रात लगभग दो बजकर दस मिनट पर, स्कूटर खरीदने का निर्णय कुछ ही देर पहले राम गोपाल सक्सेना से रूपान्तरित होनेवाले हिन्दी कवि पॉल गोमरा द्वारा लिया गया। यह रूपान्तरण फ्रांज काफ्का की सुप्रसिद्ध कहानी 'मेटामॉर्फोसिस' का विलोम था क्योंकि यहाँ राम गोपाल सक्सेना नामक एक अदना-सा काक्रोच पॉल गोमरा जैसे 'ग्रेट लीजेंडरी हिन्दी पोएट' में बदला था।

एक दिन के अन्तराल के बाद, सोमवार को दफ्तर पहुँचते ही पॉल गोमरा ने अपने प्रॉविडेंट फंड से पाँच हजार रुपये की राशि निकलवाई और लगभग साढ़े तीन बजे वे करोलबाग के ऑथोराइज्ड बजाज ऑटोमोबाइल्स डीलर के सामने मौजूद थे। सारी औपचारिकताएँ पूरी करने में तकरीबन दो घंटे का वक्त लगा और पाँच बजकर चालीस मिनट पर वे एक नए बजाज चेतक स्कूटर के मालिक बन चुके थे, चार सौ अट्ठाइस रुपये की बकाया मासिक किस्तों को अदा करने की शर्त के साथ।

चूँकि पॉल गोमरा को स्कूटर चलाना नहीं आता था, इसलिए अगले दिन दोपहर बारह बजे तक डिलिवरी उनके कवि नगर के पते पर पहुँचा देने का उनका आग्रह डीलर ने सहानुभूतिपूर्वक मुस्कराते हुए मान लिया।

उस रात पॉल गोमरा ने अपने टीवी सेट पर स्वप्न जैसा विज्ञापन देखा। बस्तर, अबूझमाड़, किरर या मयूरभंज जैसे किसी आदिवासी इलाके में अपने तीर-धनुष लेकर निकले हुए आदिवासियों का एक झुंड अचानक जंगल में लोहे का एक अजीबोगरीब जानवर देखता है। वे उस पर अपने जहर-बुझे बाण चलाने ही वाले होते हैं कि उन्हीं में से एक युवा आदिवासी, जो दुस्साहसी और नई चीजों के प्रति आदिम जिज्ञासा से भरपूर है, उन्हें रोककर उस जानवर के पास पहुँचता है और उसे निश्चल पाकर उसके ऊपर चढ़ जाता है और उसकी पीठ और पुट्ठों पर कूदने लगता है। और वह चीखता है : 'हू...हू...श्वाँग सोंग..!!'

यह उस लोहे के अजनबी जानवर पर आदिवासियों की जीत है। अब तक की सभ्यता के इतिहास में मनुष्य की असंख्य विजयों की शृंखला की एक और नई कड़ी।

विजय के उन्माद और खुशी में सारे आदिवासी नाचते और झूमते हैं। तभी धोखे से उस युवा आदिवासी की किसी अनजान हरकत से वह लोहे का जानवर स्टार्ट हो जाता है और अपने ऊपर सवार भय और आश्चर्य से जड़ हो चुके उस युवा आदिवासी को लेकर रफ्तार, आनन्द, यात्रा और रहस्य के एक नए नक्षत्रलोक की ओर चला जाता है।

अबूझमाड़ या अलीराजपुर के जंगल में आया वह लोहे का जानवर, जिसे आदिवासियों ने उस दिन देखा था, किसी कम्पनी का स्कूटर था।

ठीक इसी बिन्दु पर पॉल गोमरा को नींद आ गई थी और वे स्वप्न में आई.टी.ओ. पुल से प्रगति मैदान, कनॉट प्लेस, साउथ एक्सटेंशन, ग्रीन पार्क, पंडारा रोड, मंडी हाउस, औरंगजेब रोड, पृथ्वीराज रोड, इंडिया गेट, नॉर्थ-साउथ एवेन्यू की तमाम सड़कों पर स्कूटर चलाते हुए जा रहे थे।

विडम्बना यह थी कि पॉल गोमरा को लगातार महसूस हो रहा था कि उनके कन्धे पर धनुष-बाण टँगा है, कमर के इर्द-गिर्द भेड़ की खाल लिपटी हुई है, उनका रंग काला, होंठ मोटे, नाक चपटी और बाल घुँघराले हैं और उनकी भाषा में बहुत कम शब्द हैं। जो शब्द हैं भी, वे किसी और सभ्यता और समय के शब्द हैं। जब भी वे दिल्ली की किसी इमारत, लड़की या दुकान को देखकर कुछ कहना चाहते हैं, उनके गले से 'घों-घों हा-हू! कोइचाँग भोखो, सोखो, हो हो' जैसा निकलता है। अन्त में अपनी भाषा की असमर्थता से हारकर वे भारत की राजधानी दिल्ली में दौड़ते अपने स्कूटर के ऊपर नाचने लगते हैं।

पॉल गोमरा ने देखा कि शुरू में तो लोग उन्हें कुतूहल और आश्चर्य के साथ देखते रहे फिर अचानक कुछ औरतें और बच्चे उनसे डरने जैसा लगे। फिर एक के बाद एक धड़ाधड़ दुकानें बन्द होने लगीं। डिंग-डांग डिंग-डांग करतीं दमकल की गाड़ियाँ और पुलिस की पीसीआर जिप्सियाँ दौड़ने लगीं। फिर हजारों की तादाद में उनकी ओर खूनी रंग की 'रेड लाइन' नाम की बसों की फौज दौड़ा दी गई।

वे घबराकर स्कूटर के ऊपर से कूद गए। स्कूटर तो स्वप्न की ओर चला गया लेकिन वे अपने बिस्तर पर पसीने से लथपथ जाग गए। उनका

हलक सूख रहा था, प्यास लगी थी। अपनी पत्नी स्नेहलता को आवाज देकर उन्होंने पानी माँगना चाहा लेकिन उनके गले से मुश्किल से 'घों, घों-खाँगा-खोंघा' जैसा कुछ निकला।

अगले दिन ढाई बजे दोपहर डीलर ने स्कूटर उनके घर पहुँचा दिया। हल्के हरे रंग का, चमकीला, सूरज की किरणों को प्रत्यावर्तित करता हुआ, पेट्रोल और नए पेंट की नशीली ताजा गन्ध में डूबा वह स्कूटर पॉल गोमरा के एलआईजी फ्लैट के ठीक सामने खड़ा था, किसी पालतू, आज्ञाकारी, भोले, मूक पशु की तरह। गहरे चमकीले काले रंग की रेक्जीन की गद्दीदार सीट, हैंडिल पर दाईं ओर लगा हुआ एक गोल आईना, सीट के नीचे और फुटबोर्ड के ऊपर सामान वगैरह रखने के लिए बना हुआ रंगीन जालीदार 'बकेट'।

उनकी तीनों सन्तानें लगातार उस स्कूटर पर चढ़-उतर रही थीं और मम्मी स्नेहलता सक्सेना उन्हें बार-बार डाँट रही थीं। पॉल गोमरा की आँखें उस समय भर आईं जब मंटू के जूते की मिट्टी स्कूटर की सीट पर लग गई और स्नेहलता ने अपने पल्लू से उसे पोंछा।

इस तरह अबूझमाड़ के अज्ञात सघन वन से चलता हुआ वह लोहे का जानवर टीवी के परदे से निकलकर उनके स्वप्न में होता हुआ अब गाजियाबाद के कवि नगर कॉलोनी के एलआईजी फ्लैट नम्बर ए 122/4 के सामने मौन खड़ा था।

"पापा, आपको चलाना आता है न?" आठ साल के मंटू ने पूछा।

"मेरे को तो पापा इसका कलर सबसे जोरदार लगा," बिप्पू ने नाचते हुए कहा।

अब इसका किया क्या जाए? यही सवाल बार-बार पॉल गोमरा के दिमाग में घूम रहा था। उन्होंने जिन्दगी में कभी साइकिल तक नहीं चलाई थी। उनके जीवन में मशीन युग की, पेट्रोल ईंधन से चलनेवाली यह पहली टेक्नोलॉजी थी। इस टेक्नोलॉजी पर स्वामित्व और नियंत्रण के बाद उन्हें राज्य परिवहन की यातनादायक, ठसाठस भरी बस से मुक्ति मिल रही थी। हर रोज उनके सफर के चार घंटे में दो घंटे कम हो रहे

थे। साल भर में नौकरी की आवाजाही में एक महीने बाईस दिन बस में फँसे रहने की जगह फकत छब्बीस दिन अब अकेले, पुरानी फिल्मों के गीत गाते और अपनी कविताओं की पंक्तियाँ दोहराते उन्हें इस स्कूटर की चमकीली, काली, गद्दीदार सीट पर होना था।

पॉल गोमरा ने अपने स्कूटर को गौर से देखा। हरा रंग—बिलकुल हल्का, जैसे किसी पेड़ के नए-नए कोंपल होते हैं। नवजात, सहजात, अकृत्रिम और प्राकृतिक। स्कूटर प्रकृति का ही एक विस्तार है। उसका एक-एक पुर्जा, अंग-प्रत्यंग जिस धातु का बना है, वह लौह अयस्क के रूप में धरती के गर्भ से ही निकाला गया होगा। उसमें प्रयुक्त रबड़ केरल के उडुपी जिले या असम के किसी इलाके के रबड़ के पेड़ों से दिन-रात रिसते रस से निर्मित हुआ होगा। जिस ईंधन से यह स्कूटर अपनी गति हासिल करेगा वह पेट्रोलियम और कुछ नहीं, हजारों साल तक पृथ्वी के गर्भ की अग्नि और नैसर्गिक ऊष्मा से रूपान्तरित वनस्पतियों का ही तो तरल कार्बनिक प्रारूप है। और इसकी तकनीक, जिसके द्वारा इसकी गति नियंत्रित होती है, पहिये घूमते हैं और यह दौड़ता है, उस तकनीक का सार दाँती और चरखी की वही यंत्र प्रणाली है जिसका प्रयोग महात्मा गांधी ने चरखे के प्रतीकात्मक रूप में, ब्रिटिश साम्राज्य के विरुद्ध किया था।

इस तरह स्कूटर प्रतीकात्मक रूप से इस नव-औपनिवेशिक, भू-मंडलीकृत उपभोक्तावादी, बाजारू साम्राज्यवाद का सशक्त प्रतिरोध है। अगर गांधी जी को यह मानने की स्वतंत्रता थी कि इंग्लैंड के विशाल मशीनी उद्योगों के विरुद्ध चरखा एक यंत्र नहीं बल्कि दस्तकारों और बुनकरों या मनुष्यों के हाथ का ही नैसर्गिक विस्तार है, तो हिन्दी भाषा के फक्कड़ कवि पॉल गोमरा को भी यह मानने का अधिकार था कि आज के युग में स्कूटर दरअसल मनुष्य का पैरों का ही अत्यन्त मानवीय विस्तार है।

पॉल गोमरा का मानना था कि समय यानी शाश्वत निवर्तमान काल हर यंत्र को मानवीय, नैसर्गिक और मिथकीय रूप देने की क्षमता रखता है। उन्हें पक्का विश्वास था कि मौजूदा समय में जिस तरह साइकिल अब

यंत्र नहीं लगता बल्कि होम्योपैथी या नेचरोपैथी की तरह एक प्राकृतिक उपकरण लगता है, उसी तरह टेक्नोलॉजी की ऐसी प्रगति को देखते हुए स्कूटर के भी आयुर्वेद हो जाने की पूरी सम्भावना है।

लेकिन समस्या तो स्कूटर को चलाने की है। गांधी जी तो कपास की पूनी बनाकर धागे से धड़ाधड़ सूत कात लेते थे, जबकि पॉल गोमरा को तो साइकिल तक चलानी नहीं आती थी।

वे अपने दफ्तर के कुलीग्स से अपने स्कूटर खरीद लेने का जिक्र करते हुए उनसे आग्रह करते कि वे उन्हें चलाना सिखा दें लेकिन वे सब किसी फुरसत का दिन आने तक यह काम मुल्तवी करने की बात कहकर कन्नी काट लेते। दिल्ली के लोगों के पास दूसरों के लिए रास्ता बताने का तो वक्त होता नहीं था, अब उन्हें भला स्कूटर कौन सिखाए?

उन्हें दिल्ली के एक प्रेस में तीन साल तक 'प्रूफरीडर-कम-सब-एडीटर' का काम करनेवाले धनीराम शर्मा की अभी तक याद थी, जिनके बारे में लोगों के बीच एक किस्सा चलता है। तीन दशकों तक दिल्ली में नौकरी करने के बावजूद धनीराम शर्मा को यह पता नहीं था कि इस शहर में कनॉट प्लेस, साउथ एक्स, ग्रीन पार्क, तालकटोरा, डिफेंस कॉलोनी जैसी जगहें भी हैं। उन्होंने न कभी कुतुबमीनार देखी थी, न सफदरजंग का मकबरा। संसद और राष्ट्रपति भवन का दर्शन एक बार उन्होंने चौदह साल पहले तब किया था, जब वे किसी अभिनन्दन ग्रन्थ का प्रूफ लेकर संसद मार्ग से होते हुए पृथ्वीराज रोड की किसी कोठी-बँगले में गए थे।

कहते हैं, धनीराम शर्मा एक बार किसी बस में सो गए और आँख खुलने पर जब उन्हें बताया गया कि यह शादीपुर डिपो है तो वे जोर-जोर से रोए कि मैं किस शहर में आ गया। मेरे पास तो वापसी की टिकट के पैसे भी नहीं हैं।

दिन-पर-दिन गुजरते गए और पॉल गोमरा का स्कूटर उसी जगह ज्यों-का-त्यों खड़ा रहा, जहाँ डीलर के आदमी ने उसे खड़ा किया था। उस पर बारिश होती, धूल जमा होती, बच्चे उस पर चढ़ते और कूदते, जाड़ों में

शीत उसे बर्फ बना देती। ओस की बूँदें उस निश्चल, गूँगे लोहे के जानवर पर चुपचाप रात-भर गिरतीं।

एक दिन मंटू ने बताया कि स्कूटर के मडगार्ड में और जहाँ-जहाँ उसमें नट-बोल्ट लगे हैं और जोड़ हैं वहाँ-वहाँ जंग लग रही है।

इस बीच खाड़ी युद्ध हुआ और अपने टीवी सेट पर पॉल गोमरा ने सीएनएन चैनल पर मीर अनीस के अवधी में लिखे गए मर्सिया का वह भयावह दृश्य देखा, जिसमें अरब के रेगिस्तानी भूखंड में तीन हजार से ज्यादा मनुष्यों का नरसंहार तेल के कुएँ की खातिर किया जा रहा था। सभ्यता नई मिथक गाथाएँ भविष्य के लिए गढ़ रही थी। यूरोप एक बार फिर उठकर खड़ा हो रहा था। दुनिया एकध्रुवी हो गई थी। टीटो, नेहरू, नासिर, केनेडी जैसे कई नाम किसी पुरानी और विस्मृत गाथा के पात्र लगते थे।

दिल्ली में, कोई डंकल था जो चला आ रहा था। और केन्द्र सरकार का वित्तमंत्री चार-पाँच साल से बिना खाए, बिना पिए, बिना सोए, बिना जागे और बिना सोचे कर्जों और विदेशी कम्पनियों के तमाम अनुबन्धों पर धड़ाधड़ दस्तखत करता चला जा रहा था। देश के सभी बैंकों का रुपया निकालकर एक विशाल सूटकेस में भर दिया गया था, जो समूचे आकाश पर टँगा था। सूरज भविष्य के साथ उस सूटकेस के पीछे ढक गया था और लोग अँधेरे में एक-दूसरे को टटोलते, रास्ता पूछते, गड्ढों और खाइयों में गिर रहे थे। एक भयावह रेखा थी, जिसके नीचे पहले हर सौ में से छत्तीस लोग गिरे हुए थे। अब यह संख्या बढ़कर बयालीस हो गई थी।

पॉल गोमरा ने उस रात एक अजीबोगरीब नजारा देखा। वे आधी रात अपने स्कूटर के पास खड़े उसकी त्वचा को अपनी हथेलियों से पोंछ रहे थे, तभी उनकी निगाह ऊपर टँगे हुए सूटकेस की ओर गई। उसका ढक्कन थोड़ा-सा खुला हुआ था और इंडिया गेट से एक विशाल सीढ़ी ऊपर की ओर गई हुई थी। इस पर लोग चींटियों, चूहों और छिपकलियों की तरह रेंग रहे थे। वे उस सूटकेस तक जाते और अपने दाँतों में नोटों की गड्डियाँ दबाकर नीचे कूद जाते। उनकी पीठ पर कागज की छोटी-छोटी

चिप्पियाँ चिपकी थीं, जिन पर ग्रामीण विकास, रोजगार, आवास, सड़क, साक्षरता, प्लेग, गरीबी, चेचक, परिवार कल्याण, राहत, भूकम्प, पर्यावरण, शौचालय, संस्कृति, एड्स, साहित्य आदि लिखे हुए थे। हर शब्द के अन्त में एक अन्त:सर्ग था जो हर चिप्पी पर मौजूद था—'परियोजना।'

तभी पॉल गोमरा को चाँद दिखाई पड़ा। सूटकेस का ढक्कन खुलने से जो हल्की-सी संध हो गई थी, उसी में से वह दिखा। वे चौंक गए क्योंकि उसका मुँह टेढ़ा था।

और इसी क्षण चन्द्रमा की मद्धिम रोशनी में उन्होंने सीढ़ी पर रेंगते लोगों को देखा। वे स्तब्ध रह गए। इनमें से अधिकांश को वे पहचानते थे। अचानक गजानन माधव मुक्तिबोध की कविता 'अँधेरे में' की पंक्तियाँ पॉल गोमरा के मस्तिष्क के भीतर गूँजने लगीं :

...चेहरे वे मेरे जाने-बूझे-से लगते
उनके चित्र समाचार-पत्रों में छपे थे
उनके लेख देखे थे
यहाँ तक कि कविताएँ पढ़ी थीं
भई वाह!
उनमें कई प्रकांड आलोचक, विचारक,
जगमगाते कविगण
मंत्री भी, उद्योगपति और विद्वान
यहाँ तक कि शहर का हत्यारा कुख्यात
डोमा जी उस्ताद...

और तभी उनमें से एक ने पॉल गोमरा को देख लिया और जोरों से चीखा, "मारो, मारो स्साले को! ठंडा कर दो एकदम!"

वह एक राष्ट्रीय पत्रकार था, जिसने मैनेजमेंट को फॉरेन गिफ्ट देकर सहायक सम्पादक की नौकरी पाई थी और जिसने पिछले तीन सालों से कुष्ठ निवारण परियोजना के अन्तर्गत काफी कमाई की थी।

"गोली मार दो। इसने हमें देख लिया है...खत्म करो हरामी को..." यह नाक से बोलनेवाला राजधानी का धर्मनिरपेक्ष कवि था, जो लम्बे अरसे

से एक मंत्री की जेब में बैठा हुआ बादाम खा रहा था और छिलके पॉल गोमरा की रचनाओं और स्वप्नों पर गिरा रहा था।

डर के मारे पॉल गोमरा की आँख खुल गई। वे अपने स्कूटर के पास नहीं, सोफे पर सोए हुए थे और टीवी पर 'जी हॉरर शो' आ रहा था। उनका माथा तप रहा था और शरीर पसीने से लथपथ था। उन्हें याद आया कि मकान मालिक इस फ्लैट को खाली करने का नोटिस पिछले पाँच महीने से दे रहा था। पिछले महीने उसने दो गुंडे भी भेजे थे।

जब स्कूटर को उस जगह खड़े छह महीने से ऊपर हो चुके थे, तब जाकर उन्हें राजधानी में एक ऐसा सहृदय मित्र मिला, जो अपने व्यस्त, कर्मठ और कीमती समय में से एक पूरा दिन पॉल गोमरा को स्कूटर सिखाने में दान कर देने के लिए तैयार था। पॉल गोमरा उस मित्र की ओर कृतज्ञता से डबडबाई आँखों और भावुकता से सिहरते हृदय के साथ देख रहे थे। इस हृदय-विदारक महानगर में भोगल इलाके के एक एमआईजी फ्लैट में उगे इस मानवीय और सज्जन वृक्ष का नाम था—प्रोफेसर इकबाल जाफरी, मशहूर नाटककार, अफसानानिगार और सीरियल निर्माता।

प्रोफेसर इकबाल जाफरी ने स्कूटर सिखाने की बात खुशी-खुशी तत्काल मान ली; बल्कि उन्होंने शिकवा भी किया कि इतने महीने गुजर गए, उन्होंने कभी इत्तला क्यों नहीं दी। बस, शर्त उन्होंने एक ही रखी कि शनिवार की शाम को स्कॉच की एक बोतल और जामा मस्जिद के पास के मशहूर होटल करीम से कश्मीरी दमपुख्त, स्टूव और कोरमा मिट्टी के सोंधे कुल्हड़ में पैक करा के दिल्ली से साथ ले जाया जाए। रात में अमीर खान, मालिनी राजुरकर और सविता देवी का गायन सुनते हुए राग दुर्गा और ठुमरी के बीच खाया-पिया जाए और इत्मीनान से इतवार को पूरे दिन स्कूटर चलाना सीखा-सिखाया जाए।

शनिवार की रात संगीत, स्कॉच और कोरमा, कश्मीरी दमपुख्त के साथ दिल्ली में दिनोदिन खत्म होती इनसानियत और देश से गायब होती नैतिकता तथा जमीर के बारे में शोकगीत जैसी बातचीत में गुजरी। अगले दिन, पॉल गोमरा रात आधी बोतल चढ़ा लेने के बावजूद बिना किसी हैंगओवर के

सुबह पाँच बजे ही उठ गए। प्रोफेसर जाफरी के तैयार होने और नाश्ता करने के पहले-पहले उन्होंने स्कूटर धो-पोंछकर नए जैसा चमका डाला।

स्कूटर कवि नगर के अम्बेडकर पब्लिक स्कूल के लम्बे-चौड़े खेल के मैदान में ले जाया गया। चाबी घुमाकर स्विच ऑन किया गया और तब पॉल गोमरा ने अपने जीवन का स्कूटर का पहला किक लगाया।

स्कूटर स्टार्ट नहीं हुआ।

उन्होंने लगातार किक लगाए, किन्तु इंजन बेजान ही रहा। वह जुकाम जैसी नाक सुड़ककर खामोश हो जाता था।

प्रोफेसर इकबाल जाफरी ने बुद्धिमत्तापूर्ण ढंग से मुस्कराते हुए बताया कि इंडियन स्कूटर के साथ यही एक तकनीकी खामी है कि जब तक उसे दाईं ओर झुकाकर लिटा न दो तब तक वह स्टार्ट नहीं होता, जबकि अमेरिका के अपने प्रवासकाल में उन्होंने ऐसे-ऐसे स्कूटर देखे थे, जो ताली या चुटकी बजाने से स्टार्ट हो जाते थे।

प्रोफेसर जाफरी ने स्कूटर को दाईं ओर आधा लिटाकर फिर सीधा खड़ा किया और किक लगाने लगे। फिर तो यह सिलसिला जैसा बन गया। स्कूटर को सुलाया जाता, चोक लिया जाता और किक लगाए जाते।

पॉल गोमरा और प्रोफेसर जाफरी थककर पस्त हो चुके थे। दोनों की धौंकनी बढ़ गई थी। फेफड़े गुब्बारों की तरह फूल-पिचक रहे थे और उन्हें स्कूटर स्टार्ट करने की कोशिश में लगभग एक घंटा गुजर चुका था। तभी बगल की सड़क पर उन्हें एक ऑटोरिक्शा दिखाई पड़ा। आवाज देकर और हाथ हिलाकर उन्होंने ऑटोवाले को बुलाया और फिर उसे अपनी समस्या बताई।

ऑटोवाले ने स्कूटर को गौर से देखा और हैंडिल की दाईं ओर, जहाँ हॉर्न और हेडलाइट का स्विच था, उसको देखकर मुस्कुराया। उसने कहा,"स्कूटर स्टार्ट कैसे होता साब, इसका तो इग्नीशन लॉक अभी ऑन ही नहीं है।"

उसने किक मारी और एक-दो बार पड़-पड़ की अप्रिय पटाखेदार आवाज निकालने के बाद स्कूटर अपने इंजन के क्रमबद्ध संगीत में आ गया। कितनी साफ, पारदर्शी, कोमल और विनम्र आवाज थी! ऑटोवाले

ने एक्सीलरेटर घुमाया और संगीत जरा देर के लिए द्रुत में आया। पिस्टन, स्पार्क प्लग और साइलेंसर की कुशल संगति।

ऑटोवाले ने हँसते हुए स्कूटर का हैंडिल प्रोफेसर इक़बाल जाफरी को थमा दिया और ऑटोरिक्शा लेकर सीटी बजाता चला गया।

प्रोफेसर इक़बाल जाफरी काफी देर तक स्कूटर का हैंडिल पकड़े खड़े रहे जबकि पॉल गोमरा उनसे आग्रह कर रहे थे कि वे एक बार इस मैदान में इसका ट्रायल लेकर देख लें। पॉल गोमरा अपने स्कूटर को एक बार चलते हुए, अंबेडकर स्कूल के मैदान की समतल सतह पर बतख की तरह तिरते हुए, आँख भरकर देखना चाहते थे।

पॉल गोमरा ने देखा कि उत्तर की ओर, दूर, जिधर उनका फ्लैट था, मैदान के उस पार मंटू, नीता और बिप्पू खड़े थे। उत्सुकता के साथ पापा को स्कूटर सीखते हुए देखना चाहते थे।

और उनके पीछे पल्लू का कोना मुँह में ठूँसे स्नेहलता सक्सेना खड़ी थीं। अब वह मेहर जेस्सिया नहीं, उनकी पत्नी थीं।

लगभग पन्द्रह मिनट तक स्टार्ट स्कूटर को ज्यों-का-त्यों थामे रखने के बाद प्रोफेसर इकबाल जाफरी ने आखिर यह कबूल कर लिया कि उन्हें स्कूटर चलाना तो खैर आता नहीं, उन्हें यह भी नहीं पता कि इसे अब बन्द कैसे किया जाए।

इसके बाद लम्बे समय तक स्कूटर पॉल गोमरा के फ्लैट के सामने किसी असिंचित, नाजायज, स्वत:स्फूर्त ढंग से कहीं भी उग आनेवाले किसी बनैले पौधे की तरह चुपचाप खड़ा रहा। उसको न किसी ने पोंछा, न धूल झाड़ी, न कभी उससे उसकी भूख-प्यास, दु:ख-दर्द के बारे में पूछा। पॉल गोमरा राज्य परिवहन की बस में चार रोटी, दो आलू के आठ टुकड़े और प्याज प्लास्टिक के चौकोर टिफिन में लेकर निकल जाते और रात में लौटते, तो इतनी देर हो चुकी होती कि अगली सुबह जागने के लिए सोने के अलावा उनके थके हुए दिमाग और शरीर में कोई और बात न आती; बल्कि ऐसे ही किसी क्षण में अचानक पॉल गोमरा को लगा था कि उनकी सारी कविताएँ एक थके हुए, पराजित और अप्रासंगिक शरीर की कविताएँ हैं।

उनका बेटा मंटू जरूर इस बीच कई बार पापा के इस लावारिस पड़े लोहे के जानवर को उत्सुकता और लालच के साथ देखता लेकिन बाबा साहब अंबेडकर के नाम पर स्थापित अंग्रेजी माध्यम के पब्लिक स्कूल का पाठ्यक्रम और होमवर्क इतना ज्यादा था कि स्कूटर चलाना तो दूर, उसे पाखाने के लिए भी ठीक से समय निकालना मुश्किल हो जाता था। बाकी दोनों सन्तानों का भी यही हाल था।

अब बचीं स्नेहलता सक्सेना। घर का सारा काम निबटाने के बाद दोपहर जब वे आस-पड़ोस की औरतों के साथ अफवाहें सुनने-बाँटने का खेल खेलतीं तब अकसर उनकी निगाहें उस स्कूटर पर जा पड़तीं। उसके इस तरह निठल्ला खड़ा रहने से उन्हें कई तरह के अप्रिय सवालों का सामना करना पड़ता। मसलन यही कि 'क्या आपके पति आजकल दफ्तर नहीं जाते? बीमार हैं?'...'ये स्कूटर भई है किसका?'...'जब चलाना ही नहीं आता था, तो पैसा फूँकने की क्या जरूरत थी?' वगैरह।

इसीलिए एक दिन उन्होंने अपने पति पॉल गोमरा से कहा कि "अगर इसे चलाना नहीं है तो हम हर महीने मुफ्त में इसकी किस्त क्यों भरें? ये लोहे का खंखाड़ तो एक तरह से हमारे सिर पर ही पड़ गया। वो पाँच हजार प्रॉविडेंट फंड वाले और अब तक सारी किस्तें जोड़ लें तो दिल्ली के जमुना पार या उधर रोहिणी साइड में अच्छा-खासा फ्लैट मिल जाता। फिर न तो इस जंजाल स्कूटर की जरूरत रहती, न मुहल्ले की आलतू-फालतू औरतें इस तरह बतंगड़ें बनातीं?"

उन्होंने अपने पति से कहा, "क्यों न इसे भुवनेश्वर को दे दिया जाए। वो कई बार कह भी चुका है। वो अपना इसे चलाता रहेगा और किस्तें भरता रहेगा। जब आपको चलाना आ जाएगा, तो वापस ले लेंगे।"

भुवनेश्वर स्नेहलता सक्सेना का छोटा भाई यानी पॉल गोमरा का साला था और मेरठ में टीवी रिपेयरिंग एंड ग्लास वर्क्स वगैरह अगड़म-सगड़म की उसकी एक सन्दिग्ध-सी दुकान थी।

"नहीं!" पॉल गोमरा ने अपनी आवाज में सारी दृढ़ता और निर्णायकता भरकर इस प्रस्ताव को खारिज कर दिया। कारण, एक तो यह कि वे अपने साले भुवनेश्वर को सिर से पैर तक बुरी तरह नापसन्द करते थे और दूसरा

यह कि जैसा अपरिभाषित और सन्दिग्ध-सा उसका धन्धा था उसमें एक तो पैसे डूब जाने का खतरा था और दूसरा यह कि दो-चार महीने में एक नए बजाज चेतक को यहाँ-वहाँ ठोंक-ठाक कर, कबाड़ बनाकर यह दोबारा उनके सिर पर पटक सकता था।

दफ्तर में और दिल्ली के उनके परिचितों के बीच अब स्कूटर जैसे अत्यन्त नगण्य, अ-सांस्कृतिक, अ-सामाजिक और अ-गम्भीर विषय पर कोई बात नहीं होती थी, जबकि पॉल गोमरा की चेतना में वह हल्के हरे रंग का बजाज चेतक लगातार मौजूद रहा आता। पॉल गोमरा अपने अखबार के लिए किसी महत्त्वपूर्ण घटना पर लिखे गए किसी धुरन्धर लिक्खाड़ के चटपटे लेख का सम्पादन कर रहे होते तो अचानक उस लेख की पंक्तियों के बीच या किसी शब्द के अर्थ के भीतर वह चुपचाप खड़ा दिखाई दे जाता। वे कविताएँ लिखते तो बीच में वह आ जाता और उनके शरीर से सटकर खड़ा हो जाता। उसकी धड़कनें तक उन्हें सुनाई देतीं। वे विचलित हो उठते और कविताएँ अधूरी रह जातीं।

चारों ओर परिवर्तन की रफ्तार बहुत तेज थी। दिल्ली केलाइडोस्कोप बन चुकी थी। लाखों प्रकार के साबुन, हजारों टूथपेस्ट, करोड़ों घड़ियाँ, हजारों कारें, जाँघिये, क्रीम, ब्रेसरी, डिल्डो, सैनिटरी नैपकिंस, सीडी, राइफलें, रिमोट, कॉस्मेटिक्स, लक्जरी कंडोम, ट्रैंक्विलाइजर्स, टेलिफोन, फैक्स, मसाज सेंटर्स, जिम्स...

सरकारें बनतीं और गिर जातीं। कोई प्रधानमंत्री बनता, फिर या तो गिरा दिया जाता या मार दिया जाता। लोगों की स्मृति उस कैसेट की तरह थी, जिसमें हर रोज नई छवियाँ और नई आवाजें टेप की जातीं और रात में उन्हें पोंछ दिया जाता। सुबह वे सब-के-सब स्मृतिहीन होकर उठते। उन्हें पिछला कुछ याद नहीं रहता था।

खुद पॉल गोमरा की स्मृति भी दगा देने लगती। हालाँकि वे उसे बचाए रखने के कठिन संघर्ष में जूझते रहते। अपनी स्मृति को बचाए रखने के लिए उन्होंने एक विलक्षण तरीके का आविष्कार किया था। जब वे सब भूलने लगते तो अपनी आँख की पुतलियों को अपनी नाक

की नोक यानी नासिकाग्र पर केन्द्रित करके दिल्ली के एक संग्रहालय में रखे सफेद रंग के एक दुशाले पर अपना समूचा ध्यान संकेन्द्रित कर देते। यह एक जटिल और श्रमसाध्य प्रक्रिया थी। कुछ देर के बाद उनकी स्मृति में हल्का-सा उजाला होने लगता और एक सस्ती-सी चप्पल और कमानीदार ऐनक की बगल में रखा वह दुशाला उनके सामने उभरने लगता। तब वे और कठिन प्रयत्न करते और फिर धीरे-धीरे उनकी चेतना की आन्तरिक आँखों के सामने उस दुशाले पर लगे खून के धब्बे दिखाई देने लगते, जिन्हें समय और परिवर्तन ने काला कर डाला था।

वे धब्बे सन् 1948 ई. में हुई एक हत्या के धब्बे थे।

पॉल गोमरा को याद आ जाता कि पिछले पाँच सालों में हिन्दी भाषा के उनके जैसे ही लगभग डेढ़-दो दर्जन कवियों-लेखकों ने कीटाणुनाशक द्रव पीकर या सीलिंग के हुक में रस्सी से फंदा लगाकर आत्महत्याएँ कर डाली थीं। कुछ को अज्ञात लोगों ने मार डाला था। पॉल गोमरा को लगता कि बड़ी-बड़ी संस्थाओं, उद्योग समूहों, सरकारी विभागों ने सब कुछ अधिगृहीत कर लिया है और अब उनके जैसे कवि के सामने फ्लिट पीने या गले में फंदा लगाने के अलावा और कोई दूसरा विकल्प नहीं है।

चाँदनी चौक की एक सँकरी गली में, पॉल गोमरा ने खुद अपनी आँख से देखा था कि दिल्ली के एक बहुत बड़े कवि मिर्जा असदउल्ला खान गालिब का मकान था, जिसे कोयला गोदाम में बदल दिया गया था। और उन्होंने सुना था कि लखनऊ के पास, दिल्ली के एक दूसरे कवि मीर तकी मीर की कब्र थी जिसके ठीक बगल में लोहे की पटरियाँ बिछा दी गई थीं, जिन पर दिन-रात चौबीसों घंटे माल और मुसाफिरों को ढोनेवाली रेलगाड़ियाँ धड़धड़ाती हुई दौड़ती रहती थीं।

उस कब्र के एक टूटे-फूटे पत्थर पर लिखा था :

सिरहाने मीर के आहिस्ता बोलो
अभी टुक रोते-रोते सो गया है।

देखते ही देखते गाजियाबाद अमेरिका के लॉस एंजिल्सि के बाद दुनिया का दूसरे नम्बर का अपराधों का सबसे बड़ा शहर बन गया था।

यहाँ प्रति घंटे अपहरण, लूट, फिरौती, बलात्कार और हत्या की दरें लॉस एंजिल्सि के बाद संसार में सबसे ज्यादा हो गई थीं।

और भारत की राजधानी नई दिल्ली, जो तमाम परिवर्तनों की नर्व सेंटर या स्नायुकेन्द्र थी, वहाँ की घटनाएँ किसी तीसरे दर्जे के लुगदी उपन्यास या 'सत्यकथाएँ' मार्का सड़क-छाप पत्रिकाओं के किस्सों से अलग नहीं थी। हर रोज वहाँ डेढ़ साल से नौ साल तक की उम्र की बच्चियों के साथ बलात्कार और गला घोंटने की खबरें उस अखबार के दफ्तर तक पहुँचती थीं जिसमें पॉल गोमरा काम करते थे। जो खबरें नहीं पहुँचती होंगी, उनकी संख्या के बारे में सिर्फ अनुमान ही लगाया जा सकता था।

और सचिवालय, जहाँ भारतीय प्रशासन के सबसे शक्तिशाली और निर्णायक नौकरशाह यानी इंडियन एडमिनिस्ट्रेटिव सर्विसेज के चुनिंदा अधिकारियों के चैम्बर्स थे, उनके डेटा, आँकड़े और तथ्य काफ्का की दुःस्वप्नों जैसी कहानियों से मिलते-जुलते थे। वहाँ एक सचिव ऐसा था जो अपनी आठ साल की बेटी के साथ किसी होटल के रूम में अपने साथियों के साथ अप्राकृतिक मैथुन कर रहा था, दूसरा अपने विभाग के अधीन मिलनेवाले सारे पुरस्कारों, अनुदानों और पदवियों को अपनी जेबों में भर रहा था, तीसरा एक कुख्यात तस्कर और कोलोनाइजर को किसी प्राइम एरिया का फर्जी अधिकारपत्र देकर दक्षिण दिल्ली के पॉश इलाके में अपना शानदार बँगला बनवा रहा था, चौथा मिसाइल और परमाणु ईंधन की राष्ट्रीय सुरक्षा की दृष्टि से अत्यन्त गोपनीय जानकारी शत्रु देश की खुफिया एजेंसी को बेच रहा था, पाँचवाँ अपनी मातहत के नितम्बों की चिकोटी काट रहा था, छठा अपने भाई, नाते-रिश्तेदारों और चापलूसों को धड़ाधड़ नौकरियाँ, फेलोशिप और खिताब बाँट रहा था। और इन सबकी तरक्की हो रही थी। और लोकतांत्रिक राज्य का चौथा पाया इस भ्रष्ट और आपराधिक इमारत को मजबूती के साथ थामे हुए था।

कहीं से भी विरोध या आलोचना की चीं-चपड़ नहीं थी। किसी भी तरह के विरोध को यूरोप के समाजवाद की तरह पिछड़ा हुआ अप्रासंगिक हैंगओवर मान लिया गया था।

इलाहाबाद, बनारस, हाथरस या बरेली-मथुरा जैसे किसी शहर से नई दिल्ली आया हुआ एक पंडा 'बौद्रीला, देरिदा, फूको, बाथ' जैसे शब्दों का मंत्रोच्चार करता हुआ हर अखबार और पत्रिकाओं के पन्नों पर हर रोज दंड-बैठक लगाता हुआ चीख रहा था :

"सुनो, सुनो, सुनो! इतिहास का अब अन्त हो गया है। अब इस नई सभ्यता के केन्द्र में मनुष्य नहीं, व्यवस्था और सत्ता है यानी सिस्टम एंड पावर। मनुष्य तो अब सिर्फ पर्यावरण का हिस्सा है। सत्ता और बाजार, पूँजी और व्यापार की सेवा ही अब शब्दों और भाषा का धर्म है। अब कहीं कोई यथार्थ नहीं है। चारों ओर सिर्फ सूचनाएँ हैं।

"मुजफ्फरनगर के गेहूँ के खेतों में 2 अक्टूबर, 1994 को जिन पचीसों उत्तराखंडी महिलाओं को भारतवर्ष की पुलिस ने खदेड़-खदेड़कर रेप किया, वह सिर्फ एक सूचना है। फिलीपीन के शहर मनीला में दिल्ली के वसन्तकुंज इलाके में रहनेवाली लड़की सुस्मिता सेन के मिस यूनिवर्स चुने जाने की सूचना के मुकाबले एक निहायत फटीचर सूचना, क्योंकि भारत अब भूमंडलीकरण के कारण अन्तरराष्ट्रीय अर्थतंत्र का एक उभरता हुआ खुला मालगोदाम और विशाल उपभोक्ता बाजार बन गया है। मुजफ्फरनगर की सूचना से इस मालगोदाम की जो औरत अन्तरराष्ट्रीय बाजार में भिंडी, ककड़ी, आलू या मूली साबित हो रही थी, मनीला की सूचना ने उसे सोना, अफीम या यूरेनियम जैसा कीमती और महँगा बना दिया है। और 2 अक्टूबर की तारीख अब कोई भी प्रतीक बनने की पुरानी क्षमता खो चुकी है क्योंकि ईश्वर अब मर चुका है।"

दिल्ली के अत्यन्त उपेक्षित नगण्य और स्कूटर तक चलाना न जाननेवाले पॉल गोमरा को लगता कि वे किसी कब्र के भीतर सो रहे हैं। और उनके मस्तिष्क के ठीक ऊपर लोहे की पटरियाँ बिछा दी गई हैं जिन पर शताब्दी मेल धड़धड़ाती हुई दौड़ती जा रही है।

एक के बाद एक डिब्बे। अन्तहीन।

धड़...धड़...धड़...धड़...धड़...!

धड़...धड़...धड़...धड़।

इस बीच पॉल गोमरा की पहचान राजीव मेनन से हो गई। वह कोचीन के निकट के एक कस्बे उदयम् पेरूर का रहनेवाला था और राज्य परिवहन की उसी बस में रोजाना गाजियाबाद से दिल्ली जाता था। वह आई.टी.ओ. पुल के पास ही मयूर भवन में पेस्टिसाइड्स की एक कम्पनी में अकाउंट का काम करता था।

काले-कलूटे, दुबले-पतले दाढ़ीवाले हँसमुख राजीव मेनन ने पॉल गोमरा का यह प्रस्ताव स्वीकार कर लिया कि बस से आने की जगह वे अब स्कूटर से ही दफ्तर आया-जाया करेंगे।

स्कूटर चलाएगा राजीव मेनन और पिछली सीट पर बैठे होंगे उसके स्वामी हिन्दी कवि पॉल गोमरा।

इस तरह शोफर-ड्रिवन बजाज चेतक के द्वारा कवि पॉल गोमरा अब हर रोज गाजियाबाद से दिल्ली के अपने दफ्तर तक आने-जाने लगे। लेकिन एक समस्या यहाँ भी थी। उनकी ड्यूटी तीन बजे दोपहर ही खत्म हो जाती थी जबकि राजीव मेनन पेस्टिसाइड्स के जिस प्राइवेट दफ्तर में काम करता था, वहाँ रोजाना सात-आठ बजना तो मामूली बात थी। महीने में दो-चार बार ज्यादा काम होने पर दस-ग्यारह भी बज जाते।

यानी अपनी ड्यूटी से फारिग होकर पॉल गोमरा अमूमन तीन-चार घंटे रोजाना राजीव मेनन के आने के इन्तजार में बैठे रहते। इसका मतलब यह कि स्कूटर खरीदने के पीछे उनकी जिस कालगणना का तर्क था, वह बेकार हो चुका था। इन्तजार का यह समय बिलकुल खाली समय होता। दिल्ली एक ऐसा शहर था, जहाँ लोग सिर्फ काम पड़ने पर ही मिलते थे। यों ही मिल लेने से लोगों के मन में उस व्यक्ति के प्रति धारणाएँ खराब हो जाती थीं। इसीलिए धीरे-धीरे दिल्ली के परिचितों के बीच पॉल गोमरा की छवि बिगड़ने लगी। वे किसी मसखरे और निठल्ले या अनुपयोगी चिपकू के रूप से प्रसिद्ध होने लगे। लोग उनके व्यक्तित्व और उनकी रचनाओं की ओर से आँखें फेर लेते।

कैसी विडम्बना थी। बचपन से ही पॉल गोमरा ने कुछ और नहीं, सिर्फ कवि बनना चाहा था। एक बिलकुल निरापद, खाली और निर्जन क्षेत्र।

स्कूली कॉपियों में कविताएँ लिखने पर उन्हें डाँट खानी पड़ती थी। कोई नया-नया शब्द उन्हें अपने जादू और नशे में इतना बाँध लेता कि वे लगातार उसे बड़बड़ाते या दीवारों पर लिखते और घूरते। वे तुलसी, कबीर, नेरूदा या मीर जैसा कवि होना चाहते थे। वैसी ही भाषा, उसी तरह के शब्द और हृदय के भीतर तक उतर जानेवाली वैसी ही करुणा के कवि...और इस नये यथार्थ ने उनसे वह स्वप्न भी छीन लिया था।

वे कुछ नहीं रह गए थे। न कवि, न नागरिक, न शायद ठीक-ठीक ढंग से मनुष्य ही।

इस दौरान राजीव मेनन की प्रतीक्षा के खाली समय को उन्होंने कविताएँ लिख-लिखकर भरा। उनके झोले में रखी डायरियों और रफ कागजों में सैकड़ों आधी-पूरी कविताएँ लिखी होतीं। अक्सर कुछ कागजों को समेटना वे भूल जाते और वे हवा में इधर-उधर कहीं उड़ जाते।

आई.टी.ओ. पुल के पास बस स्टॉप पर लिखे पाए एक कागज पर उनकी ये अधूरी कविता लिखी हुई थी :

मैं नहीं बन सकता सीवेज पाइप
अपने भीतर से नहीं गुजर जाने दूँगा मैं
ये सारा कीचड़, इस बूढ़ी सदी की
विष्ठा...
इतना पोपला अभी भी नहीं हुआ है
मेरा मुँह
कि हर आती-जाती हवा उसमें अपनी
सीटी बजा जाए...

एक और कागज पर लिखा था :

खा खा खा खा खा
खा खी खी खी खी खी खा
खू खू खा खा खू खू खा खू खा
खि खी खि खी
खं खं खं
खह खह खह!!

ऐसी कई और भी आधी-अधूरी कविताएँ थीं जो आई.टी.ओ. पुल के आसपास यहाँ-वहाँ उड़ते कागजों पर लिखी हुई मिल जाती थीं। इनमें अराजकता थी, फ्रस्ट्रेशन और कुंठाएँ थीं, उन्माद था, पागलपन के लक्षण थे या किसी गहरी लेकिन लाचार घृणा और निर्विकल्प, अनुर्वर और बाँझ क्रोध की अभिव्यक्ति थी, यह कहना मुश्किल है।

अब तक आप सब हिन्दी कवि की इस कहानी से काफी ऊब चुके होंगे। वर्णन में दोहराव, अनावश्यक विस्तार और बीच-बीच के अवान्तर प्रसंगों, उप-प्रसंगों से खीज भी गए होंगे, इसलिए इस किस्से को अब जल्दी से समेट लिया जाए। वैसे भी अब जो कुछ बचा है, वह उपसंहार जैसा ही है।

तो हुआ यह कि चार महीने पहले एक दिन पॉल गोमरा को एक आयोजन में शामिल होने का एक इनविटेशन कार्ड मिला। किसी मंत्रालय के सचिव स्तर के एक प्रशासनिक अधिकारी को एक साथ पद्मश्री, साहित्य विभूषण, वेदव्यास सम्मान तथा जापानी सहयोग से भारतीय कार बनानेवाली मोकांजी कम्पनी की ओर से दस लाख रुपये का 'सृजन शिखर' पुरस्कार मिला था।

जिस तारीख को वह कार्यक्रम रखा गया था, उसी दिन वह सचिव अपनी उम्र के पचासवें घटनापूर्ण वर्ष में प्रवेश कर रहा था। इसलिए इस कार्यक्रम को नाम दिया गया था—'अनहद अर्धशती।' इस उपलक्ष्य में मंत्रालय के अधीन आनेवाली समस्त संस्थाओं, अकादमियों ने अपनी-अपनी पत्रिकाओं के 'अर्धशती विशेषांक' छाप रखे थे, जिनका विमोचन भी उसी दिन होना था।

कार्यक्रम स्थल या दक्षिण दिल्ली का इंडिया इंटरनेशनल सेंटर। राजीव मेनन से जब पॉल गोमरा ने उस रात उस कार्यक्रम में चलने के लिए कहा तो उसने उन्हें मना किया। राजीव मेनन ने कहा, "लिसेन पॉल, ये प्रोग्राम तुम्हारे जाने का नहीं है। इतने दिनों से तुम्हारा साथ रहकर हम तुम्हारा नेचर समझ गया है। तुम्हारा दुनिया अलग है, उन लोगों का अलग है। दे आर पावरफुल मनीड पीपॅल। यू आर अ पुअर, सिंपल, वीक हिन्दी पोएट। डोंट गो देयर..."

लेकिन पॉल गोमरा ने उलटे राजीव मेनन पर सन्देह करना शुरू कर दिया। उन्होंने कहा, "मैंने पहली बार तुमसे अपने किसी काम के लिए रुकने को कहा है और तुम इसमें भी बहाने बना रहे हो, जबकि तुम्हारे लिए मैं हर रोज एवरेज तीन-चार घंटे खाली बैठा रहता हूँ। जहाँ तुम्हारा मन आता है, तुम मेरा स्कूटर ले जाते हो, मैंने कभी मना नहीं किया..." वगैरह।

बहरहाल, उस रात उस कार्यक्रम में क्या-क्या हुआ इसका पूरा ब्यौरा हासिल कर पाना तो सम्भव नहीं है क्योंकि एक तो ऐसे कार्यक्रमों में जो लोग सम्मिलित होते हैं उन तक पहुँचना और उनसे मिलना मुश्किल होता है, फिर पूछताछ के मामले में अकसर वे चुप ही रहते हैं। वे लोग इतने व्यस्त, सम्मानित और सम्भ्रान्त होते हैं कि उनसे स्कूटर दुर्घटना जैसे किसी मामले के बारे में कुछ पूछना उचित भी नहीं लगता।

उस कार्यक्रम का समाचार अगली सुबह दिल्ली के सभी अखबारों में प्रकाशित हुआ था जिससे पता चलता है कि कार्यक्रम काफी सफल और भव्य रहा। इसमें केन्द्रीय मानव संसाधन मंत्री, गृह राज्य मंत्री, मोकांजी इंडस्ट्रियल ग्रुप के श्री डी.एल. मोकांजी, दुबई के अमीर खालिल उल तुरफानी, कई आप्रवासी भारतीय उद्यमी, सूचना संचार मंत्री, प्रसिद्ध फिल्म अभिनेता और अभिनेत्रियाँ, कथक ओडिसी आदि की कुछ नर्तकियाँ, दिल्ली के लगभग समस्त साहित्यकार, कवि, आलोचक और पत्रकार उपस्थित थे। यह समाचार बहादुरशाह जफर मार्ग के उस राष्ट्रीय दैनिक के सांस्कृतिक पृष्ठ पर भी प्रमुखता से छपा था, जिसमें पॉल गोमरा नौकरी करते थे और अपनी लगभग तेईस-चौबीस साल की नौकरी की अवधि में पहली बार बिना पूर्व सूचना के अगले दिन दफ्तर नहीं पहुँच पाए थे।

इस आयोजन में राजधानी के शीर्षस्थ आलोचकों और सम्पादकों ने पद्मश्री सचिव की तुलना होमर, गालिब और कबीर से की थी। साहित्य अकादेमी के सचिव ने पद्मश्री सचिव को आक्टोवियो पाज और पाब्लो नेरूदा जैसे ऐसे कवियों के समकक्ष घोषित किया था, जो उत्तरदायित्वपूर्ण ऊँची प्रशासनिक सेवाओं में रहते हुए भी अपनी रचनात्मक संवेदना और

सृजनशील कल्पना को अक्षुण्ण बनाए रख सके। सुप्रसिद्ध प्रगतिशील आलोचक डॉ. लोकनाथ त्रिवेदी ने सचिव की रचनाओं में अन्तर्व्याप्त अध्यात्म को कबीर, रैदास और तुकाराम की विद्रोही चेतना की परम्परा का नया सोपान सिद्ध करते हुए कहा था कि पद्मश्री सचिव की कविताएँ हिन्दी की प्रगतिशील कविता की अनमोल धरोहर हैं।

मानव संसाधन मंत्री ने कहा था कि सचिव का समूचा जीवन ही एक जीवन्त काव्यात्मक सर्जना है। उन्होंने घोषणा की कि सचिव की प्रतिभा के उचित मूल्यांकन और सम्मान के लिए वे पूरा प्रयत्न करेंगे कि नोबेल तथा गोल्डेन बुकर जैसे अन्तरराष्ट्रीय स्तर के पुरस्कारों में हिन्दी की रचनाएँ भी अनुशंसित होकर शामिल हों।

मोकांजी इंडस्ट्रियल ग्रुप के वर्तमान अध्यक्ष डी.एल. मोकांजी ने दस लाख रुपये का ड्राफ्ट सचिव को देते हुए घोषणा की कि चम्पारण के गरीब निलहे किसानों की खिदमत के साथ उनके उद्योग समूह ने डेढ़ सौ साल पहले जिस परम्परा की शुरुआत की थी, उसे वे आगे बढ़ाएँगे और अब भारतीय संस्कृति की महान परम्पराओं के संवर्धन और विकास में अपना योगदान देंगे।

हिन्दी के अत्यन्त उत्कृष्ट माने जानेवाले कवि शुक्ल बन्धुओं ने इस अवसर पर अपनी-अपनी कविताओं का पाठ भी किया।

मुख्य घटना का पूर्वांश इसी दौरान घटित हुआ था।

हिन्दी कवि पॉल गोमरा जरूरत से ज्यादा शराब पी गए थे और नशे में धुत होकर जोर-जोर से अंट-शंट बोलने लग गए थे। भारतीय सांस्कृतिक सम्बन्ध परिषद के द्वारा आयोवा की अन्तरराष्ट्रीय कविता कार्यशाला में शामिल होकर हाल में ही लौटनेवाले कवि मधुर नागपाल ने बताया था कि बड़ी देर तक तो पॉल गोमरा स्कूटर पर ही भाषण देते रहे। वे बहक गए थे और कह रहे थे कि स्कूटर एक चरखा है, जिससे सूत कातकर अमेरिका की बहुराष्ट्रीय कम्पनियों को खत्म किया जा सकता है। लोगों ने उन्हें चुप कराने की कोशिश की तो वे दिल्ली को ही गरियाने लगे।

भारतीय इतिहास अनुसन्धान परिषद के वरिष्ठ अधिकारी डॉ. डी.आर. वाचस्पति के अनुसार, पॉल गोमरा ने कहा था कि मैं मेवातियों, बंजारों, पिंडारियों, कबाइलियों और जे.जे. कॉलोनीवालों के जत्थे बनाकर बाजीराव पेशवा या शेरशाह सूरी की तरह चारों ओर से धावा बोलूँगा। वह आजाद हिन्द फौज बनाकर बर्मा भाग जाने की बात भी कर रहा था। श्री यशवन्त नारायण सिन्हा ने, जो भारतीय पुलिस प्रशासन में उप-अधीक्षक थे और सुप्रसिद्ध कथाकार थे, हँसते हुए बताया था कि भई वो शख्स तो अजीबोगरीब हरकतें कर रहा था। उसने कहा था कि मैं दिल्ली की सारी सप्लाई लाइनें काट दूँगा। बाहर से यहाँ न दूध आएगा, न मक्खन! न सब्जी, न पानी! बिजली गुल हो जाएगी, ए. सी. बन्द हो जाएगा तो यह सारे के सारे लोग विलायत भाग जाएँगे। मैं तो खैनी फँकियाकर लाल किले के मैदान में सो जाऊँगा।

भारतीय पुरातत्त्व सर्वेक्षण संस्थान के एक क्यूरेटर डॉ. एस.आर. सिद्दीकी का कहना था कि पॉल गोमरा कह रहा था कि मोहनजोदाड़ो नेस्तनाबूद हो गया लेकिन उसके आसपास के गाँव खतम नहीं हुए। वो आज भी हैं। जाओ दीदे फाड़ के देख लो। डायनासोर गायब हो जाता है, चींटी बची रहती है, हरामजादो! दिल्ली फना हो जाएगी, गुड़गाँव रह जाएगा...

कई पत्रकारों ने बताया था कि पॉल गोमरा ने इंडिया इंटरनेशनल सेंटर में उल्टियाँ की थीं और कहा था कि दिल्ली मेरे देश को तोड़ रही है। वे अराजकता, गुंडागर्दी, तोड़-फोड़ और पागलपन पर उतर आए थे। इंडिया इंटरनेशनल सेंटर में जो भी हुआ हो, यह सच है कि उस समारोह में जितने भी गण्यमान्य लोग सम्मिलित थे, किसी ने भी पॉल गोमरा के समर्थन या सहानुभूति में एक शब्द भी नहीं कहा था, बल्कि एक केन्द्रीय विश्वविद्यालय के भूतपूर्व विभागाध्यक्ष डॉ. विधाता सिंह गहड़वाल ने, जो अब सन्त रैदास स्मारक संस्थान के अध्यक्ष भी थे, कहा था कि वह तो मोचियों, भंगियों और धोबियों जैसी फूहड़ हरकतें यहाँ कर रहा था। ऐसे चिरकुट कवियों को तो ऐसे आयोजनों में बुलाना ही नहीं चाहिए। उसने तो ससुर हिन्दी की नाक ही कटा दी।

वैसे, काफी कुछ तथ्यात्मक जानकारी राजीव मेनन से मिल सकती थी, जो उस रात पॉल गोमरा के साथ उस कार्यक्रम में लगातार मौजूद था और स्कूटर चलाता हुआ उन्हें वापस गाजियाबाद उनके घर पहुँचा रहा था। लेकिन राजीव मेनन की मृत्यु हो चुकी थी।

संक्षेप में, अगर थोड़ी कल्पना, अटकल और फैंटेसी का सहारा लिया जाए, तो बाद की घटना इस प्रकार बनती है।

इंडिया इंटरनेशनल सेंटर में उस रात जब पॉल गोमरा ने ऊधम मचाया और सिविल ड्रेस अर्थात् सादी वर्दी में मौजूद पुलिसवालों ने उन्हें गरदन से पकड़कर कुहनी से प्रशिक्षित चोट पहुँचाते हुए जब उन्हें गेट से बाहर निकाला और जब राजीव मेनन के साथ अपने स्कूटर की पिछली सीट पर बैठकर वे गाजियाबाद के लिए रवाना हुए, तो वे बहुत सामान्य मानसिक अवस्था में नहीं थे। सादी वर्दीवालों ने प्रशिक्षित कुहनियों और घूँसों से जो चोट उन्हें पहुँचाई थी, नशे के बावजूद उनका दर्द वे महसूस कर रहे थे। दारू जरूर उन्हें बेतहाशा चढ़ गई थी और वे पिछली सीट पर बैठे-बैठे जोर-जोर से बक रहे थे..."साला लॉर्ड क्लाइव, प्लासी की लड़ाई जीत गया तो सोचता है सारा हिन्दुस्तान जीत लूँगा! सुनो ईस्ट इंडिया कम्पनी के एजेंटो औंर दलालो, सुनो फिरंगियों के आई.सी.एस. अफसरो...ये हिन्दी तो मोचियों, जुलाहों, नाइयों, धोबियों, फकीरों और साधुओं की ही भाषा है...

ये रेखता, तुम्हारी जुबान नहीं है प्यारे...!"

राजीव मेनन को भी इस घटना के बाद से लगातार कोचीन का अपना कस्बा उदयम्पेरुर याद आ रहा था। समुद्र का बैकवाटर, नारियल-आम-कटहल-ताड़-खजूर के पेड़! काजू-इलायची-काली मिर्च-टोडी और मछलियों की महक। उसे काननूर का समुद्री तट या पश्चिमी घाट की धारासार वर्षा की स्मृति हो आई होगी और वह मस्ती में साठ-सत्तर किमी प्रति घंटे की रफ्तार से स्कूटर सड़क के बीचोबीच भगाने लगा होगा।

उस रात मौसम बहुत अच्छा हो गया था। हल्की बूँदाबाँदी के आसार थे। हवा में भारीपन, ठंडक और नमी थी। ऐसी नमी और ठंडक, जो

मनुष्य की त्वचा में अपने स्पर्श से उमंग और आनन्द भरने लगती है। पॉल गोमरा स्कूटर की पिछली सीट पर बैठे-बैठे अल्लामा इकबाल का गीत गाने लगे होंगे।

हम बुलबुलें हैं इसकी, ये गुलिस्ताँ हमारा
यूनानो-मिस्त्र-रोमां, सब मिट गए जहाँ से
अब तक मगर है बाकी नामो-निशाँ हमारा
कुछ बात है कि हस्ती मिटती नहीं हमारी
दुश्मन रहा है सदियों...

बस, इन्हीं पंक्तियों के आसपास वह एक्सीडेंट हुआ होगा, जिसमें राजीव मेनन की दुर्घटनास्थल पर ही मृत्यु हो गई होगी और पॉल गोमरा अगली सुबह तक, जब तक उन्हें दिल्ली पुलिस की पी.सी.आर. जिप्सी ने लोकनायक जयप्रकाश नारायण अस्पताल में भरती नहीं करा दिया होगा, तब तक वहीं बेहोश पड़े रहे होंगे।

एक्सीडेंट कैसे हुआ? इसके बारे में कई अटकलें हो सकती हैं। दिल्ली-उत्तर प्रदेश के सीमान्त पुलिस चेक-पोस्ट के रजिस्टर को देखने से पता चला है कि उस समय के आसपास दर्जनों ट्रक, कारें और अन्य गाड़ियाँ वहाँ से क्रॉस हुई थीं। इन्हीं में से किसी एक गाड़ी ने पॉल गोमरा के स्कूटर को टक्कर मारी होगी।

दुर्घटना रात साढ़े ग्यारह और एक बजे के बीच किसी समय हुई थी। इन डेढ़ घंटों के दौरान दिल्ली-यूपी बॉर्डर चेकपोस्ट के रजिस्टर में बाईस ट्रक, आठ टेम्पो, छह मारुति वैन, पाँच प्राइवेट तथा दो राज्य परिवहन की बसें, सोलह मारुति कार, दो टाटा सिएरा, तीन फियेट की एंट्री है। स्कूटर और मोटरसाइकिलों की संख्या अलग से होगी।

लेकिन इन्हीं डेढ़ घंटों के भीतर आठ कारों के साथ एक वीआईपी एस्कोर्ट के भी गुजरने की बात दर्ज है। यह वीआईपी काफिला उत्तर प्रदेश के दलित सरकार के एक मंत्री का था। यह दलित सरकार सवर्णों और साम्प्रदायिकों के समर्थन से सत्तासीन हुई थी। जिस मंत्री का वह वीआईपी एस्कोर्ट था, उसका पिछला रिकॉर्ड आपराधिक था और वह घोषित

हिस्ट्रीशीटर था। मंत्री बनने से पहले तक उसके फोटोग्राफ पुलिस थानों में टँगे रहते थे। इंडिया इंटरनेशनल सेंटर में आयोजित पद्मश्री सचिव के सम्मान समारोह में वह मंत्री भी उपस्थित था या नहीं, इसकी पुष्टि नहीं हो पाई।

सम्भव है, एक्सीडेंट तेज रफ्तार के इसी वीआईपी काफिले के साथ हुआ हो! जिस तरह पॉल गोमरा उन्माद, अराजकता और नशे की हालत में थे, इकबाल का 'सारे जहाँ से अच्छा' गा रहे थे, उसमें बिलकुल मुमकिन था कि दोनों लोगों ने दूर तक और देर तक उन वीआईपी गाड़ियों को साइड न दी हो, सड़क के बीचोबीच स्कूटर चलाते रहे हों, सिक्योरिटी कमांडोज से पंगा मोल ले लिया हो और यह एक्सीडेंट जानबूझकर कर दिया गया हो!

जो भी हुआ हो, गाजियाबाद के कवि नगर कॉलोनी का एलआईजी फ्लैट नम्बर ए 122/4 अब खाली है और पिछले सप्ताह उसके ऊपर 'गिल एंड ग्रोवर प्रॉपर्टी डीलर्स' का बोर्ड लटका है। हिन्दी कवि पॉल गोमरा की पत्नी स्नेहलता सक्सेना, जो एक रात कुछ घंटों के लिए मेहर जेस्सिया बनी थीं, अपने बेटों मंटू, बिप्पू तथा बेटी नीना के साथ सहारनपुर अपने मायके चली गईं या कहीं और, कोई नहीं जानता।

आप सबने इतनी बोझिल, बेकार और उबाऊ-सी कहानी पढ़ी। ऐसा धैर्य इस जमाने में मुश्किल है। अब आप यह जरूर जानना चाहते होंगे कि आखिर पॉल गोमरा का क्या हुआ? तो बहुत भाग-दौड़, पूछताछ और छानबीन करने पर जो थोड़ी-बहुत सूचनाएँ हासिल हो पाईं, वे प्रस्तुत हैं :

पॉल गोमरा को अस्पताल से तीसरे दिन ही छुट्टी दे दी गई थी। उनके सिर में मामूली चोट थी। आठ टाँके लगे थे। लेकिन डॉक्टरों ने बाकी ट्रीटमेंट के लिए उन्हें ऑल इंडिया मेडिकल इंस्टीट्यूट के न्यूरोलॉजी विभाग को रेफर किया था क्योंकि कैट स्कैनिंग से पता चला था कि उनके दिमाग की ओर जानेवाली एक नस में क्लॉटिंग है।

लेकिन ऑल इंडिया मेडिकल इंस्टीट्यूट के न्यूरोलॉजी विभाग में हिन्दी कवि पॉल गोमरा के पहुँचने की कोई सूचना नहीं है। सम्भवत: वे या तो वहाँ गए ही नहीं, या फिर उन्हें वहाँ से भगा दिया गया होगा। वैसे

भी ऑल इंडिया मेडिकल इंस्टीट्यूट के बारे में हर कोई जानता है कि वहाँ वीआईपी लोगों, ऊँचे अफसरों और साख-रसूखवालों का ही इलाज होता है। वहाँ से तो मुंशी प्रेमचन्द के बाद हिन्दी भाषा के दूसरे सबसे बड़े उपन्यासकार जैनेन्द्र को भी भगा दिया गया था।

दिल्ली के कवि-साहित्यकार पॉल गोमरा को भूलने लगे हैं। यहाँ तक कि आई.टी.ओ. पुल के पास बहादुरशाह जफर मार्ग पर स्थित उस राष्ट्रीय दैनिक के पत्रकार भी बड़ी मुश्किल से उन्हें याद कर पाते हैं। याद उन्हें जब आता है जब वे हँसते हुए कहते हैं, "ओह! ओह! वो स्कूटर वाला पोएट!"

लेकिन पिछले डेढ़ महीने से दिल्ली से गाजियाबाद, देर रात जानेवाले लोग जो बातें बताते हैं, उससे पॉल गोमरा की इस कहानी में एक नया आयाम जुड़ता है। लोग कहते हैं, जी.टी. रोड पर आधी रात अकसर एक अजीबोगरीब हुलिये का आदमी, अचानक बगल की झाड़ियों या पुलिया की आड़ से 'हू...हू...खा...खाँ सोंग...' करता हुआ कूदकर चलती हुई गाड़ियों के सामने आ जाता है।

धीरे-धीरे हाइवे पर ट्रैफिक जाम होने लगता है। शुरू में लोग डरते हैं फिर जान जाते हैं कि बूढ़ा होता हुआ यह आदमी पागल हो गया है और उससे किसी को कोई खतरा नहीं है।

चलते-चलाते आधी रात, हाइवे पर एंटरटेनमेंट हो रहा है, तो थोड़ी देर के लिए ट्रक ड्राइवर और दूसरे मुसाफिर तमाशा देखने लगते हैं। जब भीड़ आसपास इकट्ठा हो जाती है तो वह बूढ़ा आदमी डगमगाता हुआ सड़क पर चलता है। "दांडी मार्च, दांडी मार्च, दांडी मार्च..." और गाता है, "वैष्णव जण ते तेणे कहिए, जे पीड़ पराई जाणे रे..." इसके बाद अचानक वह फौजियों की तरह पैर पटककर लेफ्ट-राइट करता हुआ मार्च करने लगता है। और तब वह आजाद हिन्द फौज का तराना गाता है :

कदम-कदम बढ़ाए जा, खुशी के गीत गाए जा
ये जिन्दगी है कौम की, तू कौम पे लुटाए जा!

इसके बाद शुरू होता है उसका धाराप्रवाह भाषण, जिसे सुनकर लोग तालियाँ और सीटियाँ बजाते हैं। वह अपने भाषण में नाना साहब, धुंधू पन्त, तात्या टोपे, अजीमुल्लाह, भगत सिंह, फड़नवीश, अशफाक, खुदीराम, तेग बहादुर जैसे कई नामों का उच्चार करता है। फिर कहता है, "मैं हूँ दलित हिन्दी कवि राम गोपाल। मैं दिल्ली का नहीं, रामपुर और गाजियाबाद का हूँ। मैं स्वदेशी आन्दोलन चलाऊँगा।"

इसके बाद वह गुस्से में आ जाता है। आसपास पड़े पत्थरों को उठाकर अँधेरे में दिल्ली की दिशा में फेंकता हुआ अंग्रेजी में पूरी ताकत से नारा लगाने लगता है, "क्विट इंडिया, क्विट इंडिया, क्विट इंडिया..."

जीटी रोड पर आधी रात, उस बूढ़े होते आदमी का तमाशा देखने इकट्ठा हुई ट्रक-ड्राइवरों, क्लीनरों और मुसाफिरों की भीड़ तालियाँ बजाती हुई उसके साथ-साथ दोहराती है, "क्विट इंडिया, क्विट इंडिया, क्विट इंडिया..."

पॉल गोमरा का स्कूटर जरूर अभी भी, शान्तिवन के पास, दरियागंज की ट्रैफिक कोतवाली के पिछवाड़े मुड़ी-तुड़ी हालत में पड़ा हुआ है। उस टूटे-फूटे, दुर्घटनाग्रस्त स्कूटर पर मृतक राजीव मेनन और विक्षिप्त पॉल गोमरा के खून के धब्बे हैं, जो सूखकर काले पड़ चुके हैं।

और उस स्कूटर की डिक्की के भीतर अभी भी पॉल गोमरा की कविताओं की एक डायरी बन्द है। उसके आखिरी पन्ने पर लिखा है :

जो प्रजातियाँ लुप्त हो रही हैं,
यथार्थ मिटा रहा है जिनका अस्तित्व
हो सके तो हम उनकी हत्या में न हों
शामिल
और सम्भव हो तो सँभालकर रख लें
उनके चित्र...
ये चित्र अतीत के स्मृति चिह्न हैं...

—पॉल गोमरा, 15 अगस्त, 1995

■

अभिनय

फकीर मोहन सेन को कौन नहीं जानता। खास तौर पर जिन्होंने भारतीय अभिनय का इतिहास पढ़ा है, वे उनके नाम से अपरिचित नहीं हैं।

लेकिन उनके बारे में एक सच ऐसा है जिसे कोई नहीं जानता। फकीर मोहन सेन के दाहिने पैर के तलवे पर एक नासूर था। यह नासूर तब से था जब उनकी उम्र तेरह वर्ष की थी और जब उनके माता-पिता का देहान्त हुआ था। उस नासूर से लगातार मवाद आता रहता था। उनके पास पैसे नहीं थे कि वे उसका इलाज कराते।

फकीर मोहन जानते थे कि अगर किसी को पता चल गया कि उनके दाहिने पैर में इतना पुराना और लाइलाज नासूर है तो उन्हें कोई काम नहीं मिलेगा। इसलिए वे लगातार उसे छिपाते रहे। कोई उसके बारे में जान न जाए, इसके लिए वे हमेशा प्रयत्न करते रहे। अपने चेहरे पर वे यही भाव रखते जैसे उन्हें कुछ नहीं हुआ है, वे स्वस्थ हैं। जबकि वास्तविकता यह थी कि जैसे ही वे अपना दाहिना पाँव जमीन पर रखते और उनके शरीर का बोझ उस पर पड़ता, लगता जैसे कई लाख बिच्छुओं ने वहाँ एक साथ डंक मार दिया है। बहुत कठिन अभ्यास के बाद उन्होंने अपने चेहरे को पहले निर्विकार, और बाद में प्रसन्न रखना सीख लिया था।

लेकिन उन्हें इसके बावजूद कहीं कोई काम नहीं मिला। रंगमंच ही उनके लिए आजीविका का पहला साधन बना, जहाँ उन्हें मसखरे का काम मिला।

अपने चेहरे पर रंग पोतकर ये ढेर सारी सफेद-काली लकीरें खींच लेते थे। उनके चेहरे की पेशियाँ जैसे ही किसी भाव को अभिव्यक्त करतीं, वे सारी लकीरें हिलतीं। उनका एक खास पैटर्न बनता। वे लकीरें कागज की छोटी-छोटी कतरनों की तरह थीं, और उनका चेहरा केलाइडोस्कोप, जहाँ इतनी अनंत और असंख्य डिजाइनें बनतीं कि लोग अवाक् रह जाते। फिर कुछ देर बाद दर्शकों को हँसी आने लगती। वे हँसते और यही फकीर मोहन सेन की कामयाबी सिद्ध होती।

जिन्होंने भारतीय अभिनय का इतिहास पढ़ा है, वे जानते हैं कि फकीर मोहन सेन ने रंगमंच में कभी कोई बड़ी भूमिका नहीं निभाई। न वे कभी दुष्यंत बने, न कालिदास, न किंग लियर, न सीजर। अपने दस वर्ष के अभिनय काल में कोई महत्त्वपूर्ण संवाद भी उन्होंने नहीं बोला।

उनकी भूमिका बहुत सीमित और संक्षिप्त होती थी। वे नाटक के बीच-बीच में मंच के दाहिने कोने से निकलकर एक-दो बार मंच का चक्कर लगाते थे। अपना चेहरा कई कोणों से दर्शकों की ओर रखते थे, फिर बाएँ पार्श्व से निकल जाते थे।

लेकिन जैसे ही वे मंच पर आते और चलने की शुरुआत करते, दर्शकों की हँसी और तालियाँ पैदा होने लगतीं। प्रेक्षागृह में हंगामा-सा हो जाता। दर्शक हँस-हँसकर दोहरे हो जाते। जबकि फकीर मोहन सेन करते कुछ नहीं थे। वे सिर्फ चलते थे और उनके रंग पुते चेहरे की काली-सफेद धारियाँ अलग-अलग नमूने पेश करती जाती थीं। काले चोगे के नीचे उनका शरीर तरह-तरह से ऐंठता और काँपता था।

'भारतीय अभिनय का इतिहास' में यह विशेष रूप से रेखांकित किया गया है कि बहुत सारे दर्शक प्रेक्षागृह में नाटक नहीं, सिर्फ फकीर मोहन सेन का अभिनय देखने आते थे। ऐसा असम्भव था कि कोई फकीर मोहन सेन का चलना मंच पर देखे और हँसते-हँसते वह दोहरा न हो जाए। यहाँ तक कि बच्चे जब नाटक देखकर घर लौटते तो वे अपने चेहरों पर रंग पोतकर और काली-सफेद धारियाँ खींचकर उनकी नकल उतारने का खेल खेलते। वे ठीक उसी तरह चलने की कोशिश करते, जैसे फकीर मोहन सेन चलते थे।

फकीर मोहन सेन का हास्य अभिनय अभूतपूर्व था। भारतीय अभिनय के इतिहास में उसका एक निश्चित स्थान निर्धारित हो चुका है। रंग आलोचना और आधुनिक नाट्यशास्त्र में उनके अभिनय को 'जादुई अभिनय' की संज्ञा दी गई है।

कहा जाता है कि अन्तिम समय में उनका अभिनय कलात्मकता और लोकप्रियता के चरम शिखर तक पहुँच गया था।

■

वारेन हेस्टिंग्स का साँड़

इस कहानी में इतिहास उतना ही है जितना दाल में नमक होता है। अगर आप इसमें इतिहास खोजने की कोशिश करेंगे तो आपके हाथ में रेत की ढूह या कनेर की टहनी भर आएगी।

असल में जब इतिहास में स्वप्न, यथार्थ में कल्पना, तथ्य में फैंटेसी और अतीत में भविष्य को मिलाया जाता है तो आख्यान में लीला शुरू होती है और एक ऐसी माया का जन्म होता है जिसका साक्षात्कार सत्य की खोज की ओर की एक यात्रा ही है। इसीलिए हर लीला और प्रत्येक माया उतनी ही सच होती है, जितना स्वयं इतिहास।

यह किस्सा आज से लगभग ढाई सौ साल पहले का है।

आप कह सकते हैं, इतनी पुरानी बात को आज उठाने का क्या तुक है क्योंकि इन ढाई सौ सालों में यह दुनिया पूरी तरह बदल चुकी है। ये परिवर्तन इतने आश्चर्यजनक और कल्पनातीत हैं जिनका अनुमान ढाई सौ साल पहले कोई ज्योतिषी, वैज्ञानिक, समाज-चिन्तक, दार्शनिक या अफीमची, पागल और पैगम्बर तक नहीं लगा सकता था।

सच है। आखिर कल्पना की भी तो सीमा होती है। और कल्पना के पंख हमेशा काल की कैंची कुतरती है। वरना तो हर कोई भविष्य पुराण रचता, हर कोई पीर-पैगम्बर या नोस्त्रदामस होता।

लेकिन सच यह भी है कि ढाई सौ साल पहले और आज के बीच कुछ ऐसा भी है, जो जरा भी नहीं बदला है। वह ज्यों-का-त्यों है। आप कह सकते हैं कि इतिहास के अन्त की घोषणा करनेवाले तमाम पंडितों के बावजूद इतिहास सतत निवर्तमान है। वह निरन्तर है।

उदाहरण के लिए प्लासी की लड़ाई (सन् 1757 ई.) में बंगाल के नवाब सिराजुद्दौला को हरानेवाले ईस्ट इंडिया कम्पनी के लॉर्ड क्लाइव की यह टिप्पणी देखें :

“मैं सिर्फ यह कहूँगा कि अराजकता का ऐसा दृश्य, ऐसा भ्रम, ऐसी घूसखोरी और बेईमानी, ऐसा भ्रष्टाचार और ऐसी लूट-खसोट जैसी

हमारे राज में आज दिखाई दे रही है, वैसी किसी और देश में न कभी सुनी गई, न कभी देखी गई। अचानक धनाढ्यों की बेइन्तहा दौलतपरस्ती ने विलासिता और भोग के भीषण रूप को चारों तरफ पैदा कर दिया है। इस बुराई से हर डिपार्टमेंट का हर सदस्य प्रभावित है। हर छोटा मुलाजिम ज्यादा-से-ज्यादा धन हड़पकर बड़े मुलाजिम या अधिकारी के बराबर हो जाना चाहता है। क्योंकि वह यह जानता है कि सम्पत्ति और ताकत ही उसे बड़ा बना रही है।...कोई ताज्जुब नहीं कि दौलत की इस हवस को पूरा करनेवाले साधन इन लोगों के वे 'अधिकार' हैं, जो इन्हें उत्तरदायित्वपूर्ण ढंग से प्रशासन चलाने के लिए दिए गए हैं। विडम्बना है कि ये 'साधन' सिर्फ रिश्वतखोरी जैसे भ्रष्ट आचरण के लिए ही नहीं, लूट-खसोट और ठगी-जालसाजी के लिए भी इस्तेमाल हो रहे हैं। इसकी मिसालें ऊपर के पदों पर बैठे लोगों ने कायम की हैं, तो भला नीचे के लोग उसका अनुसरण करने में नाकामयाब क्यों रहें?

यह रोग सर्वव्यापी है। यह नागरिक प्रशासन, पुलिस और फौज ही नहीं लेखकों, कलमनवीसों और व्यापारियों तक को अपनी चपेट में ले चुका है।"

और यही है वह बिन्दु जहाँ ढाई सौ साल पहले की कहानी आज की कहानी बनती है। इतिहास फिर से निरन्तरता हासिल करता है और इस सदी के एक महान् कथाकार की ये पंक्तियाँ अमर हो जाती हैं कि सारे संसार में अनादिकाल से आज तक बस एक ही कहानी रची गई है और वही बार-बार दोहराई जाती है। उसका रूप, उसका कलेवर बदल सकता है, पर मूल कथा वही है।

तो ढाई सौ साल पुराने किस्से की ओर लौटें।

यह वह समय था जब मुगलशाही के नाम पर मुगल वंश के कायर, कर्जखोर, ऐयाश और भगोड़े शहजादे या बस नाम के बादशाह बचे थे। दूसरी ओर लगातार बढ़ती जाती हरम की औरतों, दरबार की नर्तकियों, रक्काशाओं, अपने भाई-भतीजों और खुशामदियों को दौलत और खिताब बाँटते वे रजवाड़े और नवाब थे, जिनके कारिन्दों की वसूली और उगाही के डर से घर, गाँव और खेत छोड़कर गरीब मेहनतकश किसान भाग जाते

थे। बहादुर, लुटेरे, गौरवशाली और महत्त्वाकांक्षी मरहठे, राजपूत, सिख और दक्षिण के शासक थे, जो ज्यादातर एक-दूसरे को या अपनी मजबूर रियाया को काटते-पीटते रहते थे।

इनके अलावा पश्चिमी देशों से समुद्र पार कर आई हुई कई व्यापारिक कम्पनियाँ थीं। डच, फ्रांसीसी, पुर्तगाली और अंग्रेज। उन कम्पनियों में काम करनेवाले गोरे अफसर, मुसाहिब और कर्मचारी थे जिनकी चमड़ी का रंग हमारे देश के गोरे से गोरे इनसान से भी ज्यादा सफेद या गुलाबी था और जो इस देश को, जिसे वे 'वंडर दैट इज इंडिया' कहते थे, अपनी चौंकी, विस्फारित और आश्चर्यचकित आँखों से देख रहे थे।

यह किस्सा उन्हीं दिनों का है।

वारेन हेस्टिंग्स, जो बाद में 1772 में ईस्ट इंडिया कम्पनी का गवर्नर बना, उस समय अपने बचपन में था यानी यह बात लगभग 1750-70 के बीच की होगी।

कितना अकेलापन महसूस होता था वारेन हेस्टिंग्स को! वह सबसे अलग था। यहाँ हिन्दुस्तान में वैसा कुछ भी नहीं था, जैसा इंग्लैंड में था। यहाँ के लोग काले, भूरे और रहस्यमय थे। जब वे आपस में बातें करते थे और हँसते हुए उनके मटमैले दाँत बाहर निकलते थे तो वे डरावने, सन्दिग्ध और गोथिक कथाओं के पात्र लगते थे। तब तक वारेन हेस्टिंग्स को गुलिवर की यात्रा के बारे में नहीं मालूम था वरना वह अपने आपको गुलिवर मानता, इस देश को रहस्यमय भूरे-काले दैत्यों का द्वीप और अपनी वीरता से वह उनका नाश करता।

यहाँ औरतें भी ऐसी ही थीं। वे लकड़ियाँ काटतीं, भारी बोझ सिर पर उठातीं, नदियों से मछलियाँ पकड़ लातीं और अनाज के बदले उन्हें बाजार में बेचतीं। वे गन्दी थीं। उनके बच्चे उनकी कमर या पीठ पर बन्दर के बच्चों की तरह चिपके होते थे।

नदी के घाट या कुओं के पास उसने इन औरतों का झुंड अक्सर देखा था। धातु या मिट्टी के लगभग अर्द्धऐतिहासिक भांडों या मटकों में खूब सारा पानी भरकर, मटकों को सिर पर लादकर, वे एक कतार में एक-दूसरे के पीछे चुपचाप चलतीं।

ताज्जुब था कि उनके दोनों हाथ पूरी तरह स्वतंत्र होते लेकिन उनके सिर पर, बिलकुल थोड़ी-सी जगह पर टिका हुआ गोल मटका, उनके चलने और सिर घुमाकर एक-दूसरे से बातें करने के बावजूद, कभी न गिरता।

यहाँ की हर औरत गन्दी, सन्दिग्ध और हद दर्जे की जिम्नास्ट थी। कुशल नटनी। वारेन हेस्टिंग्स ने उन्हें ढेंकी से धान या कोई दूसरा अनाज कूटते हुए, पत्थर के दो गोल पहियों को, जिन्हें चक्की या जतवा कहते, लगातार एक लय और गति में गोल-गोल घुमाकर कई-कई मन दाल दलते हुए देखा था। इतनी दाल, कि उसके ढेर के पीछे वे खुद छिप जातीं और सिर्फ चक्की की आवाज भर रह जाती। धोबिनें नदी के घाट पर किसी छोटे से पत्थर पर कपड़े पछीटतीं। जितनी बार कपड़ा पत्थर पर गिरता उनके गले से 'छोह...छो, छोह...छो' की आवाज निकलती। वह गिनते-गिनते थक जाता।

वारेन हेस्टिंग्स घाट से कुछ दूर बैठा हुआ उन्हें चुपचाप देखता। वे बिना रुके कठपुतलियों की तरह यह काम करतीं। वे लकड़ी या कोयले की बनी हुई लगती थीं; लेकिन देखते ही देखते एक जादू जैसा होता और नदी तट की सारी रेत खूब साफ, धुले, उजले और रंगीन कपड़ों से ढक जाती। मीलों दूर तक, जहाँ तक आँख जाती कपड़े-ही-कपड़े सूखते नजर आते।

और यह काम काठ या कोयले की सिर्फ एक कठपुतली धोबिन कर डालती।

एक बार वह अपने बँगले के पिछवाड़े के एक गाँव में गया था। वहाँ एक फूस की झोंपड़ी में उसने एक ऐसी औरत को देखा था, जो पत्थर के एक बड़े से पहिए को जोर-जोर से घुमाकर छोड़ देती थी। वह पहिया एक कील की धुरी पर टिका हुआ रहता था।

औरत छपाक से उस पहिए के बीचोबीच मिट्टी का एक लोंदा रखती और देखते ही देखते एक गोल-मटोल मटका या गमला या सुराही बनने लगती। उस औरत का रंग बिलकुल उस मिट्टी जैसा था और उसने सिर्फ अपनी कमर पर कपड़े का एक चिथड़ा बाँध रखा था।

वारेन हेस्टिंग्स ने उस औरत के स्तनों को देखा। वह जान गया था कि ये भी पत्थर के इस घूमते हुए पहिये पर मिट्टी रखकर उसी प्रक्रिया

में बनाए गए हैं, जैसे ये मटके और घड़े। उतने ही गोल। वैसा ही साफ आश्चर्यजनक आकार।

इतनी ही नहीं। ऐसी और भी औरतें थीं। एक वह थी, जो सुबह-सुबह बँगले में फूल और गजरे देने आती थी। वह बिलकुल काली थी। लेकिन उसके दाँत मोतियों की तरह चमकते थे।

इंग्लैंड में न ऐसी कोई औरत थी और न ऐसे फूल थे जो इस तरह किसी अजनबी सेंट की तरह महकते थे।

उनमें से एक सफेद फूल ऐसा था, जिसकी खुशबू वारेन हेस्टिंग्स को अपने पेट के भीतर तक जाती हुई लगी और थोड़ी देर बाद उसके पूरे शरीर से वही महक उठने लगी।

सबसे ताज्जुब की बात तो यह थी कि जब वह शाम को घुड़सवारी का अभ्यास कर रहा था तो उसके पसीने में वही फूल महक रहा था। इसके बाद से उसने उस मोती जैसी दाँतोंवाली काली-कलूटी औरत, जिसे मालिन कहते थे, से डरना छोड़ दिया। वह उससे वही सफेद फूल लेकर अपनी जेब में डाल लेता।

उसने उस मालिन को एक बार सूँघा था। वह काली होने के बावजूद उसी सफेद फूल की तरह महक रही थी।

लेकिन तब भी एक ऐसा भय था जो वारेन हेस्टिंग्स के दिल में इन गन्दी, आश्चर्यजनक और रहस्यभरी औरतों के प्रति गहराई से बैठा था। उसने सुन रखा था कि नटनी नाम की औरतें ढोलक या नगाड़े की आवाज के साथ जमीन से ऊपर बाँस के एक खूब ऊँचे डंडे पर या पतली, तनी हुई रस्सी पर चलने लग जाती थीं। कुछ ऐसी थीं जो बीन की धुन में कोबरा जैसे जहरीले साँपों को अपने शरीर में लपेटकर उनका फन अपने मुँह में भर लेती थीं।

उसे यह भी बताया गया था कि कई-कई बार ये औरतें खुद नागिनें बन जाती हैं और जिससे बदला लेना होता है उसे रात में काटकर चुपचाप लौट आती हैं और वापस औरत बन जाती हैं।

वारेन हेस्टिंग्स को याद था कि जब कई साल पहले गुजरात के सूरत की फैक्टरी में इंग्लैंड से मिस्टर फेयर आए थे और कुछ दिनों इंडिया

घूमकर वापस लौटे थे तो उन्होंने बताया था कि वह एक अजीबोगरीब देश है। उन्होंने गुजरात में एक ऐसे मदारी को देखा था जो बीन बजाकर रस्सी को आसमान में खड़ा कर देता था और उस रस्सी पर छिपकली की तरह रेंगता हुआ उसका लड़का ऊपर जाकर आसमान में गायब हो जाता था।

बाद में आसपास के किसी पेड़ की फुनगी से उस अदृश्य हो चुके लड़के की आवाज आती थी और वह हर किसी का अतीत और भविष्य बता देता था। फ्रेयर ने बताया था कि रस्सी पर चढ़कर आसमान में गायब होनेवाले उस अदृश्य लड़के की आवाज ने भविष्यवाणी की थी कि फ्रांसीसी कम्पनी अंग्रेजों की ईस्ट इंडिया कम्पनी से हार जाएगी, डुप्ले को उसके अपने फ्रांसीसी लोग ही खत्म कर डालेंगे और इंडिया में कम्पनी का राज होगा।

फ्रेयर ने यह भी बताया था कि उस अदृश्य लड़के की, पास के ऊँचे पीपल की फुनगी से आनेवाली आवाज ने यह भी कहा था कि दो सौ सालों के बाद जब अंग्रेज मालामाल होकर वापस अपने वतन इंग्लैंड लौटेंगे तब भी इंडिया में उनके जैसे ही नेटिवों का राज होगा। वे लोग वही खाएँगे, जो अंग्रेज खाते हैं। वही पिएँगे जो अंग्रेज पीते हैं। वे वही भाषा बोलेंगे जो अंग्रेज बोलते हैं। उनके कपड़े, विचार, स्वप्न और आकांक्षाएँ अंग्रेज होंगी; वे हर इंडियन चीज से घृणा करेंगे। वे इंडिया को उससे भी ज्यादा लूटेंगे, जितना विदेशी कम्पनियों ने लूटा है।

फ्रेयर ने शराब के नशे में गुजरात के कच्छवाले रेगिस्तानी मैदान में शिकार किए गए जंगली खच्चर की रान चबाते हुए कहा था कि आखिर में उस लड़के ने एक ऐसा वाक्य कहा था जो किसी प्राचीन धर्म ग्रन्थ के क्वाट्रेन (चतुष्पद) जैसा लगता था। उसका अर्थ यह था कि विदेशियों ने वहाँ रहनेवाले साधारण मानवों की जितनी हत्याएँ पाँच सौ सालों में नहीं की होंगी, उससे ज्यादा ये लोग सिर्फ पचास साल में कर डालेंगे। इसके बाद मिस्टर फ्रेयर ठहाके लगाकर हँसने लगे थे। पूछने पर उन्होंने बताया कि हुआ यह कि इसके बाद मदारी की हवा में टँगी हुई रस्सी गिर गई और मदारी के जोर-जोर से पुकारने पर भी पीपल की फुनगी से लड़के की आवाज आनी बन्द हो गई। सब लोग डर गए। यहाँ तक कि खुद

मदारी के चेहरे पर हवाइयाँ उड़ने लगीं। तभी लड़के की खिलखिलाकर हँसने की आवाज आई।

वह तमाशबीनों की भीड़ में मिस्टर फ्रेयर के ठीक पीछे खड़ा था और जब उन्होंने उसे चाँदी का एक रॉयल सिक्का बख्शीश में दिया तो वह झुक-झुककर उन्हें सलाम करने लगा। किसी पालतू प्रशिक्षित बन्दर की तरह। उन्होंने उससे पूछा कि तुम यह बताओ कि मुझे कम्पनी की नौकरी में तरक्की मिलेगी कि नहीं, तो उस लड़के ने कहा कि चूँकि वह आकाश से वापस लौट आया है इसलिए वह अब कोई भविष्यवाणी नहीं कर सकता।

इसीलिए वारेन हेस्टिंग्स के मन में जहाँ एक ओर इन नेटिव्स को लेकर एक गहरा सन्देह और भय था, वहीं उसके मन में इन्हें कुछ और जानने की उत्सुकता भी थी। वह अभी लड़का ही था इसलिए उन रहस्यमय डरावने अर्द्धमानवों जैसे पुरुष नेटिव्स की तुलना में औरतें उसे कम खतरनाक लगती थीं।

एक औरत की मूर्ति या चित्र उसे अक्सर दिखाई देते थे, जो एक शेर के ऊपर बैठी रहती थी और जिसके कई हाथ थे। उसके एक हाथ में किसी डरावने पुरुष का कटा हुआ सिर होता था और उसके होंठों में लाल-लाल खून लगा होता था।

मुकाबला कठिन है। हमें इनको ही गुलाम बनाना है। उसके भीतर उस वीर शिकारी जैसी शौर्य की भावना पैदा होने लगती, जो किसी घने, खूँखार जंगल में आदमखोर बनैले पशुओं का शिकार करने घुसा हो।

अभी कुछ ही रात पहले, जहाँ कम्पनी के गाड्र्स और सिपाहियों के कमरे थे, उसने एक औरत की जोर-जोर से चीखने और हँसने की आवाजें सुनी थीं। वह अपने बँगले से निकलकर छिपता हुआ वहाँ पहुँचा था। वे गोरे नौजवान गाड्र्स किसी नेटिव औरत को पकड़ लाए थे। वह पूरी तरह नंगी थी।

लेकिन वारेन हेस्टिंग्स ने देखा कि उस औरत ने कोई लाल-लाल चीज खा रखी थी, जिससे बार-बार वह खून जैसा कुछ बाहर थूकती थी और जोर-जोर से हँसती हुई उन पाँच गोरे छोकरों को पकड़कर अपनी ओर खींचती थी। (दरअसल उसने पान खा रखा था।)

हेस्टिंग्स ने देखा कि वे पाँचों गाड्र्स बुरी तरह डरे हुए थे। वह औरत किसी चीते की तरह बार-बार झपट्टे मारकर उनसे लिपटती थी और हँसती थी।

बाद में बड़ी मुश्किल से उन पाँच सिपाहियों ने उसे पैसे देकर, पीटकर और हाथ-पैर पकड़कर घसीटते हुए अहाते के बाहर निकाला। वहाँ बहुत देर रात तक खड़ी हुई वह औरत जोर-जोर से कुछ चीखती रही और हँसती रही।

बाद में पता चला वह कोई बंजारन रंडी थी, जिसे कम्पनी के नौजवान सिपाही कहीं से ले आए थे।

उसने कम्पनी के ही एक एजेंट मिस्टर चार्ल्सटन से सुना था कि हो, संथाल, पिंडारी और चुआर जाति की औरतें एक छोटी-सी रस्सी के टुकड़े से, मजबूत से मजबूत आदमी को एक मिनट में मार डालती हैं।

"ओह जीसस, व्हेयर द हेल आयम!" वारेन हेस्टिंग्स ने कहा।

यह वह दौर था जब फ्रांसीसी कम्पनी और इंग्लैंड की ईस्ट इंडिया कम्पनी के बीच यूरोप, अमेरिका और एशिया के समुद्रों, बाजारों और प्राकृतिक संसाधनों को हथियाने के लिए बीस साल से लड़ाई चल रही थी। इस होड़ में डच और पुर्तगाली भी शामिल थे लेकिन वे कमजोर पड़ते जा रहे थे।

फ्रांसीसी कम्पनी और ईस्ट इंडिया कम्पनी में सबसे मुख्य अन्तर यह था कि जहाँ फ्रांसीसी कम्पनी सरकारी या पब्लिक सेक्टर की थी, वहीं ईस्ट इंडिया कम्पनी एक प्राइवेट कम्पनी थी। इसीलिए उसके अफसर और मुलाजिम ज्यादा-से-ज्यादा मुनाफा कमाने के लिए ज्यादा जी-जान लगाते थे।

यानी आज से ढाई सौ साल पहले भी, एक विदेशी सार्वजनिक कम्पनी इंग्लैंड की एक प्राइवेट कम्पनी से हार रही थी। फ्रांसीसी कम्पनी के महाप्रबन्धक (डायरेक्टर जनरल) डुप्ले को अपनी विलक्षण दूरदर्शिता और योग्यता के बावजूद, जगह-जगह अंग्रेजों से हार मिल रही थी। उधर मरहठे मैसूर पर लगातार हमले कर रहे थे और वहाँ के शासक राजा देवराय को त्रस्त कर डाला था।

उन्हीं दिनों वारेन हेस्टिंग्स की दोस्ती बुंतू से हुई।

बुंतू के पिता कम्पनी के मामूली कर्मचारी थे। बुंतू ने बताया था कि वे लोग मूलत: केंडुली नाम के गाँव के निवासी थे लेकिन बार-बार के अकाल और जमींदारों की लूट-खसोट के डर से भागकर बंगाल चले आए थे। बुंतू बहुत अच्छा, सीधा और भावुक नेटिव था। वह एक अपरिचित-सी भाषा में इतना मधुर, जादूभरा और उन्माद से छलकता गीत गाता था कि कुछ न समझने के बावजूद वारेन हेस्टिंग्स की आँखें डबडबा जाती थीं।

बुंतू ने उसे बताया था कि ये बाउल गीत हैं और इन्हें जयदेव ने सबसे पहली बार गाया था।

वारेन हेस्टिंग्स बुंतू के साथ दिन-भर घूमता। उसके साथ होने से उसे उन काली रहस्यमय औरतों और डरावने टेढ़े-मेढ़े नेटिव पुरुषों से डर नहीं लगता था। वह मन-ही-मन सोचता कि जब मैं इन गन्दे अर्द्धमानवों को अपनी बन्दूक से मारूँगा तो बुंतू और उसके पिता को छोड़ दूँगा।

बुंतू जिस भाषा में गाता था वह भाषा मैथिली थी। लगता जैसे किसी झरने के पियानो से पानी के छोटे-छोटे बुलबुले उठ रहे हों और एक-एक कर फूटते हुए ऐसे शब्दों और ध्वनियों को हवा में जन्म दे रहे हों जिनके अबूझे अर्थ धीरे-धीरे हृदय के भीतर अपने संकेतों को संगीत के साथ किसी जादू भरी लय में खोल रहे हों।

"इट सीम्स, आई नो देयर मीनिंग्स। आई कैन अंडरस्टैंड देसम। दे डिसेंड फ्रॉम अनदर प्लेनेट जस्ट टु प्यूरिफाइ माइ सोल," वारेन हेस्टिंग्स उस जादू में घिरा धीरे-धीरे फुसफुसाता।

वारेन हेस्टिंग्स बुंतू से बांग्ला भाषा सीखने लगा। दूसरी ओर, बँगले का खानसामा अब्दुल कादिर, जो बहुत लजीज कबाब और जंगली मुर्गे का लाजवाब दमपुख्त बनाता था, उसे फारसी बोलना सिखाने लगा।

वारेन हेस्टिंग्स को यह देश विचित्र लगता। वह इससे डरता लेकिन किसी ऐंद्रजालिक आकर्षण में बँधा वह उसके और निकट जाना चाहता। इतना निकट कि वह उसके भीतर के अज्ञात अँधेरे में प्रवेश कर जाए। उस अन्धकार में, जहाँ इन रहस्यमय भूरे-काले, टेढ़े-मेढ़े, विद्रूप अर्द्धमानवों के गैर-ईसाई देवी-देवताओं का वास था और जहाँ धूप, अगरु, अजवायन,

लोहबान और पता नहीं किन-किन जड़ी-बूटियों की गन्ध से भरा हुआ धुआँ उठता रहता था। उसने जगह-जगह इन लोगों के मन्दिर देखे थे, जिनमें वैसी ही अजीबोगरीब आकृतियाँ पत्थरों पर उत्कीर्ण थीं। किसी का सिर हाथी का था, किसी का शेर का, किसी का बन्दर का। किसी के कई सिर थे, किसी के कई हाथ और स्त्रियाँ थीं, पत्थरों पर बनीं। उनके गले, पैरों और कमर में आभूषण थे। लेकिन वे नग्न थीं। उनकी देह किसी अलौकिक मुद्रा में, कहीं कामातुर थीं, कहीं उत्पीड़ित और थकान से चूर, कहीं प्रार्थना में निमग्न और कहीं वे किसी विराट पुरुष के साथ सम्भोगरत थी।

रोम या ग्रीस में भी उसने ऐसी स्त्रियों और ऐसे देवों की शिल्पकृतियाँ नहीं देखी थीं। बुंतू ने उसे बताया था कि इनमें से हर आकृति के पीछे एक नहीं, कई-कई कथाएँ मौजूद हैं। इन सबकी अलग-अलग आत्मकथाएँ हैं।

वारेन हेस्टिंग्स के रोयें तब खड़े हो गए जब बुंतू ने उसे बताया कि "सबसे महत्त्वपूर्ण बात तो यह है कि इनमें से कोई भी अभी तक मृत नहीं है। ये सब- के-सब जीवित है। और चन्द्र गति के साथ विभिन्न ग्रहों के योग के अवसर पर, अलग-अलग तिथियों और पहरों में ये सब-के-सब बिन्दा आदमियों और औरतों की तरह हमारे बीच घूमने-फिरने लगते हैं।"

वारेन हेस्टिंग्स को पता चला कि इस देश में इतने ग्रन्थ और अभिलेख हैं और इतनी दंतकथाएँ और मिथक गाथाएँ मौखिक रूप में प्रचलित हैं कि अगर उन्हें पूरी पृथ्वी पर फैला दिया जाए तो उनकी अनगिनत परतों के नीचे यूरोप, अमेरिका, एशिया और अफ्रीका ही नहीं, सारे समुद्र भी ढक जाएँगे। उसे सीजर का वह वाक्य याद आ रहा था जिसे इंग्लैंड के ही एक महान लेखक विलियम शेक्सपियर ने लिखा था, "इफ यू हैव टु डिफीट देम, यू हैव टु किल देयर मेमरीज। यू हैव टु डिस्ट्रॉय देयर पास्ट। यू हैव टु शूट देयर स्टोरीज" हह...हह...हह... हेस्टिंग्स डरता हुआ किसी मिरगी के मरीज जैसा हँस रहा था। बुंतू हैरान था। इस फिरंग सखा को हुआ क्या?

यह इस विचित्र देश का वसन्त था।

हवा ऐसी चल रही थी जिससे शरीर में नशे और वासना की सिहरन पैदा हो रही थी। पलाश के पेड़ लाल टेसुओं से लदे थे और उनके टूट-टूटकर गिरने से उनके नीचे की धरती इस तरह दिखाई दे रही थी, जैसे वहाँ अबीर या गुलाल बिखेर दिया गया हो। जंगल के सारे पेड़ नए पत्तों, नवजात कोंपलों और कई-कई तरह के फूलों से भर गए थे।

वारेन हेस्टिंग्स को अफसोस हुआ कि उसकी कम्पनी के अफसर और दूसरे कर्मचारी इस सबसे बिलकुल उदासीन थे। वे इंग्लैंड की शराब यहाँ पर्याप्त मात्रा में न मिलने के कारण अरक पीते, अफीम खाते और बर्मा या स्याम से मँगाए गए लम्बी गरदन, ऊँची कलंगी और बड़ी टाँगों वाले मुर्गों को लड़ाकर मुर्गेबाजी करते। या फिर अपनी बन्दूकें लेकर निकल जाते और जंगल में फाख्ते, हारिल, कबूतर और तीतर मारते।

ताज्जुब था कि इनमें से सब-के-सब नौजवान थे। कहते हैं एक बार कैप्टन डाउनटन ने मजाक में कहा था कि इन बेचारे इंडियन लोगों को कभी यह पता भी नहीं चलेगा कि ये गोरे विदेशी बूढ़े होने पर कैसे दिखाई पड़ते होंगे। इंडियन यह जानने को तरस रहे होंगे कि सफेद चमड़ी वालों के सुनहले भूरे बाल बुढ़ापे में पकने पर किस रंग के होते होंगे।

वारेन हेस्टिंग्स की समझ में नहीं आता था कि कम्पनी ऊँचे-ऊँचे ओहदों से लेकर मामूली कर्मचारियों के पदों पर भी ऐसे उद्दंड और आवारा छोकरों को क्यों इंग्लैंड में नियुक्त करके यहाँ भेज रही है। इनमें से ज्यादातर अपराधी थे और इंग्लैंड की सामाजिक जिन्दगी के लिए सिरदर्द थे। उनको न इंग्लैंड या यूरोप की परम्पराओं का जान था, न वे इस देश को जानना-समझना चाहते थे।

वे बर्बर, मूर्ख, असभ्य और बेहद लालची थे। दौलत कमाने की उनकी भूख, सम्पत्ति जमा करने की उनकी हवस कल्पनातीत थी। वे इस देश को लूटने आए थे। दौलत, भोग, मजा, ऐयाशी और लूट-खसोट उनका चरित्र था। वारेन हेस्टिंग्स को दु:ख और आश्चर्य होता। इंग्लैंड में क्या यही लोग इंडिया भेजने के लिए बचे थे? वहाँ तो महान रोम और इटली के प्रभाव और प्रेरणा से रिनेसां आ चुका था। चाउसर (सास्यूर), दांते, शेक्सपियर,

होमर की वाणी वहाँ गूँज रही थी। इसाक न्यूटन, गैलीलियो से लेकर अरस्तू प्लेटो ही नहीं फ्रांसिस बेकन, वोल्तेयर, दिदेरो और मैकियावली के विचारों से ज्ञान और विज्ञान के क्षेत्र में नई उथल-पुथल मची हुई थी। लेकिन ईस्ट इंडिया कम्पनी के सदस्यों के रूप में जो अंग्रेज यहाँ आए थे वे लफंगे, भ्रष्ट और उचक्के लौंडे-लपाड़ी थे। उनकी जिन्दगी का मकसद था खाना, कमाना, मौज-मस्ती लूटना, अपराध और जालसाजी करना और इतनी दौलत इस तरीके से इकट्ठी कर लेना, जिसके बारे में वे खुद नहीं जानते थे कि वे इसका करेंगे क्या।

दुर्भाग्य से समय उनका साथ दे रहा था। हिन्दुस्तान में इतिहास की हर बाजी वे जीत रहे थे। प्लासी में मीर जाफर को रिश्वत देकर उन्होंने सिराजुद्दौला की विशाल सेना को बिना युद्ध के ही हरा डाला था। बंगाल, बिहार, उड़ीसा का बहुत बड़ा क्षेत्र उनकी कम्पनी के अधीन आ गया था।

कमजोर और नाकारा मुगल बादशाह शाह आलम को उन्होंने बेवकूफ बनाकर और रुपये देकर पटा लिया था। उससे एक के बाद एक दीवानियाँ हासिल करते जा रहे थे। सबसे बड़ी बात यह कि इंडिया के अमीर और महत्त्वाकांक्षी वर्ग की चरित्रहीनता, भ्रष्टाचार और देश तथा जनता के प्रति गद्दारी के गुण को उन्होंने पहचान लिया था। अमीनचन्द, जगत सेठ, मीर जाफर, मीर कासिम जैसे लोग उनका साथ दे रहे थे। जगह-जगह वे जमीन के प्लॉट खरीद रहे थे। इंडियन माल के थोक खरीद और व्यापार का लाइसेंस और अधिकार पा रहे थे। आयात और निर्यात पर उन्हीं का कब्जा था। तम्बाकू कपास, मसाले, सोना, चाँदी, हीरे, जवाहरात, हर चीज पर उनका अधिकार हो रहा था।

फ्रांसीसी कम्पनी का डुप्ले हार चुका था। लेकिन उससे उन्होंने वह राज जान लिया था जिससे इन हिन्दुस्तानियों को इन्हीं की लाठी से मारा जा सकता था। वह लाठी उन्हीं पश्चिमी गोरों के पास थी, जिनमें से एक वारेन हेस्टिंग्स भी था जो फिलहाल इस विचित्र देश के सम्मोहन में डूबता-उतराता एक अलग दुनिया में रह रहा था।

तो हमारे किस्से में वसन्त का जिक्र हो रहा था।

वारेन हेस्टिंग्स ने चारों ओर फैली प्रकृति के असंख्य रंगों के उस अभूतपूर्व दृश्य पर मुग्ध होकर नजरें डालीं और फिर उसने लम्बी साँस खींची।

यह हवा यूरोप ही नहीं, संसार की सारी हवाओं से बिलकुल अलग थी। उसका पूरा शरीर एक अनोखे स्फुरण से सिहर उठा। लगा जैसे इस हवा को अनगिनत नदियों और झरनों ने अपने निर्मल जल से धो डाला है। घने जंगलों के करोड़ों वृक्षों ने अपनी अगण्य पत्तियों से छान डाला है और लाखों तरह के फूलों ने उसमें अपनी गन्ध भर दी है।

प्रीस्टले और शीले जैसे वैज्ञानिक क्या इस हवा के प्राण तत्त्व को भी सिर्फ ऑक्सीजन जैसा नाम देंगे?—हेस्टिंग्स ने सोचा, क्या यह हवा जिसके बस स्पर्श भर से उसके पूरे शरीर में एक नई उमंग, नया जीवन और इस समूची ऋतु का रस भर गया है, क्या वह सिर्फ एक रासायनिक चीज है, जैसा यूरोप के लोग अब मानने लगे हैं? उसके मन में इच्छा पैदा हुई कि अगर उसे वह बाजीगर कहीं फिर मिल जाए, जो मिस्टर फ्रेयर को गुजरात में मिला था तो वह उस भविष्यवक्ता लड़के से एक प्रश्न और पूछेगा।

प्रश्न यह होगा कि जब अंग्रेज मालामाल होकर अपने वतन इंग्लैंड लौट जाएँगे और इंडिया में उनके जैसे ही नेटिवों का राज होगा तो क्या ये नेटिव शासक इंडिया को लूटने और बेचने के साथ-साथ इस हवा को भी बेच डालेंगे और खत्म कर डालेंगे?

उसने देखा, दूर एक कदम्ब के पेड़ के नीचे बैठा हुआ बुंतू एकतारा बजाकर गा रहा था :

...श्री जयदेवे कृत हरिसेवे भणति परम रमणीयम्
प्रमुदित हृदयं हरिमति सदयं नमत सुकृत कमनीयम्
धीर समीरे यमुना तीरे वसति वने वनमाली
गोपी पीन पयोधर मर्दन चंचल कर युग शाली...

अद्भुत! कैसी लय! हर शब्द नन्ही-नन्ही घंटियों की तरह बजता हुआ। फिर रंग-बिरंगी स्वर-तितलियों की तरह समूचे पर्यावरण में तैरता हुआ। वारेन हेस्टिंग्स को लगा एक मादक मूर्च्छा उसे घेरती जा रही है। वह गीत गूँज रहा था :

नाम समेतं कृत संकेतं वादयते मृदुवेणुम्...

यह एंक कभी न भुलानेवाला अनुभव था।

उसने बुंतू से कहा, "तुम मुझे अपने गाँव केंडुली ले चलो। मैं उसे एक बार देखना चाहता हूँ।" बुंतू ने एकतारा उठाकर रख दिया और कुछ देर तक चुप रहने के बाद बोला, "मुझे खुद नहीं पता कि वह गाँव कहीं है। एक बार एक ब्राह्मण ने बतलाया था कि उस गाँव का नाम 'केंदु बिल्व' होगा। केंदु बिल्व ही अपभ्रंश की प्रक्रिया से बदलकर केंडुली हो गया होगा। इसी गाँव में जयदेव का जन्म हुआ था। लेकिन इस नाम से मिलते-जुलते नाम वाले गाँव बंगाल में सिंहभूम जिले में, उधर ढाका के पास, उड़ीसा में दो जगह और बिहार प्रान्त के मिथिला में भी हैं।"

बुंतू ने सूनी और खोई हुई आँखों से कहीं दूर देखते हुए कहा, "मुझे खुद नहीं पता कि इनमें से कौन-सा गाँव मेरा है, क्योंकि शायद इनमें से हर गाँव के लोग कहते हैं कि जयदेव का जन्म यहीं हुआ था। एक बार मैंने पिताजी से पूछा तो उन्होंने कहा कि मैं तो अपने गाँव से यहीं हुगली के किनारे तक पैदल चला आया था। रास्ते भर एक जैसे जंगल, एक जैसी नदियाँ और एक जैसे गाँव पड़ते रहे। यहाँ तक पहुँचने में मुझे दो-एक महीने लगे थे। लेकिन बीच-बीच में कई गाँवों में मैं ठहर भी जाता था। एक बार छह रोज के लिए बीमार भी पड़ा था। इसलिए मैं बता नहीं सकता कि कौन-सा गाँव मेरा है।" बुंतू ने बताया कि पिताजी तो वह दिशा भी भूल चुके थे, जिधर वह गाँव था।

वारेन हेस्टिंग्स को बुंतू की बात पर विश्वास इसलिए हो गया क्योंकि उस वक्त तक इंडिया का कोई नक्शा ही नहीं बना था। उसे हँसी आई। "इट्रेंज इंजन, इंडिया इज एक्जिस्ट बट विदाउट अ मैप, समह्वेयर इन द सोल एंड माइंड ऑफ दीज मिस्टीरियस इनहैबिटेंट्स।" हा! हा! हा! एक देश, बिना नक्शे का!!

बुंतू से ही उसे गोपाल कृष्ण के बारे में जानकारी मिली, इस देवता के जन्म से लेकर मृत्यु तक की पूरी कहानी सुनने को मिली। बंगाल में कुछ दशक पहले होनेवाले चैतन्य महाप्रभु गाँव-गाँव, गली-गली इन्हीं गोपाल कृष्ण का कीर्तन गाते, नाचते हुए घूमते थे। उनके गीत और कृष्ण की

कहानी दोनों का प्रभाव ऐसा था कि उत्तर-पूर्व के तमाम आदिवासी और जनजातियों के लोग कृष्ण के दीवाने हो गए थे।

बुंतू ने बताया था कि जिस तरह यहाँ के पत्थरों में उत्कीर्ण मूर्तियाँ मृत नहीं हैं, उसी तरह कृष्ण भी द्वापर युग में एक बहेलिये के द्वारा मारे जाने के बावजूद मृत नहीं हैं। बुंतू ने कहा था कि मृत्यु उसकी होती है, जिसकी कोई कथा नहीं होती। कृष्ण की कथा है, इसलिए वे हैं। उसने बताया था कि जयदेव के घर में कृष्ण की मूर्ति के हाथ में मूँज की रस्सी का एक ऐसा रेशा पाया गया था, जिससे यह सिद्ध हो जाता था कि कृष्ण ने जयदेव की झोंपड़ी का छप्पर खुद अपने हाथ से छाया था। मूँज का वह रेशा आज भी मौजूद हैं।

"ये क्या मामला है। मैं कहीं पागल तो नहीं हो जाऊँगा..." वारेन हेस्टिंग्स ने उस मूँज की रस्सी के बारे में सोचा जो किसी श्रुति के भौतिक प्रमाण के रूप में मौजूद थी। साक्षात् प्रमाण!

इसका मतलब वह सेब का पेड़ भी जरूर कहीं होगा, जिसका फल आदम ने चखा था। और उसी के आसपास सीजर की तलवार होगी।

बुंतू ने बताया था कि कृष्ण बाँसुरी बजाते थे और गायें चराते थे। उनकी बाँसुरी का संगीत ऐसा होता था कि उसे सुनकर गायें और गोपियाँ भागती हुई उनके पास चली आती थीं।

बुंतू ने बताया कि एक बार जब जयदेव 'गीत गोविंद' लिख रहे थे तो वे एक जगह अटक गए। उससे आगे उन्हें कुछ लिखते नहीं बन रहा था। कविता रुक गई। कल्पना के आकाश में कोई शब्द नहीं बचा था। बस शून्य। कई दिन बीत गए। मास बीत गए। पांडुलिपि अधूरी रह गई। जहाँ पर यह व्यवधान आया था, वहाँ का अन्तिम पद था : स्थल कमल गंजनं, मम हृदय रंजनम्/जनित रति तरंग पर भागम्/भण मसृण वाणि कर वाणि चरण द्वयं/सरसलदलक्तरागम्...

और तभी अचानक एक दिन जयदेव ने देखा कि उस पांडुलिपि में एक अनगढ़, अनपहचानी लेखनी में आगे का पद लिखा हुआ था : 'स्मरगलखंडन मम शिरसि मंडनं-देहि पदपल्लवमुदारम्...'

आह! यही था वह पद जो उनकी कल्पना में स्वयं को व्यक्त नहीं कर रहा था। इसी की खोज में उनकी पांडुलिपि अटक गई थी।

जयदेव 'देहि पदपल्लवमुदारम्...देहि पदपल्लवमुदारम्' रटते हुए जब कृष्ण की उस मूर्ति के पास गए, जिसके हाथ में कभी मूँज की रस्सी का रेशा पाया गया था, तो उन्होंने देखा कि उस मूर्ति के दाहिने हाथ की उँगली में स्याही लगी हुई थी... "ओह, तो यह पद तुमने लिखा था, गोपाल?"

"...देहि...पद...पल्लव...मुदारम्...! देहि...पद...पल्लव... मुदारम्...!" जयदेव बार-बार भावाकुल होकर दोहरा रहे थे और उनकी आँखों से लगातार आँसू बह रहे थे।

वारेन हेस्टिंग्स खुद भी रोने लग गया।

कहाँ एक तरफ इंग्लैंड में 'एज ऑफ रीजन' आ चुका था। बैंक, शेयर बाजार और वाणिज्य पूँजी का विकास हो चुका था। दुनिया भर में नए-नए बाजार बन रहे थे। पूँजी, माल और मुनाफे के लिए कम्पनियाँ और राष्ट्र-राज्य एक-दूसरे का गला काट रहे थे, धरती और समुद्र में लड़ाइयाँ जारी थीं...और कहाँ यह ऐसा देश था, जहाँ पांडुलिपि में एक अपरिचित लेखनी में लिखा गया पद और मूँज की रस्सी का एक ऐसा रेशा साक्षात् सबके सामने मौजूद था, जो किसी दंतकथा का भौतिक प्रमाण बन रहा था।

मैं भी कवि बनूँगा। अंग्रेजी कविता का पितामह चाउसर भी तो लन्दन का था लेकिन उसकी कविता में सिर्फ इंग्लैंड नहीं, समूचे यूरोप की संस्कृति अभिव्यक्त हो रही थी।

मैं भी सर फिलिप सिडनी जैसा कवि बनूँगा—इंडिया के जयदेव, विद्यापति, कालिदास, चैतन्य और संस्कृति के तमाम कवियों से प्रेरणा लेकर। और अगर मैं भी यहाँ ईस्ट इंडिया कम्पनी के लिए किसी इंडियन राजा या नवाब के साथ युद्ध में मारा गया, जैसा फिलिप सिडनी जुटफेन के युद्ध में मारा गया था, तो सारा यूरोप मेरे लिए उसी तरह रोएगा जैसा फिलिप सिडनी के लिए रोया था। मुझे भी 'फ्लावर ऑफ इंग्लैंड' कहा जाएगा। और जब मैं मरूँगा तो सारे यूरोप के कवि दुख और पीड़ा से भरकर मेरी स्मृति में शोकगीत लिखेंगे। फिर जिस कलम से वह शोकगीत

लिखा गया है उसे मेरी कब्र पर चढ़ा देंगे। फिलिप सिडनी की तरह मेरी कब्र भी असंख्य कवियों की उदास कलमों से ढक जाएगी। और उन कलमों में स्याही नहीं, यूरोप के तमाम साधारण लोगों के आँसू होंगे। मुझे मृत्यु के बाद इतना प्यार किया जाएगा, इतना प्यार किया जाएगा कि... वारेन हेस्टिंग्स की आँखों में, स्वयं अपनी ही मृत्यु की कल्पना से पैदा हुई सहानुभूति की वजह से, आँसू बहने लगे।

इतवार खाने-पीने और मौज-मजा करने का दिन था। सब लोग खुले बगीचे में बैठते। उस दिन यूरोप की शराब, ब्रांडी और वाइन दिल खोलकर सभी को उड़ेली जाती। वरना बाकी दिन तो फारस की शिराज या ज्यादातर अरक पीकर ही प्यास बुझाई जाती।

जाफरान की खुशबू में डूबे हुए मह-मह महकते चावल, पुलाव और बिरयानी। खानसामा अब्दुल कादिर के हाथ में कोई जादू था। बादाम और काजू के साथ मक्खन में पकाया गया मुर्ग-दमपुख्त जब मेज पर रखा जाता तो सबके मुँह में पानी भर आता। ड्रिंक्स के साथ कबाब भी कम लजीज नहीं होते थे। लेकिन बीफ (गोमांस) नसीब नहीं होती थी। यहीं के नेटिव लोग गाय की पूजा करते थे, उसे अपने घर के आँगन में बाँधते थे, उसका दूध पीते थे और हिन्दू लोग उसे माँ कहते थे। मुसलमानों की नवाबी होने के बावजूद सरकार की ओर से गाय काटने पर बन्दिश लगी हुई थी।

कहते हैं पटना के कम्पनी एजेंट मिस्टर एलिस ने एक बार नवाब के दरबार में रात की महफिल में, नवाब को यूरोप की खास, उम्दा वाइन के नशे में डुबाकर इस कानून को खत्म करवाना चाहा लेकिन नशे में लड़खड़ाती जुबान से नवाब ने कहा था, "सुनो जनाब एलिस, तुम लोग तो यहाँ दौलत कमाने और तिजारत करने आए हो। एक-न-एक दिन तुम्हें अपने वतन लौट जाना है। लेकिन हमें तो यहीं रहना है। इसी मिट्टी में हम पैदा हुए, खेले-कूदे और इसी में एक दिन हमें दफन भी हो जाना है। तो हम यहाँ के बाशिंदों के, यहाँ के लोगों के जज्बात को क्यों चोट पहुँचाएँ!"

एलिस ने चालाकी के साथ नवाब को भड़काने की कोशिश की, "योर हाइनेस, क्या गाय की पूजा करनेवाले हिन्दू लोग काफिर नहीं हैं? क्या आप अपनी हुकूमत काफिरों के रहमोकरम पर चलाते हैं?"

नवाब ने सारी वाइन एक घूँट में अपने हलक में उतार ली और खाली प्याला आगे बढ़ाते हुए उसे फिर भरने का इशारा किया। इसके बाद उसने ठहाके लगाते हुए कहा, "मिस्टर एलिस, काफिर वो हिन्दू नहीं है जो गाय की पूजा करता है। काफिर तो हम हैं, जो हजरत की पाबन्दी के बावजूद ये शराब पीकर कुफ्र का गुनाह कर रहे हैं।" मिस्टर एलिस ने देखा कि नशे में लड़खड़ाता हुआ नवाब खड़ा हुआ और उसने वाइन से भरा हुआ प्याला पत्थर के फर्श पर पटककर चकनाचूर कर दिया। उसकी आँखें मिस्टर एलिस को घूरती हुई जल रही थीं। वे आँखें पटना के कम्पनी एजेंट मिस्टर एलिस के चेहरे के पार भविष्य का कोई ऐसा चेहरा देख रही थीं, जो दहशतजदा था।

मिस्टर एलिस ने चुपचाप वहाँ से खिसक लेने में ही अपनी भलाई समझी। लेकिन उस रात के बाद वह मुसलमान नवाबों का कट्टर दुश्मन बन गया।

लेकिन ऐसे नवाब तो अपवाद थे। यहाँ तो कम्पनी के अफसरों द्वारा दी गई पार्टी में ऐसे मुसलमान अमीरजादे आते थे जिनका सिर, बोतल की बोतल शराब चढ़ा जाने के बावजूद नहीं घूमता था। और वे रईस हिन्दू भी, जो गोरों की कृपादृष्टि पाने के लिए केले के पत्तों में चोरी से लपेटकर लाया गया गाय का कान भेंट में देते थे। ये हिन्दू ज्यादातर ऊँची जात के होते थे। अंग्रेजों की पार्टियों में शामिल होना वे अपनी शान समझते थे।

वारेन हेस्टिंग्स ने देखा था कि ये उन रहस्यमय नेटिव्स से बिलकुल अलग थे। इनमें कोई रहस्य नहीं था। वे जानते थे कि बंगाल का नवाब मीर कासिम अब हार चुका है और इलाहाबाद, अवध ही नहीं, दिल्ली तक की दीवानी अंग्रेज कम्पनी ने हासिल कर ली है, इसलिए वही अब उनके आका हैं। वे हर तरह से इन गोरों को खुश करने और उनका विश्वास हासिल करने की कोशिश करते।

ये वे लोग थे जो हिन्दुस्तान की लूट में अंग्रेजों के साथ हिस्सेदारी चाहते थे। उन्हें सिर्फ ऐश्वर्य, मजा, सुख और दौलत चाहिए थी। वे अंग्रेजी बोलने की कोशिश करते, उनकी औरतें और लड़कियाँ यूरोपियनों जैसे कपड़े पहनतीं, वैसा ही नाचतीं। वे बहुत तेजी से अंग्रेजों जैसा बनने की कोशिश कर रहे थे। हालाँकि उनमें से कई बहुत शालीन, सुसंस्कृत और विद्वान थे। मुगल शासन के दौरान उन्होंने बड़ी मेहनत से फारसी सीखी थी और दरबार से तमाम इनायतें पाई थीं। बदलते वक्त में वे अब अंग्रेजी सीख रहे थे। ये ऐतिहासिक चापलूस थे, ऐतिहासिक अभिजन, ऐतिहासिक व्यापारी और ऐतिहासिक सत्ताकामी।

तीन सवर्ण हिन्दू परिवार ऐसे थे जो डाउनटन की कोठी में दी जानेवाली पार्टी में अक्सर आते थे और उन्होंने बीफ खाना शुरू कर दिया था। मोहिनी ठाकुर उन्हीं में से एक परिवार की लड़की थी। शेक्सपियर के कुछ नाटकों के अंश उसने कंठस्थ कर रखे थे। पियानो बजाना उसने सीखा था। बिलकुल ब्रिटिश उच्चारण के साथ अंग्रेजी बोलती थी। उसके पिता को तम्बाकू और मछली के व्यापार का, मिदनापुर, कलकत्ता और मालदा का कॉन्ट्रैक्ट ईस्ट इंडिया कम्पनी से प्राप्त करना था। मोहिनी ठाकुर को अपने परिवार की समृद्धि के लिए यह काम 'होशियारी' से करना था।

वह बहुत होशियार थी। रात में डाउनटन ने बिस्तर पर उसे जाना। वह अद्‌भुत थी। कोई पूर्वी यक्षिणी। वह विपरीत रति था। डाउनटन को लगा कि जैसे उसका शरीर कोई समुद्र हो, जिसका मन्थन हो रहा हो। हर बार मोहिनी ठाकुर उसकी देह को मथकर आनन्द का एक नया रत्न उसे निकालकर देती। टेक मी, होल्ड मी, आयम कमिंग। कम ऑन जस्ट डू इट। डू इट।

इसके बाद फ्रेडरिक का नम्बर लगा। वह नशे में धुत था। मोहिनी ठाकुर ने उसका भी मन्थन किया और मोना का नया नाम हासिल किया। मोना...आयम कमिंग टू...ऊ...हू।

सबसे गम्भीर कहानी लेंटन की थी, जिसकी बारी रात में सवा दो बजे आई। वह चार साल से इंग्लैंड से बाहर था और इन चार सालों में अपने शर्मीलेपन के कारण उसे किसी औरत का सुख नहीं मिल पाया था। वह

एक ठहरा हुआ तूफान था। पुंसत्व का बँधा हुआ झंझावात। डाउनटन के बेडरूम में जाने की उसकी हिम्मत नहीं हो रही थी जहाँ मोहिनी ठाकुर अपनी प्रतिभा का प्रदर्शन कर रही थी, लेकिन मोहिनी की माँ नन्दिनी ठाकुर ने उसे प्यार से वहाँ धकेला। वे उससे इंग्लैंड के सेंट, कॉस्मेटिक्स और कपड़ों का कीमती गिफ्ट पहले ही हासिल कर चुकी थीं।

लेंटन लेकिन युवा था और भावुक था। मोहिनी ठाकुर ने उसे देखा। उसने अभी तक शेविंग की शुरुआत नहीं की थी। नरम-भूरे रोयें उसके चेहरे पर अब धीरे-धीरे सख्त और स्याह होने शुरू हो गए थे। हालाँकि उसकी त्वचा अभी भी कोमल थी। नासापुटों और गालों में वह हल्का गुलाबीपन था, जो कच्चेपन का चित्र होता है।

लेंटन झेंप रहा था। मोहिनी दक्ष थी।

वाइन के घूँट लेंटन के गले में उतरते जा रहे थे। रात के तीन बज रहे थे। हवा में हल्की खुनक घुलने लगी थी। लेंटन किसी स्वप्नलोक में था। मोहिनी ठाकुर की उँगलियाँ कभी उसके सिर के नरम बालों, कभी उसकी छाती में घूमने लगती थीं।

लेंटन गा रहा था : "कम लिव विद मी एंड बी माइ लव/एंड वी विल ऑल द प्लेजर्स प्रूव/दैट हिल्स एंड वैलीज, डेल्स एंड फील्ड्स/ऑर वुड्स ऑर स्टीपी माउंटेन यील्ड्स एंड वी विल सिट अपॉन दि रॉक्स..."

मोहिनी ठाकुर के भीतर पहली बार एक ऐसी लड़की पैदा हुई जो अपने पिता को तम्बाकू और मछली के व्यापार का ठेका कम्पनी से दिलाने के लिए नहीं बल्कि इस निश्छल, अबोध और भावुक नौजवान अंग्रेज अफसर लेंटन के प्रेम के लिए तड़प रही थी। उस दिन सुबह के पाँच बचे तक लेंटन के भीतर अब तक ठहरे हुए तूफान ने मोहिनी ठाकुर को फर्श, बिस्तर, कारपेट, पोर्टिको...पता नहीं कहाँ-कहाँ उछाला और पटका।

लेकिन जब तूफान थमा तो मोहिनी ठाकुर को लगा जैसे किसी अलौकिक झरने ने उसकी आत्मा और देह को अमृत जैसी शीतलता से नहला डाला हो...एक अपूर्व तृप्ति और ताजगी। लेंटन ने पैंट पहन ली थी और उसकी ओर स्वप्न में डूबी आँखों से देखता हुआ मुस्कुरा रहा था :

"वी डिड इट इन फ्रंट ऑफ दि मिरर-ऐंड इन दि लाइट। वी डिड इट इन डार्कनेस/इन वाटर, एंड इन दि हाइ ग्रास.../वी डिड इट इन ऑनर ऑफ बीस्ट एंड इन ऑनर ऑफ गॉड..." हाँ, उसने यह किया। वहशी पशुओं के सम्मान के लिए। लेकिन लेंटन के साथ उसने किया किसी देवता के सम्मान में...

कहते हैं लेंटन उस रात के बाद मोहिनी ठाकुर से मिलने उसके घर पहुँच जाता। उसकी माँ नन्दिनी को तरह-तरह के गिफ्ट देता—हाथीदाँत की कृतियाँ, फ्रांसीसी सेंट और प्रसाधन का सामान, मानचेस्टर के कीमती कपड़े, मालाबार तट के कार्नेलिया, मेरीना के कोरल...

लेंटन कविताएँ लिखने लगा था। उन कविताओं को वह मोहिनी ठाकुर को सुनाता। उधर मोहिनी के पिता को तम्बाकू और मछली ही नहीं, शोरा और कपास की खरीद का ठेका भी कम्पनी की ओर से मिल गया था।

बल्कि एक रात की पार्टी में जब उसने कम्पनी के अफसरों की सेवा में हालिकार नस्ल की गाय के कोमल बछड़े की रान और अपनी पत्नी नन्दिनी की मौसेरी बहन सुनन्दा को पेश किया तो उससे कहा गया कि तुम देखते रहो, आगरा और बिहार में इंडिगो (नील) का व्यापार करनेवाले डच एजेंटों को हम भगा देंगे और तुम इसकी ठेकेदारी में मालामाल हो जाओगे।

लेकिन इसी बीच कुछ ऐसी घटनाएँ भी घटीं, जो सुखद नहीं थीं।

एक रात जब फ्रेडरिक मोहिनी ठाकुर के कपड़े उतार रहा था तो वह रोने लगी। इसके कुछ पहले एक बार उसने बीफ खाने से भी मना कर दिया था। उसकी माँ नन्दिनी ने उसे समझाया कि "मोना, दुनिया तेजी से बदल रही है। यूरोप में औद्योगिक क्रान्ति हो गई है। ईस्ट इंडिया कम्पनी सारी इंडिया को अपने कब्जे में करेगी। तुम जरा-सा प्रैक्टिकल हो जाओ तो हम ऐश करेंगे।" लेकिन मोहिनी ठाकुर ने कहा, "माँ, मुझे लगता है जैसे मेरी नसों में सारे यूरोप की गन्दी नालियों का विषाक्त उच्छिष्ट बह रहा है...पिताजी को कितनी दौलत चाहिए? इतना तो मिल गया..."

नन्दिनी ठाकुर ने उसे एक थप्पड़ मारा। तभी वहाँ कोठी का खानसामा अब्दुल कादिर आ गया। वह अरक के नशे में धुत था और शामी कबाब

की तश्तरी उसके हाथ में थी। उसने कहा, "हमसे भी इंजेक्शन लगवा लो मेम साब। कबाब और दमपुख्त बनाना आ जाएगा। इतनी दौलत किस काम की अगर जायकेदार खाना बनाना ही कोई न जाने..."

"शट अप यू बास्टर्ड..." नन्दिनी ठाकुर चीखीं। इस दो कौड़ी के नेटिव खानसामे की यह मजाल! उसी रात अब्दुल कादिर को बँगले से बरखास्त कर दिया गया। फ्रेडरिक ने उसे हंटर से मारा। अब्दुल कादिर न चीखा, न रोया, न रहम की भीख माँगी।

और, लेंटन को मद्रास भेज दिया गया, इस वार्निंग के साथ कि आइन्दा वह कभी कविताएँ न लिखे, अनुशासन में रहे और किसी भी नेटिव लड़की के साथ ज्यादा मेलजोल न बढ़ाए। लेंटन ने कलकत्ता छोड़ने के पहले अपनी मोना को अपनी अन्तिम कविता भेंट की थी :

"कम टु मी इन ड्रीम्स, दैट आइ मे लिव/माइ वेरी लाइफ अगेन दाउ कोल्ड इन डेथ/कम बैक टु मी इन ड्रीम्स, दैट आइ मे गिव/पल्स फॉर पल्स, ब्रेद फॉर ब्रेद..."

इसके बाद लेंटन, मोहिनी ठाकुर और अब्दुल कादिर का क्या हुआ, यह हमारी इस कथा का विषय नहीं है। हाँ, लेंटन का यह अन्त देखने के बाद वारेन हेस्टिंग्स ने फिलिप सिडनी जैसा कवि बनने का स्वप्न देखना छोड़ दिया।

बुंतू के साथ घूमता-भटकता वारेन हेस्टिंग्स कृष्णमय होता जा रहा था। वह मथुरा और वृन्दावन घूम आया था। सरयू और यमुना जैसी नदियों की स्याह-नीली धाराओं का प्रवाह उसने मंत्रमुग्ध होकर देखा था। यमुना के तट पर, मिट्टी की छोटी-सी चिलम में गाँजा सुलगाकर... "या अलख निरंजन" और "हो बम बोल, बम बोल" की हाँक के साथ फेफड़े भर सुट्टा खींचनेवाले साधु आनन्द मुरारी ने कहा था, "बच्चा, जो भी तू देख रहा है, वह सब मिथ्या है। सब माया है। सब भ्रम है। ये सारी धरती तो उस गोवर्द्धनधारी कृष्ण कन्हैया की लीलाभूमि है। जो भी कुछ हो रहा है और तू जिससे सुखी-दुखी होता है, वह सब लीला है...! यह अनित्य है...परन्तु नित्य है..."

जब आनन्द मुरारी ने चिलम से सुट्टा खींचा तो गाँजे की कली से अग्निशिखा की लौ निकलने लगी। रात के अँधेरे में आलोक के उस नन्हे-से वृत्त में उस साधु का चेहरा प्रदीप्त हुआ। आह, यह वही चेहरा था। बुंतू ने जोरों से वारेन हेस्टिंग्स के कन्धे पकड़ लिये...

वारेन हेस्टिंग्स यमुना के तट में, भीगी रेत में, अँधेरे में रोमांचित और डरा हुआ खड़ा था। काँपती हुई आवाज में वह बोल रहा था, " ओह! सो, इट वाज यू...इट वाज यू कृष्णा...! इट वाज यू अगेन।"

वे दोनों वहाँ से ताबड़तोड़ भागे क्योंकि कुछ पल पहले जिस जगह पर वह साधु बैठा चिलम पी रहा था, वहाँ सिर्फ रेत की एक छोटी-सी ढूह भर थी।

कलकत्ता के विक्टोरिया मेमोरियल में आज भी एक ऐसी पेंटिंग संगृहीत है जिसमें वारेन हेस्टिंग्स अपनी पत्नी के साथ एक बरगद के पेड़ के नीचे खड़ा है। वारेन हेस्टिंग्स के बाएँ हाथ में एक घड़ी है और उसी हाथ से उसने घड़ी की मूठ के साथ-साथ अपना हैट भी पकड़ रखा है। दाहिने हाथ से उसने अपनी पत्नी का हाथ थाम रखा है। पृष्ठभूमि में कलकत्ता है। उन दिनों कलकत्ता इतना घना और बेतरतीब नहीं था। वह भव्य और सम्मोहक था। सार्वजनिक इमारतों का स्थापत्य नया और अपूर्व था। नदियों में यूरोप के जहाज, भारतीय व्यापारियों के बजरे और मछुआरों की नौकाएँ तैरती रहती थीं। इस चित्र में वारेन हेस्टिंग्स की पत्नी के पीछे एक बंगाली लड़की खड़ी हुई है। उसकी बड़ी-बड़ी आँखें हैं। उसके दाहिने हाथ में वारेन हेस्टिंग्स की पत्नी का हैट है, जिसमें किसी दुर्लभ श्वेत पक्षी के परों की कलगी लगी हुई है।

विक्टोरिया मेमोरियल में संगृहीत इस चित्र को सन् 1783 में इंग्लैंड से खास तौर पर भारत बुलाए गए अंग्रेज चित्रकार जॉन जोफेनी ने बनाया था। यह तब का चित्र है, जब वारेन हेस्टिंग्स अधेड़ और गंजा हो चुका था।

लेकिन आप अगर गौर से और देर तक इस चित्र को देखें तो आपको पता चलने लगेगा कि उस बरगद के पेड़ के नीचे, वारेन हेस्टिंग्स की पत्नी के पीछे खड़ी उस जवान बंगाली नौकरानी और वारेन हेस्टिंग्स

के बीच कोई गहरा, अदृश्य और अपरिभाषित सम्बन्ध है। आपको यह लगेगा कि वारेन हेस्टिंग्स अपनी पत्नी का हाथ पकड़कर उसे भरोसा दिलाते हुए, उसी सम्बन्ध को छुपाने का प्रयत्न कर रहा है। धीरे-धीरे आप इस रहस्य को जान जाएँगे कि आखिर वारेन हेस्टिंग्स और बंगाली लड़की के हाथों में ही हैट क्यों है, जबकि वारेन हेस्टिंग्स की पत्नी के दोनों हाथ खाली हैं।

और तब, यह चित्र आपके सामने अपने सारे अर्थ-संकेतों को खोलने लगेगा और आप जान जाएँगे कि चित्रकार जॉन जोफेनी ने यह चित्र वारेन हेस्टिंग्स और उस साँवली नेटिव लड़की के बीच के सम्बन्धों को व्यक्त करने के लिए ही बनाया था लेकिन वे दोनों अपने-अपने हाथ में रखे हैट से उसे लगातार ढाँपने की कोशिश कर रहे हैं।

लेकिन जॉन जोफेनी अपनी कोशिश में अन्ततः इसलिए सफल हो गया है क्योंकि उसने उस लड़की और वारेन हेस्टिंग्स की आँखों की भावनाओं को पकड़ लिया है।

जी ही, आप गौर से देखें, वे दोनों यानी वह साँवली बंगाली लड़की और वारेन हेस्टिंग्स गहरे आवेग में एक-दूसरे को सम्मोहित होकर निहार रहे हैं और उनके बीच खड़ी इम्पीरियल पोशाक में सजी-धजी उसकी दुबली-लम्बी पत्नी, बस वहाँ उपस्थित भर है। क्योंकि वह एक ब्रिटिश प्रतीक है। ठीक उसी तरह जैसे चित्र की पृष्ठभूमि में दिखाई देनेवाला हाथी एक भारतीय प्रतीक है। वह भी वहाँ बस उपस्थित भर है।

इस लड़की से वारेन हेस्टिंग्स की मुलाकात कैसे हुई, इसकी भी एक रोचक दास्तान है। यह सन् 1772 की बात है। ईस्ट इंडिया कम्पनी ने वारेन हेस्टिंग्स को इसी साल कलकत्ता में गवर्नर नियुक्त किया था।

वारेन हेस्टिंग्स को दूर-दूर तक इसकी उम्मीद नहीं थी। लॉर्ड क्लाइव हिन्दुस्तान में ब्रिटिश साम्राज्य की नींव डालकर वापस इंग्लैंड लौट चुका था।

वारेन हेस्टिंग्स के गवर्नर बनने पर सबसे ज्यादा खुश बुंतू हुआ। उसने कहा, "तुम पर गोपाल कृष्ण की कृपा है। वे अगर किसी को कुछ देने पर आ जाएँ, तो पता नहीं क्या-क्या दे डालते हैं।"

वारेन हेस्टिंग्स को भी इस बात पर विश्वास हुआ, क्योंकि वह अक्सर अपने बँगले के बगीचे में फटे सूती कपड़े पहनकर, गले में पीताम्बर डालकर या तो तरह-तरह के पेड़-पौधे लगाने लगता था या बाँसुरी बजाने की कोशिश करता था। गवर्नर जनरल बनने के बाद भी कुछ वर्षों तक उसकी ये आदत छूटी नहीं थी। डेनिस किनकेड ने अपनी प्रसिद्ध किताब 'ब्रिटिश सोशल लाइफ इन इंडिया' में लिखा है कि वारेन हेस्टिंग्स इंग्लैंड से पार्सल द्वारा मधुपीन, स्वीटव्रीयेर जैसे पौधों के बीज या बोतलों में पैक किए गए पौधे मँगाता रहता था। एक बार जब एक जहाज में ट्राफेल्स, मोरेलेस और आर्टिचोक बॉटमस के पार्सल आए तो वह खुशी के मारे पागल हो उठा। वह चाहता था कि इंग्लैंड के पौधे यहाँ भारत की आबोहवा को अपना लें।

बहरहाल, गवर्नर बनने के फौरन बाद उसने पहला काम यह किया कि अब्दुल कादिर को अपने बँगले में फिर खानसामा नियुक्त कर दिया, ज्यादा तनखाह और तरक्की के साथ। और बुंतू को भी उसने अपने साथ रखा।

उस दिन बगीचे में, शाम ढलने के बाद वारेन हेस्टिंग्स पीताम्बर और घुटनों तक की धोती में खड़ा हुआ बाँसुरी बजाने की कोशिश कर रहा था कि झुरमुट के पीछे से किसी लड़की की खिलखिलाकर हँसने की आवाज आई।

यह लड़की वही थी, जो जॉन जोफेनी के बनाए गए चित्र में उसकी पत्नी का हैट लेकर, उसके पीछे खड़ी है।

"कौन है, वहाँ ?" हेस्टिंग्स ने पूछा। वह अब बँगला बोलने लगा था। "मैं हूँ। चोखी।" एक साँवली-सी लड़की झुरमुट के पीछे से निकलकर आई। वारेन हेस्टिंग्स की चेतना अवसन्न होने लगी। यह निश्चित ही कोई नई लीला थी। यह देश तो 'वंडर लैंड' था ही। मथुरा के पास, यमुना के तट पर रेत की ढूह में बदल जानेवाले उस गँजेड़ी साधु आनन्द मुरारी ने तो कहा भी था कि यह लीला भूमि है। यहाँ सब कुछ उसी की माया है।

तरह-तरह के भ्रम। अनगिनत इल्यूजंस।

वारेन हेस्टिंग्स ने गौर से उस लड़की को देखा। हाँ, बिलकुल यही। ऐसा ही चित्र था जो बुंतू ने उसे वृन्दावन के मन्दिर की दीवारों पर दिखाया था। तो इसका मतलब, गोपाल कृष्ण अब मेरे साथ 'ट्रिक' कर रहा है। वैसी ही बड़ी-बड़ी, मछलियों जैसी कटावदार आँखें। ऐसी ताम्रवर्णी त्वचा, जिसे हासिल करने के लिए यूरोप की गोरी स्त्रियाँ घंटों अपनी छतों पर या समुद्र के किनारे, खुली कर्कश धूप में नंगी पड़ी रहती हैं। और वैसी देहयष्टि जैसी यहाँ हिन्दुओं के मन्दिरों में पत्थरों पर उत्कीर्ण यक्षिणियाँ होती हैं।

वृन्दावन के मन्दिर की उस दीवार में मिट्टी और वनस्पतियों के रंगों से किसी अज्ञात चित्रकार द्वारा बनाए गए उस चित्र में यह लड़की गोपाल के साथ है और वे इसके दाएँ स्तन को अपनी हथेलियों में थामे हुए हैं।

"मुझे मालूम है, तुम कौन हो! मुझे उल्लू मत बनाओ।" वारेन हेस्टिंग्स ने सब कुछ समझकर मुस्कराते हुए कहा।

"मैं चोखी हूँ मालिक!" उस लड़की को हँसी फिर आई।

"ही, और जब मैं तुम्हें पकड़ने के लिए आगे बढ़ूँगा, तो मेरे हाथ में इस कनेर की टहनी भर आएगी। है न?" हेस्टिंग्स ने कहा।

"आप तो बड़े दिलचस्प आदमी हैं, मालिक। मुझको ये पता नहीं था।" लड़की फिर हँसी।

"अच्छा, मैं तुम्हें छूकर, तुम्हें खोऊँगा नहीं। तुम वादा करो कि तुम हर रोज यहाँ शाम को आओगी और मुझसे बातें करोगी।" वारेन हेस्टिंग्स, ईस्ट इंडिया कम्पनी का गवर्नर, जिसके अधीन बिहार-बंगाल से लेकर अवध, इलाहाबाद और दिल्ली तक का इलाका था, जिसने स्थायी भूमि बन्दोबस्त की नई ऐतिहासिक प्रणाली लागू की थी, राजस्व के नए नियम बनाए थे, वह इस साँवली-सी चोखी के सामने गिड़गिड़ा रहा था।

"आऊँगी नहीं, तो जाऊँगी कहाँ, मालिक!" लड़की खिलखिलाकर हँसती हुई भाग गई। वहाँ अब सचमुच कनेर की हिलती हुई टहनियाँ बची थीं।

वारेन हेस्टिंग्स ने इस घटना के बारे में बुंतू को बताया। पहले तो बुंतू को विश्वास नहीं हुआ और जब हुआ तो वह अपना एकतारा बजा-बजाकर गाने लगा—

कातर नयन बयन करि सुन्दरी,
बोलत मधुरिम वाणी।
कि करि उपाय कहत प्रिय सहचरी,
वेदन छेदन जानी...।
हिय महँ पइठल शेल,
अनुखन नीर बहत मधु लोचन...

हेस्टिंग्स ने वादा किया कि आज शाम बुंतू को भी वह उस लड़की के दर्शन का मौका देगा।

उस शाम सूरज ढलने के पहले ही दोनों बगीचे में पहुँच गए। वारेन हेस्टिंग्स पीताम्बर और धोती में था। बुंतू मेहँदी की घनी झाड़ियों के पीछे छुप गया। वारेन हेस्टिंग्स बेचैनी में टहल रहा था। बीच-बीच में वह अपनी बाँसुरी बजाने की कोशिश करता। क्या ऐसी ही, इतनी ही तेज बेचैनी और

व्याकुलता गोपाल कृष्ण को भी घेरती रही होगी, जब वे राधा की प्रतीक्षा करते थे...!

आखिर वह पाजेब की आवाज जैसी खिलखिलाहट शाम के धुँधलके में पैदा हुई। कनेर की टहनियाँ हिलीं और वह लड़की धम् से कूदकर बाहर आ गई। उसके मोतियों जैसे दाँत चमक रहे थे। बड़ी-बड़ी टिकोरे जैसी आँखों में शरारत भरी मुस्कराहट थी।

"ये लो, मैं आ गई, मालिक। अब बातें करो।" उसने कहा।

"अरे, ये तो चोखी है!" मेहँदी की झाड़ियों के पीछे छुपा हुआ बुंतू निकलकर बाहर आ गया। "धत् तेरे की, तुमने तो कहा था, तुम राधा से मिलाओगे।"

वारेन हेस्टिंग्स भौचक्का था। "तो क्या ये असली वाली है? ये राधा नहीं है?" उसे अब भी विश्वास नहीं हो रहा था।

"ये कौन है, ये तो मैं तुम्हें बाद में बताऊँगा। लेकिन अगर ये छोकरी तुम्हें इतनी अच्छी लग गई है तो समझ लो यही राधा है और तुम कन्हैया हो। नित्य-नित्य महानित्य तीनि नित्य कहि, स्थाने-स्थाने राधा कृष्ण रहि।" बुंतू समझ गया था कि उसके फिरंग सखा के दिल में इस कलूटी चोखी ने सेंध लगा दी है।

उसने देखा कि हेस्टिंग्स अपलक उस लड़की को देखता जा रहा था। यह विश्वास कि उसे छूने पर वह गायब नहीं होगी उसके भीतर एक नए अनुभव को जन्म दे रहा था। बुंतू ने उन दोनों के बीच और ज्यादा रुकना ठीक नहीं समझा। "देख चोखी! साहब के साथ खूब खेल खेलना। जितना तू खिलाएगी, ये उतना खेलेंगे। समझी।"

चोखी मुस्कराई लेकिन शर्म से उसका चेहरा लाल हो गया।

वारेन हेस्टिंग्स ने जब उसे पहली बार छुआ, तो वह सिहर गई थी। बाप रे, इतना बड़ा, गोरा लाट गवर्नर। एकदम भुट्टे के भुए जैसे बाल। मक्खन का मरद।

वारेन हेस्टिंग्स हालाँकि बहुत दूरदर्शी और योग्य गवर्नर था लेकिन उसकी इन हरकतों से ईस्ट इंडिया कम्पनी के इंग्लैंड में बैठे बोर्ड ऑफ डायरेक्टर्स

को उसकी क्षमता पर सन्देह होने लगा और इसके लिए उन्होंने हालवेल और स्ट्रेची से उसकी जासूसी करवाई।

इन अंग्रेज अधिकारियों ने जो खुफिया रपट इंग्लैंड भेजी उसमें लिखा था कि आजकल गवर्नर जरनल वारेन हेस्टिंग्स शाम का अपना वक्त बगीचे में एक नेटिव लड़की चोखी के साथ गुजारते हैं। एक बार ऊँची ने उन्हें नंगी चोखी के स्तनों पर टेसू, गुलाब, कनेर और गेरू, चन्दन, छूही मिट्टी तथा पत्तियों से निकाले गए रंगों से, मोर पंख की कलम से चित्रकारी करते देखा। वे उस ब्लैक और बदसूरत लड़की को तरह-तरह से सजाते रहते हैं। हालवेल ने उन्हें बगीचे के एक आम के पेड़ की डाल में बाँधे गए झूले पर झूलते हुए सम्भोग करते देखा था। उसने लिखा—उनको देखकर ऐसा लगता है जैसे वे इंडिया की मशहूर किताब, जिसे गुप्ता पीरियड में लिखा गया था, वात्स्यायन के 'कामसूत्र' का डिमांस्ट्रेशन कर रहे हों। स्ट्रेची ने रिपोर्ट भेजी कि चोखी के गवर्नर हेस्टिंग्स के साथ क्या रिश्ते हैं, इसे बँगले में काम करनेवाला हर कर्मचारी जानता है, लेकिन वे लोग इसे कोई खास महत्त्व नहीं देते क्योंकि यहाँ लगभग हर अंग्रेज अफसर के पास अपनी-अपनी नेटिव रखैलें हैं। जिनके पास नहीं हैं, वे या तो जोर-जबरदस्ती के द्वारा कहीं से लड़कियाँ उठा लाते हैं या कोठों में जाते हैं।

हालवेल ने लिखा कि कम्पनी के अफसरों के पास इस मामले में कोई अभाव इसलिए नहीं है क्योंकि यहाँ हिन्दुस्तानियों का एक वर्ग ऐसा है, जो जल्द से जल्द अमीर बनना चाहता है। वह प्राचीन काल के रोम के गुलामों से भी ज्यादा गुलाम हैं। इसमें ज्यादातर ऊँची जात के लोग हैं। उन्होंने बीफ खाना शुरू कर दिया है, अंग्रेजी बोलने लगे हैं, यूरोपीय कपड़े पहनते हैं और उन्होंने हिन्दुस्तान की सारी पुरानी परम्पराओं को ढकोसला कहना शुरू कर दिया है। वह सिर्फ अपनी नस्ल और अपनी त्वचा के रंग के अलावा बाकी हर चीज में अंग्रेजों के हमजाद हैं।

हालवेल ने इस मामले में फ्रांसीसी डायरेक्टर जनरल डुप्ले को कोट किया था, "वे हमारी गुलाम छायाएँ हैं। इंडिया में हमारा सारा प्रशासन वही चलाएँगे। हम जब इंडिया को छोड़ यूरोप लौट आएँगे, तब भी वहाँ हमारी यही गुलाम छायाएँ राज करेंगी। वह इंडिया में हमारा ही राज होगा।"

कुछ दिनों बाद गुप्तचर अधिकारियों ने एक 'अत्यन्त गोपनीय' रपट और भेजी जिसमें चोखी की पृष्ठभूमि की जानकारी थी। इस रपट के अनुसार 1757 ई. में प्लासी की लड़ाई में लॉर्ड क्लाइव ने बंगाल के नवाब सिराजुद्दौला को मीर जाफर और राय दुर्लभ की गद्दारी के कारण हराने में सफलता पाई थी। लेकिन उस लड़ाई में मीर मदान और मोहनलाल दो ऐसे सिपहसालार थे, जिन्होंने तमाम लालच दिए जाने के बावजूद नवाब सिराजुद्दौला और अपने वतन बंगाल के प्रति अपनी वफादारी आखिरी साँसों तक निभाई। दोनों को लड़ाई के मैदान में धोखे से मार डाला गया, तभी कम्पनी की सेना की जीत हासिल हुई।

बाद में वीरगति पानेवाले मोहनलाल के परिवार को मीर जाफर और राय दुर्लभ ने खत्म करवा डाला। बस एक तीन साल की लड़की एक नीच जात की नौकरानी की हिकमत से किसी तरह बच पाई।

बाद में इस विधवा नौकरानी ने नट-बाजीगर से शादी कर ली और यह लड़की वहीं पलने लगी। वहाँ उसने नटनी की सारी कलाएँ सीखीं। वही लड़की आज गवर्नर जनरल के बँगले में नौकरानी का काम करती है। उसका नाम चोखी है। वास्तव में वह नटनी नहीं है, प्लासी की लड़ाई के शहीद, नवाब सिराजुद्दौला के वफादार और जांबाज सिपहसालार मोहनलाल की बेटी है।

खुफिया रपट के अन्त में लिखा था, महीनों की छानबीन के बाद इस तथ्य का पता लगाया जा सका। लेकिन अपने बारे में यह सच्चाई खुद चोखी को भी पता नहीं है।

यह भी कैसी विडम्बना थी कि जो मोहनलाल प्लासी की लड़ाई में लॉर्ड क्लाइव की अंग्रेज फौज से लड़ते हुए धोखे से मारा गया, उसी की बेटी चोखी, भाग्य के फेर से अंग्रेज गवर्नर जनरल के बँगले में दासी के रूप में पहुँच गई थी और स्वयं गवर्नर जनरल के साथ गोप-गोपी की रासलीला कर रही थी। यह किसकी जीत थी, कम्पनी की या बंगाल की? हेस्टिंग्स की या चोखी की? कोई नहीं जानता।

सम्भवत: यह भी इस लीला भूमि की एक और लीला थी, जिसमें एक अंग्रेज गवर्नर जनरल सूती चीथड़े पहनकर, ग्वाला या गड़रिया बना

हुआ, कमर में बाँसुरी खोंसे एक साँवली नेटिव लड़की के आगे-पीछे घूमता रहता था।

"ये बंगाले का जादू तूने कहाँ से सीखा, चोखी? तेरा बाप नट बाजीगर था। उसी ने सिखाया होगा। तूने लाट गवर्नर को भी फाँसकर बैल बना डाला।" अब्दुल कादिर चोखी से कह रहा था।

"खी...खी...खी..." करती हुई चोखी हँस रही थी और कबाब खा रही थी।

उस मस्त अल्हड़ लड़की को इस बात की कोई फिक्र नहीं थी कि लोग उसके बारे में क्या कहते हैं। वह तो इसी बात पर खुश थी कि कहाँ उसे कभी भरपेट खाना नहीं मिलता था, ढोल की थाप पर बाँस की कैंचियों में बँधी रस्सी पर सन्तुलन बनाते हुए चलना पड़ता था और इकले बाँस से पुआल के गट्ठर पर छलाँग लगानी पड़ती थी और कहाँ अब उसे खाने के लिए तरह-तरह की चीजें, पहनने के लिए एक से एक बेशकीमती विलायती कपड़े, नहाने के लिए खुशबूदार साबुन और सजने-सँवरने के लिए गहने-जेवरात, क्रीम-पाउडर, टीका-बिन्दी, चूड़ी, सैंडिल मिल रहे थे।

चोखी अपनी किस्मत पर इतरा रही थी लेकिन धीरे-धीरे एक तरह की गम्भीरता उसके भीतर पैदा हो रही थी।

वजह यह थी कि चोखी सचमुच वारेन हेस्टिंग्स को धीरे-धीरे 'अपना आदमी' मानने लगी थी। वह जानती थी कि वह कभी इस अंग्रेज लाट गवर्नर की बीवी नहीं बन पाएगी, लेकिन आखिर राधा भी कौन कृष्ण की ब्याहता थी।

एक बार चोखी से मिलने उसकी माँ यानी विधवा नटनी आई। उससे कहा—"मैंने सब सुन रखा है। तू खुश रह बेटी। इसमें कोई बुराई नहीं क्योंकि नटनी को कभी कोई मर्द नहीं भोगता। नटनी को यह वरदान मिला है कि वही दुनिया के कामी मरदों का भोग करेगी और धरती का ताप हरेगी। ये वरदान नटवर नागर का है, जिसने दही के मटके को फोड़कर उसकी माटी से दुनिया की पहली नटनी को बनाया और सबसे पहले उससे रास किया।"

चोखी अपनी प्यारी-सी माँ की बातें ध्यान से सुन रही थी।

"लेकिन बेटी तू घुँघची भीतर ले लिया करना। याद रख, नटनी की कोख से नट का ही बीज पैदा होता है। तुझे अपने गर्भ से किसी फिरंगी को नहीं पैदा करना। सेंदुर या नीला थोथा खा लेना चोखी, लेकिन ऐसा न करना।"

चोखी माँ की बात सुनकर काँप गई।

उन दिनों जब चोखी और वारेन हेस्टिंग्स का खेल उन्माद और वासना के तमाम अनदेखे शिखरों और कंदराओं की मादक और स्वप्न-भरी यात्राओं से गुजर रहा था, वारेन हेस्टिंग्स ने इंग्लैंड से ओजियास हम्फ्री और जॉन थॉमस सेटन नाम के कलाकारों को हिन्दुस्तान बुलाया।

ओजियास हम्फ्री ने अकबरकालीन मुगल शैली की नकल में वारेन हेस्टिंग्स और चोखी के कई बहुत उत्कृष्ट मिनियेचर बनाए। इनमें वारेन हेस्टिंग्स और चोखी को कृष्ण और राधा या गोप और गोपिका के रूप में अभिसार या रति-क्रीड़ा में निमग्न दिखाया गया था। इन चित्रों में दोनों की देह मुद्राएँ गुप्तकाल के प्रसिद्ध ग्रन्थ 'कामसूत्र' पर आधारित थीं। जॉन थॉमस ने भी दोनों के तीन चित्र कम्पनी शैली या पटना कलम के आधार पर बनाए, जिनमें चोखी और हेस्टिंग्स को आलिंगनबद्ध दिखाया गया था। दूसरे चित्र में हेस्टिंग्स को यूनानी मिथक के पात्र 'हर्मीज' के रूप में चित्रित किया गया था, जो कछुए से 'लायर' नामक वाद्ययंत्र बनाकर अपनी प्रेमिका चोखी से प्रणय निवेदन कर रहा है। 'हर्मीज' कृष्ण का ही यूनानी रूप था।

वे चित्र कहाँ चले गए, कोई नहीं जानता। क्योंकि न वे कहीं प्रकाशित हैं, न किसी संग्रहालय में संगृहीत हैं। भारतीय या यूरोपीय कला के इतिहास की किसी पुस्तक में भी उसका कोई उल्लेख नहीं मिलता।

उस रात बुंतू ने बहुत शराब पी ली और एकतारा बजा-बजाकर लगातार गाता और रोता रहा। जब वारेन हेस्टिंग्स उसके पास आया तो उसने कहा—"लाख का घोड़ा और मोम का सवार, दोनों को दह-दह दहकते आग में से जाना है। वासना की बारूद और प्रीत की आग। तोप से भी

बड़ा धमाका होगा रे। दोनों में कौन बचेगा? लाख का घोड़ा कि मोम का सवार...?"

बुंतू की आँखें उसी तरह जल रही थीं जैसी मथुरा के निकट, यमुना के तट पर, उस रात गँजेड़ी साधु आनन्द मुरारी की जल रही थीं। उसने एक अजीब-सी आवाज में वारेन हेस्टिंग्स से कहा—"फिरंग सखा सावधान, वह लड़की जिसे तुम सिर्फ कनेर की टहनी या रेत की ढूह मानते हो, या वृन्दावन की किसी दीवार का चित्र या किसी कथा का कोई पात्र, वह हाड़-मांस की लड़की चोखी, तुमसे प्यार करने लगी है।"

वारेन हेस्टिंग्स को लगा जैसे किसी ने उसकी कनपटी पर लोहे का हथौड़ा मार दिया हो।

उन्हीं दिनों जब वारेन हेस्टिंग्स चोखी के साथ फैंटेसी की एक मादक दुनिया में केलि कर रहा था, उसने हिन्दुस्तान के बारे में एक और तथ्य जाना, जिससे उसके अब तक के आश्चर्यों में एक और कड़ी जुड़ गई।

वह इतना आश्चर्यचकित हुआ कि इस आश्चर्य ने जिन्दगी भर उसका पीछा नहीं छोड़ा। यही वह आश्चर्य था, जिसे समझने के लिए उसने 'श्रीमद्‌भगवद्‌गीता' पढ़ना शुरू किया और हिन्दू धर्म से इतना प्रभावित हुआ कि पीताम्बर और धोती ही नहीं, लगभग छह महीने तक उसने बाकायदा रात में तिलक और चन्दन तक लगाया। जॉन थॉमस के वे चित्र, जो अब दुनिया में कहीं मौजूद नहीं हैं, उनमें से एक चित्र में हेस्टिंग्स बाकायदा माला, तिलक, बाँसुरी और चोटी में गोपिका के साथ रतिमग्न है। पृष्ठभूमि में एक गाय खड़ी है, जो वात्सल्य भाव से चोखी और हेस्टिंग्स की काम-क्रीड़ा को अपलक निहार रही है।

यही वह आश्चर्य था जिसकी वजह से वारेन हेस्टिंग्स अक्सर कहा करता था कि हिन्दुत्व एक ऐसा धर्मदर्शन है, जिसकी करुणा का सार ईसाइयत की मूल भावना को प्रमाणित करता है। जिसने भी इतिहास पढ़ा है वह यह जानता है कि वारेन हेस्टिंग्स ने गवर्नर जनरल बनने के बाद इंग्लैंड से सर विलियम जोन्स, सर चार्ल्स विल्किंस, नाथेनियल हालहेड और कोल ब्रुक जैसे विद्वानों को भारत बुलाया और उनसे कहा कि इस

देश की विद्या और दर्शन के छुपे हुए अनमोल और विलक्षण खजाने को वे दुनिया के सामने लाएँ।

यह हर कोई जानता है कि विल्किंस ने उसी के कहने पर वर्षों परिश्रम करके भगवद्गीता का अंग्रेजी में अनुवाद किया, जिसकी भूमिका स्वयं वारेन हेस्टिंग्स ने लिखी।

तो जिस बात से वारेन हेस्टिंग्स आश्चर्यचकित हुआ, वह था, हिन्दुस्तानी गाय-बैलों का स्वभाव और उनका यहाँ के लोगों के साथ सम्बन्ध।

उसने देखा था कि सैकड़ों की संख्या में खड़ी गाय-बैलों के झुंड के सामने अगर कोई ग्वाला या किसान, 'धौरी' या 'श्यामा' का नाम लेकर पुकारता था तो उस झुंड में से सिर्फ वही गाय दौड़ती हुई आती थी, जिसका नाम 'धौरी' या 'श्यामा' होता था।

"ओह माइ गॉड, इट सीम्स दे हैव देयर प्रॉपरनाउन्स!" वारेन हेस्टिंग्स भौचक्का रह गया था। मनुष्यों की तरह उनके व्यक्तिवाचक नाम थे और आश्चर्य यह कि वे अपने नाम को जानते भी थे।

वे गाँवों में रहनेवाले लोगों के परिवार का एक सदस्य थे। गायें वहाँ आँगन में बँधी होती थीं। बछड़े घर के बच्चों के साथ खेलते-झगड़ते थे। उनमें बाकायदा रूठना-मनाना, छेड़-छाड़ और शरारतें हुआ करती थीं।

ये गायें सब समझती थीं। उसने सुना कि घर में कोई बीमार होता था तो गाय खाना छोड़ देती थी और उपवास करती थी। किसी की मृत्यु या कोई दुर्घटना हो जाए तो परिवार के लोगों के साथ गायें जार-जार आँसू, बहाकर रोती थीं।

गरीबी या अकाल में वे खाना नहीं माँगती थीं। सबके साथ बराबर भूखी रहती थीं। बैलगाड़ी में बैठा किसान रात में सो जाता था, लेकिन बैल जंगल और कस्बों में से सही रास्ता खोजते हुए, उसे घर तक पहुँचा देते थे।

किसी गरीब परिवार में अगर किसी बच्चे की माँ के स्तनों में दूध नहीं उतरता था, तो गायें अपने बछड़े को आधा पेट रखकर, उस बच्चे के लिए अपना दूध देती थीं।

वे सब समझती थीं। सब जानती थीं। उनकी स्मृतियाँ होती थीं। उनके आँसू बहते थे। बस, सिर्फ वे बोल नहीं पाती थीं। लेकिन उनका रँभाना, उनकी भाषा की असमर्थता और लाचारी को बहुत कारुणिक तरीके से व्यक्त करता था।

वारेन हेस्टिंग्स की समझ में आ गया कि आखिर क्यों हिन्दू लोग ही नहीं, यहाँ रहनेवाले ज्यादातर मुसलमान भी बीफ नहीं खाते। उसे उन ग्रन्थों पर विश्वास होने लगा, जिनमें कहा गया था कि सिर्फ यह प्रारब्ध है, जो किसी को मूक पशु बनाए हुए है। उन्हें अगर भाषा मिल जाए, तो वे बातचीत करने लगेंगे, हमारी तरह।

वारेन हेस्टिंग्स ने स्वयं भी इन हिन्दुस्तानी गाय-बैलों के साथ दोस्ती की। उन्हें अपने बँगले के अहाते में पाला।

उसने इंग्लैंड के अपने एक गहरे दोस्त मिस्टर इमहॉफ को एक पत्र लिखा :

> "मुझे यकीन होता जा रहा है कि वे जानवर नहीं, गूँगे मनुष्य हैं जिनका शरीर कुछ अलग प्रकार का है। मैं उन्हें बुलाता हूँ तो गायें प्यार से भरकर मेरी ओर दौड़ती चली आती हैं। वे मुझे चाटती हैं। मैं उन्हें सहलाता हूँ तो सुख से उनकी आँखें मुँद जाती हैं।
>
> जब कम्पनी के काम से मैं कहीं बाहर दौरे पर जाता हूँ तो बँगले में चोखी के अलावा वही सबसे ज्यादा बेचैनी से मेरा इन्तजार करती हैं।
>
> मेरे दोस्त, मुझे इन गाय-बैलों ने हिन्दू बना डाला है। मैंने देखा है कि इन प्राणियों में, जिन्हें हम यूरोप में 'कैटल' कहते हैं, हमसे कहीं ज्यादा विकसित और गहरी नैतिक भावना है। वे आदर्शों और सिद्धान्तों पर ज्यादा अमल करते हैं।
>
> मेरे प्यारे दोस्त, जब मैं तुम्हें यह पत्र लिख रहा हूँ तब विल्किंस हिन्दुओं के एक विलक्षण ग्रन्थ 'भगवद्गीता' का संस्कृत से अंग्रेजी में अनुवाद कर रहा है। विलियम जोंस

बंगाल में एशियाटिक सोसाइटी बनाने में जोर-शोर से लगा हुआ है। हालहेड वर्नाक्यूलर भाषा में प्रिंटिंग प्रेस लगा रहा है।

और मैं बाँसुरी बजाना सीख रहा हूँ। और गायों की पूजा करने लगा हूँ। जिस कमरे में मैं सोता हूँ उसे चोखी नाम की लड़की गोबर से लीपती है। चोखी कौन है, यह मैं बाद में लिखूँगा।

तुम्हारा सदैव
वारेन हेस्टिंग्स

पुनश्च :

और हाँ, तुम्हें यह जानकर ताज्जुब होगा कि अभी तक इस देश का कोई भौगोलिक नक्शा ही मौजूद नहीं था। इंडिया या हिन्दुस्तान मौजूद तो था, लेकिन बिना नक्शे का। तुम्हें यह जानकर खुशी होगी कि ईस्ट इंडिया कम्पनी के बोर्ड ऑफ डायरेक्टर्स की मर्जी के मुताबिक मैंने कैप्टन जेम्स रेनेल को बंगाल और बिहार का सर्वेक्षण करके इस इलाके का नक्शा तैयार करने का काम सौंपा था।

रेनेल कमाल का आदमी है। उसने बंगाल और बिहार ही नहीं, पूरे हिन्दुस्तान का पहला नक्शा तैयार कर डाला है।

अब हम लोग इंडिया पर राज कर सकते हैं। क्योंकि इसका नक्शा हमारे कब्जे में है।"

वारेन हेस्टिंग्स

उस रात वारेन हेस्टिंग्स ने बेला, मोगरा, जुही और चम्पा के फूलों और गजरों से चोखी को सजाया। उसकी वेणियाँ उसी तरह से गूँथीं, जैसी वृन्दावन की दीवार के उस चित्र में राधा की वेणी थी। चोखी की त्रिबली, बाँहों और स्तनों पर उसने चन्दन, गेरू और पलाश के रंगों से बेल-बूटे और नन्हे-नन्हे मोटिफ बनाए। कार्नेलिया, पुखराज, नीलम और मोतियों की मालाएँ और बाजूबन्द उसे पहनाए। चाँदी की पाजेब और लड़ियोंवाला

कमरबन्द। कपूर और घी की कालिख से बनाया गया काजल और चन्दन के चूर्ण का लेप।

वह एक अलौकिक रात थी। दशमी का चन्द्रमा केले के पत्तों के ऊपर झाँक रहा था। रजनीगन्धा की महक हवा में घुल गई थी।

बुंतू दूर एकतारा बजाकर गा रहा था :

हो...हो...हो
वसन हरइतें लाज दुर गेल
पियक कलेवर अंबर भेल
पीन पयोधर पुरहर भेल
करस झपन नव पल्लव देल

सिर्फ एक कमल की पंखुड़ी थी, जो एक बारीक रेशम के धागे से कमरबन्द की लड़ियों से बँधी हुई चोखी की दोनों जंघाओं के बीच लटक रही थी। वारेन हेस्टिंग्स ने उसे हटाने के लिए हाथ बढ़ाया, तो चोखी ने उसकी कलाई पकड़ ली।

वारेन हेस्टिंग्स चौंक गया। ऐसा पहले कभी नहीं हुआ था।

"सुनो मालिक, सच-सच बोलना। झूठ वचन की आड़ न लेना...।" चोखी उस चाँदनी रात में उसे घूरती हुई पूछ रही थी। उसकी आँखें जैसे अचानक जीवित होकर चमक रही थीं।

"क्या ये बात सच है कि तुमने हमारे मुलुक का कोई नक्शा कागज पर बनवाया है?"

वारेन हेस्टिंग्स को हँसी आ गई। "अरे, तो इसमें ऐसी क्या बात है, चोखी! ये तो जरूरी था।"

चोखी उठकर खड़ी हो गई—"ये ठीक नहीं हुआ। सोचो, जो काम तुमने किया, क्या वो पहले कोई और नहीं कर सकता था? सोचो, किसी ने ऐसा क्यों नहीं किया?"

"चल, अच्छा, तू ही बता दे कि ऐसा क्यों नहीं किया...?" वारेन हेस्टिंग्स ने उसे अपनी ओर खींचा।

"दूर हट साहब!" चोखी की आवाज बदल गई थी—"किसी ने ऐसा इसलिए नहीं किया क्योंकि कोई इस मुलुक को मिटाना नहीं चाहता था।

हमारे यहाँ जिसको मारना होता है, उसका बेसन का पुतला बनाकर उसे तलवार से काटते हैं। जैसे-जैसे पुतला कटता जाता है, वह आदमी जिसका प्रतिरूप यह पुतला होता है, वह भी कटता जाता है। फिर पुतले को आग में डाल देते हैं। भसम कुंड में।"

चोखी थर-थर काँप रही थी। उसने पता नहीं कहाँ से, छुपा हुआ खंजर निकाला। "देख, मैं ये तुझे मारने के लिए लाई थी।" वह रो रही थी, "इसलिए नहीं मार सकती कि तुझे मैंने अपना मरद मान लिया है। मैंने तुझे भोगा है, खूब भोगा है। छककर तेरे रस की बियारी की है। मैं चाहूँ तो बेसन का पुतला बनाकर उच्चाटन और मारनमन्तर से तुझे मार सकती हूँ। लेकिन तू जिन्दा रह, साहब।"

चोखी उससे खिसककर दूर खड़ी हो गई—"बुंतू को, अब्दुल कादिर को, मेरे को, सबको पता है कि तुम फिरंग लोग उस कागज पर घोड़ा दौड़ाएगा, उसको बन्दूक से मारेगा, उसको पिंजरे में डालेगा, उसको चूस-चूसकर खाएगा और जब तुम लोग यहाँ से जाएगा तो वो नक्शा किसी अपने गुलाम को सौंप जाएगा।"

वारेन हेस्टिंग्स के शरीर के रोयें भय के मारे खड़े होने लगे थे। चोखी राधा नहीं थी। वह शेर पर बैठी वह दूसरी औरत थी, जिसके हाथ में किसी डरावने पुरुष का कटा हुआ सिर होता था और जिसके चित्र और मूर्तियाँ वह अक्सर देखता रहता था।

"सुन साहब! मैं समझती थी सब कुछ। जब तू उस अँगरेज से मेरी तसवीर बनवाता था, तब भी मेरे भीतर से कोई आवाज आती थी कि ऐसा तू यों कर रहा है कि तू मुझे मिटाना चाहता है। जब तूने अपने नसल की गोरी फिरंगन से शादी कर ली तो मेरा शक पक्का हो गया।...तू जैसे अपने नसल में लौटा है, वैसे ही अपने वतन को भी लौटेगा। तू यहाँ का नहीं है रे! तू फिरंग है, फिरंग।"

चोखी ने चीखते हुए कहा—"देख इस खंजर से कौन मर रहा है? मर रहा है तेरा बीज, जो मेरे पेट में है। उस रात मैं घुँघची डालना भूल गई और ये आ गया।"

वारेन हेस्टिंग्स ने काँपते हुए गहरे सदमे की हालत में देखा कि चोखी ने खंजर अपने पेट में भोंक लिया। दशमी का चन्द्रमा खून के

फव्वारे से नहा उठा। एक अमानवीय चीख पैदा हुई। फिर सब कुछ शान्त हो गया। वारेन हेस्टिंग्स चोखी को उठाने के लिए आगे बढ़ा तो उसने पाया कि वहाँ कुछ भी नहीं है। सिर्फ कनेर की टहनियाँ हैं, जो चाँदनी रात के धुँधलके में, किसी अज्ञात हवा के स्पर्श से धीरे-धीरे हिल रही हैं।

इतिहास में बंगाल के नवाब सिराजुद्दौला के वफादार सिपहसालार मोहनलाल की बेटी चोखी अब सिर्फ जॉन जोफेनी द्वारा बनाए गए उस चित्र में मौजूद है, जो कलकत्ते के विक्टोरिया मेमोरियल में संगृहीत है।

वह वारेन हेस्टिंग्स की पत्नी के पीछे खड़ी है और उसके हाथ में उसका हैट है।

कहावत है कि "पुरुष बली नहीं होत है, समय होत बलवान।" तो, हर कथा के अन्त में समय ही बचता है और इसीलिए हर कथा समय की ही कथा होती है। तो, वारेन हेस्टिंग्स के साथ भी ऐसा ही हुआ।

समय गुजरने के साथ-साथ वह गंजा, बूढ़ा और मामूली फिरंग बनता चला गया। चोखी के न रहने से उसके स्वप्नों की दुनिया का अन्त हो गया। जीवन में कोई फैंटेसी न रही।

और जब किसी मनुष्य के पास स्वप्न न रह जाएँ, फैंटेसी न रहे और मिथक नष्ट हो जाएँ तो वह घनघोर व्यावहारिक, यथार्थवादी आदमी के रूप में बचा रह जाता है।

स्मृतिहीन, अध्यात्मवंचित, स्वप्नशून्य, आदर्श विरत, सपाट, चौकोर, दुनियादार, तिकड़मी, घटिया आदमी।

वैसे, ठीक यही बात समाज और समुदायों पर भी लागू होती है।

गीता में अर्जुन कृष्ण से कहता है—

अहो वत महत्पापं कर्तं व्यवसिता वयम्।
यद्राज्यसुखलोमेन हंतुं स्वजनमुद्यताः॥

अहो, कैसा आश्चर्य है कि सत्ता सुख के लोभ में हम अपने ही लोगों की हत्याएँ करने के घृणित पाप कर्म में तत्पर हो रहे हैं!

लेकिन यह भी नियम है कि सत्ता भ्रष्ट करती ही है। खास तौर पर वह सत्ता, जिसमें कोई महान स्वप्न, फैंटेसी, यूटोपिया, मिथक या कोई विराट दर्शन न जुड़ा हो।

वारेन हेस्टिंग्स जैसे-जैसे बूढ़ा और गंजा होता जा रहा था, जैसे-जैसे उसके शरीर की इन्द्रियाँ शिथिल और निर्बल होती जा रही थीं, जैसे-जैसे उसका मस्तिष्क स्वप्नों और विचारों के संसार में संचरण करने के अयोग्य होता जा रहा था, वह लोभ, लालच, षड्यंत्र और कामुकता तथा लालसाओं के दुर्निवार जंजाल में घिरता चला जा रहा था।

वारेन हेस्टिंग्स की पत्नी उस इंग्लैंड से आई थी, जहाँ औद्योगिक क्रान्ति हो चुकी थी। वहाँ टेक्नोलॉजी और विज्ञान के विकास ने कारखानों और मशीनों का एक ऐसा नया युग पैदा कर दिया था, जिनके उत्पादनों की खपत के लिए नए-नए बाजारों की खोज जरूरी थी। वहीं का अटलांटिक सागर व्यापारियों, उत्पादनों और फौजियों से लदे जहाजों से अँटा पड़ा था।

वाणिज्य क्रान्ति ने बीमा, शेयर बाजार, बैंक प्रणाली और स्टॉक एक्सचेंज को जितना विकसित कर डाला था, उसके लिए यूरोप बहुत छोटा पड़ रहा था।

वहाँ ऐसी पूँजी पैदा हो गई थी, जिसे सारी दुनिया का साम्राज्य चाहिए। इतना बड़ा साम्राज्य जिसमें कभी सूरज न डूबे।

वारेन हेस्टिंग्स की पत्नी उसी इंग्लैंड से आई थी, और वह उसी जाति की थी, जो सारी दुनिया को पहले अपना बाजार, फिर अपना साम्राज्य बना लेना चाहती थी। वह कैसे बर्दाश्त करती कि उसका पति, जिसे ईस्ट इंडिया कम्पनी के डायरेक्टर्स ने भी इतना योग्य माना था कि उसे हिन्दुस्तान का गवर्नर जनरल बना दिया था, वह इन काले-कलूटे, टेढ़े-मेढ़े, अर्द्ध-ऐतिहासिक किस्म के नेटिवों के जादू में फँसकर चीथड़े पहन ले, नटिनियों और बेड़िनियों के पीछे भटकता फिरे, गाय-बैल चराए और किसी अधपगले नचकारिया की तरह बगीचे में आधी रात बाँसुरी बजाए।

हद है। इसे ठीक करना होगा। उसकी पत्नी ने फैसला किया।

उसने उसका टाइम टेबल बनाया। ब्रश, नाश्ता, लंच, डिनर और बेड में जाने का निश्चित क्रम निर्धारित किया। उसके मनोरंजन और मनबहलाव के लिए श्रेष्ठ यूरोपीय या हिन्दुस्तानी नवाबों और राजाओं के दरबारों के कुशल कलाकारों के कार्यक्रम करवाने शुरू किए।

उसने वारेन हेस्टिंग्स को समझाया कि तुम जिस जाति और जिस देश के हो, वह एक विजेता देश है। वह भविष्य का देश है। तुम इस निहायत पिछड़े, आदिम, साँपों-मच्छरों और जंगली जानवरों से भरे, धूल और गर्मी से गन्धाते गन्दे देश के अन्धविश्वासों और जादू-टोनों की अँधेरी गुफा में क्यों भटकते रहते हो?

वारेन हेस्टिंग्स से उसकी पत्नी ने कहा—"तुम्हें शर्म आनी चाहिए। इंग्लैंड से यहाँ आनेवाले कम्पनी के छोटे-मोटे कर्मचारी, लौंडे-लपाड़ी और लम्पट-उचक्के तक यहाँ से लाखों-करोड़ों की कमाई करके चले जाते हैं और तुम यहाँ भ्रष्टाचार हटाने, गो-हत्या बन्द कराने, अकाल पीड़ितों की मदद के लिए ग्रेन गोला बनवाने जैसे बेहूदा और फालतू कामों में लगे हुए हो। क्या जरूरत है तुम्हें वर्नाक्यूलर प्रेस की? बूढ़े हो रहे हो, मर जाओगे, कंगाल के कंगाल। मैं जब इंग्लैंड लौटूँगी तो वहाँ किसी को क्या मुँह दिखाऊँगी? तुम्हें पता है वहाँ का जीवन-स्तर कितना ऊपर उठ गया है? हर ऐरे-गैरे के पास बँगला-कोठी और बग्घी है। नौकर-चाकर हैं। लाखों बैंक में जमा हैं। अब भी वक्त है, होश में आ जाओ।"

यह तो इतिहास भी बताता है कि वारेन हेस्टिंग्स ने क्या-क्या कारनामे यहाँ किए। एक तरफ वह हिन्दुत्व की बात करता था, दूसरी तरफ रिश्वत, कमीशन और भ्रष्टाचार से तिजोरी भरता था। उसने अवध के नवाब से दस लाख रुपये घूस में वसूले, बनारस के राजा चैत सिंह से उसने इतने रुपये घूस और जुर्माने में वसूल किए कि वह डर के मारे बनारस छोड़कर भाग गया। एक तरफ वह गीता और पुराणों का अनुवाद करवाता था, अरबी-फारसी और बँगला बोलकर अपने विद्वान होने की धाक जमाता था, दूसरी तरफ उसने अपनी फौज भेजकर निर्दोष रुहेलों का संहार करवाया।

सैकड़ों रुहेल औरतें उसकी फौज द्वारा बलात्कार की शिकार हुईं। छोटे-छोटे बच्चों तक को मार डाला गया।

बंगाल के एक सीधे-सादे ब्राह्मण नन्दकुमार ने जब वारेन हेस्टिंग्स द्वारा मीर जाफर की विधवा बेगम से साढ़े तीन लाख रुपये के घूस लेने के प्रामाणिक दस्तावेज ईस्ट इंडिया कम्पनी के उच्च अधिकारियों के सामने प्रस्तुत करते हुए आरोप लगाया तो उसने नन्दकुमार को जालसाजी के झूठे मुकदमे में फँसाकर उसे फाँसी पर लटका दिया।

वारेन हेस्टिंग्स ने अदालतों में अपने भरोसे के जज नियुक्त किए और उनसे मनचाहे फैसले करवाए। इम्पे नाम का जज मशहूर था, जिसने निर्दोष ब्राह्मण नन्दकुमार को फाँसी की सजा सुनाई।

वारेन हेस्टिंग्स एक ऐसा गवर्नर जनरल था, जिसने अपने सभी अधिकारों और अपने अधीन सभी संस्थाओं का अनैतिक, मर्यादाहीन और मनचाहा दुरुपयोग किया। उसने कोर्ट ऑफ प्रोप्राइटर्स और कोर्ट ऑफ डायरेक्टर्स के लोगों और उनके भाई-भतीजों पर लगातार अपनी भ्रष्ट अनुकम्पा की। हिन्दुस्तान के प्रमुख प्रशासनिक पदों पर उसने अपने चापलूसों और चमचों की भरती की।

कहने की जरूरत नहीं कि वारेन हेस्टिंग्स के भीतर वह 'सत्ताधारी', 'व्यावहारिक' और 'कुशल प्रशासक' पैदा हो गया था, जिसकी क्रूरता और बर्बरता की मिसाल 1769-70 के महाअकाल के दौरान कायम हुई। इस अकाल में बिहार और बंगाल की एक-तिहाई आबादी मौत के मुँह में समा गई। एक करोड़ से ज्यादा लोग मरे। जून के महीने में कम्पनी के अफसरों तक ने वारेन हेस्टिंग्स को रिपोर्ट दी कि यह दुर्भिक्ष इतना भयावह है कि लोग औरतों और बच्चों को बेच रहे हैं और पेट भरने के लिए मुर्दों को खा रहे हैं। मार्च के महीने में चेचक और दूसरी महामारियाँ फैलीं। डब्लू.डब्लू. हंटर ने लिखा कि भूख से मरनेवालों की इतनी लाशें चारों ओर फैली हैं कि कौए, गिद्ध, कुत्ते और सियार तक उन्हें नहीं खा पा रहे हैं।

लेकिन हिन्दुस्तान के गवर्नर जनरल वारेन हेस्टिंग्स ने उस दौरान भी लगान और दूसरे करों की जमकर वसूली करवाई। उसके कर्मचारियों ने भूख और गरीबी से मरते किसानों से ही नहीं, हिजड़ों और रंडियों तक से

पैसे वसूले। वारेन हेस्टिंग्स ने बहुत गर्व और प्रसन्नता के साथ कोर्ट ऑफ डायरेक्टर्स को सूचित किया कि "हमारे कुशल प्रशासन की बदौलत इस साल जनता से करों की वसूली पिछले सभी सालों से कई गुना ज्यादा हुई है।"

उसके बचपन के सखा बुंतू और प्यारे खानसामे अब्दुल कादिर के चेहरे भय और विस्मय से पीले पड़ चुके थे। बुंतू ने बाउल गीत गाना बन्द कर दिया था और अब्दुल कादिर कबाब या दमपुख्त बनाते हुए अक्सर अपने हाथ जला लेता था।

वारेन हेस्टिंग्स ने बुंतू और अब्दुल कादिर ही नहीं, अपने तमाम परिचितों और 'भरोसेमन्द' लोगों के नाम जगह-जगह बेनामी प्लॉट खरीद रखे थे। इन्हीं नामों की आड़ में वह अफीम का व्यापार भी करता था।

एक दिन बुंतू ने अब्दुल कादिर से कहा—"हम अब गुलाम हो गए हैं कादिर।" और उसने अपना एकतारा उसी तन्दूर में झोंक दिया, जिसमें गवर्नर जनरल के लिए कबाब बनता था।

और ठीक उसी दिन वारेन हेस्टिंग्स पर उसके भ्रष्ट, अन्यायपूर्ण और निरंकुश कारनामों को लेकर इंग्लैंड में महाअभियोग का मुकदमा कायम किया गया।

इंग्लैंड के एक कलाप्रेमी के निजी संग्रह में बर्कशायर के उस बँगले का चित्र है, जिसमें हिन्दुस्तान से लौटने के बाद वारेन हेस्टिंग्स अपनी पत्नी के साथ किराए पर रहता था। इस बँगले को 'प्योरली हॉल' कहते थे। इसमें वह उस दौरान रहा जब उस पर महाभियोग (इम्पीचमेंट) का मुकदमा चलता था।

यह चित्र किस कलाकार ने बनाया है, इसका पता नहीं चला।

चित्र में बँगले के सामने एक लॉन है, जिसमें दो ऊनवाली भेड़ें दिखाई देती हैं। बीच में एक यूनानी शिल्पकृति है। चित्र के दाहिने फ्रेम के कोने में एक ब्राह्मणी नस्ल की गाय और एक बैल है। बैल बैठा हुआ है जबकि गाय खड़ी हुई है।

चित्र के बीचोबीच एक अंग्रेज साईस अपने सफेद कुत्ते के साथ एक शानदार काले घोड़े की लगाम पकड़े उसे कहीं लिये जा रहा है। आप गौर से देखें तो लगने लगेगा कि वह घोड़ा आगे बढ़ने से इनकार कर रहा है, उसने अपनी गर्दन मोड़ ली है और वह लगभग अकड़ गया है।

साईस के साथ विलायती कुत्ता जोरों से गुर्राता और भौंकता हुआ चित्र के बाएँ फ्रेम की ओर झपट्टा मार रहा है।

और चित्र के बाएँ कोने में, लकड़ी के मजबूत बाड़े में कैद, लोहे की जंजीरों से जकड़ा एक रहस्यमय आकृति का काला, सफेद चित्ती और ऊँची डीलवाला साँड़ दिखाई दे रहा है। गुस्से में यह डरावना, रहस्यमय साँड़ अहाते की दीवार की ओर अपनी सींगों को ताने हुए खड़ा है।

आप अगर उस अज्ञात चित्रकार द्वारा बनाए गए 'प्योरली हॉल' बँगले के इस चित्र को देर तक देखें तो आपके शरीर के भीतर भय और उत्सुकता की एक अजीब सी सुरसुरी पैदा होने लगेगी।

आपकी आँखें चित्र के बाएँ निचले कोने से एक पल को भी नहीं हटेंगी। वे वहीं जड़ हो जाएँगी, जहाँ लोहे की मोटी जंजीरों, साँकलों और काठ की मजबूत बाड़ेबन्दी के भीतर एक रहस्यमय, उन्मत्त और क्रोध में बिफरता हुआ साँड़ कैद है।

इसी साँड़ को देखकर ब्रिटेन का वह शानदार शाही काला घोड़ा डरकर अड़ गया है। कुत्ता उछलता हुआ लेकिन डरा हुआ भौंक रहा है।

और चित्र के दाहिने फ्रेम के निचले कोने से ब्राह्मणी गाय और बैल बहुत आशा, याचना और करुणा भरी आँखों से उस साँड़ को निहार रहे हैं।

इस साँड़ को वारेन हेस्टिंग्स के लिए सैम्युएल टर्नर ने तब भेजा था जब वह तिब्बत की यात्रा पर गया था। वहाँ से लामाओं से उसने कई रहस्यपूर्ण पांडुलिपियाँ हासिल की थीं।

लेकिन सैम्युएल टर्नर तिब्बत के लामाओं के बीच रहते-रहते मिरगी और सन्निपात का मरीज हो गया था। उसे रात में डरावने सपने आते थे। हिमालय की सफेद और नीली चोटियों की ओर से, बर्फ और बादलों को हटाता एक काला साँड़ उसे अपनी ओर दौड़ता दिखाई देता था। जब वह साँड़ टर्नर की ओर स्वप्न में दौड़ता तो उसके नथुनों से नीली अग्नि निकलने लगती। ऐसी आग, जो असंख्य जहरीले साँपों के विष से भरी हुई हो। टर्नर को लगने लगा कि वह कभी तिब्बत से वापस नहीं लौट पाएगा। यहीं कहीं बर्फ में वह हमेशा के लिए दफन हो जाएगा। लेकिन उसे लगता था कि उसके मरने के बाद भी, उसकी मृत्यु के भीतर वह डरावना साँड़ उसी तरह दौड़ता रहेगा, जैसा वह उसके स्वप्न के भीतर दौड़ता है।

वह तिब्बत के एक बौद्ध मठ में सबसे बूढ़े लामा से मिला। लामा सब कुछ पहले से जानता था। वह सूर्य की रोशनी में चमकती अपनी गंजी खोपड़ी हिलाता हुआ झुर्रियों में मुस्कराता रहा। अन्त में उसने कहा—"वह नन्दी है। हिन्दुओं के देवता पशुपति का वृषभ। डरने की कोई बात नहीं। बस तुम तिब्बत से वापस लौट जाओ। वह तुम्हें यहाँ नहीं देखना चाहता।"

सैमुएल टर्नर जब लौट रहा था तब तिब्बत के उस बूढ़े लामा ने उसे यही साँड़ दिया था और कहा था, "इसे ले जाओ और इसकी सेवा करो। तुम ठीक हो जाओगे।"

सैम्युएल टर्नर लौट आया लेकिन उसकी जिन्दगी इतनी भटकावों और यात्राओं से भरी हुई थी कि वह इस साँड़ की सेवा कैसे करता। टर्नर को पता था कि गवर्नर जनरल वारेन हेस्टिंग्स हिन्दुस्तानी गाय-बैलों का दीवाना है, इसलिए उसने यह सोचकर कि तिब्बत के इस याक की देखभाल वारेन हेस्टिंग्स के बँगले में अच्छी तरह होगी, उसने उसे वहाँ भेज दिया।

रात में वारेन हेस्टिंग्स गायों के बाड़े में जाकर खड़ा हो जाता। गायें उसे देखतीं। भ्रष्टाचार, षड्यंत्र, क्रूरता और पापों के दलदल में लिथड़ा हुआ वारेन हेस्टिंग्स अब पहले का वारेन हेस्टिंग्स नहीं रह गया था।

हिन्दू धर्म और इस्लाम के बारे में उसका ज्ञान अब सिर्फ उसकी स्मृतियों में संगृहीत डाटा या तथ्य भर रह गया था। पहले की भावुकता, आस्था और वह विमूढ़ सम्मोहन अब कहीं नहीं था। वह वस्तुपरक, व्यावहारिक और निपट वास्तविकतावादी हो गया था।

लेकिन तब भी कभी-कभी, जब वह अपने बँगले के गोशाला में पहुँचता तो उसे लगता जैसे उन गायों की आँखें उसे उसके पापों के लिए क्षमा कर रही हैं। उसे महसूस होता जैसे वे सब कुछ जानती हैं। उसके भीतर, उसके जीवन और व्यक्तित्व में आए परिवर्तनों के बारे में उन्हें सब कुछ मालूम है, लेकिन वे उसे क्षमा कर रही हैं। कई बार वह वहाँ उनके सामने रोने लगता। वे चुप रहतीं।

उसे वैसा ही बोध होता जैसा गिरजाघर में कन्फेशन के बाद होता है। वह रिक्त और गुनाहों के बोझ से हल्का होकर वहाँ से लौटता।

यही वजह थी कि पत्नी के लाख विरोध के बावजूद, जब वह इंग्लैंड लौटा तो अपने साथ पाँच ब्राह्मणी गायें और सैम्युएल टर्नर द्वारा भेंट किया गया यह साँड़ जहाज में लदवाकर यहाँ ले आया।

इंग्लैंड एक औद्योगिक देश था। फैक्टरियों और मशीनों ने वहाँ के जीवन और समाज को बदल डाला था। विज्ञान, वाणिज्य, उत्पादन, व्यापार, युद्ध, निर्यात और आयात, श्रम, वेतन, शेयर बाजार, ब्याज, बैंकिंग, खरीद-फरोख्त, कर्ज, पूँजी, जमा, घाटा और मुनाफा...वगैरह वे मूल कारक थे, जिनकी बुनियाद पर वहाँ का मानवीय जीवन टिका हुआ था और उसी से नियंत्रित था।

और कहाँ ये हिन्दुस्तानी गायें और बैल!

यहाँ कुलाँचें मारने के लिए जंगल नहीं थे। सींग लड़ाने और जोर-आजमाइश के लिए संगी नहीं थे। न चरवाहे की हाँक थी, न उनकी बाँसुरी की तान। बूढ़े दादा जी नहीं थे, जो एकादशी को पूड़ियाँ देते थे। वे नटखट, शैतान, प्यारे-प्यारे बच्चे नहीं थे, जिनके साथ छेड़खानी, रूठना-मनाना होता।

बर्कशायर का यह बँगला, किसी मालिक के घर का वह आँगन नहीं था, जहाँ एक पूरा परिवार अपनी रोजमर्रा की जिन्दगी में उन्हें, अपने साथ शरीक रखता। यहाँ दीपावली नहीं मनाई जाती थी, गोवर्द्धन पूजा नहीं होती थी। गो पूजा का रिवाज नहीं था।

यहाँ किसी की मृत्यु पर गरुड़ पुराण का पाठ नहीं होता था। मृत्यु के बाद कोई वैतरणी नहीं थी, जिसे पार करने के लिए गाय की पूँछ पकड़ने की जरूरत हो। इसलिए गोदान नहीं होता था।

यहाँ की गायों की व्यक्तिवाचक संज्ञाएँ नहीं होती थीं। उनके अलग-अलग अपने निजी नाम और व्यक्तित्व नहीं थे। यहाँ कोई कृष्ण नहीं था। कोई ब्रज या वृन्दावन नहीं था।

यहाँ के कृषि जीवन के केन्द्र में गाय और बैल नहीं थे, इसलिए वैसे उत्सव और त्योहार नहीं थे।

इंग्लैंड में गाय पृथ्वी का प्रतीक नहीं थी, उसे हत्या से बचाने के लिए अपने प्राण देनेवाला कोई राजा दिलीप नहीं था।

गाय यहाँ डेयरी, मीट, चमड़ा, हड्डी और वसा उद्योग का कच्चा माल थी।

अन्दाजा लगाया जा सकता है, हिन्दुस्तान से इंग्लैंड गई गायों और उस साँड़ के साथ वहाँ कैसा व्यवहार हुआ होगा।

एक बँधा-बँधाया नियम था, निश्चित टाइम टेबल था, तयशुदा आहार था और उसकी निश्चित निर्धारित मात्रा थी। कर्मचारी आते, खाना और पानी देते। दूध दुह लिया जाता। मच्छरों को मारने के लिए दवा छिड़क दी जाती। फिनाइल लगे गीले कपड़े से उन्हें पोंछ दिया जाता।

गायों के गले से लिपटकर उन्हें चूमनेवाली एक भी नन्ही लड़की पूरे इंग्लैंड में कहीं नहीं थी। उनके माथे से अपना तपता हुआ माथा टिकाकर रोनेवाला एक भी बूढ़ा मनुष्य वहाँ कहीं नहीं था।

ससुराल से तीज को अपने मायके लौटी हुई वह बेटी नहीं थी, जो सबसे पहले दौड़कर 'अम्मा' कहकर उनसे लिपट-लिपटकर रोती।

गायों का दम घुटने लगा। उनके होश उड़ने लगे। उनसे खाया न जाता। खा लेतीं, तो पचता नहीं था।

जो गोरे कर्मचारी उन्हें खाना और पानी देने आते उनके चेहरों में उन्हें अपने हत्यारे दिखाई देते। वे साँस छोड़ते, तो गायें सिहर जातीं। उसमें उन्हें अपनी मृत्यु की गन्ध महसूस होती।

गायों ने खाना छोड़ दिया। वे एक-एक कर बीमार पड़ने लगीं और मरने लगीं। चार गायें छह महीने के भीतर मर गईं। उनकी मृत्यु पर कोई शोक नहीं मनाया गया। आखिर वे किसी गरीब परिवार की कमाऊ, दुधारू और बछड़े देनेवाली सम्पदा नहीं थीं। कर्मचारी उनकी लाश को उठाकर कहीं ले गए। जब चौथी गाय मरी, तब वारेन हेस्टिंग्स को थोड़ी-सी फिक्र हुई। हालाँकि वह अब इनसे पिंड छुड़ाना चाहता था। पत्नी ने शेयर मार्केट और बैंकों में हिन्दुस्तान से गबन में लाए गए धन को लगा दिया था। शिपिंग में पूँजी निवेश किया था। वारेन हेस्टिंग्स महाअभियोग के मुकदमे में अलग से उलझा हुआ था। किसी के पास इतना टाइम नहीं था, कि वह उन्हें देखे। लेकिन जब चौथी गाय मरी तो वारेन हेस्टिंग्स ने कर्मचारियों से कहा कि "इस बची हुई ब्राह्मणी गाय को इस साँड़ से क्रॉस कराओ। हो सकता है कि इसकी कोई प्रोजेनी पैदा हो। अगर यह एक्सपेरिमेंट सफल रहा तो इंडिया से जेबू, साहिवाल, कांकरेज, हालिकार जैसी उम्दा नस्ल के गाय-बैलों को यहाँ इम्पोर्ट किया जा सकता है! इंग्लैंड की लेदर इंडस्ट्री को इससे फायदा हो सकता है। मीट उद्योग को भी।"

अज्ञात चित्रकार द्वारा बनाए गए 'प्योरली हॉल' बँगले के उस चित्र में, फ्रेम के दाहिने कोने में जो बैल बैठा हुआ दिखाई देता है, वह उसी साँड़ की सन्तान है।

तो, हुआ यह कि जब उस ब्राह्मणी नस्ल की गाय की कोख से बछड़ा पैदा हुआ तो कुछ समय के लिए साँड़ को उसके इस 'परिवार' के साथ ही बाँधा जाने लगा। तब तक वह साँड़ वारेन हेस्टिंग्स के बँगले के गोरे कर्मचारियों से घृणा करने लगा था। जब-जब वह गाय की डरी हुई आँखों को देखता, उसका गुस्सा और बढ़ने लगता। और उसी दौरान बँगले के अंग्रेज कारिन्दों से एक चूक हो गई।

अंग्रेज इस मामूली-से तथ्य को नहीं जानते थे कि हिन्दुस्तान के गाय-बैल मनुष्यों की भाषा समझते हैं। हालाँकि वे आपस में अंग्रेजी में बोल रहे

थे, लेकिन बिलकुल मुमकिन है कि डेढ़-दो साल तक बर्कशायर में उस बँगले में रहने के कारण गाय और साँड़ को अंग्रेजी भाषा भी थोड़ी-बहुत समझ में आने लगी हो।

उस दिन जब दो कर्मचारी उन्हें दाना-पानी दे रहे थे और फिनाइल में डूबे गीले कपड़े से उनके शरीर को पोंछ रहे थे तो उनमें से एक ने कहा—"इट सीम्स दिस काफ मस्ट बी हैविंग टेस्टिएस्ट लोफ..." (लगता है इस बछड़े की बोटियाँ बड़ी जायकेदार होंगी)।

"गिव इट समथिंग टु ईट। वी विल मैनेज।" दूसरे ने कहा। (इसके खाने में कुछ मिला दो, बाद में हम सँभाल लेंगे।)

बस, ठीक उसी पल दुर्घटना घटी।

साँड़ ने अचानक उनमें से एक को अपनी सींग में उठाकर हवा में उछाल दिया। दूसरे के पीछे वह प्रचंड अंधड़ की तरह, सब कुछ रौंदता, ध्वस्त करता दौड़ा। दूसरा कर्मचारी अपनी जान बचाने के लिए चारों तरफ भाग रहा था लेकिन साँड़ उसके पीछे पड़ा हुआ था। लॉन, बगीचा, दीवारें, अहाते तहस-नहस करता हुआ। वह काबू में नहीं आ रहा था।

आखिरकार खुद वारेन हेस्टिंग्स वहीं पहुँचा। वह बँगला भाषा में जोर-जोर से उसे पुकारकर समझा रहा था। बड़ी मुश्किल से एक-डेढ़ घंटे के बाद उस पर काबू पाया जा सका।

इसके बाद दस-पन्द्रह दिन ठीक-ठाक गुजरे। लगा सब कुछ ठीक हो गया है। लेकिन अचानक एक दिन बछड़े (जो अब उतना बड़ा हो गया था, जितना आपने उसे उस अज्ञात चित्रकार द्वारा बनाए गए 'प्योरली हॉल' बँगले के चित्र में फ्रेम के दाहिने कोने में देखा है।) की तबीयत खाना खाने के बाद बिगड़नी शुरू हो गई और शाम होते-होते वह मर गया।

गाय की आँखों से लगातार आँसू बहते रहे। इंग्लैंड के औद्योगिक-पूँजीवादी समाज में किसी ने उन आँसुओं को नहीं देखा। गाय ने खाना खाना ही नहीं, पानी तक पीना छोड़ दिया। अगर राजनीतिक शब्दावली इस्तेमाल करें तो शायद उसने भारत के इतिहास में पहला सत्याग्रह इंग्लैंड के बर्कशायर नामक शहर में, ईस्ट इंडिया कम्पनी के पूर्व गवर्नर जनरल वारेन हेस्टिंग्स के 'प्योरली हॉल' नामक बँगले में प्रारम्भ किया।

साँड़ उन दिनों लगातार उस ब्राह्मणी गाय को चाटता रहता था, जो दिनोंदिन निढाल और कमजोर होती जा रही थी। वह 'संथारा' कर रही थी। बछड़े की मृत्यु या हत्या के बाद उसके जीवन में अब कुछ नहीं बचा था।

हाँ, कभी-कभी उसे साँड़ से सहानुभूति होती, जो उसकी मृत्यु के बाद इस पराए, अजनबी, अमीर देश में फिरंगियों के बीच अकेला रह जानेवाला था। वह कई बार साँड़ की ओर कातरता, सहानुभूति और प्रेम भरी आँखों से अपलक निहारती और उसे ढाढ़स बँधाने की कोशिश करती। शायद वह कहना चाहती थी कि मेरे बाद तुम अपना खयाल ठीक से रखना। समय से खाना-पानी लेना। हमारे दुर्भाग्य ने ही हमें यहाँ ला पटका है। क्या पता अचानक कुछ हो जाए और ये लोग हमें वापस हमारे देश, जहाज में लादकर पहुँचा दें। चिन्ता न करो। मैं प्रार्थना करती हूँ कि मेरे जीवन में जहाँ-जहाँ भी सुख और खुशी के पल हों, वे सब तुम्हें मिल जाएँ। वह बोलने की कोशिश करती लेकिन एक कमजोर 'बाँ बाँ' के अलावा उसके गले से और कुछ न निकलता। गाय की तबीयत बिगड़ने लगी। वह अपनी टाँगों पर ठीक से खड़ी नहीं हो पाती थी। बार-बार वहीं, चित्र के दाहिने कोने की जमीन पर अधलेटी हो जाती।

साँड़ ने उस दिन पहली बार गाय की आँखों में मृत्यु का प्रतिबिम्ब देखा। वह सघन होती परछाईं की तरह उन आँखों में उतरती चली आ रही थी। गाय देर तक अपनी आँखें खोले न रख पाती। उसकी आँखें मुँदी रहने लगीं।

साँड़ भय और अनिष्ट की आशंका से घबरा उठा। अपने भावी अकेलेपन की कल्पना से वह बेचैनी और विवेकशून्य पागलपन से भर उठा। शोक और दुख ने उसकी सोचने-समझने की सारी ताकत छीन ली।

वह हर अंग्रेज पर हमले करने लगा। जैसे ही बँगले में कोई गोरा कर्मचारी या अतिथि आता, वह अपने नथुनों से डरावनी फुँसेट छोड़ता हुआ उसे मारने के लिए दौड़ता। लोग चिल्लाते हुए भागते।

सबसे ज्यादा बुरी स्थिति तो तब पैदा होती जब साँड़ किसी अंग्रेज को यूनिफार्म में देखता। ऐसे में उसे सँभालना मुश्किल था। वह एक प्रचंड, उन्मत्त, पागल और वहशीपन की आग से जलता दुर्धर्ष साँड़ था।

उसने कइयों को घायल किया, हाथ-पैर तोड़े। तीसरे दिन ही उसे पुलिस की मदद से बुरी तरह मोटे-मोटे डंडों से मारा गया और लोहे की मोटी-मोटी मजबूत साँकलों और जंजीरों से बाँधकर लकड़ी के उसी अहाते में वापस कैद कर दिया गया, जहाँ से उसे मृत बछड़े के गर्भाधान के लिए निकाला गया था। बाहर 'प्योरली हॉल' बँगले के मुख्य फाटक पर एक तख्ती लगा दी गई, जिसमें मोटे-मोटे लाल अक्षरों से लिखा था "बी वेयर ऑफ अ मैड डेडली इंडियन बुल।" (एक खतरनाक पागल हिन्दुस्तानी साँड़ से सावधान।)

गाय असहाय थी। वह अपने अन्त समय में उससे दूर हो गई थी। अपने बचे-खुचे जीवन की सारी शेष ताकत सँजोकर वह उस अभागे, शोक और क्रोध में पागल उस कैदी साँड़ को निहारना चाहती लेकिन कुछ ही पल में उसकी आँखें मुँद जातीं और वहाँ अन्धकार छा जाता।

वह बोलने की कोशिश करती लेकिन अब तो वह कमजोर रँभाहट भी पैदा नहीं होती थी। सिर्फ नथुनों से थोड़ी-सी साँस बाहर निकलती, जिससे जमीन की घास जरा-सी काँप जाती।

और एक दिन वह सुबह नहीं उठी। उसकी आँखें बन्द ही रही आईं। गोरे कर्मचारी उसे सुबह नौ बजे ही वहाँ से उठाकर कहीं ले गए।

साँड़ जोरों से रोया। पूरा गला फाड़कर। उसके फेफड़े, कलेजा, हृदय, मस्तिष्क, उसका पूरा शरीर दुख, पीड़ा, असहायता और निरुपायता पर फूट-फूटकर रो रहा था। अजीब-अजीब सी आवाजें उसके गले से निकलतीं। वारेन हेस्टिंग्स ने उसे देखा और कहा, "नो डाउट अबाउट इट। इट हैज बिकम टोटली इनसेन!"

और उस दिन पता नहीं कैसे वह साँड़ अपनी जंजीरों और साँकलों को तोड़कर आजाद हो गया। किसी को इसका अन्दाजा ही नहीं लग पाया।

यह शाम का वक्त था। वारेन हेस्टिंग्स अपने ऊपर चल रहे महाअभियोग के मुकदमे से उसी दिन मुक्त हुआ था। इंग्लैंड की अदालत के न्यायमूर्तियों ने उसे गबन, जालसाजी, भ्रष्टाचार, बर्बरता, धोखाधड़ी, ठगी और अपने अधिकारों के अनैतिक तथा मर्यादाहीन दुरुपयोग के आरोप

से पूरी तरह बरी कर दिया था। बल्कि न्यायमूर्तियों ने उसकी योग्यता, दूरदर्शिता तथा ईस्ट इंडिया कम्पनी और ब्रिटिश साम्राज्य के हित में की गई उसकी सेवाओं की प्रशंसा की थी। न्यायमूर्तियों ने उसे इंग्लैंड की प्रिवी काउंसिल का सदस्य बनाने की सलाह देते हुए 14000 पाउंड की वार्षिक वृत्ति की भी अनुशंसा की। अपने उस महत्त्वपूर्ण ऐतिहासिक फैसले में उन्होंने कहा था :

'वारेन हेस्टिंग्स पर चला महाअभियोग का यह मुकदमा अफसोसनाक है। वह प्रशासक, जिसे इंग्लैंड से हिन्दुस्तान राज्य करने के लिए भेजा गया, उसके हर कदम का या तो उसकी परिषद की ओर से विरोध हुआ या उसके अपने देश इंग्लैंड की ओर से। अगर उसमें थोड़े-बहुत दोष थे भी तो वे उस राजनीतिज्ञ के दोष थे, जिस पर अचानक संकट आ पड़ा हो और इतनी कठिनाइयाँ तथा समस्याएँ उसके सिर पर आ गई हों कि ऐसी स्थिति में, मानवीय समझ में भूल-चूक हो जाना अस्वाभाविक नहीं है।

वारेन हेस्टिंग्स पर अपना फैसला सुनाते हुए हमें यह नहीं भूलना चाहिए कि साम्राज्य बनानेवाले बड़े राजनीतिज्ञों और प्रशासकों से पूर्ण नैतिक आचरण की उम्मीद करना ठीक नहीं है। क्या कभी पाप, अन्याय और अनैतिकता के बिना भी कोई साम्राज्य बनता है?'

वारेन हेस्टिंग्स इस फैसले से खुशी के मारे दीवाना हो उठा। उसकी पत्नी बार-बार उसके माथे को चूमती थी। पूरे लन्दन, बर्कशायर, मानचेस्टर और तमाम शहरों के गण्यमान्य व्यक्तियों ने उसे बधाइयाँ भेजीं।

बर्कशायर के टाउन हॉल में उसका अभिनन्दन किया गया और उस पर महाअभियोग का मुकदमा चलानेवाले मिस्टर बर्क की भर्त्सना की गई। खुशी और गर्व में झूमता वारेन हेस्टिंग्स पत्नी के साथ अपनी रॉयल बग्घी में बैठा अपने बँगले की ओर लौट रहा था।

बग्घी जैसे ही 'प्योरली हॉल' बँगले के मुख्य फाटक से अन्दर दाखिल हुई अचानक जैसे भूकम्प आ गया। किसी मृत्युदूत की तरह, बँगले की तमाम बाड़ेबन्दियों और दीवारों को धँसकाता, भयानक आवाज में दहाड़ता, जैसे सैकड़ों बिजलियाँ एक साथ छूट रही हों और स्याह घने बादल गरज रहे हों—वह साँड़ बग्घी की ओर किसी साइक्लोन, तूफान, चक्रवात की

तरह लपका और अपने सींगों में फँसाकर उसने बग्घी को वारेन हेस्टिंग्स, उसकी पत्नी और साईस के समेत हवा में उछाल दिया।

बग्घी गिरकर टूट-फूट गई। वारेन हेस्टिंग्स के कूल्हों, जाँघ की हड्डी और दाहिनी कलाई में चोट आई। साईस बेहोश हो गया। उसकी नाक से खून बह रहा था। और वारेन हेस्टिंग्स की पत्नी के सिर में चोट लगी थी। चोट शायद ज्यादा गहरी थी क्योंकि उसकी स्मृति का लोप हो गया था और वह अंट-शंट बोल रही थी। वह बार-बार 'चोखी' और 'नन्दकुमार' जैसा कुछ बड़बड़ाती थी। वारेन हेस्टिंग्स की वह बग्घी, जिसे उस साँड़ ने चकनाचूर किया, वह 'इम्पीरियल' बग्घी थी। इंग्लैंड की शाही बग्घी। और तभी, सबने देखा, एक पल में उस साँड़ ने अपने सींग से उस ऊँचे-पूरे, काले-चमकीले, शानदार एंग्लो-अरब घोड़े के पेट को चीरकर उसकी आँतें बाहर फैला दीं।

अत्यन्त उन्नत, दोगली नस्ल का वह शानदार बेशकीमती घोड़ा भी एक 'इम्पीरियल घोड़ा' था। ग्रेट ब्रिटेन का शाही घोड़ा। ब्रिटिश साम्राज्य का प्रतीक।

वह साँड़ सचमुच पागल हो चुका था। उसके भीतर क्रोध, दुख, पीड़ा और घृणा की कोई ऐसी ज्वालामुखी थी जो विध्वंस और विनाश के तमाम रूपों में लगातार फूट रही थी।

वह छुट्टा हिन्दुस्तानी पागल साँड़ इंग्लैंड के लिए एक खतरा बन गया था। अन्त में सन् 1795 में, ठीक उसी दिन जिस दिन इंग्लैंड की अदालत ने वारेन हेस्टिंग्स को महाअभियोग के मुकदमे से बरी किया था, रात नौ बजे इम्पीरियल आर्मी की एक टुकड़ी ने उस साँड़ को गोली मार दी।

कहते हैं, उस साँड़ के शरीर में इतनी चर्बी थी कि लालच में आकर बँगले के एक नौकर ने 'डेवन पोर्ट लेदर फैक्टरी' को चोरी से वह चर्बी बेच दी। इस फैक्टरी से वह चर्बी 'वूलविच शस्त्रागार' पहुँची और इसके बासठ साल बाद सन् 1857 ई. में कलकत्ते के पास बैरकपुर की फौजी छावनी में 29 मार्च को, जब मंगल पांडेय ने अंग्रेज एडजुटेंट को गोली मारी, तो उस कारतूस में इसी चर्बी का इस्तेमाल हुआ था। राष्ट्रीय महासंग्राम, जिसे अंग्रेजों ने बाद में 'गदर' कहा, उसकी शुरुआत इसी कारतूस के धमाके के साथ हुई थी।

तो यह थी वारेन हेस्टिंग्स के हिन्दुस्तानी साँड़ की कहानी। सवाल यह रह जाता है कि क्या वह साँड़ सिर्फ अपनी गाय और सन्तान के शोक में पागल हुआ था? क्या उसने यूरोप के निर्मम, अमानवीय और करुणाशून्य औद्योगिक समाज और पश्चिमी संस्कृति के विरोध में अपनी जान दी? क्या वह अपने देश के मिथकों, पुराणों, ग्रन्थों, अन्धविश्वासों और पुरानी परम्पराओं के लिए किसी कट्टरपंथी साम्प्रदायिक की तरह लड़ा और मारा गया? क्या वह ब्रिटिश साम्राज्यवाद के खिलाफ एक देशभक्त राष्ट्रवादी भारतीय की तरह विद्रोह करता हुआ मरा?

या वह एक मामूली साँड़ था, जिसे सैम्युएल टर्नर ने तिब्बत के एक बूढ़े लामा से प्राप्त किया था और भारत के पहले गवर्नर जनरल वारेन हेस्टिंग्स को भेंट किया था? या वह गाय 'चोखी' और वह साँड़ उस 'नन्दकुमार' के पुनर्जन्म थे, जिनकी मृत्यु में वारेन हेस्टिंग्स की भूमिका थी? या वह साँड़ वास्तव मैं शहीद हुआ था?

और अगर ऐसा है, तो क्या यह माँग गैर-वाजिब है कि राजघाट के आसपास कोई स्मारक उसकी स्मृति में भी होना चाहिए।

इतना नहीं, तो कम-से-कम आजादी के पचास साल बाद, स्वतंत्र भारत की राजधानी दिल्ली की किसी टूटी-फूटी सड़क का नाम ही उस अभागे हिन्दुस्तानी साँड़ के नाम पर होना चाहिए, जो लगभग दो सौ साल पहले सन् 1795 में इंग्लैंड के बर्कशायर नामक नगर में सेना की गोलियों द्वारा मार डाला गया।

वैसे, तिब्बत का वह बूढ़ा लामा दिल्ली के 'मजनूँ का टीला' नामक इलाके में शरणार्थी के रूप में अब भी रहता है। उसे सैम्युएल टर्नर की याद है, जिससे वह लगभग सवा दो सौ साल पहले मिला था।

रहस्यभरी झुर्रियों में मुस्कराता हुआ कहता है, "वह साँड़ अभी मरा नहीं है।"

■